KNAUR

CHRIS McGEORGE

EIN FALL VON
Majestäts-vergiftung

KRIMINALROMAN

Aus dem Englischen von
Karl-Heinz Ebnet

KNAUR

Die englische Originalausgabe erschien 2022 unter dem Titel
Murder at the Castle bei Orion UK, London.

Besuchen Sie uns im Internet:
www.knaur.de

Aus Verantwortung für die Umwelt hat sich die Verlagsgruppe Droemer Knaur zu einer nachhaltigen Buchproduktion verpflichtet. Der bewusste Umgang mit unseren Ressourcen, der Schutz unseres Klimas und der Natur gehören zu unseren obersten Unternehmenszielen. Gemeinsam mit unseren Partnern und Lieferanten setzen wir uns für eine klimaneutrale Buchproduktion ein, die den Erwerb von Klimazertifikaten zur Kompensation des CO_2-Ausstoßes einschließt. Weitere Informationen finden Sie unter: www.klimaneutralerverlag.de

MIX
Papier | Fördert gute Waldnutzung
FSC® C083411
FSC www.fsc.org

Deutsche Erstausgabe Oktober 2023
Knaur Taschenbuch

Redaktion: Claudia Alt
Covergestaltung: ZERO Werbeagentur, München
Coverabbildung: ZERO Werbeagentur unter Verwendung der Übernahme des Design von © HolmesGraphics/Orionbooks
Satz: Sandra Hacke, Dachau
Druck und Bindung: CPI books GmbH, Leck
ISBN 978-3-426-52979-9

2 4 5 3 1

Für meinen Großvater

Inhalt

Anmerkung zur Erbfolge

Im Jahr 1936 verkündete König Edward VIII., dass er eine junge geschiedene Amerikanerin heiraten möchte. Dieses Ersuchen wurde abschlägig beschieden und führte zu Edwards Abdankung. Was aber, wenn das nie geschehen wäre? Was, wenn Edward dem politischen Establishment gestattet hätte, ihm eine passende Ehefrau zu suchen? Die hier dargestellte königliche Familie entstammt dem Haus Windsor und residiert in denselben Wohnsitzen, lebt aber auf dieser abweichenden Zeitachse.

Anwesende an jenem schicksalhaften 25. Dezember 2022

Seine Königliche Hoheit
König Eric Windsor

Fünfundachtzig Jahre alt. Eric ist beliebt bei den Untertanen und erfüllt seine Rolle mit Jovialität und jugendlichem Schwung. So lange er zurückdenken kann, ist er König. Mit zehn Jahren fiel ihm der Königstitel zu, die Thronbesteigung fand (entsprechend der Gepflogenheiten) an seinem achtzehnten Geburtstag statt. Hat ein großes Faible für teuflisch schwere Rätsel, da »man geistig rege sein soll, wozu das Königsdasein wenig Anlass bietet«. Liebt Weihnachten.

Königliche Prinzessin
Marjorie Windsor-Neuberner

Zweiundsiebzig Jahre alt. Marjorie, eine Naturgewalt in ihrer Jugend, hat sich im fortgeschrittenen Alter mit wechselndem Erfolg an die ihr eigene Kraft zu klammern versucht. Nun ist sie ausgelaugt, kalt und berechnend, und viele fragen sich, ob die Zeit nicht bloß zum Vorschein brachte, was schon immer in ihr angelegt war. Eigentlich sollte sie als Königin angesprochen werden, der Titel wurde ihr aber nie verliehen – was nur augenscheinlicher Grund für ihre Gehässigkeit ist.

Prinzessin Emeline Windsor

Neununddreißig Jahre alt. Erstgeborene Tochter von Eric Windsor und Marjorie Windsor-Neuberner. Kam zehn Minuten vor ihrer Zwillingsschwester zur Welt und genießt in ruhiger Erhabenheit ihre vorrangige Stellung in der Thronfolge. Gegenwärtig ist sie mit einem Mann namens Anton Blake liiert, dessen Abwesenheit im Schloss für einige Zwistigkeiten sorgt.

Prinzessin Maud Windsor

Neununddreißig Jahre alt. Zweitgeborene Tochter von Eric Windsor und Marjorie Windsor-Neuberner. Kam zehn Minuten nach ihrer Zwillingsschwester zur Welt und ist ganz zufrieden mit ihrem Platz in der königlichen Erbfolge. Sie ist der Liebling der Nation, ein Titel, der oftmals begehrter, oftmals aber auch gefährlicher ist als jede offizielle Bezeichnung.

Prinz David Windsor

Dreiundsiebzig Jahre alt. David, der jüngere Bruder des Königs, stand immer im Schatten des älteren. Skandale sind ihm nicht fremd, sein absonderliches und bisweilen verabscheuungswürdiges Verhalten ist unterschiedlichsten Impulsen geschuldet. Erst vor Kurzem wurde ihm die Rückkehr aus einem zehnjährigen Exil gestattet, währenddessen die gegen ihn vorgebrachten Anschuldigungen aus dem Weg geräumt wurden.

Thomas Crockley

Fünfundvierzig Jahre alt. Thomas Crockley, Ehemann von Prinzessin Maud Windsor und Vater ihrer beiden Söhne, hat sich nach eigenen Angaben von »ganz unten« hochgearbeitet. Nach seinen Anfängen auf einem Fischmarkt in Wolverhampton hat er sich ein zugegeben beeindruckendes Leben geschaffen und dabei nie den einschlägigen Tonfall der Arbeiterklasse verloren. Hat soeben einen auf die oberen Schichten zielenden, Uber-ähnlichen Fahrdienst gegründet. Bewegt sich in vielen Kreisen (von denen manche sogar leidlich wichtig sind).

Prinz Matthew Windsor

Achtzehn Jahre alt. Erstgeborener Sohn von Prinzessin Maud Windsor und Thomas Crockley. Prinz Matthew ist nun ein Mann und kommt noch nicht damit klar, was das bedeutet. Er folgt in so vielem wie möglich dem Vorbild seines Großvaters und ist bemüht, einen rechtschaffenen Weg in der Welt einzuschlagen. Natürlich ist er auch unglaublich jung und empfindet manchmal ein Bedauern über seine verpasste Kindheit. Matthew ist König Erics liebstes Familienmitglied, und jeder weiß darum, nicht zuletzt Matthew selbst.

Prinz Martin Windsor

Dreizehn Jahre alt. Zweitgeborener Sohn von Prinzessin Maud Windsor und Thomas Crockley und gegenwärtig das jüngste Mitglied der königlichen Familie. Prinz Martin ist in jenem Alter, in dem er die Glaubwürdigkeit der Welt in Zweifel zieht und sich fragt, ob er sich überhaupt auf sie einlassen soll. Leider muss er feststellen, dass der Name Windsor mit diversen Vorbehalten verbunden ist. Prinz Martin, in manchen Aspekten seinem Alter voraus, in anderen schmerzlich weit hinterher, veranschaulicht bestens, wie es ist, in einem königlichen Haushalt aufzuwachsen.

Tony Speck

Vierzig Jahre alt. Der einzige Security-Mitarbeiter vor Ort. Entgegen seiner Prämissen lastet allein auf seinen Schultern die Sicherheit der Krone. Allerdings gehört Speck zu jenen, die allzeit überzeugt sind, dass immer alles von ihnen und von ihnen allein abhängt. Als ehemaliges Mitglied der Spezialeinheit SAS begegnet Speck der Welt mit Respekt und erwartet im Gegenzug desgleichen.

Miss Darcy Tharigold

Zweiundzwanzig Jahre alt. Miss Darcy, Privatsekretärin des Königs, ist die jüngste Person, die diese Stellung jemals bekleidet hat. Als zutiefst loyale Patriotin übt sie ihre Aufgabe mit größter Ernsthaftigkeit aus. Laut manchen Kritikern (sowie dem Gemunkel in den dunklen Ecken des politischen Establishments) hat sie ihre Position nicht aufgrund ihrer Fähigkeiten erlangt, sondern wegen ihres Familiennamens. Ihr Vater hat eine wichtige Stellung in der Regierung inne, und Miss Darcy selbst ist bemüht, jenen Kritikern aus dem Weg zu gehen.

Jonathan Alleyne

Fünfundfünfzig Jahre alt. Leibkoch der königlichen Familie. Aus Barbados. Jonathan Alleyne konnte lange nicht sagen, wohin sein Leben führen sollte. Erst mit der Verbindung zum Establishment gewann sein Leben einen gewissen Sinn. Er ist der königlichen Familie aufs Innigste zugetan, vor allem König Eric, den er als einen Freund betrachtet (was auf Gegenseitigkeit beruht). Seine Küche war karibisch geprägt, allerdings hat sich (aus offensichtlichen Gründen) etwas spezifisch Britisches eingeschlichen.

(Es sei angemerkt, dass auf Anordnung des Königs alles weitere Dienstpersonal nach Hause geschickt wurde, damit es mit seinen jeweiligen Familien Weihnachten feiern kann. Laut königlicher Anweisung sollen alle ein »normales« Weihnachtsfest genießen – was sich auch der König wünscht. Leider wird ihm ein »normales« Weihnachtsfest nicht vergönnt sein.)

Prolog

König Eric erzählte uns gern eine Fabel über eine ganz normale Familie, die in den Londoner Zoo fährt, um sich die Löwen anzusehen. Er hatte sich die Geschichte selbst ausgedacht und war immer sehr stolz, wenn er sie erzählen konnte. Er erzählte sie oft. Die Fabel sollte inspirieren, sie sollte zu tiefschürfenden Gedanken anregen, auf eine hintergründige, verborgene Bedeutung anspielen, so wie es viele Fabeln tun. Mit der Zeit lernten wir die Fabel zu fürchten, aber nicht aus den von König Eric beabsichtigten Gründen. Die Fabel war uns ins Gedächtnis gemeißelt wie die Gebote in Stein, dennoch war sie ein Angriff auf unsere Ohren, ein Stoß in unsere Herzen. Mit jedem Mal wurde der Vortrag des Königs grandioser – statt einer einfachen Erzählung wurde ein Pergament entrollt, Kostüme waren zu tragen, ein Schauspiel wurde daraus, in dem wir immer größere Rollen zu übernehmen hatten. Er wollte, dass wir uns bereichert fühlten, wir aber sehnten uns nur danach, dass es endlich vorbei wäre – jede »hintergründige, verborgene Bedeutung« wurde ignoriert, Gedankenreichtum und Inspiration wurden von Langeweile und Apathie vereinnahmt.

Aber wir ließen den König die Fabel erzählen.

Er mochte sie so sehr.

Die Fabel ging so: Eines Tages beschloss eine ganz normale Familie, Vater, Mutter und Kinder, in den Londoner Zoo zu gehen, weil sie vor allem die dort untergebrachten Löwen sehen wollten. Sie standen früh auf. Sie fuhren mit dem Zug in die Stadt – dafür brauchten sie den ganzen Vormittag. Als sie schließ-

lich die großen Tore des Zoos erreichten, gingen sie mit den anderen Besuchern schnurstracks zum Löwengehege, einem großen, von dickem Sicherheitsglas umgebenen Bereich. Drinnen wurden die Löwen aus ihrem Schlummer geweckt und schritten daraufhin vor der erwartungsvollen Menge auf und ab. Die Kinder der hypothetischen Familie kreischten vor Freude, als sie die großen wilden Tiere sahen. Die Menschenmenge applaudierte und johlte, als die majestätischen Raubkatzen sich über das Fressen hermachten, das an diesem Tag auf ihrem Speiseplan stand.

Hier endete die Erzählung, die damit gar keine richtige Erzählung war. Wir waren selbst keine Meister in dieser Kunst, aber wir wussten, dass es doch so etwas wie eine Auflösung geben sollte, eine Steigerung, ein Innehalten und eine erneute Steigerung, bis der unvermeidliche Schlusspunkt kam. Aber nein, es war eine Fabel, und sobald sie erzählt war, stellte Eric eine Frage: Wer oder was ist das Wichtigste in dieser Geschichte?

Manche von uns sagten, die Löwen, denn sie sind die, die Freude und Vergnügen schenken und das ach so langweilige Leben der Familie kurzweiliger machen. Manche von uns sagten, die Familie, denn sie ist es, die die Welt am Laufen hält, und überhaupt, verfügten die Löwen über Verstand, würden sie verstehen, dass sie lediglich Komparsen sind und sich freuen sollten, zum Vergnügen der anderen da zu sein. Manche von uns gaben sich besonders schlau und führten anderes an – die Zoomitarbeiter zum Beispiel, die die Löwen aus dem Schlaf wecken, damit die Familie sie sehen kann. Oder, noch weiter hergeholt, die Forschungsreisenden, die die Löwen nach London gebracht haben. Wie steht es mit denen, die den Zug gebaut haben, der die Familie nach London bringt, damit sie das Spektakel sehen kann?

Aber sosehr wir uns auch bemühten, keiner von uns kam je auf die richtige Lösung. König Eric schüttelte immer nur den

Kopf und beschloss, die Fabel an einem anderen Tag erneut zu erzählen.

Diese Geschichte ist heute nicht erzählt worden – an seinem Lieblingstag im Jahr. Dem ersten Weihnachtstag. Wir sind alle im Salon, nach dem mittäglichen Festessen, und die Zeit für die Geschichte ist vielleicht schon vorüber, aber Eric wird eine Möglichkeit finden, sie uns nahezubringen. Seine berühmte Nach-Festmahlsrede steht noch an – und diese Rede birgt ein Versprechen. Ein Versprechen auf Veränderung.

Der König wird einen Namen nennen.

Nur einen.

Ich überlege, was geschieht, wenn ihm mein Name über die Lippen kommt. Obwohl ich weiß, dass das nicht geschieht. Ein Leben mit noch mehr Einschränkungen, aber ein Leben als ein Gott. Ja, ich stünde an der Spitze des Königshauses – die wichtigste Person im Land. Aber von königlichem Geblüt zu sein, heißt, gesehen zu werden. Wir sind die Löwen. Vielleicht weiß man die Antwort auf König Erics Fabel erst, wenn es zu spät ist.

Eric nimmt einen großen Schluck von seinem Whisky. Er beginnt zu reden. »Es ist eine Ehre, mit dieser meiner Familie an …« Aber seine Stimme bricht, sein Gesicht läuft seltsam puterrot an, er greift sich mit den Händen an den Hals – das Whiskyglas fällt auf den dicken Flauschteppich. Eric kracht auf den Tisch vor sich, während wir schreien und weinen und verwirrt vor uns hin murmeln und uns fragen, ob das Teil seiner Rede ist.

Der Koch, schwer atmend vor Panik, eilt zu ihm und bestätigt, was wir alle insgeheim schon wissen.

König Eric ist tot.

Was kaum überraschen kann, da ich den Whisky vergiftet habe.

Jetzt muss ich damit nur noch durchkommen.

Zehn Stunden zuvor …

I

Ein bescheidenes Frühstück

Verlangt einem nach der Aufmerksamkeit jener hinter einer Tür, kann man mit drei kräftigen Schlägen nichts falsch machen. Nicht mehr, nicht weniger. Zwei Schläge bergen die Möglichkeit, missverstanden zu werden, während vier Schläge unnötig übertrieben erscheinen. Das war die Devise von Jonathan Alleyne, dem königlichen Leibkoch, und das änderte sich auch nicht um fünf Uhr morgens in den hallenden Fluren von Balmoral Castle.

Balmoral Castle, ein illustrer Landsitz in den abgelegenen Highlands von Schottland, kam Mitte des neunzehnten Jahrhunderts in den Besitz der Krone, als es von Prinz Albert für Königin Victoria erworben wurde. Königin Victoria liebte feucht-kaltes Wetter, und Balmoral lag wahrscheinlich in der feuchtesten und kältesten Gegend der britischen Inseln. Den Großteil des Jahres herrschen hier raue Bedingungen mit peitschendem Wind und unablässigem Regen. Die Einheimischen bezeichnen den Regen als »wüst« und sind der Meinung, er falle nicht auf sie, sondern durch sie hindurch. Nicht unbedingt ein Ort für königliches Geblüt, aber Victoria und Albert waren glücklich über ihre Erwerbung. Nachdem sich das ursprüngliche Schloss als zu klein erwies, wurde es nach ihren Maßgaben umgebaut – weiterer Beweis dafür, dass sie das Gebäude wegen seines Standorts ausgesucht hatten.

Balmoral fungierte aktuell als Sommerresidenz des gegenwärtigen Monarchen, König Eric, und seiner Familie – der Sommer ist die einzige Jahreszeit, in der die Sonne das Land mit ihrer Anwesenheit beehrt. Hätte man aber in diesem Moment einen Blick durch die Schlossfenster nach draußen geworfen, hätte man meinen können, der Begriff Sommer sei nichts weiter als die Ausgeburt eines kollektiven Hirngespinsts. Denn über dem größeren Teil des Vereinigten Königreichs ging ein heftiger Schneesturm nieder, der die Meteorologen nicht sonderlich überrascht hatte, das Getriebe einer semi-funktionalen Gesellschaft aber zum Erliegen brachte. Das Schloss wie das Land befanden sich im Belagerungszustand. Jon hörte den pfeifenden Wind, der in die Gemäuer einzufallen und Schnee mit sich zu bringen drohte. Doch das würde nie geschehen – Balmoral hatte schon Schlimmerem standgehalten und würde auch jetzt standhalten. Das Wetter war oft heftig. Der Fluss Dee, der sich durch das Anwesen zog, trat regelmäßig über die Ufer, und das Schloss hatte Wirbelstürme, Weltkriege und zerstörerische Zeitenläufe überdauert. Balmoral stand noch immer; kaum zu glauben, dass dies irgendwann nicht mehr so sein sollte.

Der Schneesturm hatte nahezu exakt eine Stunde nachdem alle abgereist waren, eingesetzt. Der Massenexodus des Dienstpersonals von Balmoral war ein besonderer Anblick, fast so, als hätten die Bediensteten im Schloss gesehen, was auf sie zukommen würde, und daraufhin die Flucht ergriffen. Jons Armada von Köchen war bis zum bitteren Ende geblieben und hatte ihm bei den Vorbereitungen geholfen, bevor sie der Reihe nach die Küche verlassen und ihre Anspannung und Besorgnis zu verbergen versucht hatten, dass ihr Kommandeur damit überfordert sein würde, die Mammutaufgabe allein zu vollenden. Jon konnte es ihnen nicht verdenken – er hielt es ja selbst kaum für möglich.

Diese Zweifel zeigten sich jetzt an Jons Tränensäcken und seiner Kurzatmigkeit sowie der klammen Schweißschicht, die seine Haut überzog wie Tau den morgendlichen Rasen. Wie anscheinend immer in den Nächten vor wichtigen Ereignissen hatte der Schlaf ihn gemieden. Jon hatte sich hin und her geworfen, hatte unwillkürlich im Kopf die Liste der schon erledigten Aufgaben aufgezählt und wurde von der unbestimmten Sorge geplagt, dass er etwas schrecklich Wichtiges vergessen hatte. Schließlich fand er eine Mütze voll dessen, was man in solchen Nächten ersehnte – etwas, das der Erholung zwar nahe, aber nie nah genug kam. Und es war nur von kurzer Dauer. Jon war wach, bevor der Wecker ihn wecken konnte. Der Tag hatte begonnen. Die Zeit hatte die lästige Angewohnheit, weiter zu rasen.

Jonathan Alleyne, gefangen in dem Gefühl, einerseits schon zu lange und andererseits nicht lange genug gelebt zu haben, war viel zu vertraut mit den Tücken und Fallstricken der Zeit. Er war ein schwermütiger Mann von fünfundfünfzig Jahren, von denen er dreiunddreißig im Dienst der Krone verbracht hatte. Als königlicher Leibkoch war er der königlichen Familie zu ihren diversen Wohnsitzen gefolgt und hatte sie mit allem, wonach ihnen der Sinn stand, verwöhnt. Seine Gerichte waren Premierministern, Präsidenten, Delegierten und Würdenträgern serviert worden – und manche von ihnen hatten ihm sogar Komplimente ausgesprochen. Er durchmaß die Korridore der Macht und füllte die Mägen der Mächtigen. Wie liebte er seine Arbeit – ein wichtiges Rädchen in einer Riesenmaschine.

Am Weihnachtsmorgen war dem König eine einzige, leicht getoastete Weißbrotscheibe vorzubereiten, bestrichen mit fettreduzierter Butter und einer großzügigen Schicht Himbeermarmelade. Dazu Kaffee – zwei Teelöffel Premium-Instant-Kaffee von Kenco (auf strikte Anweisung – »Instantkaffee ist meiner Meinung nach stärker – als hätte er sich zu beweisen«) und ein Spritzer Halbfettmilch. Jon hatte das, unter einer kleinen Glasglocke, den ganzen Weg von der großen Küche zum wichtigsten der 52 Schlafzimmer getragen.

Er kannte den Weg so gut, dass er ihn mit verbundenen Augen hätte zurücklegen können. Wegstrecken, Kalender, Speisenabfolgen, Geburtstage und vieles andere hatte sich im Lauf seiner Dienstzeit in sein Gehirn eingebrannt – und alles hatte mit einer Familie zu tun, die nicht seine war und nie sein würde. Manchmal, in kalten Nächten, fragte sich Jon, was er tun würde, wenn alles vorbei wäre, wenn er seiner Pflicht entbunden und ihm gesagt würde, er könne nun endgültig nach Hause gehen. Wenn die gewaltige Masse an Wissen für überflüssig erklärt würde, dann würde er hinaustreten auf die kalte Kopfsteinpflasterstraße – frei zu tun, was immer er wollte – und feststellen, dass sein eigenes Leben an ihm vorbeigezogen, dass es zu einer bloßen Fußnote im Leben eines anderen zusammengeschrumpft wäre.

Würde es das wert gewesen sein? Oft lautete die Antwort darauf Ja – in neun von zehn Fällen. Leider schien die Welt in exakt diesem zehnten Fall zu verharren. Jon hatte ein Geheimnis. Kein schönes Geheimnis – so wie das Wissen, wo die Weihnachtsgeschenke versteckt waren oder dass es den Weihnachtsmann tatsächlich gab –, sondern ein dunkles, persönliches Geheimnis, das sein Herz verbrannte, wenn er nur daran dachte, und das sich in stechenden Bauchschmerzen äußerte. Aber vielleicht kamen die Schmerzen auch gar nicht von der Heimlichtuerei.

Bevor John sich weiter seinen Gedanken hingeben konnte,

ertönte von drinnen ein lautes »Herein«. Dreimal angeklopft. Perfekt. Jon kam der Aufforderung nach.

In dem großen Schlafzimmer prasselte das offene Feuer, das Himmelbett war leer, das Bett selbst perfekt gemacht, als wären die Zimmermädchen noch anwesend. Churchill, eine der dreifarbigen Katzen des Königs, lag auf einem der aufgebauschten Kissen und schnurrte vor sich hin. König Eric saß an seinem Schreibtisch und ordnete einen Stapel Weihnachtskarten ihren entsprechenden scharlachroten Umschlägen zu. Gelegentlich sah er zum Fenster und hinaus in den Schneesturm, lächelte und fuhr mit seiner Arbeit fort. Als er Jon sah, erhob er sich – als wäre der Koch der König und umgekehrt. »Jon. Frohe Weihnachten.«

»Frohe Weihnachten, Eure Majestät. Ich bringe Ihnen Ihr Frühstück.«

Jon war nicht überrascht, dass der König am Weihnachtsmorgen schon auf war. Der Monarch war nach wie vor eine beeindruckende Erscheinung, selbst mit seinen fünfundachtzig Jahren, selbst in seinem leider leicht fusseligen lila Morgenmantel. Auf seinen Schultern ruhte die Last des gesamten Landes, aber es waren Schultern, die diese Last zu tragen vermochten. Dennoch, vor allem in letzter Zeit kam man nicht umhin zu bemerken, dass die Jahre ihren Tribut gefordert hatten. Wenn Jon den betagten Mann betrachtete, konnte er immer noch den alten Eric Windsor vor sich sehen – voll nassforscher Energie (traute er sich zu sagen) und rechtschaffener Empörung, die sich irgendwie perfekt zu dem Wunsch gesellte, die Grundfeste der Monarchie aufrechtzuerhalten. Er war nach wie vor dieser Mann – es war sein Körper, der ihn im Stich ließ. Eric Windsor zerfiel und verwelkte und hatte nichts mehr von dem, was ihn einst ausgezeichnet hatten. Am traurigsten aber war: Er sah es selbst.

Der gute König war Abbild dafür, dass letztlich immer die Zeit gewann, sogar gegen einen Gott. Wenn selbst der König von der Zeit in die Knie gezwungen wurde, welche Chance hatte dann Jon?

Er ging zum Tisch vor dem offenen Kamin und stellte sein Tablett ab; er wusste, es würde noch dauern, bis der König Zeit für den Toast fand. Er würde dann eiskalt sein, aber damit musste jeder rechnen, der auf Toast bestand. Jon brachte dem König seinen Kaffee, machte einen kleinen Umweg, um Churchill hinter den Ohren zu kraulen, und kam neben dem Monarchen zu stehen.

Zusammen mit seinem König sah Jon aus dem Fenster. Vor ihnen präsentierte sich eine fahle weiße Landschaft. Das Anwesen lag unter einer dicken Schneedecke verborgen, weiteren Schnee trug der stürmische Wind heran. Der Himmel war wolkenverhangen und versprach kein Nachlassen in nächster Zeit.

Mit zitternder Hand führte der König die Tasse an die Lippen und nahm einen Schluck. Als er ausgetrunken hatte, nahm Jon ihm die Tasse ab und stellte sie auf den Schreibtisch. Das alles geschah wortlos, was der König wertzuschätzen wusste.

»Ich möchte sagen, Sie sind gerade rechtzeitig gekommen, um noch das Ende der Show mitzuerleben.« Mit einem Nicken wies der König nach unten, Jon folgte seinem Blick.

Weit unter ihnen, inmitten des eisigen Schneetreibens, entdeckte Jon die schwachen Lichter eines Fahrzeugs, das sich langsam vom Schloss entfernte. Nicht lange, dann hielten die Lichter an, und eine kleine Gestalt mit einer Schneeschaufel kam ins Blickfeld. Jon erkannte sie nicht, aber das war auch gar nicht nötig. »Miss Darcy ist noch hier?«

»Sie ist so lange wie möglich geblieben. Dann hat sie mir

meine rote Kassette gegeben und ist gegangen.« Mit einem Nicken wies der König auf die »Dispatch Box«, die neben der Glasglocke auf dem Tisch stand. Jon war sie gar nicht aufgefallen.

»Aber es ist doch Weihnachten.« Dem König standen nur zwei freie Tage im Jahr zu – einer war der Ostersonntag, der andere der Weihnachtstag. Die Kassette enthielt Schreiben der Regierung an den König – über Verhandlungen und Entscheidungen, über die er Bescheid wissen sollte.

»Bloße Ausrede, um noch mal nach Balmoral zurückzukommen. Aber dafür kriegt sie jetzt die Rechnung präsentiert.« Ein Windstoß rüttelte wie zur Bestätigung am Fenster. Unten schippte Miss Darcy Tharigold, die königliche Privatsekretärin, die Räder ihres Wagens frei, damit der Wind sie wieder mit Schnee zuwehen konnte. »Großer Gott, lass sie bitte fortkommen. Ich habe keine Lust, noch jemanden an der Tafel bewirten zu müssen. Und ich will auch nicht erfahren, was Miss Darcy unter Partygeplauder versteht.«

»Ich kann runter und ihr helfen, wenn Sie wollen, Sir«, sagte Jon, auch wenn er das in Wirklichkeit natürlich nicht konnte. Er musste so schnell wie möglich in die Küche zurück und sich wieder seiner 135 Punkte umfassenden Liste für das Weihnachtsessen widmen.

Gott sei Dank lachte der König. »Damit ich um meinen Spaß gebracht werde? Nein, mein Freund, danke. Aber Sie könnten mir eine Frage beantworten – meinen Sie, sie sind meinen Anordnungen wirklich nachgekommen?«

Jon dachte nach. Die Anweisung war irgendwann Anfang Dezember ausgegeben worden: »Der König wünscht sich, Weihnachten mit der Familie zu feiern.« Niemand wusste, was es zu bedeuten hatte, bis bekannt wurde, dass jeder am 25. das Schloss zu verlassen hatte. Jon hatte seine eigene

Meinung, wie wahrscheinlich das war. Er betrachtete sich nicht als hochintelligenten Menschen (weit gefehlt), aber er wusste, wie mit dem König zu reden war. »Ich denke, man wird Ihre Anordnungen buchstabengetreu befolgen, Sir. Aber zwischen diesen Buchstaben wird sich irgendwie eine Lücke finden, damit sie doch das tun können, was sie wollen.«

Der König schien zu verstehen, dennoch sagte er: »Führen Sie es bitte aus, alter Freund.«

Jons Blick ging nach draußen. Darcy Tharigold saß wieder in ihrem Wagen, auch schien sie einige Fortschritte erzielt zu haben. Aber wohin wollte sie? Zum Weihnachtsfest nach Hause? Das glaubte er kaum. »Nur so eine Theorie – soweit ich weiß, sind zwei Dutzend Angehörige des Sicherheitspersonals in einiger Entfernung in einem Hotel untergebracht. Dort warten sie auf ein Signal von Tony Speck, und falls sie gebraucht werden, kommen sie sofort.«

Der König verband ein Lächeln mit einem Seufzen, was einen seltsamen Ausdruck resignierter Bestürzung ergab. Darin war er sehr gut. »Ja. Das dachte ich mir auch. Zum Teufel, warum können sie nicht einfach gehen und wenigstens einmal ihren Feiertag genießen? Balmoral war mal unser kleines Stück Freiheit. Jetzt ist es das genaue Gegenteil – es ist zum Sinnbild unserer Unfreiheit geworden. Sogar die rauen Berge Schottlands grenzen uns ein. Die neuen Zäune auf unserem Anwesen, die Sicherheitsmaßnahmen, die Zeichen der Zeit. Eine Wildnis, wo sogar meine Privatsekretärin mal eben so auf eine Stippvisite vorbeischaut. Königin Victoria würde sich im Grab umdrehen. Sogar das Wetter hat sich gegen uns verschworen.«

Jon wusste nicht, was er sagen sollte. Er hatte viel Zeit an der Seite des Königs verbracht. Die beiden hatten im Lauf der Jahre eine merkwürdige Freundschaft aufgebaut – seit damals, als Jon sich dem König genähert hatte, der ein Kreuzworträtsel nicht lösen konnte, zu dem Jon die Antwort parat hatte. Danach hatte sich der König das Kreuzworträtsel immer für den Zeitpunkt aufgehoben, an dem Jon anwesend war. Sie verbrachten mehr Zeit zusammen, als man von einem König und seinem Leibkoch gemeinhin erwartete, und deswegen erkannte Jon jetzt auch, dass der Monolog dem Alten tatsächlich schwer zu schaffen machte. Das Königtum hatte ihn sein gesamtes Leben in seinen Klauen gehalten, niemals aber – so schien es – so fest wie jetzt.

Der Augenblick ging vorüber, die dunkle Wolke verflüchtigte sich, und der König fand zu seiner Unbeschwertheit zurück. »Ah, bevor ich es vergesse.« Er wand sich fast um Jon herum und schnappte sich eine Karte vom Stapel.

»Sir? Ich fürchte, ich habe keine für Sie«, sagte Jon, als er sie entgegennahm.

»Papperlapapp, Sie bereiten uns ganz allein ein großartiges Festmahl zu. Da kann ich Ihnen, möchte ich meinen, eine Karte nachsehen.«

»Dann danke ich Ihnen recht herzlich, Sir. Ich muss jetzt zurück zum Festmahl, damit es so großartig wird wie nur möglich.«

»Ich muss zurück zu dieser Sache mit Miss Darcy. Wann wird sie die Pferde holen, damit sie ihren Wagen wie einen Schlitten fortziehen? Sie sind entlassen.«

So trennten sie sich – der König widmete sich wieder seinem fröhlichen Voyeurismus, und Jon, in der Annahme, das Gespräch wäre beendet, eilte zur Tür. Aber bevor er sie öffnen konnte, sagte der König: »Das ist ein großer Tag, alter Freund. Ich danke Ihnen, dass Sie bei mir sind.«

Jon nickte. »Es ist mir eine Ehre, Sir«, sagte er und überließ dem König wieder sich selbst.

Für den Rest seines Lebens würde Jonathan Alleyne immer wieder durch den Kopf gehen, was der König ihm in den frühen Morgenstunden des Weihnachtstags gesagt hatte.

Das ist ein großer Tag, alter Freund.

Eine nicht ungewöhnliche Empfindung, noch dazu, wenn man die Umstände des Anlasses bedachte. Im Nachhinein aber musste er sich wundern – hatte der König gewusst, was geschehen würde?

Und falls dem so war – warum hatte er dann nicht so schnell und so weit wie möglich die Flucht ergriffen?

II

Ein unbescheidenes Mittagsmahl

Jonathan Alleyne hatte sich in seinem Leben nirgends heimisch gefühlt, bis er sich in der königlichen Küche wiedergefunden hatte.

1967 in einer winzigen Gerümpelkammer auf einem Dachboden in Soho geboren, Sohn einer Mutter aus Barbados und eines britischen Vaters, den er nie kennenlernen würde, war er zwischen zwei Welten hin- und hergerissen gewesen – hier die hellen sonnigen Strände von Barbados, dort die (vergleichsweise) grauen verregneten Straßen Londons. Den Großteil seiner Kindheit verbrachte er auf Ersterem, da seine Mutter, als klar wurde, dass sein Vater nicht beabsichtigte, jemals wieder auf der Bildfläche zu erscheinen, ihn übers Meer zu ihrer Großfamilie brachte.

Da er nichts anderes kannte, war Jon in diesen ersten Lebensjahren auf Barbados glücklich. Seine Mutter sah er immer seltener, da sie das Interesse an ihrem Kind verlor und sich verstärkt dem zuwandte, was sein Vater ihr ebenfalls aufgehalst hatte – eine Abhängigkeit von illegalen Substanzen. Manchmal verschwand sie für Wochen am Stück.

Das Haus der Alleynes war klein, eng und bis oben hin voll mit vier Generationen der Familie, sodass ihre Abwesenheit meistens gar nicht auffiel. Jon konnte oft gar nicht fassen, wie viele Leute sich in dem Haus aufhielten, auch schien sich deren Zahl ständig zu ändern. Zu einem Zeitpunkt zählte er drei Tanten, drei Onkel, sechs Cousins, eine Nichte, vier Großeltern und einen uralten Urgroßvater, aber für ihn hieß das nur, dass seine Mutter nicht da war.

Jons Nani, die Mutter seiner Mutter, sah seinen Kummer und verband diesen mit ihrem eigenen. Sie nahm ihn unter ihre Fittiche und erzog ihn fast wie ein eigenes Kind. Sie behielt ihn an ihrer Seite, wenn sie durch die Küche ging und sich vergewisserte, dass alle satt waren. Ganz nebenbei lernte er zu kochen, so wie er lernte, wie die Welt funktionierte, wie er Umgangsformen lernte, ja, wie er die Sprache lernte. Sie war gut zu ihm, wie er es nie gekannt hatte.

Anfangs schlief Jon bei seiner Nani, aber als er alt genug war, musste er in das Zimmer mit den sechs Cousins und nur drei Doppelstockbetten ziehen. Sie ließen ihn auf dem Boden schlafen. Er war anders als sie – er wusste es, sie wussten es, es war unverkennbar. Wie Kinder es eben machten, nutzten sie das als Waffe. Jedes Mal, wenn Jon ins Zimmer kam, stimmten sie ihren Spottgesang an: »Ist es schwarz? Ist es weiß? Woher es kommt, keiner weiß, prügelt es windelweich!« Jons helle Haut würde immer bedeuten, dass er nicht ins Haus der Alleynes passte.

Erst nach der Beerdigung seiner Mutter 1983 spürte er wirklich, wie sehr er hier fehl am Platz war. Er weinte nicht, als seine Mutter in die Erde gelassen wurde, im Beisein einer ganzen Stadt von Trauernden, die jetzt, da sie tot war, an ihr sehr viel interessierter schienen als zu der Zeit, als sie noch gelebt hatte. Nachdem es vorbei war, saß er mit seiner Nani auf den Kirchenstufen und sagte ihr, dass er fortmusste.

Nani hielt ihn nicht auf – mit dem Geld, das sie in einem Monat mit ihrer Wäscherei verdiente, kaufte sie ihm ein Flugticket nach England und gab ihm genug, damit er sich irgendwo einrichten konnte. Sie war die Einzige, die ihn zum Flughafen begleitete. »Du machst es für dich, liebes Kind. Geh hinaus und finde, wonach du suchst. Denn der Herr wird es dir nicht bringen. Und deine Momma auch nicht. Es waren nicht die Drogen, die deine Momma umgebracht haben, Little Jon. Sondern die Tatsache, dass sie nicht gewusst hat, was sie hier soll. Geh also, sieh dir die Welt an. Und, noch wichtiger, sorge dafür, dass die Welt dich sieht.«

Jon, erst sechzehn Jahre alt, weinte, als die Maschine aufs Rollfeld hinausfuhr und Nani aus seinem Blick verschwand. Er weinte, weil ihm irgendwie klar war, dass er niemals zurückkommen und sie nie mehr sehen würde und sie das die ganze Zeit schon gewusst hatte. Er fasste in seine Hosentasche, suchte nach einem Taschentuch und fand stattdessen einen gefalteten Zettel. Er war eng beschrieben mit Nanis verwirbeltem Gekritzel, das für das ungeübte Auge nicht zu entziffern war. Aber Jon konnte es lesen – es war ihr Rezept für Fliegenden Fisch, ihr kostbarster Besitz. Darauf konnte Little Jon aufbauen.

Die frühen Tage in London waren bestimmt von Erschöpfung, Einsamkeit und schwindender Motivation. Mit Nanis Geld konnte er ein kleines Zimmer in Islington mieten, es aber nicht einrichten. Ein Jahr lang schlief er auf dem Boden und versuchte tagsüber einen Job in irgendeinem Restaurant zu finden, das ihn nehmen wollte. Nach ein paar Monaten hatte er Glück, im West End machte ein neues Lokal auf.

Das Caribbean Plaza war angeblich ein exklusives karibisches Fusion-Restaurant, gleich um die Ecke des Lyceum Theatre gelegen und wie dafür geschaffen, von den Theaterbesuchern zu profitieren. Jon wurde als Küchenhilfe eingestellt – er hackte Gemüse und wusch Geschirr. Er war einfach nur froh, Geld zu verdienen.

Im Lauf der Jahre bot sich Jon die Möglichkeit, zum Jungkoch aufzusteigen, er wurde Teil des Küchenteams. Er war zufrieden mit seinem Leben und glaubte endlich gefunden zu haben, wohin er gehörte – bis ein Abend alles veränderte.

An einem schlichten Mittwoch 1989 sollte das Restaurant wegen einer äußerst exklusiven Veranstaltung für die Öffentlichkeit geschlossen bleiben. Der Küchenchef und Miteigentümer Jason Heartland erzählte niemandem in seinem Team, um wen es sich bei den Gästen handelte, nur dass sie ihr Bestens geben mussten und es einer der wichtigsten Abende in der Geschichte des Restaurants sein würde.

Jon sah die Gelegenheit gekommen, sich weiter auszuzeichnen. Ihm wurde ein Gericht übertragen, die Ente, und man erwartete von ihm, dass er den gesamten Abend höchste Qualität ablieferte. Von Beginn an bestand rege Nachfrage nach der Ente, bis das Schlimmste eintrat. Es kam eine weitere Bestellung, aber ihr Vorrat war erschöpft. Heartland fluchte lautstark, als er die Nummer des Tisches sah, an dem die Ente bestellt worden war, aber seine Augen leuchteten auf, als er Jon sagte, er müsse hinaus und sich persönlich beim Tisch entschuldigen. Jon wusste, was das bedeutete – ihm wurde die Rolle des Sündenbocks zugewiesen, obwohl er für den Einkauf gar nicht zuständig war.

Zögerlich trat Jon hinaus in den Speiseraum, in das Meer weißer Männer in schwarzen Anzügen. Der Mann, die Frau und deren zwei Töchter an dem ihm bestimmten Tisch schienen die einzigen durchschnittlichen, wenngleich vielleicht etwas übertrieben elegant gekleideten Gäste zu sein. Als er sich dem Tisch näherte, konnte er sich nicht des seltsamen Gefühls erwehren, die junge Familie irgendwie zu kennen. Hatte er sie schon einmal gesehen, vielleicht auf der Straße oder im Fernsehen oder in der Zeitung?

Aber es spielte ja keine Rolle, wer sie waren. Wichtig war nur, dass er ihnen nicht das Gewünschte servieren konnte. Es stellte sich heraus, dass eine der Töchter – beide waren wohl um die zehn Jahre alt – die Ente bestellt hatte. Jon entschuldigte sich überschwänglich und schlug vor, dass sie sich etwas anderes von der Speisekarte aussuchten oder er ihnen etwas ganz Persönliches zubereiten könne. Die glamouröse Frau gab einen empörten Laut von sich, aber der Mann war sehr freundlich. Er sagte, dann habe er auch lieber etwas Persönliches.

Wieder in der Küche, hielt Jon den Kopf gesenkt und sprach mit niemandem, auch als er gefragt wurde, was denn nun sei. Wäre diese Geschichte eine Fabel, hätte Jon dem Mann und seiner Tochter Nanis Rezept für Fliegenden Fisch serviert, aber leider ist sie das nicht. Er rührte ein einfaches Ziegen-Pilau zusammen und servierte es. Der Mann dankte ihm, und das war es dann.

Nach dem Ende der Veranstaltung, als alle schon gegangen waren, holte Heartland ihn in sein Büro und stauchte ihn zusammen. Jon hatte eine Vielzahl von Gegenargumenten – er war nicht zuständig für den Einkauf, warum wurden nicht Zutaten zurückgehalten, wenn das der wichtigste Tisch der Gesellschaft war –, aber er wusste, worauf es hinauslaufen würde. Er würde geopfert werden.

Bis es an der Tür klopfte. Wie aus dem Nichts erschien der Mann vom Tisch, und Heartland wurde mit einem Mal sehr nervös. Der Mann entschuldigte sich und ließ Heartland fortfahren, was dieser auch tat. Und so, nach wenigen Worten, war Jon arbeitslos.

Der Mann in der Tür runzelte die Stirn und richtete seine Aufmerksamkeit auf Jon. Zu dessen (und zu Heartlands) Überraschung bot er ihm einen Job an. Jon nahm an, noch bevor ihm klar wurde, dass dieser Mann der König von England war.

Daher, nein, Jon Alleyne hatte nie wirklich ein Zuhause. Aber die Küchen in den diversen Schlössern, die er als königlicher Leibkoch leitete, kamen dem definitiv am nächsten. Das waren jetzt die Orte, nach denen er Heimweh verspürte, wenn er zu lange von ihnen fort gewesen war. Dort hielt sich jetzt seine Mannschaft auf, die einer Familie nicht unähnlich war.

Heute aber, am Weihnachtstag, war er allein, in einem Raum, der für zwanzig, dreißig Leute vorgesehen war, die alle zusammen arbeiteten. Jon war dann nur ein Glied in der Kette, jetzt aber war er die ganze Kette selbst. Aber sich in Selbstmitleid zu ergehen war zwecklos. Also fing er an und richtete sich alles an einem der Arbeitsplätze her. Seine Aufgabe war ganz einfach – ein Essen in der gewohnt hohen Qualität zuzubereiten, dem man nicht anmerkte, dass nicht die übliche Mitarbeiterzahl beteiligt gewesen war.

Seine Köche hatten getan, was sie konnten. Letzte Nacht war die Küche voller Mitarbeiter gewesen, sie hatten Karotten geschnippelt, Kartoffeln gedünstet, Rosenkohl geputzt und Rinderhaut und Rinderknochen für den Fond eingekocht – alle zusammen. Das übliche Abendritual vor einem großen Ereignis, diesmal aber war es etwas anders. Die eigentliche Arbeit am nächsten Tag würde von einem einzigen Koch ausgeführt werden.

Von ihm.

Zu diesem Zeitpunkt hatte es ausgesehen, als wäre es nicht zu schaffen – jetzt, wo es keinen Aufschub mehr gab, war es noch schlimmer. Er holte tief Luft, zog seine weiße doppelreihige Jacke an (makellos weiß, aber wie lange noch?) und ging in die Küche. Der Kopf schwirrte ihm von den Dingen, die getan werden mussten. Gedankenverloren schob er die Weihnachtskarte des Königs in den Spalt zwischen den beiden Kühlschränken unter der Arbeitsplatte. Er hatte noch nicht mal Zeit, den Umschlag zu öffnen.

Er machte sich an die Arbeit. Der Truthahn musste vorbereitet, gefüllt und gewürzt werden. Bei der auf Niedrigtemperatur zubereiteten Ente, die er gleich nach dem Aufwachen in den Ofen geschoben hatte, musste in zwanzig Minuten die Temperatur reduziert werden. Der Schinken war so weit, um ebenfalls ins Backrohr zu kommen, aber der Zeitpunkt musste stimmen. Alles hing von den Kartoffeln ab – Jons Spezialität –, die musste man sorgfältig im Auge behalten. Das Gemüse musste überwacht, die Brotsoße fertig gemacht werden. Die Vorspeise – eine von Jon persönlich kreierte britische Weihnachtssuppe – und eines der Desserts – ein traditionelles Trifle – mussten in ihrer Gänze herbeigezaubert werden, da alles bis auf den Weihnachtspudding frisch sein musste. Das waren bloß die wichtigsten Dinge. Also fing Jon an.

Acht Angehörige der Königsfamilie würden am Weihnachtsbankett teilnehmen. König Eric und Prinzessin Marjorie mit ihren Zwillingstöchtern, den Prinzessinnen Emeline und Maud, wobei Letztere von ihrem Mann Thomas Crockley und deren beiden Söhnen, den Prinzen Matthew und Martin, begleitet wurde. Prinzessin Emeline war zwar liiert, aber ihr Partner, Anton Blake, war nicht eingeladen, was vermutlich irgendwann aufs Tapet kommen würde. Abgerundet wurde die Gesellschaft von Prinz David, dem jüngeren Bruder des Königs (ab einem gewissen Alter war diese Unterscheidung allerdings irrelevant), dessen Anwesenheit wahrscheinlich einen dunklen Schatten auf den Tag werfen würde. Es verbot sich für Jon, irgendwelche Spekulationen anzustellen, aber er war überzeugt, dass keiner Prinz David heute hier haben wollte. Etwas Hässliches umgab den jüngeren Bruder des Königs, die Regierung allerdings schien bestrebt zu sein, die Sache ad acta zu legen, und musste an den König appelliert haben, ihm einen Platz an seiner Tafel zu gewähren.

Jon war aufgefallen, dass die ganze Familie gereizt oder zumindest gereizter war als sonst. Ihm stand es fern zu lauschen, aber er konnte nicht umhin, die eine oder andere schnippische Unterhaltung oder brüske Bemerkung aufzuschnappen, immerhin war es schon einige Zeit her, dass sich die Windsor-Familie zusammen in einem Raum aufgehalten hatte.

Prinzessin Emeline war erst zwei Tage zuvor aus ihrem Wohnsitz in Yorkshire eingetroffen, mehr als eine Woche nach der anvisierten Ankunft, was wahrscheinlich dem Umstand geschuldet war, dass sie Weihnachten mit ihrem Geliebten verbringen wollte. Am anderen Ende des Spektrums stand Prinzessin Mauds Familie, die sich seit fast einem Monat in Balmoral aufhielt, so lange, wie sie gewöhnlich nie an einem Ort blieb. Sie wussten gar nicht, wohin mit ihrer überschüssigen Energie.

Der König und Prinzessin Marjorie mieden sich. Jon blieb nicht die Geringschätzung verborgen, die sie einander entgegenbrachten, trotz einer Liebe, an die sie sich nicht mehr richtig erinnern konnten, die aber zu ihrer Zeit sehr schön gewesen sein musste. Marjorie hatte sich im Lauf der letzten zehn Jahre selbst zu einer Art Schneesturm gewandelt. Eric verbarg zwar seine wahren Gefühle häufig hinter wohlgesetzten Worten, Marjorie aber versuchte oft allem und jedem genau zu erläutern, was sie von ihrer Familie hielt, wenn sie einen im Tee hatte – was mittlerweile in schöner Regelmäßigkeit vorkam.

Analysten (wie Kolumnisten in den Blättern mit den großen roten Buchstaben heutzutage genannt wurden) berichteten von Prinzessin Marjories verändertem Verhalten gegenüber dem König sowie von seiner beständigen Weigerung (und der der Regierungsvertreter), ihr den Titel einer Königin zuzuerkennen. Jon hatte nicht gewusst, dass dazu ein Akt der Gesetzgebung nötig war, bis dies zum Thema wurde. Denn während der Ehemann einer Königin grundsätzlich nicht zum König ernannt werden konnte, wurde die Frau des Königs üblicherweise Königin, daher war es recht seltsam, dass Marjorie immer noch den Titel einer Prinzessin trug. Königliche Prinzessin immerhin, aber eben eine Prinzessin.

Eine Zeituhr summte, als wollte das Universum ihn daran erinnern, womit er sich beschäftigen sollte. Er musste erst nachdenken, welche Zeituhr auf sich aufmerksam gemacht hatte, er sah dann nach der Ente, schaltete die Temperatur herunter und stellte eine neue Zeit ein, zu der er wieder nach der Ente sehen musste. Er benutzte dafür Eieruhren und markierte sie mit kleinen verschiedenfarbigen Post-its. Die Ente hatte ein rotes Post-it. Jetzt musste er sich nur merken, wofür Rot stand. Er stellte sie zur Seite.

Als Nächstes widmete er sich dem Truthahn. Der Vogel war schon vor zwei Tagen mariniert worden, er sollte also so saftig wie nur möglich sein. Als Erstes durchstach Jon vorsichtig die Haut und hob sie an, bevor er selbst zubereitete Knoblauchbutter darunterstrich. Dann wickelte er den Truthahn in die beste Pancetta, die in Schottland für Geld zu bekommen war. Er bereitete die Schalotten, den Knoblauch und die Karotten vor, die erst in der Reine mit dem Vogel gebraten, später zum Teil in den Vogel gegeben würden. Schließlich richtete er alles in der Bratenreine her und schob den Truthahn in den Ofen. Er stellte die Eieruhr auf die gewünschte Zeit, haftete ein gelbes Post-it dran und platzierte sie neben der anderen Eieruhr.

Die Brotsoße war ein wichtiger Bestandteil – es war König Erics Lieblingssoße. Als Koch hatten für Jon alle Gerichte, alle Beilagen, alle Zutaten, alle Gewürze ihren Wert. Natürlich gab es Vorlieben, Geschmäcker waren verschieden, aber in den Küchen der Welt hatte alles seinen Platz. Mit einer Ausnahme allerdings – Jon war es schleierhaft, wie irgendjemand Brotsoße essen konnte. Schon bei dem Namen, Brotsoße, wurde es Jon übel, aber der König flehte ihn regelrecht an, sie zu jedem Weihnachten zu machen.

Jon fuhr mit den anderen Aufgaben fort. Der Schinken hatte eine Eieruhr mit grünem Post-it. Die Suppe eine mit lila Post-it. Der Pudding eine mit einem orangefarbenen. Als er damit fertig war, standen sechs Eieruhren auf der Arbeitsfläche.

Er hielt einen Moment inne, um seine Aufgabenliste auf den neuesten Stand zu bringen, und wischte sich mit einem in den Hosenbund gestopften Tuch über die Stirn. Ja, er übertrieb es, aber was blieb ihm anderes übrig? Kurz setzte er sich, um zu verschnaufen. Aus dem Augenwinkel entdeckte er eine Gestalt im bogenförmigen Eingang zum Küchenbereich. Es konnte nur einer sein – einer, der die Angewohnheit hatte, immer zum schlimmstmöglichen Zeitpunkt aufzutauchen.

Tony Speck kündete völlig unnötig seine Ankunft an, indem er sich laut räusperte. Seine gewaltige Statur war in einen steifen schwarzen Anzug gezwängt – der geschickterweise seine Stellung als Security-Chef betonte –, er selbst schloss den Reißverschluss eines blauen Parka, der noch kleiner wirkte als der Anzug. »Na, Sie machen eine Pause, Alleyne?« Er war ein seltsamer Zeitgenosse – eine Ex-SAS-Urgewalt, die nun mitsamt seinem neu erworbenen bleistiftdünnen Oberlippenbärtchen domestiziert worden war. Jon mochte den Typen nicht. Aber selbst er musste eingestehen, dass es schwerfiel, sich in seiner Gegenwart nicht sicher zu fühlen. »Ich nehme an, alle hatten ihr Frühstück.« Seine Stimme ließ keinerlei Rückschlüsse auf einen wie auch immer gearteten Charakterzug zu, was irgendwie alles war, was man über ihn zu wissen brauchte.

»Ich habe dem König das Frühstück persönlich gebracht. Prinzessin Marjorie wird sicherlich erst aufstehen, wenn sie sich für das Festessen herrichten muss. Prinz David hat letzten Abend kein Frühstück in Auftrag gegeben. Und die Prinzessinnen ließen es sich nicht nehmen, das Frühstück selbst zuzubereiten.«

Speck seufzte, was Jon veranlasste, ihm in die Augen zu sehen. Dazu musste er den Blick nach oben richten, obwohl Jon recht weit weg stand. Specks Missmut war nicht zu übersehen. »Die Prinzessinnen machen sich ihr Frühstück selbst? Mein Gott. Und das haben Sie ihnen durchgehen lassen?«

»Wie auch nicht? Frühstück wird gewöhnlich in der Küche oben serviert, die näher bei den Schlafzimmern liegt. Sind sie denn überhaupt schon wach?« Jon sah zur Uhr. Es war acht. Wo war die Zeit nur hin? Er konnte sich dieses Geplauder nicht leisten.

»Die Prinzessinnen suchen die Küche auf?« Im exakt gleichen Tonfall. Wirklich beeindruckend. »Und als Nächstes dann ein Ausflug zum Shoppen?«

»Na, geben Sie Bescheid, wenn die königliche Revolution mit einer Schale Cornflakes beginnt«, erwiderte Jon schnippisch. »Brauchen Sie sonst noch was?«

»Ja, Alleyne, Sie. Gehen Sie rauf in den Salon und vergewissern Sie sich, dass dort alles in Ordnung ist.«

Jon dachte, sich verhört zu haben. »Sir, ich habe hier zu tun. Könnten Sie das nicht übernehmen? Oder jemanden bitten …« Er brach ab. Es war keiner mehr da. Er brauchte einen Moment, sich das zu vergegenwärtigen.

»Nein, Alleyne, ich drehe draußen eine Runde. Deswegen der Parka. So ein Schneesturm, das ist doch der perfekte Schutz, wenn man ein Attentat vorhat, meinen Sie nicht auch? Hören Sie, das alles ist nicht ideal, aber es ist nun mal so, wie es ist. Also, seien Sie so gut und tun Sie, wie Ihnen gesagt wird.«

Jons Blick fiel auf seine Liste. Es gab viel zu viel zu tun, aber Speck stand im Rang über ihm, er musste tun, was dieser von ihm verlangte. Als er wieder aufsah, war Tony Speck schon verschwunden und dorthin entflohen, wo weniger Chaos herrschte – hinaus in den Schneesturm.

Jon atmete tief durch, bevor er sich die Jacke herunterriss und die Eieruhren in die geräumigen Hosentaschen stopfte.

III

Der Kniff beim Anschüren

Jon würde es Tony Speck nicht auf die Nase binden, aber ein Besuch im Salon zu diesem Zeitpunkt hatte auch sein Gutes. Er fuhr mit dem Lastenaufzug nach oben (noch so früh am Tag, und schon graute ihm vor den Treppen) und legte einen Zwischenhalt in der Vorratskammer ein, um den Lieblingswhisky des Königs zu holen – Anchor Haven Single Malt. Jon achtete darauf, immer eine Flasche für den Anlass vorrätig zu haben. Der König hatte es zur Tradition gemacht, dass jeder ein Glas Whisky zum Anstoßen hatte, bevor er seine Nach-Festmahlsansprache hielt.

Der König sah sich nicht gern im Fernsehen, deshalb hielt er um 15 Uhr, wenn sich der Rest des Landes zu seiner Weihnachtsansprache niederließ, eine speziell für seine Familie verfasste Rede. Sie war oft lang, humorvoll und am besten in leicht angeheitertem Zustand zu genießen.

Jon trug die Anchor-Haven-Flasche in den Salon, bewegte sich langsam zur Schonung seiner Kräfte und trat leise ein. Würde man nicht wissen, welche Jahreszeit gerade war, wurde man vom großen Salon in Balmoral sofort eines Besseren belehrt. Farben in grellem Überfluss stürzten beim Eintreten auf das Gehirn ein und ließen es während des gesamten Aufenthaltes nicht wieder los. Der große Raum war in dekadenter Überfülle mit Weihnachtsschmuck dekoriert, der sich seit

Jahrzehnten im königlichen Haushalt befand, von altmodischen, von der Decke hängenden Girlanden über blasses Lametta am Kamin bis zu den rissigen Christbaumkugeln, die den imposanten Baum am Fenster unter sich begruben. Selbst zwei Chaiselonguen in der Mitte des Raums waren mit Weihnachtskissen ausstaffiert.

Tony Speck würde wahrscheinlich sagen, dass dieser Raum eindringlich zeige, wie es um die Familie bestellt sei. Weihnachten war immer schon Eric Windsors Lieblingsfeiertag gewesen, und er schien es zu genießen, dass er in dieser Sache das Sagen hatte. Also hatte die Familie den Raum gestaltet, mit dem Schmuck, den sie sich dazu ausgesucht hatte, was bedeutete, dass der Raum dem einer traditionellen Familienweihnacht entsprach. Eric sagte oft, Weihnachten sei die einzige Zeit im Jahr, wo er sich als normaler Mensch fühle.

Abgesehen vom Kirchgang am Weihnachtsmorgen – eine moralische, aber auch königliche Pflicht –, wurde die Familie in Ruhe gelassen. An diesem Tag war der Kirchgang aus offensichtlichen, dem Wetter geschuldeten Gründen abgesagt worden, was Eric insgeheim sicherlich gefiel. Der ganze Tag würde ihnen gehören, vor allem in diesem Jahr, in dem er eine so verblüffende Empfehlung zu unterbreiten hatte.

Es war nur allzu verständlich, dass König Eric dem Dienstpersonal freigab und darum bat, an Weihnachten allein gelassen zu werden. Jon hatte nicht erwartet, dass irgendjemand dem zustimmen würde, aber nachdem sich ein Planungskomitee mit den Royals zusammengesetzt hatte, war man schließlich zu einer Übereinkunft gelangt. Die königliche Familie sollte Weihnachten allein feiern, einzig Tony Speck würde für ihre Sicherheit zuständig sein – sowie die, nun ja, hohen Mauern und Tore von Balmoral –, und Jon sollte ihnen das Essen servieren.

Der Leibkoch war in die Vorgaben der Regierung keineswegs eingeweiht, obwohl auch er davon betroffen war, als Speck am Vorabend die Handys sämtlicher Familienmitglieder einsammelte. Er hatte auch Jons Gerät mitgenommen, das er im Dienst aber sowieso nie bei sich hatte. »Niemand darf erfahren, dass der wichtigste Aktivposten des Vereinigten Königreichs allein in der schottischen Wildnis sitzt. Ich werde doch nicht wegen Twitter das Leben der Familie aufs Spiel setzen.« Viele kamen der Aufforderung umstandslos nach, allerdings hatte es eine Weile gedauert, bis sich Prinz Martin von seinem iPad trennte. Die Geräte wurden in einer Kassette verschlossen, die Speck weggebracht hatte – an einen Ort, der nur ihm bekannt war. Die einzigen Kommunikationsmittel, die somit dem Personal im Balmoral Castle verblieben, waren Jons und Specks analoge Walkie-Talkies.

Jon stellte den Anchor Haven auf das Sideboard neben der Tür und trat um die leeren Sitzmöbel herum. Unter dem hoch aufragenden Weihnachtsbaum lagen ein paar Geschenkpakete verstreut, ein recht unordentlicher Stapel. Hatte Speck ihn hierhergeschickt, damit er die Pakete ordnete, während die Ente verbrannte und die Suppe überkochte?

»Ah, da sind Sie ja, Butler.«

Er zuckte zusammen. Prinz David in seinem traditionellen schottischen Kilt kauerte vor dem Kamin auf eine Weise, dass seine alte, hinfällige Gestalt durchaus als Herausforderung für die Sittlichkeit angesehen werden konnte. Das Familienwappen der Windsors, das bei besonderen Anlässen zu tragen ebenfalls die Tradition gebot, war wie eine Gürtelschnalle oben an den Kilt geklemmt. Prinz David hantierte mit den Scheiten und versuchte ein Feuer zu entfachen, arrangierte die Holzscheite immer wieder neu, angespornt von einem angesichts seiner Stümperhaftigkeit bewundernswerten Selbstvertrauen. Nun erhob er sich und klopfte sich die Hände ab, als hätte er Gottes Werk verrichtet. »Seit einer Stunde versuche ich das verdammte Ding anzukriegen. Fürchte, ich werde dabei noch selbst in Flammen aufgehen und den größten Wunsch meiner Familie erfüllen.«

»Eure Majestät«, sagte Jon und zwang sich zu einem Lächeln. Seit seiner Ankunft wurde er von David als Butler bezeichnet – es lohnte sich nicht, ihn zu korrigieren. Die Eieruhren in seinen Taschen wogen schwer, er hatte größere Sorgen. »Dieser Kamin hat so seine Tücken.« Er kam näher, während der Prinz zurücktrat. Nach drei Versuchen flackerte zögerlich das Feuer auf.

»Ah.« David lachte. »Erfolgreich. Gut gemacht, Butler. Scheint, man muss den richtigen Dreh raushaben. Werd ich mir merken, trotzdem hoffe ich, ich muss nicht mehr in die rußigen Tiefen greifen.« Er ließ sich im Armsessel vor dem Kamin nieder und nahm eine drei Tage alte Zeitung zur Hand. »Wie ist das Wetter draußen?«

»Stürmisch, Sir. Ein wahres Schneegestöber.« Jon sorgte dafür, dass das Feuer nicht gleich wieder erlosch, bevor er zur Whiskyflasche zurückging. Er stellte sie auf ein Tablett, zusammen mit dem rechteckigen Lieblingsdekanter des Königs, und brachte alles zum Beistelltisch. Der König hatte es gern, wenn der Whisky vor dem Trinken ein paar Stunden atmen konnte, also öffnete Jon die Flasche, brach das Siegel und schüttete alles in das Gefäß.

»Bei Gott, als würde die Welt untergehen, was?« David schob seine Brille auf die Nasenspitze, wedelte mit der Zeitung und beäugte, was Jon machte. »Wir sind wirklich ganz allein hier. Da kann ja allerhand passieren.«

»Sir?«, fragte Jon, mehr als nur erstaunt vom ahnungsvollen Kommentar.

Bevor David seinen Kommentar weiter ausführen konnte, ertönte melodiöses Lachen aus dem Gang, gleich darauf flog die Tür auf, und zwei elegante Frauen schwebten herein. Prinzessin Emeline und Prinzessin Maud schienen ihre Freiheit in vollen Zügen zu genießen, denn sie waren bester Laune. Und sie waren wirklich schön anzusehen, selbst zu dieser frühen Stunde. Die Lieblinge der Nation, rund um die Uhr.

»Ist das nicht zum Totlachen, Jon?«, bemerkte Maud heiter, als sie den Koch erblickte. Er brauchte einen Moment, bis ihm klar wurde, dass sich das auf den Stapel schmutzigen Geschirrs in ihren Händen bezog.

»Darf ich es Ihnen abnehmen, Eure Majestät?«, fragte Jon.

»Wenn es sein muss«, antwortete Maud fast traurig. »Zumindest erspare ich mir damit, wieder den Weg in die Küche zu suchen.«

»Wir haben soeben einen ganz gemütlichen Spaziergang unternommen, ohne dass irgendwelche Diener an unseren Fersen klebten«, sagte Emeline. »Das Gebäude ist richtig friedlich, wirklich.«

»Ich hoffe, ihr habt euch nicht nach draußen gewagt«, rief David. Diesmal zuckten die Schwestern (so wie Jon zuvor) zusammen. David wurde vom hohen Fauteuil so gut wie verdeckt und war für seine Nichten mehr oder weniger unsichtbar.

Ihre Laune kippte schlagartig und ließ die Luft im Raum zu einer dicken Suppe aus Abscheu und Ekel gerinnen.

»Hab dich gar nicht gesehen, Onkel«, sagte Emeline in ihrer angeborenen königlichen Höflichkeit, die einen immer wieder erstaunte. »Frohe Weihnachten.«

»Dir auch frohe Weihnachten, Emeline. Und dir auch, Maud.«

Mauds Mund verzog sich zu einem schmalen Lächeln – auch hier gewann die Höflichkeit die Oberhand –, bevor sie sich umdrehte. »Ich muss zu meiner Familie zurück. Thomas und die Jungs sehen sich die letzte Folge von *The Monarch* an. Ich möchte da sein, wenn Matthew feststellt, das er von Evan Peters gespielt wird. Er findet ihn nämlich gut.«

»Oh, diese verdammte Fernsehserie«, stöhnte David. »Ich an deiner Stelle würde ihnen stark davon abraten. Nichts als sensationslüsterner Unsinn, mit dem nur Werbung verkauft werden soll.«

Maud blieb stehen. »Oh, das tut mir leid, Onkel. Stört dich die Machart der Serie? Oder bereitet dir Sorgen, dass sie bald zu der Stelle kommt mit den Vorwürfen der Körperverletzung?«

»Ich habe niemanden geschlagen!«, schnaubte David.

»Es ist auf Film, Onkel. Und warum hast du sie überhaupt geschlagen? Vielleicht bringen sie das ja auch.«

»Maud!« Ein scharfes Zischen kündigte die Ankunft ihrer Matriarchin an. Prinzessin Marjorie Windsor-Neuberner stand in einem pinkfarbenen Kostüm mit langem Rock in der Tür. Unter den Royals galt sie in den letzten Jahren als die problematischste Figur. Dienstpersonal, das ihr zugeteilt wurde, machte keinen Hehl aus seinem Unmut. Marjorie war eine Frau, die das Vergnügen hatte, wie eine Königin zu leben, aber unter dem Fluch litt, niemals eine zu sein. »Bitte, redet an Weihnachten nicht über diesen Stuss, und entschuldige dich bei deinem Onkel.«

Maud rollte mit den Augen und murmelte: »Es tut mir leid, Onkel.« Als sie ging, bemerkte sie den Whisky auf dem Beistelltisch und verzog das Gesicht. Prinzessin Maud mochte keinen Whisky und fand auch immer einen Weg, keinen trinken zu müssen.

»Danke, Margey«, sagte David, nachdem Maud gegangen war.

»Ach, halt den Mund.« Marjorie wankte in den Raum. Erschreckt sah Jon, dass sie vielleicht immer noch leicht angetrunken oder (wahrscheinlich noch schlimmer) schon wieder leicht betrunken war. Vielleicht war es doch keine gute Idee, den Whisky so früh zu öffnen – er sollte bis 15 Uhr nicht angerührt werden. Emeline erkannte ebenfalls den Zustand ihrer Mutter, eilte zur ihr, hakte sich bei ihr unter und führte sie zum Sessel neben David. Daraufhin ging sie zum Weihnachtsbaum und nahm es ihm dankenswerterweise ab, die Geschenke zu ordnen.

»Kann ich Ihnen ein Frühstück bringen, Eure Majestät?«, fragte Jon und kalkulierte bereits still für sich, was er in der wenigen Zeit, die ihm blieb, zubereiten konnte.

»Nein, nein«, winkte Marjorie ab. »Außer es wäre ein flüssiges Frühstück zu erwarten.« Sie hatte den Whisky bemerkt.

»Ich könnte Ihnen gern etwas Orangensaft bringen, Ma'am.«

Marjorie starrte ihn eisig an. »Sie wissen, was ich meine. Sparen Sie sich das, Jon. Das gehört sich nicht für jemanden wie Sie.« Jon unterstellte Marjorie im Zweifelsfall nichts Schlechtes und sagte sich, dass sich ihr Kommentar auf seinen Beruf bezog und nicht auf seine Hautfarbe. Diese Zugeständnisse waren unvermeidlich, immer hatte man sich auf die Zunge zu beißen. »Wie ist das Wetter?«

»Stürmisch. Ein wahres Schneegestöber«, plapperte David Jons Worte nach.

»Eine weiße Weihnacht, und wir ganz allein in Balmoral. Da kann ja allerhand passieren, was, David?« Marjorie kicherte.

Wieder dieser Satz. Jon überkam ein seltsames Bauchkribbeln. Ein Gefühl, dass irgendwas nicht stimmte. Eine Art Zittern, ein sechster Sinn, dachte Jon, bis ihm klar wurde, dass das Zittern echt war und Marjorie und David ihn mit seltsamer Miene anstarrten.

»Jon, mein Lieber, ich entnehme Ihrer klingelnden Hose, dass Sie wohin müssen.«

Eine der Eieruhren war losgegangen.

IV

Auf der Suche nach Feuer

Der restliche Morgen schien ihm trotz aller Anstrengungen zu entgleiten. Bei jedem gehetzten Blick zur Uhr schienen Stunden vergangen, also ließ er es irgendwann ganz sein. Jon hatte die seltsame ätherische Erfahrung, nicht mehr über den eigenen Körper zu gebieten, während etwas (halb Gewohnheit, halb Überlebenswille) ihn antrieb und seinem Ziel näher brachte. Das Gemüse war fertig, das Fleisch würde fertig werden, der Weihnachtspudding war so weit, damit er im Anschluss an alles andere gekocht werden konnte. Jon war mit den Beilagen beschäftigt – den Soßen, den Garnierungen, der Brotsoße, als er schließlich bemerkte, dass er jede in Balmoral verfügbare Eieruhr im Einsatz hatte.

Irgendwann sah er Tony Speck von seiner morgendlichen Runde zurückkehren und sich vergebens bemühen, nicht die halben aufs Anwesen niedergegangenen Schneemassen mit ins Gebäude zu tragen. Er kam auch nicht in die Küche, bot nicht seine Hilfe an, nicht einmal ein Wort der Aufmunterung hatte er für ihn übrig. Jon war fast froh darum.

Sehr viel interessanter war ein anderer Besucher. Ein unscheinbarer Mann Anfang vierzig, der in die Küche geschlendert kam und einen hellbraunen Anzug, eine eng geschnittene Hose und eine neue Weihnachtskrawatte mit einem flauschigen Rentier trug. Sein Familienwappen war wie ein

Ehrenabzeichen an die Brusttasche geheftet. Jon bemerkte ihn zunächst gar nicht. Als er aufblickte und unvermittelt Thomas Crockley vor ihm stand, hätte er fast den Krug mit der Brotsoße fallen lassen.

»Sorry, alter Knabe«, sagte Crockley. Crockley hatte das Auftreten eines alten, aus der Zeit gefallenen amerikanischen Filmstars, den man mit einem Markthändler aus dem Londoner East End gekreuzt hatte. Man bekam ihn nicht recht zu fassen, weshalb sich die meisten in seiner Umgebung eher unwohl fühlten. Immer beschlich einen das Gefühl, dass man es gar nicht mit dem echten Thomas Crockley zu tun hatte. Und vielleicht hatte auch noch nie jemand mit ihm zu tun gehabt.

»Guten Morgen, Sir.« Jon lächelte und hoffte, der Mann würde zügig auf den Punkt kommen. Die Hauptgerichte des Festessens waren zwar startklar, dem Ganzen musste aber noch der letzte Schliff verliehen werden.

»Bin bloß auf der Suche nach Feuer. Dachte, die Küche wäre für so was der beste Ort.« Crockley sah sich um. »Sie sind ja wirklich ganz allein hier. Ich meine, ich hab gehört, dass das gesamte Personal weggeschickt werden soll, aber ich hab nicht geglaubt, dass man auf den Alten wirklich hört.«

Jon stellte die Soße ab und ging zu einer Schublade, aus der er ein Feuerzeug zog.

Crockley nahm es dankend entgegen. Jon hoffte, er würde gehen, stattdessen zündete er sich, an den bogenförmigen Türrahmen gelehnt, eine Zigarre an. »Danke Ihnen, Alleyne. Ich muss nach dem Aufwachen einfach rauchen. Und wenn es mitten am Nachmittag ist.«

Jon lächelte. »Gut, wenn Sie mal wieder Feuer brauchen, im Salon gibt es genug davon. Und wenn Sie da nicht hinkönnen, in der Vorratskammer ist ein Karton mit Feueranzündern.«

»Danke, alter Knabe, danke«, gluckste Crockley und zögerte. »Es riecht fantastisch hier.«

Jon war so beschäftigt gewesen, dass er keine Zeit gefunden hatte, überhaupt den wunderbaren, aus jeder Ecke der Küche heranwabernden Duft des Weihnachtsessens wahrzunehmen. Und hätte er vielleicht einmal innegehalten, hätte er vielleicht festgestellt, wie ausgehungert er selbst war.

Eine kleine Rauchwolke trieb von Crockleys Zigarre heran und attackierte die köstlichen Aromen. »Kann aber ja wohl nicht so gut werden wie letztes Jahr, oder? Ich meine, nichts für ungut, aber Sie sind ja allein.«

Ähnliches war ihm selbst schon durch den Kopf gegangen, als er von den Plänen zum 25. Dezember erfuhr. Thomas lungerte weiter herum, vor allem stand er aber im Weg. »Kann ich Ihnen sonst noch irgendwie behilflich sein, Sir?«

Crockley grinste und entblößte die strahlend weiße Frontpartie seiner Zähne. »Sie sind nicht auf den Kopf gefallen, was? Ja, dachte mir schon, dass ich mich vielleicht verziehen sollte, Sie wissen schon. Weg von den Kindern und den anderen – irgendwas braut sich da zusammen. Maud ist nicht da, und die Jungs treiben weiß Gott was. Na ja, irgendwie hab ich uns ja immer als ein Elternteam gesehen.«

»Wo ist Prinzessin Maud?« Jon wusste, es ging ihn nichts an, aber vielleicht ja doch, nachdem Speck als Einziger vom Sicherheitsdienst noch da war.

»Ach, im Arbeitszimmer ihres Vaters. Er ruft sie alle zu sich, einen nach dem anderen. Um ihnen anscheinend eine Standpauke zu halten, jedenfalls kommen sie unglücklicher raus, als sie reinmarschiert sind. Ihr Onkel David jedenfalls hatte eine knallrote Visage und war ziemlich angepisst.« Crockley verstummte. Er hatte sich verraten. Thomas Crockley war nicht so eloquent, wie er sich gern darstellte. Jon kannte das – fast schien es, als würden die Royals ihre eigene Sprache sprechen, eine Sprache, die auf andere abfärbte. Aber gelegentlich brach doch Crockleys East-End-Akzent durch, so wie Jon manchmal barbadianische Versatzstücke herausrutschten. Meistens aber klangen sie wie alle anderen.

RP – *Received Pronunciation.* Für Nachrichtensprecher und das Königshaus.

Das war ja interessant. König Eric traf sich mit allen Familienmitgliedern unter vier Augen. Was, fragte sich Jon, hatte er David gesagt, der gemeinhin seine natürliche Gesichtsfarbe behielt, selbst wenn er der abscheulichsten Vergehen beschuldigt wurde? Das hätte Jon wirklich zu gern erfahren, doch dann erinnerte er sich wieder daran, dass man mit Spekulationen kein Essen zubereitete.

»Der alte Sausack. Was hat er hier überhaupt verloren?« Thomas sprach von David, nicht vom König und nicht von Jon. »Er sorgt nur für schlechte Laune. Und macht alle nervös. Ist doch völlig egal, ob er zur Verwandtschaft gehört, jedenfalls schert man sich nicht darum, da, wo ich herkomme. Wissen Sie was, ich glaube, ich mach einen Spaziergang. Und genieße das Ding unterwegs.«

»Das Wetter draußen ist stürmisch, Sir«, sagte Jon und griff Prinz Davids Worte wieder auf.

»Ja. Aber weniger stürmisch als da oben, das kann ich Ihnen versichern.«

»Wenn es unbedingt sein muss, dann nehmen Sie meine Jacke, Sir. Den roten Anorak. An der Garderobe im Gang.«

»Der Anorak an der Garderobe. Danke, alter Knabe. Sie sind doch einer der Besten, jawohl.«

Einer der Besten. Jon wusste nicht genau, was er damit meinte, aber bevor er zu einer Nachfrage ansetzen konnte, war Thomas Crockley schon verschwunden. Jon kehrte an seine Arbeit zurück, im Kopf immer noch die Frage, worüber der König und David gesprochen hatten. Und dann gab es ja noch die anderen Familienmitglieder. Es schien fast, als wollte der König alles, was es noch zu erledigen galt, unter Dach und Fach bringen – solange er das Sagen hatte. Aber es gab doch keinen Grund anzunehmen, dass er heute abdanken wollte, oder?

Nicht zum ersten Mal hatte Jon das starke Gefühl, dass sich die wahre Geschichte ganz woanders ereignete und er nur ein kleines Teil von etwas Größerem war. Ein einziges Puzzleteil. Und bei Weitem nicht das wichtigste.

V

Jung zu sein

Das Weihnachtsessen war auf 12.30 Uhr anberaumt. Als es auf 12.15 Uhr zuging, war Jon am Ende seiner langen Aufgabenliste angelangt und konnte kaum glauben, dass es tatsächlich geschafft war. Man hätte denken können, eine Viertelstunde vor der Zeit fertig zu werden wäre zu viel des Guten, aber Jon hatte mit einkalkuliert, dass alles noch durch das halbe Schloss transportiert und in der kleineren Küche neben dem Speisesaal hergerichtet werden musste. Ursprünglich hatte er überlegt, alles dort zuzubereiten, um sich den langen Weg zu sparen, aber die oben gelegene Küche war für ein so opulentes Mahl kläglich unzureichend ausgestattet. Sie war lediglich für den alltäglichen Gebrauch gedacht, hatte nur zwei kleine Herde (kaum groß genug, um eine Wachtel zu braten, geschweige denn einen gemästeten Truthahn), eine begrenzte Arbeitsfläche und bot (wenngleich das nicht unbedingt relevant war) einen eher deprimierenden Ausblick auf einen vergessenen Innenhof. Es gab nur eines, was für diese Küche sprach, und das waren die beiden großen Warmhaltetische, für deren Anschaffung er sich selbst eingesetzt hatte.

Also trat Jon seine Pilgerfahrt mit dem Servierwagen an, auf dem das gesamte Weihnachtsessen verladen war, und brach aus seiner kampferprobten Küche in neue Gefilde auf.

Das Gefährt war unglaublich schwer, und bis er den alten Lastenaufzug am Ende der Bedienstetenräume erreichte, trieb ihn die Sorge um, ob er wirklich genügend Zeit eingeplant hatte. Er vergaß oft, dass er mittlerweile ein alter Klepper war. Die Knochen ächzten, der Rücken schmerzte chronisch, das Denken ging nicht mehr so flugs vonstatten. Was für ein Fluch das Älterwerden war. Der Servierwagen knarrte zustimmend.

Er schob den Wagen in den Aufzug, und als die Türen sich schlossen – sie gaben das gleiche Geräusch von sich wie seine Gelenke nach einem anstrengenden Tag –, bemerkte er Thomas Crockley am anderen Ende des Gangs. Er kam von seinem Spaziergang zurück und hängte den schneebedeckten roten Anorak an die Haken neben der Eingangstür. Jon schrieb dem keine besondere Bedeutung zu, die sie zu diesem Zeitpunkt auch nicht hatte.

Das Knarren verstummte, als der Aufzug sich in Bewegung setzte. Genauso erschien ihm das Dienstpersonal – unten war alles klapprig und gewöhnlich und derb, kam es aber nach oben, war es wie verändert. Heute würde er sich ein wenig mehr als sonst verändern müssen – und hoffte, er hatte die Kraft, den Tag heil zu überstehen. Er hatte sein körperliches Nachlassen beobachtet und fand es ganz unglaublich, dass es sonst niemandem aufgefallen war. Natürlich kam ihm zugute, dass ihn keiner je richtig ansah. Er nutzte die Fahrt im Aufzug, um sich gegen den Wagen zu lehnen und durchzuatmen. Ein Knoten tief in seinen Eingeweiden pochte und sandte Schmerzwellen durch den ganzen Körper. Laut dem Arzt war das zum großen Teil psychosomatisch. Deswegen tat es aber nicht weniger weh.

Wo um alles in der Welt steckte Tony Speck?, fragte er sich. Gewöhnlich hatten sie in ihren unterschiedlichen Aufgabenbereichen nicht viel miteinander zu tun, aber heute war kein gewöhnlicher Tag. Er hatte ein wenig Unterstützung erwartet, aber vielleicht hatte Speck ja recht. Die Sicherheit der Familie war von äußerster Wichtigkeit und zählte mehr als eine möglicherweise verdorbene Brotsoße – auch wenn sich Jon dadurch zurückgesetzt fühlte.

Oben schob er den Wagen durch die herrschaftlichen Korridore, deren dicke bordeauxrote Teppiche ihn bei jedem Schritt behinderten. Er sah auf die Uhr. Er war etwas hinter seinen Zeitplan zurückgefallen und beschloss, einen Zahn zuzulegen. Als er wieder aufblickte, nahm er mit Erschrecken wahr, dass jemand aus der offen stehenden Tür direkt vor ihm und seinem Servierwagen herausgerannt kam und Wilson hinterherjagte, einer der Katzen der Windsors. Aber statt der Katze zu folgen, blieb die Person mitten im Weg des Wagens stehen.

Jon musste abrupt abbremsen und brachte den Wagen nur mit Mühe zum Stehen. Mit angehaltenem Atem sah er, wie sämtliche Speisen leicht nach vorn rutschten, zum Glück blieb aber alles, nur leicht verschoben, auf dem Wagen.

Jon unterdrückte einen Seufzer der Erleichterung und richtete seinen Blick auf das Hindernis vor ihm. Der Junge schien erschrocken wegen des beinahe von ihm verursachten kulinarischen Desasters, fasste sich aber rasch wieder. Er stopfte die Hände in die Hosentaschen und setzte eine unbekümmerte Miene auf.

Prinz Martin war der jüngste Sohn von Prinzessin Maud und Thomas Crockley. Er war dreizehn, schlank, hatte große Augen und wirkte stets etwas verwirrt von dem Leben, in das er hineingeworfen wurde. Sein Unbehagen übertrug sich auch auf sein Äußeres. Nie schien er sich wohlzufühlen in den Anzügen, in denen er steckte, mit der Frisur, die ihm aufgezwungen wurde – im Moment war es ein einfacher Kurzhaarschnitt mit etwas längeren, nach rechts gekämmten Deckhaaren –, oder in den Räumen, in denen er wohnen musste. Jedes Mal, wenn Jon ihm begegnete, fragte er sich, wie es dem Kind wohl gehen würde, könnte es seine eigenen Entscheidungen treffen. Aber traurigerweise würde das wohl nie jemand erfahren.

Jetzt betrachtete Martin den Koch wie ein Tier, kurz bevor es von einem Auto erfasst wurde. Der Junge fummelte an seinem Wappen herum, das wie bei seinem Vater an der Brusttasche befestigt war. Und hätte sich Jon nicht nach wie vor Sorgen um das Essen gemacht, hätte er das schlechte Gewissen des Jungen sicherlich deutlicher wahrgenommen.

»Ich bitte um Entschuldigung, Eure Majestät«, sagte Jon wegen des Beinahezusammenstoßes – nicht dass Martin darüber so besorgt gewesen wäre, wie er zu sein vorgab.

»Martin«, sagte der junge Prinz fast unhörbar. Wie viele junge Leute hatte auch er noch nicht verstanden, dass man sich seinen Platz in der Welt immer aufs Neue bestätigen musste, und dazu gehörte auch, laut und deutlich zu reden.

»Martin, meine ich. Verzeihung.«

»Es riecht gut.«

»Danke, Sir.«

Martin rührte sich nicht, wie man es in einer solchen Situation vielleicht hätte erwarten können. Jon behielt die Hand am Wagen, um den Zwang zu unterdrücken, auf die Uhr zu sehen.

»Ich hab nur … Manchmal seh ich mich eben gern um, wissen Sie. Und Wilson wollte spielen, also …« Martins Augen wurden noch größer. Ja, er ging tatsächlich davon aus, dass er in Schwierigkeiten steckte, und bemühte sich nun um Schadensbegrenzung. Leider hatte das die genau gegenteilige

Wirkung. »Mummy nennt mich manchmal einen Schnüffler. Sie will, dass ich das lasse. Sie werden es doch niemandem erzählen? Bitte nicht.«

»Natürlich nicht, Sir.« Jons Blick ging zur Beschriftung an der noch immer offenen Tür. Er war genau da, wo er dachte zu sein. Vor der Vorratskammer.

»Martin.« Matthew, Martins Bruder, kam um die Ecke des Gangs gebogen. Matthew war achtzehn und sah bis auf seine hellblonden Haare genauso aus wie Martin und seine Eltern. Er war ein gut gebauter, in der Öffentlichkeit beliebter junger Gentleman, dem häufig vorausgesagt wurde, dass er eines Tages die Krone tragen würde. Allerdings hatte er eine vielschichtigere Seite an sich, die außerhalb des Schlosses kaum wahrgenommen wurde – er hatte nicht nur mit der Familienordnung zu ringen, sondern auch mit dem Chaos, in dem sich jemand seines Alters tagtäglich wiederfand. »Da bist du ja. Was treibst du hier? Das Essen fängt gleich an.« Matthews Blick fiel auf die Tür zur Vorratskammer, dann auf Jon, zuletzt auf den Wagen mit dem erwähnten Essen. »Ah, Jon. Soll ich Martin mit in den Speisesaal nehmen, oder soll ich die anderen hierherbringen?« Er lachte, allerdings schlich sich etwas Kaltes in sein Lachen. Etwas beunruhigte ihn.

Jon musste weiter, verflucht sei die Etikette. »Schön, Sie zu sehen, Eure Majestät, sowie auch Sie, Sir. Und Ihnen beiden frohe Weihnachten. Aber ich muss wirklich los.«

Matthew verstand den Wink. »Geh endlich aus dem Weg, Martin. Verflucht noch mal.«

Martin trat zur Seite.

Jon hörte noch beim Weitergehen, worüber sich Matthew und Martin unterhielten. Matthew war soeben von seiner Privataudienz beim König zurückgekehrt, und Martin wollte wissen, was dort vor sich gegangen war. Allerdings kam

Matthew seiner Bitte nicht nach. »Ich schätze, da wirst du dich noch etwas gedulden müssen. Aber du wirst es bald selbst erfahren.«

Auf die Frage, was das alles zu bedeuten hatte, konnte Jon nun keinen Gedanken mehr verschwenden. Aber bevor er außer Hörweite war, bekam er noch mit, wie Martin Matthew zurechtwies, weil dieser sein Familienwappen nicht trug. Matthew gab einen sehr uncharakteristischen Kraftausdruck zum Besten, bevor er es aus seiner Hosentasche kramte.

Um 12.20 Uhr erreichte Jon die obere Küche und stellte erleichtert fest, dass die Warmhaltetische wie von ihm erbeten eingeschaltet waren. Nachdem er die Hauptgänge und den Weihnachtspudding reingestellt hatte, rollte er die Vorspeisen in den großen, neben dem Salon gelegenen Speisesaal. Er servierte die Suppen auf den jeweiligen Plätzen und gab in jede sorgfältig drei Camembert-Croutons. Er schenkte überall Wein ein, und nach einem letzten prüfenden Blick sah er, dass es gut war. Er ging an die Tür zum Nebenraum und klopfte an.

Um exakt 12.29 Uhr betrat Jon den Salon. Die jungen Royals gaben nichts preis, als sie durch den Raum zu den Älteren gingen. König Eric hatte sich zu Prinzessin Marjorie und Prinz David gesellt. Der König am Kamin schien still in Gedanken versunken, während sein Bruder und seine Frau gemeinsam über etwas lachten. David und Marjorie waren offensichtlich angeheiterter Stimmung, wovon auch die leeren Gläser neben ihnen zeugten.

Prinzessin Maud hatte ihre Familie um sich versammelt. Matthew und Martin waren gerade dazugestoßen, Thomas Crockleys Gesicht war vom schneidenden Wind draußen noch gerötet. Bei ihnen stand Prinzessin Emeline, die im

Schloss sonst keinen Begleiter hatte. Die Zwillinge hatten sich umgezogen und trugen nun sehr ähnliche blassrosafarbene Kleider mit goldenen Schärpen um die Taille. Beide hatten ihre Wappen als modische Halsketten umgelegt.

Bei Jons Erscheinen verstummte das Geplauder schlagartig. Die königliche Familie bestand nun aus königlichen Mägen, die zu füllen waren, und Jon war diese ehrenvolle Aufgabe zuteil. »Eure Majestäten, frohe Weihnachten. Ich darf Ihnen voller Stolz verkünden, das Essen ist aufgetragen.«

VI

Ein Weihnachtsessen in drei Sätzen

Wie in den meisten Familien der Welt waren die Weihnachtsessen der Windsors oft eine langwierige Angelegenheit. Das Festmahl ließ sich angemessen in drei Sätze unterteilen – einen hoffnungsvollen, heißhungrigen Beginn, an dem sich alle Teilnehmer auf das bevorstehende Mahl freuten; einen zufriedenen, leutselige Mittelteil, in dem jeder glücklich war mit seinen Tischnachbarn und der leichten Konversation, während die Mägen noch Platz boten für mehr; und einem gesättigten und gereizten Ende, an dem jeder genug hatte – die Gespräche versiegten, dennoch gab es noch Speisen, die nun eher übelkeiterregende Herausforderung waren denn kulinarische Köstlichkeit. Das alles schien kein Ende zu nehmen, so fühlte es sich vor allem für denjenigen an, der außerhalb der Tür zum Speisesaal stand, allzeit bereit, beim Ton der Glocke in Aktion zu treten.

So lauschte Jon, wie sich die Familie über die Hühnchen-Pastinakensuppe mit den Camembert-Croutons hermachte, und erkannte, dass er noch lange hier stehen würde. Er musste zwar zurück in die kleine Küche, um die Gerichte in den Warmhaltetischen zu wechseln, aber die übrige Zeit würde er hier verbringen, vor der Tür zum Speisesaal, für den Fall, dass er drinnen gebraucht würde.

»Das sieht ja fabelhaft aus«, sagte Maud, als die Tür hinter

Jon zufiel. Er war froh, dass die erste Bemerkung während seiner Anwesenheit ein Kompliment war und keine abschätzige Bemerkung.

»Was sind das für Dinger?«, fragte Martin. »Sieht aus wie Käse.«

»Ich glaube, das ist komischerweise auch Käse«, sagte Matthew.

Wichtig zu bemerken wäre, dass Jon während des Essens nicht vorgehabt hatte zu lauschen. Hätte man ihn hineingerufen, wäre das mittels einer kleinen Glocke geschehen. Aber die Türen zum Speisesaal waren dünn, und Jon hörte alles, was gesprochen wurde, ob er wollte oder nicht. Genauso gut hätte er sich im Raum befinden können, aber er verstand das Bedürfnis, zumindest die Illusion von Privatsphäre aufrechtzuerhalten. Die Illusion von Privatsphäre war etwas, woran die königliche Familie gewöhnt war.

Zum Entree, so die Usancen, waren die Unterhaltungen (wie die Suppe) eher leichter Natur. Thema war, von Maud vorgegeben, die Fernsehserie *The Monarch*. *The Monarch* war, wie zweifellos zu vermuten, eine offiziell keineswegs abgesegnete Fernsehserie auf ITV1 über die Regierungszeit König Erics. Gegenwärtig lief die vierte Staffel, deren Handlung unweigerlich auf die Gegenwart zusteuerte.

»Ich jedenfalls denke, das ist genau das, was das Land braucht. Einen objektiven Blick auf unser Leben. Thomas, Liebling, erzähl doch von deiner Begegnung.«

Crockley begann ausführlich davon zu berichten, wie er in einer exklusiven Londoner Bar, *The Gentlemen*, von einem Rechercheur der Sendung angesprochen wurde. »Er hat mir Geld dafür geboten, dass ich ihm von der Familie erzähle. Wollte mir seine Karte aufdrängen. Natürlich hab ich ihm gesagt, er soll Leine ziehen.«

»Es stellt sich die Frage, ob wir mit ihnen zusammenarbeiten sollten«, sagte Maud. »Wir könnten ihnen dabei behilflich sein, gewisse Dinge richtigzustellen. Emeline, du hast dich doch beschwert, dass deine Beziehung zu Anton völlig falsch dargestellt wurde.«

»O Gott. Anton hier, Anton da«, kam es schnippisch von Marjorie – und so leise, dass es Jon fast nicht hörte.

»Ich sage nur, dass sie manches nicht korrekt wiedergeben und anderes ganz weggelassen haben«, warf Maud ein. »Poppy zum Beispiel ist noch nicht mal erwähnt worden.«

»Poppy?«, spottete Marjorie. »Poppy! Wer ist … Du meinst den Golden Retriever, den du mal adoptieren wolltest? Das war er doch? Was für ein haarsträubendes Versäumnis aber auch.«

»Wir geben uns nicht mit Fernsehschreiberlingen ab, Maud«, unterbrach der König sie mit dem Grimm desjenigen, der vor Kurzem zehn Stunden damit zugebracht hat, eine siebenminütige Weihnachtsansprache aufzuzeichnen. Er hatte Jon danach erzählt, er habe die Rede in einer Einstellung perfekt vorgetragen, der verdammte Regisseur allerdings wollte alles »künstlerischer« haben. »Ich möchte, dass ihr das im Kopf behaltet, wenn diese Rechercheure an eure Tür klopfen.«

»Ich stimme augenblicklich zu«, sagte David.

»Und warum das, Onkel?«, kam es schnell von Maud.

Der betagte Prinz wechselte das Thema. »Der Mangel an Gewürzen ist sehr auffällig, meint ihr nicht auch? Vielleicht ist es mal an der Zeit, den alten Burschen aufs Altenteil zu schicken, was?«

»Unsinn«, sagte Eric.

Erschreckenderweise kam man auf Jons Fertigkeiten als Koch zu sprechen. Daher war er mehr als froh, als seine Eieruhr vibrierte und er in die Küche musste. Dort belud er den Wagen mit dem köstlichsten Weihnachtsessen in ganz England und rollte es zu seiner endgültigen Bestimmung. Wieder am Speisesaal, klopfte er erst an, bevor er den Wagen hineinschob. Trotz der vorherigen Kommentare waren David und Marjorie die Einzigen, die jubelten und jauchzten. Wahrscheinlich war dies auf die zwei leeren Weinflaschen zurückzuführen, die zwischen ihnen standen. Jon ersetzte sie durch neue vom Wagen, nachdem er die Suppenschalen abgeräumt hatte, und legte jedem Familienmitglied frisches Geschirr auf. Zum Schluss platzierte er die Speisen in die Mitte des Tisches – er wollte bereits mit dem Servieren beginnen und näherte sich dem Truthahn mit einem Spieß, der König jedoch scheuchte ihn mit einem Lächeln fort. Jon verließ also den Raum und machte sich an die Zubereitung der Desserts. Als sie fertig und zum größten Teil ausgekühlt waren, packte er sie auf den Wagen und rollte erneut durch das Schloss.

Als er wieder seinen Platz vor dem Speisesaal einnahm, blieb er nicht lange allein. Während sich die königliche Familie an Truthahn, Ente, Schinken, Würstchen im Speckmantel, Karotten mit Honiglasur und Pastinaken, Rosenkohl mit Walnüssen, Kartoffelbrei, Bratkartoffeln und allen möglichen Zutaten und Beilagen, unter anderem drei verschiedenen selbst gemachten Soßen, gütlich tat, stand Jon mit knurrendem Magen vor der Tür und war um Konversation mit Tony Speck bemüht, der aus der entgegengesetzten Richtung plötzlich aufgetaucht war. Er war wirklich draußen gewesen, an seinen Bartspitzen hingen noch tauende Schneereste.

Es ließ sich nicht gut an. Im Zimmer sprach die Familie von ihren jeweiligen zwischenmenschlichen Beziehungen, draußen vor der Tür musste Jon, während dieser Einfaltspinsel neben ihm stand, daran denken, dass ihm ebensolche fehlten.

»Alles in Ordnung?«, fragte Speck und ließ den Blick über die Desserts schweifen.

»Wo haben Sie gesteckt?« Jon konnte sich die Frage nicht verkneifen.

Speck runzelte die Stirn. »Die Monarchie beschützen. Wo haben Sie gesteckt?«

Jon ging nicht darauf ein. »Als ich das letzte Mal nachgesehen habe, war die Monarchie noch da drinnen, nicht draußen im Schneesturm.«

»Sie haben keinen Sinn für Bedrohungslagen, Alleyne. Sie sind kein Taktiker.«

Jon hätte einwenden können, dass alles, was er heute in der Küche geleistet hatte, ihn als geradezu brillanten Taktiker auszeichnete, aber mit Speck war ja kein Reden. Es war einfacher, den Mund zu halten und den Spott über sich ergehen zu lassen.

»Überall in der Welt lauern Attentäter, Alleyne. Daher muss ich wie sie denken. Und das tue ich.« Er klang, als würde es ihm Spaß machen. »Im Ernst, das Beste am heutigen Tag ist, dass ich deshalb endlich einen triftigen Grund hatte, das neue Sicherheitssystem anzufordern, das ich schon die ganze Zeit haben wollte. Jetzt sind überall auf dem Gelände Sensoren angebracht. Wärmesensoren, akustische Sensoren, Bewegungsmelder – alles Mögliche. Wenn sich irgendjemand aufs Gelände verirrt, wenn sich außer uns beiden und der königlichen Familie irgendjemand auf dem Gelände aufhält, erfahre ich es.« Speck fummelte in seiner Jacke herum und zog ein Tablet heraus. »Schauen Sie.«

Er hielt Jon das Gerät hin – ein aufgeregter kleiner Junge, der mit seinem Weihnachtsgeschenk angibt. Der Bildschirm zeigte das Drahtgittermodell einer topografischen Karte des umliegenden Geländes. Zehn kleine rote Punkte pulsierten innerhalb des Gebäudegrundrisses – es sah aus wie in einem Science-Fiction-Film.

»Die roten Punkte sind wir.«

»Wie funktioniert das?«, fragte Jon, neugierig geworden. Natürlich zuckte Speck nur mit den Schultern. Er verstand die Geräte nicht, er nutzte sie nur.

»Es zählt nur, dass noch keine königliche Familie so sicher war wie diese.«

Jon spürte so etwas wie Dankbarkeit – Specks neues System war tatsächlich umfassend. Seine Männer waren die gesamte vergangene Woche damit zugange gewesen, es zu installieren. Es bot ein gewisses Gefühl der Sicherheit, selbst in den Händen von Speck. Aber falls das System wirklich so beeindruckend war, dann stellte sich doch eine Frage. »Wenn die königliche Familie so sicher ist, warum müssen Sie dann den ganzen Tag draußen patrouillieren?«

»Deswegen sind Sie der Koch, und ich bin der Beschützer, Alleyne. Das verstehen Sie eben nicht.«

Speck hatte absolut recht – er verstand es wirklich nicht. »Ich habe angenommen, als wir beide für den heutigen Tag abgestellt wurden, dass wir uns vielleicht gegenseitig etwas mehr … unterstützen.«

»Gegenseitig unterstützen? Mein Gott, Alleyne. Sie wollen, dass ich Ihnen irgendwas zusammenrühre, und was dann? Wie wollen denn Sie mir von irgendwelchem Nutzen sein? Nur weil Sie alt sind, heißt das noch lange nicht, dass Sie mir was zu sagen haben.«

»Das habe ich nicht gemeint, und Sie …« Jon brach ab. Es wäre fruchtlos gewesen, die beiden verfielen in betretenes Schweigen. Aber glücklicherweise war aus dem Speisesaal Interessanteres zu hören.

Drinnen versuchte Prinz Martin die Familie mit kuriosen

Fakten zu unterhalten. »Wusstet ihr, dass es eine Frucht gibt, die wie Schokoladenpudding schmeckt?«

Aber keiner schien auf ihn zu achten. »Ich sage bloß, es wäre mir lieber gewesen, wenn meine persönliche Zurechtweisung getrennt von Weihnachten stattgefunden hätte«, sagte David. »Getrennt. Wie Kirche und Staat.«

»Das tut mir leid, mein lieber Bruder. Wirklich. Aber ich musste ein paar Dinge loswerden, bevor …«

»Und wenn wir schon dabei sind …«, unterbrach David, bevor ihm unmittelbar danach das gleiche Schicksal zuteilwurde.

»Bevor?«, fiel ihm nämlich Emeline ins Wort. »Bevor was, Vater?«

»Hmm?«

»Wusstet ihr, dass warmes Wasser schneller gefriert als kaltes Wasser?«, sagte Martin.

»Du sagtest ›bevor‹, als würde noch was kommen, was nur du weißt.«

Der König schien zu zögern. Wahrscheinlich, wusste Jon, kratzte er sich jetzt am Kinn, wie er es immer tat – besonders dann, wenn er bei einem teuflisch schweren Rätsel nicht weiterwusste. »Nun ja. Es gibt immer ein Bevor, und es gibt immer ein Danach. Im Moment sind wir zwischendrin. Warum genießen wir also nicht den Augenblick, hmm?«

Das war, nach den Seufzern zu schließen, die aus dem Raum drangen, eindeutig nicht die Antwort, die man hören wollte. Selbst Jon musste sich eingestehen, dass auch er gern erfahren hätte, was der König mit seinem »bevor« meinte. Verstohlen sah er zu Speck, der mit extrem apathischem Gesichtsausdruck an einem Manschettenknopf herumspielte. Er lauschte nicht.

Im Raum war es jetzt still. Jon wollte wetten, dass jemand

gleich noch mehr dazu sagen würde, aber Prinz Martin brach den Bann. »Wusstet ihr, dass es eine Stelle im Bauch gibt, wenn man da jemanden trifft, geht die Kugel einfach durch, und der Getroffene überlebt?«

Ein vertrautes »Ts, ts« erklang, laut genug, damit es im ganzen Schloss zu hören war. »Maud, du musst mit diesem Kind was machen.«

Das Gespräch verlagerte sich auf Mauds und Crockleys Erziehungsbemühungen, was Jon ebenso unangenehm fand wie die Angesprochenen. Sein Interesse schwand, und er hörte nicht mehr zu. Fast hätte er den Small Talk mit Speck wieder aufgenommen, was aber nicht in beider Sinne gewesen wäre, weshalb er es unterließ. So stand er nur da, bis die Glocke signalisierte, dass sie bereit waren fürs Dessert.

Jon trat in Aktion. Die Desserts wurden aufgetragen, was so reibungslos lief, dass sich Jon bald darauf wieder vor dem Speisesaal einfand, fast ein bisschen verstimmt darüber, dass dies nun das letzte Mal gewesen war. Tony Speck hielt, als Zeichen seines guten Willens, sogar die Tür auf, während er die Familie bediente, und beäugte jeden einzelnen seiner Schritte.

»Nicht schlecht, Alleyne.«

Musste wohl an Weihnachten liegen.

Freudenlaute kamen aus dem Speisesaal, als der Weihnachtspudding loderte.

»Schaut euch das an«, staunte der König. »Ein richtiger Scheiterhaufen.«

Mit den Desserts war die letzte Phase des Weihnachtsessens erreicht – das tiefste, dunkelste Stadium. Das Stadium, in dem der Familie klar wurde, dass sämtlicher Small Talk aufgebraucht war und es durchaus seine Gründe hatte, warum sie nicht öfter so zusammensaßen; dass sie zwar verwandtschaftlich miteinander verbunden waren, aber viel mehr auch nicht. Zum Glück – oder Unglück – verband die Windsors noch etwas anderes: das Königtum. Und hier hatte es sich mit der höflichen Konversation.

»Ich sagte, bevor wir unterbrochen wurden«, murrte David, »meine Zurechtweisung …«

»Ja, ja, Onkel«, unterbrach ihn Maud. Ihre Worte trieften vor Sarkasmus wie der Pudding vor Alkohol. »Wir alle verstehen deine schreckliche Notlage.«

»Ich dachte, wir reden über mich, Onkel«, sagte Emeline.

»Ah, ja. Emeline und Anton, ihr habt meine volle Unterstützung«, sagte der König ernst. »Und ich denke, ihr habt auch die Unterstützung von allen an diesem Tisch, auch wenn ihr da vielleicht ein wenig suchen müsst.«

»Wenn dem so wäre«, sagte Emeline, »warum ist dann *er* nicht an diesem Tisch?«

Stille.

»Und das, meine liebe Tochter«, Marjorie verschliff die Worte, »ist die tollste Antwort, die du von einem König bekommen kannst. Schweigen.«

»Marjorie, wenn du damit fertig bist, würdest du dann den Weihnachtspudding weiterreichen?«, sagte Eric.

»Vater, sie hat nicht ganz unrecht«, sagte Emeline.

Jon hatte Mitleid mit König Eric. Er war überzeugt, Antons Abwesenheit war keineswegs die Entscheidung des Königs gewesen, sodass jegliche mutmaßliche Voreingenommenheit kaum ihm angelastet werden konnte. Die Regierung hatte hier, auch innerhalb dieser Wände, einiges zu sagen, selbst wenn sie nicht konkret anwesend war. Der König verfügte nicht über so viel Macht, wie man gemeinhin dachte. Der Einfluss der Regierung hatte in letzter Zeit sogar noch zugenommen – und Jon hatte das Gefühl, dieser Tag sollte den

König für ein weiteres Jahr besänftigen und gefügiger machen für weitere Einflussnahme.

Der König schwieg und mit ihm der ganze Raum.

»Lasst mich hier unterbrechen und den rosa Elefanten im Raum ansprechen, wir reden doch nur um den heißen Brei herum«, meldete sich David zu Wort. »Warum sagst du uns nicht einfach, was wir alle hören wollen, Eric? Hmm? Damit dieses Ratespielchen endlich aufhören kann. Deine Neufassung der Nachfolgeregelung hat unter uns doch nur für Streit gesorgt, ja?«

»Wovon redet er, Vater?«, fragte Maud.

Der König sagte nichts.

»Martin, hast du noch mehr von deinen Fakten auf Lager?«, fragte Matthew und sprang damit seinem Großvater zur Seite.

Aber es kamen von Martin keine unterhaltsamen Fakten mehr, dafür gemurmelte Worte von Speck, was zur Folge hatte, dass die Unterhaltung drinnen weiterging, ohne dass Jon mitlauschen konnte.

»Gibt's für mich was zu essen?«

»Wie bitte?«

»Gibt's für mich was zu essen, Alleyne?«

Jon wusste natürlich genau, was Speck meinte. Es hätte nur ein paar Sekunden gedauert, sich Hunderte von höflicheren Formulierungen zu überlegen. »Die Reste sind in der oberen Küche. Nehmen Sie sich, was Sie wollen. Aber essen Sie nicht zu viel vom Truthahn – der König hat ihn am Boxing Day gern auf seinem Sandwich, und ich würde gern einen Pie daraus machen.«

Einige Minuten vergingen, in denen Jon so wütend war, dass er sich weder auf die Vorgänge im Raum noch auf jene außerhalb konzentrieren konnte. Was für eine Unverschämtheit! Leider wurde es noch schlimmer. »Seien Sie doch so lieb und richten Sie mir einen Teller her, ja? Damit ich es mit der mir zustehenden Truthahnportion nicht übertreibe.«

Jon hätte vor Zorn aus der Haut fahren können, tat aber sein Bestes, um sich zu mäßigen. »Tut mir leid, Sir, dafür hab ich keine Zeit. Ich muss den Tisch abräumen, den Wagen beladen, die Familie aus dem Speisesaal verabschieden, dann steht der Abwasch an.« Wie aufs Stichwort ertönte die Glocke und zeigte an, dass die Familie mit dem Essen fertig war.

»Gut, Alleyne«, knurrte Speck. »Ich komme Ihnen entgegen und begleite die Familie selbst in den Salon. Aber in sechsundzwanzig Minuten steht mein nächster Rundgang an, und bis dahin hätte ich gern was im Magen. Seien Sie ein guter Kumpel und geben Sie mir eine Extraportion Rosenkohl, ja? Sie können mir ja Ihre überlassen, weil ich ein so netter Junge bin.«

Jon musste schwer an sich halten, als sie zu zweit in den Speisesaal traten.

VII

Zufriedener Rückzug

Die Komplimente über das Essen machten den Arbeitsaufwand mehr als wett. Während Speck die königliche Familie in den Salon geleitete, wo sich alle auf den diversen Sitzmöbeln niederließen, als hätten sie soeben eine gewaltige Schlacht geschlagen, kehrte Jon in die Küche zurück und stellte sich aus den Überresten ein Essen zusammen, das er verschlang, während er die Teller spülte. Er musste zugeben, es war ziemlich gut – egal, unter welch ungewöhnlichen Umständen es zubereitet worden war. Er richtete auch Speck einen Teller her und überließ ihm tatsächlich seinen Rosenkohl. So ein Mensch war er.

Als er noch neu war im königlichen Dienst, hatte es eine Zeit lang den Anschein gehabt, als würde er in der neuen Anstellung nicht froh werden. Der König, obwohl er ihn vom Plaza weg verpflichtet hatte, mochte die britische Küche mehr, als er zunächst zu verstehen gegeben hatte, worauf Jon eine intensive Anpassungsphase durchlief, in der er Aspekte des Kochens lernte, über die er sich bis dato nicht einmal Gedanken gemacht hatte. Ihm war bewusst, dass er seine eigenen Wurzeln verlor, aber diese Wurzeln waren sowieso nie besonders fest verankert gewesen. Jetzt fragte er sich hin und wieder, was sich seine Nani dazu denken würde, aber das würde er nie erfahren – sie war schon vor Jahren im Schlaf gestorben. Erst Jahre später war einem seiner Cousins eingefallen, nach ihm im Internet zu suchen und ihn zu informieren.

Nachdem sein Hunger gestillt war, kehrte er in den Salon zurück – glitt in den Raum, ohne dass die königliche Familie seine Ankunft überhaupt bemerkte. Tony Speck nahm es allerdings freudig wahr und stürzte wer weiß wohin davon, noch bevor die Tür ins Schloss fiel. Jon nahm sich vor, sich nicht mehr darüber zu ärgern, dass Speck seine missliche Lage so geflissentlich ignorierte. Hoffentlich genoss er seinen Rosenkohl – er hatte ihm die zerkochten Röschen gegeben.

Die Familie schien sich von ihrer kalorieninduzierten Mattigkeit erholt zu haben und war so damit beschäftigt, Weihnachtspräsente zu verteilen, dass sie nichts um sich herum mehr wahrnahm. Der König saß in seinem Lehnstuhl am Kamin (genau dem, in dem es sich David am Vormittag bequem gemacht hatte), die anderen hatten sich strahlenförmig um ihn angeordnet. Marjorie und David saßen in eigenen Sesseln. Maud, Matthew und Martin waren auf die kleine Chaiselongue gequetscht, während Thomas Crockley hinter ihnen stand. Der kleine Beistelltisch vor ihnen war die Unterlage für einen stetig wachsenden Stapel mit Geschenken, die Emeline nacheinander wegnahm und auf die größere Chaiselongue legte, mit einer Miene, als vollführe sie eine wahrhaft königliche Aufgabe – was sie streng genommen auch tat.

So viele Jahre hatte er ähnlichen Schauspielen beigewohnt – hatte die Familie strahlen sehen. Ein ganzes Spektrum an Gefühlen stellte sich ein: Stolz auf das Privileg, Teil davon zu sein und es so weit gebracht zu haben; in den tiefsten, dunkelsten Ecken seines Herzens aber schwärte auch der Neid, weil er so sehr ein Teil von ihnen war und dennoch mit dem Getränketablett in Habachtstellung hier stand.

Als die Päckchen geöffnet und die übliche Parade teurer Stricksachen und neuester, vom Schicksal zum (wenn sie Glück hatten) einmaligen Gebrauch bestimmter Gerätschaften auf den Tisch abgelegt wurden, kam Jon seine Familie auf Barbados in den Sinn. Er wusste nicht, ob seine Verwandten überhaupt an ihn dachten oder was sie in diesem Moment taten – da er selbst so selten an sie dachte, konnte er ihnen keinen Vorwurf machen. Er konnte sich kaum noch an ein Weihnachten auf Barbados als Ganzes erinnern, lediglich an einzelne Bruchstücke – tanzende Farben, Nanis Lachen, Teller mit Essen.

Wäre nicht der König gewesen, hätte Jon Weihnachten allein in seinem Haus in Camden verbracht. Dort war er aber sowieso kaum, daher hatte er kein Bedürfnis nach Freunden oder einer Familie oder gar Haustieren. Sein Leben drehte sich einzig und allein um seinen Beruf, deshalb verbrachte er Weihnachten meistens in der Arbeit. In der Tat schien diese hier seine Familie zu sein, jedenfalls mehr als jede andere.

Er tauchte aus seinen umherschweifenden Gedanken auf und sah, wie das letzte Geschenk ausgepackt wurde. David brachte eine Blu-Ray-Box von *The Monarch* zum Vorschein. (»Soll das ein Witz sein?«, murmelte David. »Na«, erklärte Maud, »wir wissen doch, dass du dir bestimmt eine der kommenden Folgen ansehen wirst, da wollten wir nicht, dass du die Orientierung verlierst.«) Marjorie, vom Alkohol befeuert, lachte, während alle anderen im Raum einzuschätzen versuchten, ob der Wortwechsel nun witzig oder traurig oder eine kranke Mischung aus beidem war. Bis sie eine Antwort darauf gefunden hatten, war die Zeit für eine Erwiderung aber längst vorbei.

David erhob sich ächzend und warf die Box mit einem lauten Knall auf seinen bescheidenen Geschenkestapel. Seine

Miene hatte sich verfinstert. Kurz dachte Jon bereits, der alte Prinz wollte sich auf seine Nichte stürzen. Angesichts dieser Gefahr, die nun allerdings nicht von außen, sondern von drinnen kam, blickte sich Jon im Raum um.

Traurig musste er feststellen, dass hier nirgends Rettung nahte. Speck hatte sich wahrscheinlich in seinem stramm sitzenden Parka auf einen weiteren Rundgang über das Schlossgelände begeben – stapfte im Freien herum und suchte nach Attentätern, die aller Wahrscheinlichkeit nicht da waren. Jedenfalls waren sie nicht auf dem Wärmebild zu erkennen, als Jon einen Blick darauf geworfen hatte. Maximaler Aufwand für minimalen Ertrag – so zumindest sah er das.

Thomas Crockley sprang für Speck ein. »Jetzt komm schon. Ist doch nur ein kleiner Spaß, du verstehst doch.« Crockleys Akzent schwankte wild in einem Meer aus Wein und machte sein Argument vollkommen zunichte. Er packte David spielerisch an den Schultern.

»Das ist kein Spaß, Maud. Diese abscheulichen Lügen sind mein Untergang, sie sind unser aller Untergang.«

»David«, herrschte der König ihn an. Er hatte immer noch die Macht, einen Raum zum Schweigen zu bringen. »Bitte, nicht an Weihnachten.«

David drehte sich zu seinem Bruder um. »Vorhin hattest du auch kein Problem, darüber zu reden. Lässt mich erst schmoren, um mir dann deine fiese Frage an den Kopf zu werfen.«

»Das war unter vier Augen, und so sollte es auch bleiben. Jon, ich glaube, es ist nötig, dass Sie uns allen etwas nachgießen.«

Jon war dankbar, dass er das Tablett absetzen und jedem ein Getränk seiner Wahl servieren konnte. Davids Laune schien sich sofort aufzuhellen, als er einen neuen Drink in der

Hand hielt, und es sah ganz danach aus, als hätten sich die Wogen geglättet. Eric ging zum Christbaum.

»Und was ist das?«, sagte er und bückte sich, um überraschend gelenkig ein wunderbar verpacktes Päckchen aufzuheben. Auf dem Etikett – ein grelles Ding in Gestalt eines Weihnachtsbaums – stand »ERIC« in neutralen Großbuchstaben. »Ein letztes Geschenk und für mich, ja?«

Jon sah zu den Familienmitgliedern, um herauszufinden, von wem das Geschenk kam, aber niemand gab sich zu erkennen.

»Kein Absender. Ich liebe Rätsel.« Eric betrachtete das Etikett und durchstach begierig das Geschenkpapier mit den Fingernägeln. Seine Aufregung über Geschenke war ansteckend – der wahre Höhepunkt jedes Weihnachten. Sofort war das Papier um den verborgenen Schatz weggerissen, und Eric nahm mit einem Holzkästchen in der Hand Platz. »Es wird immer seltsamer. Was hältst du davon, Martin?«

Martin beäugte die Inschrift auf der Vorderseite des Kästchens. »Was hat das zu bedeuten?«

Eric stellte das Kästchen auf den Tisch, damit auch die anderen die Inschrift lesen konnten. Jon versuchte sich desinteressiert zu geben, in Wahrheit aber spähte er genauso neugierig wie alle anderen auf das Geschenk.

Die Vorderseite des Kästchens gab wenig preis. Es war ein Trickkästchen – Erics liebster Zeitvertreib. Trickkästchen in ihrer einfachsten Form bargen einen geheimen Mechanismus in sich, mittels dessen man sie öffnen konnte, die Kästchen aber, die Eric faszinierten, verbanden oftmals bis zu hundert verschiedene Komponenten, die man allesamt herausfinden musste. Dieses Kästchen nun wirkte etwas unförmig, denn verschiedene Mechanismen standen an den Seiten heraus, Rädchen säumten die Oberseite, sogar ein kleineres Kästchen ragte aus ihm wie die Türme von Balmoral. Wenn es, wie jetzt, zwischen den anderen Geschenken platziert wurde, war es fraglos der Gewinner.

Am meisten aber zog der Name des Trickkästchens die Aufmerksamkeit aller auf sich. Denn in die Oberseite war der ahnungsvolle Titel eingraviert:

Interregnum.

VIII

Das rätselhafte Geschenk

Die in die lackierte Oberfläche gravierten Buchstaben schimmerten im Licht des Kamins. Der König nahm das Kästchen zur Hand und bewegte es hin und her, sodass es aussah, als würden die Buchstaben tanzen. »Und wem habe ich dieses majestätische Werk zu verdanken?«, fragte Eric in die Runde der verwirrten Gesichter.

»Was heißt das?«, fragte Martin, dessen Aufmerksamkeit sich nun ganz auf das Kästchen richtete, nachdem sich die Faszination über den eigenen Geschenkestapel erschöpft hatte.

Eric sah zum jüngsten Royal und lachte. »Komm schon, Martin, was meinst du, was das heißt?«

Martin, wenig beeindruckt von der Aufmerksamkeit, die er auf sich zog, trat neben seinen Großvater. »Interregnum. Das weiß ich nicht.«

Eric nahm dem Jüngsten seine Unwissenheit nicht übel. »Interregnum ist ein sehr wichtiges Wort. Es bezieht sich auf einen ganz bestimmten Zeitabschnitt. Das Wort besteht aus zwei lateinischen Begriffen. Der erste, ›inter‹, bedeutet ›zwischen‹, und der zweite, ›regnum‹, bedeutet ›Herrschaft‹. Zusammengenommen bedeutet der Titel dieses Rätsels also wörtlich ›Zwischenherrschaft‹.«

»Zwischenherrschaft?«, wiederholte Emeline. »Was für ein sonderbarer Name für ein Rätsel.« Ihre Neugier wirkte so aufrichtig, dass Jon glaubte, er könnte sie von seiner Verdächtigenliste derer streichen, die Eric das Kästchen geschenkt haben könnten. Bis ihm wieder einfiel, dass Emeline auch eine hinterhältige Seite an sich hatte. Er erinnerte sich, als Emeline fünf war und sich mit einem Filzstift über die Wände von Windsor Castle hergemacht hatte. Sie hatte unglaublich lange alle davon überzeugen können, dass der Übeltäter eine der Bulldoggen gewesen war, die den Stift irgendwie im Maul gehalten hatte.

Eric fuhr mit dem Zeigefinger über die Buchstaben. »Ein königliches Rätsel. Ich würde mich fragen, was es zu bedeuten hat, wenn ich nur wüsste, an wen ich diese Fragen richten soll.« Die eindeutige Aufforderung lief ins Leere, kein Name wurde genannt. Kurz schien es, als würde Eric, der nun alle der Reihe nach musterte, über diesen Punkt nicht hinauskommen und den restlichen Tag noch damit zubringen. Aber nur eine Sekunde später war alles vergessen, und Erics Miene verzog sich zu einem jungenhaften Lächeln, wie es Jon schon lange nicht mehr an ihm gesehen hatte. »Egal. Ich werde es in null Komma nichts offen haben. Tut euch keinen Zwang an und unterhaltet euch ruhig weiter.«

Im Lauf der nächsten Stunde hantierte König Eric mit verbissener Miene an dem Kästchen, drückte hier und zog dort, drehte es hin und her und versuchte es zu öffnen. Jon sah ihm eine Weile lang zu, bis sogar er irgendwann mürbe wurde angesichts der Tatsache, dass der König anscheinend nicht recht weiterkam. Die Vorderseite war ein kleines Stück weit offen, aber es sah so aus, als würde die gesamte Apparatur von drei separaten Mechanismen abhängig sein, die an drei Seiten untergebracht waren.

Jon beschloss, den König seiner Beschäftigung zu überlassen, und drehte eine Runde durchs Zimmer, gab Drinks aus und schenkte nach. Da er sich ganz auf Eric konzentriert hatte, wandte er sein Interesse nun wieder den restlichen Familienmitgliedern zu.

David und Marjorie, das vertraute Duo, standen an der gegenüberliegenden Wand so weit vom König entfernt, wie es nur möglich war. Fast hatte es den Anschein, als wollten sie die Runde ganz verlassen – die Tür zum Nordkorridor befand sich gleich neben ihnen. Allerdings unterhielten sie sich angeregt miteinander, wobei sich Marjorie leicht schwankend mehrmals an der Wand festhalten musste, während David immer noch ziemlich aufgebracht war.

»Sie brauchen Disziplin, Marjorie.«

»Ich weiß, ich weiß. Versuch mal, einem König was zu sagen. Schon seitdem sie Babys waren, bin ich der Meinung, dass sie eine starke Hand brauchen. Die hatte ich, meine Mutter hatte sie, die Mutter meiner Mutter hatte sie, die Mutter der Mutter meiner Mutter hatte sie, die …« Sie verstummte. »Aber er hat nie was davon hören wollen. Wenn ich mal ungezogen war, gab's was auf den Hintern, sodass ich tagelang nicht richtig sitzen konnte. Und jedes Mal, wenn ich mich hinsetzen wollte, erinnerte ich mich daran, warum ich es nicht konnte. Und deshalb habe ich das, wofür ich bestraft wurde, nicht mehr gemacht.«

»Genau, Margey. Aber das hat es bei ihnen nicht gegeben, und deshalb sind sie jetzt eben so, wie sie sind. Schlechte Manieren lassen sich nicht mehr austreiben. Vielleicht sollte ich mal mit ihm reden?«

Marjorie nahm zwar am gleichen Gespräch teil, war aber auf ihrem ganz eigenen Kurs und beäugte ihre jüngste Tochter misstrauisch. »Ich hoffe nur, ihr Verhalten färbt nicht auf Martin ab. Matthew ist wahrscheinlich schon verloren, aber …« Plötzlich zuckte Marjorie zusammen, ihr Blick fiel auf Jon. »Alleyne, belauschen Sie fremde Gespräche?«

»Pardon, Ma'am. Ich habe nur auf einen günstigen Zeitpunkt gewartet, um Sie zu unterbrechen. Darf ich Ihnen etwas zu trinken geben?«

Marjorie schnaubte. »Lässt der König die Klobrille oben? Das heißt ja, Alleyne.«

Mit einem, wie er hoffte, aufrichtigen Lächeln füllte Jon Marjories Glas. »Prinz David?«

»Ja, ich denke, ich sollte mir noch was genehmigen. Wie lange noch bis zur Rede, was meinst du, Margey?«

»Nicht mehr lange, hoffe ich.«

»Hoffentlich kommt nicht wieder die über die Familie im Zoo. Die kann ich im Schlaf aufsagen.«

Jon verabschiedete sich und ging weiter zu Emeline, Maud und Martin, die um den Weihnachtsbaum herumstanden und zusammen lachten. Nun, die Schwestern lachten – Martin war der Fremdkörper in der Versammlung und blickte um sich, als suchte er einen Ausweg.

»Was, meinst du, wird Vater uns in seiner Rede sagen?«, bemerkte Emeline, als Jon in Hörweite kam.

»Wer weiß das schon?«, sinnierte Maud. »Er hat doch immer irgendwas Witziges auf Lager, oder? Wahrscheinlich hätte er auch Comedian werden können, wäre er nicht … na ja … König geworden.«

»Hast du seine Weihnachtsansprache für die BBC gesehen?«

»Nein. Er hat eine Kopie geschickt, aber ich hatte noch keine Zeit. Ich hab am Wochenende in Plymouth eine Katzenpension vom Tierschutzbund eröffnet. Die Schere, die sie mir gegeben haben, um das Band durchzuschneiden, war stumpf – das ist eigentlich alles, woran ich mich bei der Veranstaltung erinnern kann.«

»Er hat gesagt, alle seine Witze seien durch ein Piep ersetzt worden.«

Maud lachte – ein helles Schmettern wie von einem Singvogel. »Sagte ich doch – ein Comedian. Aber es überrascht mich nicht. Für den Chor der Soldatenfrauen muss ja auch noch Platz sein.«

»Nein, dieses Jahr tritt ein Waisenchor oder so auf. Aber es scheint, als wäre für den König jedes Jahr immer weniger Platz.«

»Jonathan«, sagte Emeline, worauf die anderen in ihrer Umgebung zusammenzuckten. Sie hatte als Einzige bemerkt, dass er sich ihnen näherte. »Wollen Sie uns nachschenken?«

Die beiden Prinzessinnen tauschten ein einvernehmliches Lächeln aus, was ihn ebenfalls zum Schmunzeln brachte. »Genau, Ma'am.« Sie hielten ihm ihre Gläser hin, Jon schenkte nach.

»Bekomm ich auch noch was?«, fragte Martin erwartungsvoll.

»Ich denke doch, es ist Weihnachten«, gestand Maud ihm zu. Jon nickte zustimmend. »Aber trink nicht zu schnell, und erzähl deinem Vater nichts davon. Oder der *Daily Mail.*«

Thomas Crockley zu guter Letzt stand allein auf der anderen Seite des Baums, trank und spielte mit einer besonders leuchtenden Christbaumkugel. Es schien ihn zu freuen, als Jon sich ihm näherte, und bevor der Koch ihm anbieten konnte, ihm das Glas aufzufüllen, hatte er ihn schon in ein Gespräch verwickelt.

Zehn Minuten später quasselte er immer noch. »Wir haben eine ganze Wagenflotte auf den Straßen, 24/7. Uber kann uns gar nichts – und glauben Sie mir, die sind müde.« Crockley hatte sein Geld in ein Start-up gesteckt, das einen taxiähnlichen Fahrdienst für die Upperclass anbot. Jon hatte ihn nie in Anspruch genommen – das hätte seine Gehaltsklasse weit überstiegen –, aber er sollte ein Ausbund an Luxus sein. Laut Crockleys Werbesprüchen klang es tatsächlich sagenhaft.

Jon schenkte ihm nach, ohne dass Crockley in seiner Selbstbeweihräucherung auch nur kurz ins Stocken geriet. Sobald er konnte, verließ er Crockley. Er sah, dass er einen der Royals ausgelassen hatte – und dieser ausreichenden Grund bot, um weiterzuziehen.

Matthew stand für sich allein, ließ sein Glas zwischen den Händen hin und her rollen, war in für sein Alter unübliche Gedanken versunken und starrte mit bewunderndem Blick zum König. Jon bedauerte es fast, ihm mit seiner Frage zu stören.

Matthew hielt ihm sein Glas hin. »Bitte. Den Brandy.«

Jon schenkte ihm nach.

»Welchen Eindruck macht mein Großvater auf Sie, Alleyne?«

Jon wurde nur selten nach seiner Meinung gefragt, Matthew zumindest hatte ihn nie darum gebeten, daher musste er erst einen Moment nachdenken. »Ich weiß nicht recht. In welcher Beziehung?«

»Sie sind bei ihm … wie lange mittlerweile?«

»Über dreißig Jahre, Sir.«

»Dann haben Sie miterlebt, wie er allmählich nachgelassen hat.«

»Ja, Sir, ein wenig, aber ich habe mit ihm nachgelassen, genau wie Ihre Großmutter und Ihr Großonkel. Zeit ist nur Ihr Freund, wenn man jung ist. Es dauert nicht mehr lange, und sie wird Ihr Feind.«

Matthew beobachtete weiter den König und schien Jons Worte mit dem in Einklang bringen zu wollen, was er vor sich sah. »Er hatte immer so etwas an sich. König Eric Windsor. Aber er war auch mein Großvater. Zwei ganz unterschiedliche Menschen, aber irgendwie waren sie auch dieselben. Ich habe zu beiden aufgeschaut. Und jetzt sehe ich, wie er zunehmend an Kraft einbüßt. Sie haben recht, Alleyne – die Zeit.«

Jon fühlte sich bemüßigt, den König in Schutz zu nehmen. »Er büßt nicht an Kraft ein, Sir. Er ist nur nicht mehr so fix wie früher.«

Matthew wollte noch etwas sagen, wollte einer anderen Befürchtung Ausdruck verleihen – es stand ihm ins Gesicht geschrieben –, aber in diesem Augenblick ertönte aus der Richtung des Königs ein Triumphschrei.

»Ich glaube, ich hab's. Jon, wollen Sie bitte mein Glas auffüllen, damit ich einen Toast auf meinen Sieg ausbringen kann! Ich habe das Interregnum besiegt.«

IX

Ein kurzlebiger Triumph

Während sich Jon mit dem Getränketablett auf den Weg zum König machte, begann dieser zu lachen. »Wie fabelhaft.« Er hatte es geschafft, den Deckel des Kästchens zu öffnen, und schnupperte übertrieben an der Luft darin.

»Sir?«, sagte Jon und musste ein Lachen unterdrücken.

»Genial. Jemand hat einen Duft darin eingeschlossen. Bratkartoffeln vielleicht? Ich rieche Gänseschmalz und Knoblauch. Jedenfalls so, dass ich wieder Hunger bekomme, obwohl ich pappsatt bin. Wollen Sie riechen?« Eric hielt Jon das Kästchen hin, aber der Geruch hatte sich bereits verflüchtigt. Jon schüttelte den Kopf, und Eric machte wie ein enttäuschter Schulbub einen Schmollmund. »Gut, ich kann Ihnen sagen, es war ganz wunderbar und passt herrlich zu Weihnachten. Das Trickkästchen ist wirklich das schönste, das ich jemals gesehen habe. Es ist von unvergleichlicher Kunstfertigkeit. So, dann wollen wir es zu Ende bringen. Es scheint noch einen letzten Schritt zu geben.«

Zu Jons Entsetzen schob Eric die Hand ins Kästchen und tastete darin herum. Jon wusste nicht, was innerhalb des hölzernen Wunderwerks vor sich ging, aber er hatte noch nie miterlebt, wie sich jemand so intensiv konzentrierte, nicht einmal der König.

Selbst an den Abenden, an denen Jon bei Eric Windsor gesessen hatte, während sich dieser über eines dieser seltsamen Werke hermachte, hatte er kein so begehrliches Verlangen erlebt wie jetzt, als der König mit den verborgenen Mechanismen des Interregnum kämpfte.

Aber es funktionierte, aus dem Kästchen ertönte ein letztes Klicken, und Eric zog die Hand heraus, während sich an der Vorderseite eine Öffnung auftat und eine kleine Holzfigur herausrollte und auf den Tisch fiel. Eric versuchte sie aufzufangen, aber sie entglitt ihm. Jon bekam sie zu fassen und reichte sie ihm. Irgendwo aus dem Inneren des Kästchens ertönte ein blechernes »God Save the King«.

Eric hielt die Figur hoch. Die Schachfigur eines Königs. Er sah zu Jon wie ein Kind, das nun gelobt werden wollte.

»Sehr gut, Sir«, sagte Jon. »Ich bin immer wieder beeindruckt, wie Sie so etwas machen.« Es stimmte. Matthew hatte vorhin erwähnt, der König habe nachgelassen, in manchem aber war er schneller geworden. So schnell wie hier hatte er kaum je ein Rätsel gelöst.

»Diese Dinge, alter Freund, sprechen eine Sprache. So wie fast alles.« Er stellte den Miniaturkönig neben das Interregnum-Kästchen und machte sich daran, es noch einmal genau zu untersuchen. »Wenn man sich so etwas nähert, muss man seinen Blick auf die Welt neu ausrichten. Man muss die Dinge sehen, wie der Rätselbauer sie gesehen hat, so wie die Lektüre eines Shakespeare-Sonetts einen in die Gedankenwelt des Autors leitet. Man enträtselt nicht das Geheimnis, sondern man enträtselt den Menschen.«

Nicht zum ersten Mal an diesem Tag hatte Jon das Gefühl, als wollte der König ihm mehr sagen, als wollte er die Pforten zu einer tieferen Bedeutung öffnen. Der König sprach oft in solchen Rätseln – das erfreute die Zuhörer und erregte zugleich ihren Unmut. »Man kann viele Geheimnisse in so einem kleinen Kästchen unterbringen, Sir.«

»Was ist der Mensch, wenn nicht ein Kästchen voller Geheimnisse, alter Freund?« Der König musterte ihn eindringlich, und Jon hatte das Gefühl, er selbst würde enträtselt. Aber der Moment ging vorüber. »Was für ein fabelhaftes Sächelchen. Es muss extra für mich in Auftrag gegeben worden sein. Ich habe noch nie so etwas gesehen. Wenn ich nur wüsste, wem ich danken muss. Haben Sie eine Ahnung, wer es sein könnte, Jon?«

»Ich fürchte nicht, Sir. Aber es ist ein echtes Meisterwerk. Ich wünschte, ich könnte sagen, dass ich es bin.«

Eric lächelte ihn traurig an. Jon, wusste der König – es war ihm anzusehen –, würde ihm tatsächlich ein solches Geschenk beschaffen, wenn er denn dazu in der Lage wäre. Er würde ihm die ganze Welt kaufen, selbst wenn diese ihm bereits gehörte. Die Beziehung zwischen dem König und seinem Leibkoch war selbst ein Rätsel.

Zuweilen war der König für Jon wie ein Vater, der auf ihn aufpasste und ihn bereitwillig in seine Familie eingeführt hatte. Dann wieder war Eric Windsor sein Erretter, der ihn aus der Tyrannei der chaotischen Küche im West End befreit hatte. Und manchmal hatte es sogar den Anschein, als stünde Eric mit ihm auf einer Stufe – zwei gute Freunde, die sich in der Gesellschaft des anderen wohlfühlten. Ebenfalls sollte gesagt werden, dass Jon Eric nie als denjenigen sah, der er eigentlich war – als König, ja, aber wichtiger noch, hinsichtlich Jons Stellung, als seinen Kunden. Ein kritischer Beobachter könnte meinen, Jon leide an einer Art Stockholm-Syndrom, wobei König Eric als der Kidnapper gesehen werden konnte und Jon Alleyne folglich als der Gefangene.

»Unsinn«, sagte König Eric. »Es reicht, dass Sie da sind.

Das Essen war übrigens ganz vorzüglich. Sie haben sich wahrlich selbst übertroffen – und noch dazu alles allein zubereitet!«

Jon gab sich bescheiden: »Sie sind zu gütig, Sir!« Insgeheim aber versetzte ihn der Kommentar derart in Hochstimmung, dass er sich kaum zurückhalten konnte. Erics Meinung war ihm immer am wichtigsten gewesen, deshalb hatte er auch nie an seinen Kochkünsten gezweifelt, selbst wenn Marjorie über einem Rindergulasch die Nase rümpfte oder die noch jungen Prinzessinnen seine Spielart von Leber mit Zwiebeln abgelehnt hatten. Solange der König seine Kochkünste goutierte, spielte alles andere keine Rolle.

»Sie dürften es kaum erwarten können, sich auszuruhen. Ich erzähle Ihnen ein kleines Geheimnis – mir geht es ebenso«, lachte Eric – aber etwas in seinem Tonfall stimmte nicht. Jon wollte sich schon danach erkundigen, aber die verschnörkelte Uhr auf dem Kaminsims kam ihm zuvor und schlug eine neue Stunde an. Es war drei Uhr nachmittags. Und damit legte sich Stille über das Land – Familien im Zustand zweifelhafter Nüchternheit und mit vollgeschlagenen Bäuchen ließen sich vor dem Fernseher nieder, um die Ansprache ihres Königs zu hören. In Balmoral war es nicht anders, nur kam diese Familie in den Genuss einer Live-Aufführung mit einem etwas anderen Manuskript. »Die Zeit hat mittlerweile die Angewohnheit, dass sie einem ständig entgleitet, nicht wahr? Jon, sorgen Sie bitte dafür, dass jedes Mitglied meiner geliebten Familie ein Glas Whisky hat.«

Jon stutzte. Sonst hatte immer Eric den Whisky eingeschenkt, heute aber wartete der König nur an seinem Platz und lächelte ihn traurig an. Als er die Verwirrung seines Kochs bemerkte, nickte er kaum merklich. Also tat Jon, wie ihm geheißen, und drehte mit frischen Gläsern und dem rechteckigen Dekanter eine Runde, bis jeder ein Glas in der Hand hielt, selbst Martin bekam einen kleinen Tropfen nach Mauds stillschweigendem Einverständnis. Als letztes füllte Jon das Glas des Königs.

»Danke, alter Freund.«

Jon nickte und trat zurück. »Ist mir eine Ehre, Majestät.« Es war nicht gelogen.

Der König erhob sich mit seinem Glas. Der Whisky im Glas schwappte bedenklich, während Eric sein Gleichgewicht zu finden versuchte. Jon fragte sich, ob etwas nicht stimmte, aber schließlich hatte Eric festen Stand und war wieder der König, den er kannte. Der Familie schien nichts aufgefallen zu sein – auch sie hatten sich alle erhoben und warteten mit ihren Drinks.

Marjorie schien mit dem Impuls zu kämpfen, sofort einen Schluck zu trinken, David betrachtete seinen Bruder mit einem gequälten Lächeln. Emeline und Maud standen stolz nebeneinander, Thomas hatte die Inspektion des Weihnachtsbaums unterbrochen, um dem König zu lauschen, Matthew lehnte an der hinteren Wand und betrachtete sinnierend sein Glas, während Martin an seinem roch und die Nase rümpfte.

»Ah«, begann Eric, »die königliche Familie. Was für ein Mysterium, nicht wahr? Wir verbringen so viel Zeit damit, uns Gedanken darüber zu machen, was die Öffentlichkeit von uns denkt, dass wir darüber schlicht vergessen, an uns selbst zu denken. Lasst uns daher für einmal nur auf alles Königliche verzichten. Lasst uns einfach nur eine Familie sein.« Eric führte sein Glas an die Lippen und nahm einen großen Schluck. Er ließ ihn sich genüsslich auf der Zunge zergehen, bevor er schluckte. »Können wir uns das erlauben?«

Jon drehte sich zu Erics Publikum um. Die Eröffnung der

Rede stieß mehr oder minder auf taube Ohren. Die Prinzessinnen nickten ergeben, ohne zwingend auf die Worte zu achten, während Marjorie und David nicht den Eindruck vermittelten, dass sie überhaupt zuhörten. Thomas wirkte eher gelangweilt, vielleicht fühlte er sich nicht angesprochen (er hörte selten zu, wenn ihn etwas nicht direkt betraf). Martin war immer noch von seinem Glas abgelenkt. Das einzige Mitglied der seltsamen Versammlung, das dem König seine volle Aufmerksamkeit schenkte, war Matthew. Gespannt verfolgte er jede Bewegung seines Großvaters, der so stolz und würdevoll vor ihnen stand.

König Eric schien in der Tat stolz zu sein, als er den Blick über die Familie schweifen ließ. Die Liebe, die er für alle in gleichem Maße empfand, zeichnete sich auf seinem Gesicht ab und erfüllte den alten Mann mit neuer Frische. Im Moment schien er der Mann zu sein, der er einst gewesen war – der Mann, dem Jon über dreißig Jahre zuvor im Caribbean Plaza das Essen zubereitet hatte. Sein Blick ruhte auf seiner Familie, außer für einen kurzen Moment, der Jon immer im Gedächtnis bleiben würde. Kurz sah der König zu ihm, und sie lächelten sich an, bevor er sich wieder an die Windsors wandte.

»Es ist eine Ehre, mit dieser meiner Familie an …« Eric hielt inne. Wieder ging sein Blick über die Familie und blieb erneut an Jon hängen. Aber in diesem Gesicht spiegelte sich keine Liebe mehr, kein Stolz und keine Zufriedenheit – sondern Unwohlsein, Schmerzen und Angst.

Irgendetwas stimmte überhaupt nicht.

Jon war vor Angst wie gelähmt. Den anderen Windsors erging es ähnlich. Mit leerem Blick, regungslos starrten sie auf Eric. Der ganze Raum wirkte wie ein Gemälde, wäre der König nicht gewesen.

Wo zum Teufel steckte Tony Speck? Jon war heillos überfordert. Für so etwas war er nicht ausgebildet. Sein Platz war in der Küche, nicht hier.

Speichel sprühte von König Erics Lippen. Er ließ das Whiskyglas fallen, das über die Tischkante herunterfiel, vom Teppich abprallte und irgendwo in Richtung Kamin rollte – wohin genau, interessierte niemanden. Jon starrte auf Erics Gesicht. Alle Jugendlichkeit war verschwunden, der König war jetzt der, der zu werden er immer gefürchtet hatte. Ein verängstigter alter Mann. Noch immer sprühte der Speichel – Eric hustete und keuchte, als kriege er keine Luft, doch trotz aller Bemühungen, die Kehle frei zu bekommen, wurde es immer schlimmer, bis nur noch dicker, klebriger Schaum aus dem Mund quoll.

Mit einem letzten Aufbäumen, das Eric am ganzen Leib erzittern ließ, fiel er nach vorn – krachte auf den Beistelltisch, an dem er nur wenige Minuten zuvor noch gesessen hatte. Ein Weinglas zerbrach, das Interregnum-Kästchen fiel zu Boden, und die eingebaute Spieluhr wurde wieder in Gang gesetzt. Wieder ertönte »God Save The King«. Eric gab einen letzten, langen Atemzug von sich – dann sackte sein Körper in sich zusammen.

Endlich löste sich Jon aus seiner Schockstarre und stürzte an die Seite des Königs. Wieder fragte er sich: Wo zum Teufel steckte Speck? Aber selbst die Antwort darauf spielte keine Rolle mehr. Jon kniete neben dem König. »Sir, Sir?« Er blickte auf. Die königliche Familie war immer noch an Ort und Stelle erstarrt – keiner hatte sich auch nur einen Zentimeter bewegt. Man hätte es ihnen als Hartherzigkeit auslegen können, aber er kannte das Gefühl. »Eure Majestät?«

Jon legte den Zeigefinger an den Hals des Königs, an dem ein Lebenszeichen zu spüren sein sollte. Er hielt den Atem an, als würde es einen Unterschied machen. Aber er wusste es bereits – alle im Raum wussten es.

Er hob den Kopf und sah zur noch verbliebenen königlichen Familie.

»Der König ist tot.«

X

Das wahre Interregnum

Ist nicht das Schlimmste an einer Tragödie die Tatsache, dass sich die Welt danach einfach weiterdreht? Die Zeit in ihrem ewigen Voranschreiten gerät kaum ins Stolpern. Busse fahren weiter. Vom morgigen Tag ist nicht zu erwarten, dass er früher oder später als sonst beginnt. Der Schmerz ist alles verzehrend, und jeder ist damit allein. Das Leben, das erschüttert wurde, ist das einzige, das aus dem Tritt geraten ist.

Tatsächlich hätte Jon den Salon in Balmoral in diesem Augenblick genau so beschrieben. 15.03 Uhr – die längste Minute in seinem Leben. Ein Ort außerhalb der Zeit. Weniger eine Minute, eher ein Bestimmungsort – einer, den er nie mehr sehen wollte. Viele Jahre schien er sich dort aufgehalten zu haben, ebenso erging es den anderen. Sie alle brauchten diese eine Minute, 15.03, um zu begreifen, dass König Eric nicht mehr war. Dann sprang die Uhr auf 15.04, und alles ging weiter. Flugzeuge fielen nicht vom Himmel. Kraftwerke explodierten nicht unversehens. Kein Krieg wurde ausgerufen. König Eric sprach nach wie vor durch vierzehn Millionen Fernsehgeräte auf den britischen Inseln. Posthum, auch wenn sich seine Untertanen glücklicherweise dessen nicht bewusst waren.

Das Erste, was in diesem frühesten Abschnitt des Interregnums geschah, war, dass jemand schrie, und das Zweite, dass jemand lachte. Und sonderbarerweise sorgte Zweiteres dafür, dass Jon für sich akzeptieren konnte, was geschehen war.

Das Mitglied der königlichen Familie, das den Schrei ausstieß, war Emeline. »Vater? Vater?« Wie der Großteil ihrer Familie war Emeline entsetzt über die Szene, die sich vor ihr abgespielt hatte, nur schien sie den anderen emotional voraus zu sein. Sie verstand, so wie es Jon verstanden hatte: König Eric war tot – keine Frage. Er war nicht mehr, seine Seele hatte sich verflüchtigt. Jon wusste nicht, wo sich sein Wesenskern befand – jedenfalls nicht mehr in der über den Beistelltisch gebreiteten körperlichen Hülle. Emelines Schrei schien verständlich – hatte sie soeben nicht nur den König, sondern auch ihren Vater verloren.

Immerhin riss der Schrei die anderen Familienmitglieder aus ihrem transzendenten Zustand, auch ihnen schien es zu dämmern. Die meisten reagierten ähnlich wie Emeline. Dann aber ertönte das Lachen. Für Jon war es ein Schock.

Er fasste sich. Die Welt tat dies nicht. Er stand über dem Leichnam des Königs. Seines Freundes. Seines Mentors. Seines Ankers. Der Anblick Eric Windsors, der quer über dem Beistelltisch lag, war zu viel. »Wir müssen ihn anders hinlegen. Vielleicht ist seine Luftröhre blockiert.«

Marjorie gackerte wie eine Irre und schien mächtig verblüfft, warum nicht alle anderen mit einfielen. »Na, er ist doch gar nicht tot.« Sie stellte ihr Whiskyglas ab, griff stattdessen zu einer Weinflasche und setzte sie sich an die Lippen – offensichtlich hatte sie beschlossen, dass ein Toter in der Familie ausreichender Grund sei, allen Anstand fahren zu lassen. »Das hat er schon mal gemacht. Steh auf, Eric. Wie öde, du wiederholst dich.«

Maud brach in Tränen aus, gleich darauf folgte ihre Schwester. Jon wusste nicht, ob der Anblick Erics oder Marjories diese Reaktion hervorgerufen hatte. Thomas Crockley wippte auf den Absätzen vor und zurück, schnalzte mit der Zunge und tröstete seine Frau – gab sich darüber hinaus aber ungerührt von allem, was um ihn herum vorging.

»Er wird gleich aufstehen«, sagte Marjorie. »Ihr werdet schon sehen.«

»Halt die Klappe, Marjorie«, blaffte David. Der Bruder des Königs war kreidebleich – Tränen standen ihm in den Augenwinkeln. »Wie kannst du so was sagen? Sieh ihn dir doch an.«

Jon packte den König an den Schultern. »Kann mir jemand helfen?« Plötzlich war jemand neben Jon. Matthew beugte sich über den toten König, dann sahen Matthew und Jon sich an und nickten. So sanft wie möglich hoben sie den König an und legten ihn auf den Teppich.

Matthew zog sich so schnell wie möglich zurück. Jon musste ein Schluchzen unterdrücken, als er das Gesicht des alten Mannes sah. Der König hatte die Lider geschlossen, die Augenbrauen waren erwartungsvoll nach oben gezogen, und der Mund stand offen, als wäre er inmitten eines Atemzugs, den er nie mehr ausführen sollte.

»O Gott, Vater«, wimmerte Emeline. Die Zwillingsschwestern waren in diesem Moment das perfekte gegenseitige Spiegelbild. Sie riss Maud aus Crockleys Umklammerung und drückte sie an sich. »Jonathan?«

Die übrigen Familienmitglieder standen vor ihm und dem König. Alle sahen ihn Rat suchend an, aber er hatte keine Ahnung, was er tun sollte. Er war der Koch, du meine Güte.

Er wandte sich wieder dem König zu. Jemand musste versuchen, den Rachen frei zu bekommen. Jon steckte dem König zwei Finger in den Mund, fuhr durch irgendetwas Schleimiges und holte drei Ladungen eines braunen schmierigen

Breis heraus. Wahrscheinlich war es ein Gematsche aus Whisky, Rotwein, Weihnachtsessen und vielleicht sogar noch dem Frühstückstoast.

»O mein Gott«, schluchzte Maud.

»Er hat schon mal den Toten gespielt, glaubt mir«, fuhr Marjorie fort. »Erinnerst du dich an unsere Hochzeitsnacht, ha, Eric?« Sie gab ein Prusten von sich, das unendlich gemein klang – und äußerst ungebührlich für eine Prinzessin, schon gar für eine, die Königin sein wollte.

»Bitte, Margey! Schau ihn dir an!«, brüllte David.

»Ist jemand mit Wiederbelebungsmaßnahmen vertraut?«, sagte Jon und sah in leere Gesichter.

»Ja, er kann so was«, sagte Emeline und zeigte auf Crockley. Der sah sie nur perplex an. »Thomas, erzähl mir nichts mehr von dieser verdammten Unfallhilfe, bei der du warst. Den Johannitern oder so. Sag jetzt nicht, dass das auch bloß gelogen war.«

Crockley zögerte kurz, aber das konnte er so nicht stehen lassen. »Also, hör zu, ich war als Jugendlicher dabei. Aber das ist eine ganze Weile her. Seitdem hat sich vieles verändert. Wenn ich was falsch mache, kann ich den alten Burschen schwer verletzen.«

»Thomas, er ist verdammt noch mal tot.«

Crockley sah sich in seiner angeheirateten Familie mit dem richtigen Maß an Panik und Besorgnis um. »Okay, schon kapiert.« Er trat vor und kniete sich neben den König. Jon rückte zur Seite, während Crockley mit zweifelhaftem Selbstvertrauen den Kopf des Königs nach hinten streckte und ihm in den Mund starrte. Danach fuhr er den königlichen Rippenbogen entlang, fand die richtige Stelle, legte die rechte Hand auf und presste die linke darüber. »Vielleicht könnte mir jemand die Bee Gees vorsummen.« Das war kein Witz –

der Mann war wie versteinert. Als niemand darauf reagierte, begann er mit der Herzdruckmassage.

1, 2, 3, 4, 5. Recht willkürlich pumpte er auf dem Brustkorb des Königs herum, beugte sich anschließend über den Kopf, zögerte kurz, setzte den Mund auf die Lippen des Toten und blies zweimal hinein. Beklommen sah Jon ihm zu und befürchtete das Schlimmste – er glaubte nicht, dass der König wundersamerweise wieder aufspringen würde, wie es sich die Royals offensichtlich erhofften. Nach einigen Minuten, während Crockley zwischen Beatmung und Druckmassage hin und her wechselte, schwand diese Hoffnung zusehends.

»Hör auf, Thomas«, sagte Maud mit tränenerstickter Stimme. »Bitte hör auf.«

»Du machst weiter!«, blaffte Emeline.

»Bruder«, flüsterte David traurig. »Lieber Gott im Himmel.«

»Thomas, bitte«, sprach Maud flehend teils zu ihrem Mann, teils zu ihrer Schwester. »Bitte hör auf. Er ist tot.«

Jon hievte sich hoch. Die Royals in ihrem Schmerz standen hinter ihm – Marjorie, die es immer noch nicht wahrhaben wollte, sah aus, als könnte sie jederzeit wieder loslachen. Schließlich gab die Königliche Prinzessin ein Prusten von sich, dem ein weiterer Schluck aus der Weinflasche folgte. Die alte Frau gefiel sich in ihrem schamlosen Benehmen – die papierne Weihnachtsmannmütze, die sie sich in die drahtigen Haare geklemmt hatte, machten es nicht unbedingt besser. Sogar David weinte, die Zwillinge hielten sich in den Armen, und Matthew versuchte Martin zu beruhigen, der mit großen Augen um sich blickte.

»Mach weiter!«, rief Emeline.

»Er ist tot, Tante«, sagte Matthew zu ihr.

Der König war tot. Jons Beine drohten unter ihm einzuknicken und ihn wieder zu Boden zu schicken. Wie konnte das sein? Wie hatte das geschehen können? Nie war die königliche Familie in größerer Sicherheit gewesen als jetzt – hatte Speck das nicht gesagt? Alle Sicherheitssysteme der Welt hatten das nicht vorhersehen oder gar verhindern können. Der König war tot.

Jon riss sich vom König und der Familie los und sah am Weihnachtsbaum vorbei aus dem Fenster. Es sollte allmählich dunkel werden, aber die Welt leuchtete immer noch im reinen, weißen Schnee. Viel davon konnte er nicht erkennen, Frost und Schnee trübten die Fensterscheibe. Fast schien es, als wäre der Schneesturm noch schlimmer geworden. Vielleicht hatte der Schnee gewusst, was sich heute hier ereignen würde, und war gekommen, um Zeuge dessen zu werden.

Aber niemand hätte das voraussehen können. Oder? Jon dachte an die letzte Handlung des Königs, den Schluck aus dem Glas, und dann …

»Was machen wir?«, fragte Maud. Sie gab sich geschlagen, nachdem ihr Mann den Kampf aufgegeben hatte. Er entfernte sich rasch vom Leichnam, als wäre dieser ansteckend, fasste sich an den Magen und schaffte es gerade noch zum Papierkorb, bevor er sich übergab.

»So fühle ich mich immer, wenn der König mich küsst«, kam es von Marjorie glucksend. »Ist dem nicht so, Eric?« Keinem stand der Sinn danach, sich ihrer anzunehmen. Die Königliche Prinzessin würde sich einen eigenen Weg durch Schmerz und Erkenntnis bahnen müssen.

»Geliebter Bruder«, sagte David, immer noch mit dem Glas in der Hand. Er weinte ungehindert, Ausdruck unverstellter Gefühle, wie er sie noch nie offenbart hatte, zumindest nicht innerhalb dieser Mauern. Dann hob er feierlich das Glas Whisky in Richtung des Leichnams.

Etwas stimmte nicht, Jon spürte es, und dann setzte sich

sein Körper in Bewegung, bevor er selbst wusste, warum. David führte das Glas an die Lippen, eine Bewegung, die schließlich in Jons Gehirn die Verbindung herstellte – es war so offensichtlich, dass er sich wunderte, warum es sonst keiner erkannte. In einer geschmeidigen Bewegung, von der er nicht gewusst hatte, dass er dazu überhaupt noch in der Lage war, stürzte er zu David und schlug ihm das Glas aus der Hand, bevor es seinen Mund berührte.

Das Glas segelte durch die Luft, verfing sich im Baum und reihte sich in den Christbaumschmuck ein.

Entgeistert musterte David den Koch. »Was zum Teufel ist in Sie gefahren?«

Insgeheim fragte sich Jon das auch. Dann drehte er sich zur Familie um, und ihm war alles klar. »Der König ist vergiftet worden.«

Das Schlimmste an einer Tragödie ist, dass die Welt danach so schnell wieder zur Tagesordnung übergeht. Das Schlimmste an einem Mord ist, dass man sich oft wünscht, sie würde es nicht tun.

XI

Der Giftkelch

Mit einem Mal war der Raum zu einem Gemälde erstarrt, in dem alles auf den Verkünder der Botschaft ausgerichtet war. Die Worte schmerzten auf Jons Lippen, setzten sie in Brand – hatte das der König gespürt im Augenblick seines Todes? Konnte Jons Theorie stimmen, und wenn ja, was bedeutete sie – für den König, für die Familie, für ihn? Das alles ging ihm durch den Kopf, als sich David schließlich aus seiner Starre löste.

»Wovon um Gottes willen reden Sie?« Er hatte die Hand immer noch ausgestreckt, als würde er das Glas halten, das jetzt im Weihnachtsbaum hing.

Wieder stieß Jon hervor: »Ich fürchte, ich meine genau, was ich gesagt habe. Der König. Er wurde vergiftet!«

David schnaubte. »Lächerlich.«

»Der Whisky.«

»Das war mal Whisky, ja. Jetzt klebt er an der Decke. Sie sollten Ihren Platz kennen, Butler.«

Jon atmete tief durch, bevor er zu einer Erwiderung ansetzte. »Das Letzte, was Seine Majestät tat, war, einen Schluck von ebendiesem Whisky zu trinken.« Der Whisky. Anchor Haven. Es konnte gar nicht anders sein. Seinetwegen lag der König jetzt kalt und leblos auf dem Boden.

Jon schauderte. Nein. Der König war nicht mehr hier. Der

König hatte Balmoral verlassen, er hatte diese Welt verlassen, dieses vermaledeite, mit allen geteilte Bewusstsein, das man Existenz nennt. Der Körper, der auf dem Boden des Salons lag, war nicht mehr der König. Er sah aus wie er, hätte ihm aber nicht ferner sein können. König Eric war immer voller Leben gewesen. Bis jetzt.

Irgendwie hatte sich Jons Aussage durch Davids dicke Schicht der Uneinsichtigkeit gearbeitet. Der alte Prinz dachte angestrengt nach, bis er zur gleichen Schlussfolgerung gelangte wie Jon. »Großer Gott – der Whisky.« Im panischen Entsetzen darüber, was hätte sein können, griff er sich an den Hals. »Keiner rührt den Whisky an.«

Davids Befehl war überflüssig – keiner hatte noch sein Glas in der Hand, noch nicht mal Marjorie. Die Schwestern, gefangen in ihrem Kummer, hatten von Jons Aktion noch nicht einmal etwas mitbekommen. Thomas Crockley erholte sich noch von seiner Übelkeit und mühte sich vom Boden hoch. Marjorie war nach wie vor in ihrer ganz eigenen Welt, lächelte und schwenkte die Flasche in der Hand. Lediglich Matthew und Martin schienen Davids Bemerkung wirklich verstanden zu haben.

Matthew, die Hände auf Martins Schultern, führte seinen jüngeren Bruder zu seiner Mutter und Tante, bevor er zu den beiden Männern ging. Er musste sichtlich an sich halten, um nicht zum König zu sehen, als er jedoch um den Beistelltisch herumging, blieb ihm nichts anderes übrig. Er unterdrückte ein Schluchzen, das sich nahtlos in Mauds und Emelines Wehklagen einfügte.

»Was hast du gerade gesagt?«, fragte Matthew mit glasigem Blick.

»Der Whisky«, antwortete David mit belegter Stimme. »Gift im Whisky!«

»Ich weiß es nicht«, räumte Jon ein. »Vielleicht hatte es auch eine natürlich Ursache – nicht dass ich so etwas jemals … Aber es könnte sein. Allerdings besteht auch die Möglichkeit, dass der König einem Anschlag zum Opfer gefallen ist. Niemandem sonst ist übel, wir können das Essen also ausschließen. Daher ist es am wahrscheinlichsten, dass etwas im Whisky war.«

»Er wurde ermordet? Mein Großvater wurde ermordet?«, sagte Matthew in einem Ton, der zwischen grenzenloser Wut und abgrundtiefer Trauer schwankte. »Wie kann so was passieren?«

»Ziehen wir keine voreiligen Schlüsse. Lassen Sie uns umsichtig vorgehen«, sagte Jon.

David entfuhr ein Laut – ein seltsam schmerzerfülltes Stöhnen. Auf seiner Miene zeichnete sich äußerste Verzweiflung ab. Und noch etwas war aus der Nähe zu erkennen – die groben, abstoßenden Poren auf seiner Haut. Er war in der Tat ein widerlicher Zeitgenosse, aber dennoch ein Mensch. Jemand, der seinen Bruder verloren hatte. Eine einzelne Träne lief ihm über die zerklüftete Wange.

Wie zuvor bei seinem Bruder legte Matthew seinem Großonkel beruhigend die Hand auf die Schulter. Eine Geste der Freundlichkeit, die dem alten Prinzen zuteilwurde und die er offensichtlich nicht gewohnt war. Die Berührung schien ihm beinahe den Rest zu geben.

Doch bevor er vollends zusammenbrach, ertönten ein neuer Schrei und ein neuer Befehl. Prinzessin Emeline meinte, etwas ungerechtfertigt, Crockley zurechtweisen zu müssen. »Na, wenn du ihn schon verdammt noch mal nicht retten konntest, dann lass ihn wenigstens nicht auf dem Boden liegen. Er ist mein Vater. Vor allem aber ist er König von diesem verdammten England.«

Sie hatte natürlich recht. Jon wollte sich schon an die Arbeit machen, aber Matthew hob die Hand und hielt ihn zurück. Stattdessen winkte er seinen Vater zu Hilfe. Crockley hatte sich gerade erst wieder in die Senkrechte begeben und schien wenig geneigt, sich gleich wieder zu bücken, geschweige denn, seinen toten Schwiegervater anzufassen, tat es aber trotzdem. Sie hoben den König an – Thomas hatte ihn an den Schultern gepackt, Matthew an den Beinen – und trugen ihn zur linken Chaiselongue. Sanft legten sie ihn dort ab, so, als würde er seinen Weihnachtsschwips ausschlafen. Wäre nicht sein gequälter Gesichtsausdruck gewesen, hätte man ihn für einen schlummernden Monarchen halten können.

Die beiden lebenden Protagonisten traten rückwärts zurück, und das Schluchzen und Weinen der Prinzessinnen setzte wieder ein. Nur diesmal sah es so aus, als könnte Prinz Martin auch mit einfallen. Jon konnte es ihnen nicht verdenken – wäre er sich nicht seiner Rolle bewusst gewesen, hätte er ebenfalls die Fassung verloren. Aber sein Pflichtgefühl gegenüber der Familie stand über allem anderen.

Hätte man das bloß von anderen auch behaupten können. Speck. Wo zum Teufel steckte er?

Jon fasste an seinen Gürtel und löste das Walkie-Talkie. Mit einem letzten Blick zum König ging er zur Salontür, hielt aber inne. Alle waren völlig durcheinander – konnte er die Familie wirklich allein lassen?

»Wo will sie hin?«, fragte Thomas Crockley ungläubig.

Marjorie wankte zum König, halb setzte sie sich, halb fiel sie neben ihn. »Komm schon, steh auf, Eric. Es reicht jetzt«, sagte sie und gönnte sich noch einen Schluck aus der Weinflasche.

Jon machte kehrt und kam dabei am Dekanter mit dem Whisky vorbei. Gift. Es klang barbarisch, irrsinnig, abstoßend.

Wie und warum sollte jemand den König vergiften? Natürlich musste es einer von außerhalb des Schlosses gewesen sein, aber …

Nein.

Jon hielt inne, vor sich den rechteckigen Kristalldekanter. Er war noch halb voll und wartete bloß darauf, für einen Nachschlag geleert zu werden. Jons Gedanken rasten – nicht nur ließ er den Tag Revue passieren, den er verbracht hatte, sondern überlegte auch, was an diesem Tag mit dem Whisky geschehen war. Er sah Dinge, hörte Dinge, spürte Dinge, die ihn zu einer Schlussfolgerung führten. Der einzigen Schlussfolgerung. »Mein Gott.«

David und Matthew kamen angerannt und stürzten sich auf ihn oder vielleicht auch auf den Dekanter.

»Wir sollten ihn wegschütten. Ihn loswerden!«, schrie David.

»Eric?«, sagte Marjorie wie in weiter Ferne. Sie saß noch immer neben ihm.

»Wir können ihn nicht wegschütten«, sagte Matthew zu David. »Wenn er nicht durch den Whisky vergiftet wurde, sollten wir das wissen. Und sollte es so sein, dann ist er ein Beweismittel.«

»Ich muss versuchen, Speck zu erreichen«, sagte Jon und hielt sein Walkie-Talkie hoch.

»Eric, steh auf.« Es fiel schwer, sich in diesem Augenblick für Marjories Misere zu interessieren, aber allmählich dämmerte es ihr doch.

»Was ist?«, fragte Matthew, als er die erneute Panik in Jons Blick wahrnahm.

»Wir müssen ihn loswerden!«, kam es aufgebracht von David. »Ich will das Zeug, das in meinem Beisein meinen Bruder getötet hat, nicht mehr sehen.«

Traurig sah Jon von Matthew zu David. »Menschen töten andere Menschen. Nicht Getränke.«

Mehr wollte er in dem Moment nicht sagen. Sie mussten es jetzt noch nicht wissen – damit würde alles noch schlimmer werden –, denn wenn Jon recht hatte, dann war der Mörder hier in Balmoral, mehr noch, er befand sich in diesem Raum.

Marjorie an der Seite ihres Mannes begann endlich zu weinen.

XII

Wo zum Teufel steckt Tony Speck?

Jon hatte keine Zeit zu verlieren, aber er konnte die königliche Familie auch nicht allein lassen. Wenn er recht hatte, war einer unter ihnen zu einem Mord fähig und hatte unter Beweis gestellt, dass er ihn auch ausführen konnte. Und nur der Täter oder die Täterin würde wissen, ob mit weiteren Morden zu rechnen war.

Folgendermaßen war Jon zu dem Schluss gekommen, dass jemand in diesem Raum den Mord begangen haben musste: Er hatte am Morgen, auf dem Weg in den Salon, wo er für David den Kamin angeschürt hatte, die Flasche Anchor Haven aus der Vorratskammer mitgebracht. Er hatte die Whiskyflasche im Salon, im Beisein von David, geöffnet – noch jetzt hörte er das Knacken des aufbrechenden Plastiksiegels, bevor die Flasche aufgeschraubt werden konnte. Er hatte den Inhalt in den Dekanter gegeben und ihn den gesamten Vormittag im Salon atmen lassen. Wer von den Familienmitgliedern das Gift in den Whisky gemischt hatte, würde Jon herausfinden müssen, die Fakten aber lagen offen zutage. Niemand sonst hatte Zugang zum Whisky gehabt. Natürlich konnte man eine Flasche wieder neu versiegeln, aber definitiv nicht in Balmoral, wo so etwas kaum durchführbar war. Die Flasche Anchor Haven hatte monatelang in der Vorratskammer gestanden – er hatte die Lieferung selbst entgegengenommen und konnte bestätigen, dass damit alles in Ordnung gewesen war.

Jon, der so viel Abstand wie möglich zur Familie herstellen wollte, ging hinter den Weihnachtsbaum. Den meisten fiel gar nicht auf, dass er sich zurückzog. Die Einzigen, die es bemerkten – Matthew und David –, waren aber nach wie vor mehr mit ihrer Debatte beschäftigt, was mit dem Whisky geschehen sollte. Jon trat ans Fenster, was, wie er hoffte, den Verbindungsaufbau erleichtern würde. Er hielt das Funkgerät an den Mund.

»Speck, kommen.« Auch wenn er versuchte, so ruhig wie möglich zu klingen, war seine Panik wahrscheinlich nicht zu überhören.

Natürlich gab es einen letzten, weiteren Verdächtigen, an den Jon ebenfalls bereits gedacht hatte: Tony Speck, ebenfalls einer der Anwesenden an diesem verfluchten Tag. Aber je mehr er darüber nachdachte, desto unwahrscheinlicher erschien ihm das. Sicherlich konnte er es nicht ausschließen, er sah aber auch nicht, wie Speck Gelegenheit dazu gehabt haben sollte. Tony Speck war, wie mehrmals erwähnt, ganz versessen darauf gewesen, das Gelände zu patrouillieren. Das hieß, er war ständig zwischen drinnen und draußen unterwegs gewesen und musste dabei durch die Tür, an deren Flur auch Jons Küche lag. Er hätte Speck bemerkt, wenn er zurückgekommen wäre, und hatte ihn tatsächlich auch gesehen, aber da hatten sich bereits alle im Salon versammelt. Jon konnte sich nur schlecht vorstellen, dass Speck in Anwesenheit der gesamten Familie den Whisky vergiftet hatte. Nicht zuletzt deshalb, weil er sich unweigerlich auf das eine oder andere Geplauder hätte einlassen müssen – etwas, was er nun mal überhaupt nicht konnte und was sofort verdächtig erschienen wäre. Während des Essens hatte der Whisky unbeaufsichtigt im Salon gestanden, aber da war Speck bei Jon gewesen.

Speck war ein unerträglicher Einfaltspinsel, mehr auch nicht. Zumindest hoffte Jon das, denn andernfalls wäre er wirklich auf sich allein gestellt.

Schweigen. Ein Weile lang glaubte Jon, das Walkie-Talkie funktionierte nicht, bis statisches Rauschen ertönte.

»Speck, kommen.«

Jon fühlte sich mutterseelenallein – ein Gefühl, das wie eine heimtückische Windböe über ihn herfiel, ihn hin und her beutelte und einen undurchdringlichen Kokon um ihn schuf. Er war wirklich allein – die letzte Verteidigungslinie zwischen der Königsfamilie und einem Mörder. War er der Einzige, der die Grenze zwischen den beiden zu sichern hatte?

»Speck, kommen. Bitte.« Fast flehte er das Gerät an, als könnte Speck es hören. Anscheinend tat er das nicht. »Speck, wir haben ein Problem. Etwas Schreckliches ist passiert.« Jon war sich nur allzu bewusst, dass die ganze Familie mithören konnte, also sprach er leiser, damit seine Stimme vom Weinen der Prinzessinnen übertönt wurde. »Der Reitdamm ist überflutet. Hören Sie mich, Speck? Der Reitdamm ist überflutet.« Es gab bestimmte Code-Wörter für den Tod der jeweiligen Royals, die die Bediensteten sich einprägen mussten. »Ich sagte – hören Sie mich, Speck? Der Reitdamm.«

Das Funkgerät gab erneut nur statisches Keuchen von sich, bevor es ganz verstummte.

»Speck … Tony … bitte melden Sie sich. Ich weiß nicht, was ich tun soll. Alle haben Angst, sie sind in Panik und verwirrt. Sie könnten den Security-Chef wirklich gut gebrauchen. Ich könnte ihn gut gebrauchen. Bitte, Speck.«

Man würde alles Jon Alleyne anlasten. Jon Alleyne hatte den König nicht retten können, zum Teufel, Jon Alleyne hatte den König praktisch selbst umgebracht. Er hatte den Whisky vielleicht nicht mit Gift versetzt, aber er hatte ihn serviert. Er hatte sich den Mordplan vielleicht nicht ausgedacht, aber er hatte ihn in die Tat umgesetzt.

»Ich weiß nicht, was ich tun soll.«

Es klang zwar wie eine Botschaft an Speck, aber eigentlich sprach Jon zu sich selbst. Er hatte den Finger nicht auf die Sprechtaste gelegt – es wäre ja sowieso sinnlos gewesen. Tony Speck, so viel war klar, würde sie nicht retten – er würde nicht auf einer Welle schottischen Schnees zu ihnen hereinschlittern und den König wiederbeleben, den Verantwortlichen festnehmen und die anderen in Sicherheit bringen.

Nur Jon war da – er, der den König durch seine Unfähigkeit, durch seine Untätigkeit getötet hatte –, er allein musste retten, was noch zu retten war. Was würden sie mit ihm machen? Was würde er machen? Er hatte nicht nur einen König verloren, sondern auch einen teuren Freund. Er dachte nur selten an die Zukunft, die ihn nichts anging – jetzt tat er es. Wie sah eine Zukunft ohne König Eric aus? Wie sah eine Zukunft ohne seine Arbeit aus?

Ein letzter Schwall statischen Rauschens riss ihn in die Gegenwart zurück. Es ging hier nicht um ihn, es war nie um ihn gegangen. Er hakte das Walkie-Talkie wieder am Gürtel ein – hoffte, dass er es nicht mehr benutzen musste, während er gleichzeitig wusste, dass er es benutzen würde. Bis Speck wieder auftauchte, war klar, welche Rolle ihm, Jon, hier zufiel. Im Moment gab es nur eine Aufgabe – die noch verbliebene königliche Familie unter allen Umständen zu beschützen. Wenn er sein Leben für einen von ihnen opfern müsste, dann würde es so sein. Ihm blieb keine andere Wahl. Er würde es tun – für sie, für die Krone, vor allem aber für den König.

XIII

Balmoralisches Dilemma

»Glücklos geblieben?« Mit diesen Worten wurde Jon von Matthew und David begrüßt, als er sich wieder zu ihnen stellte. Was für ein seltsamer Ausdruck. Ja, er war glücklos geblieben. Er kam sich vor, als würde er niemals mehr glücklich sein können, und erwartete eigentlich, dass es allen im Raum so erging.

»Speck muss draußen sein. Im Schnee. Entweder kann er mich nicht hören, oder ich bekomme keine Verbindung zu ihm.«

»Hat uns im Stich gelassen, was?« Missmutig sah David zu Marjorie und den Prinzessinnen. Sie kauerten aneinandergeklammert auf dem Boden, ihre teuren Kleider bauschten sich auf dem Teppich. »Der hat mir noch nie gefallen. Wer weiß, ob er nicht sogar hinter allem steckt.«

»Wir können ihm nicht trauen.« Das kam von Matthew, der den Anschein vermittelte, als redete er über das eine, während er an das andere dachte. Man konnte leicht vergessen, dass er erst achtzehn war. Seine Haltung zeugte von erstaunlicher Reife – selbst unter so ernsten Umständen. »Nun, wenn er auftaucht, kann er gleich wieder einpacken. Morgen wird er seinen Job los sein, Scheiß auf Weihnachten.«

Jon war froh, dass Matthew die Bedeutung von Specks Abwesenheit erkannte. Es freute ihn nicht unbedingt, wenn jemand seinen Job verlor, aber das hatte sich Speck selbst zuzuschreiben. Natürlich konnte man nicht sagen, ob alles einen anderen Verlauf genommen hätte, wäre Speck da gewesen. Aber er hätte eben da sein sollen. Außer es gab einen guten Grund für seine Abwesenheit.

»Verflucht sei Speck«, murmelte David.

»Specks Verschwinden wirft noch andere Probleme auf, neben unserer Sicherheit.« Matthew machte ein ernstes Gesicht. Er sah unumwunden zu Jon, als wollte er wortlos mit ihm kommunizieren. Leider kam die Botschaft bei Jon tatsächlich an. Der junge Prinz hatte recht – kaum zu glauben, dass er sich, gerade erst volljährig geworden, nun um so etwas kümmern musste. Jon stieß einen leisen Fluch aus, während der Prinz fortfuhr: »Speck hat unsere Handys eingesammelt. Auf Anweisung des Königs.«

»Oh«, war alles, was David dazu beizutragen hatte. Es schien ihn kaum zu interessieren, was sein Großneffe zu sagen hatte. Von irgendwoher hatte er ein Glas Wein aufgetan und nahm einen ausgiebigen Schluck.

Es gab noch etwas – ein weiteres Hindernis, das Speck, hoffentlich, unabsichtlich errichtet hatte; etwas, von dem nur die Bediensteten wussten. »Speck hat auch die Schlüssel.«

»Die Schlüssel?«, fragte Matthew.

»Speck hat als Einziger vor Ort die Schlüssel für das Schließfach am Eingangstor. Im Schließfach befindet sich ein Tastenfeld, über das man das Tor öffnet. Ich kenne den Code, aber ohne die Schlüssel nützt das nichts. Wir haben keinen Zugang dazu. Wir können uns ins Schneetreiben hinauswagen, bis an die Tore, aber an dem Schließfach kommen wir nicht vorbei. Der einzige andere Weg wäre über das Hochland bis an die Grenze des Anwesens – der Zaun dort ist nicht so hoch, wir würden wohl rüberkommen, aber was dann? Dort ist weit und breit nichts.«

»Dann rufen Sie jemanden, der einen Schlüssel hat«, blaffte David. »Das sollte doch nicht so schwer sein.«

»Mein Handy hat Speck, genau wie Ihres. Und … das Festnetz ist letzte Nacht im Schneesturm zusammengebrochen. Genau wie das WLAN.«

Unruhe und Argwohn erfasste die Männer. Matthew brachte es auf den Punkt: »Warum wurden wir darüber nicht in Kenntnis gesetzt?«

Jon antwortete nur widerwillig. »Speck meinte, es wäre besser, wenn Sie es nicht wissen. Er meinte, Sie sollten Weihnachten genießen und sich keine Sorgen machen.«

»Aber Großvater hatte den Premierminister anrufen wollen, um ihm nach seiner Rede frohe Weihnachten zu wünschen.«

»Ich gehe davon aus, dass Speck den König dann in aller Stille auf den Umstand hingewiesen hätte.« Es missfiel ihm, dass er den Abwesenden entschuldigen musste – worauf er nicht die geringste Lust hatte.

»Fassen wir also noch einmal zusammen«, sagte David. »Wir haben keine Handys und kein Telefon, draußen wütet ein Schneesturm, wir kommen nicht durch die Tore, falls wir sie denn überhaupt erreichen sollten, und schließlich gibt es keine Möglichkeit, Hilfe anzufordern. Wir sitzen in Balmoral fest, und das mit einem toten König. Ganz davon zu schweigen, dass der Giftmischer sich immer noch hier herumtreibt.« Seine Stimme schnellte zu einem finalen Crescendo empor – es war das erste Mal, dass er sich nicht im Griff zu haben schien, sah man von der einen Träne ab. Man hätte meinen können, dass er wirklich trauerte – Jon jedenfalls dachte sich das. Nur sah Jon nicht, dass sich David in einem Zustand der

Trauer befand, eher beklagte er sein eigenes Schicksal – nachdem er auf dem Schloss wie eine Wespe in einem umgedrehten Weinglas gefangen war.

»Bleibt die Frage: Was machen wir jetzt?«, sagte Matthew.

Er sah zu Jon, genau wie David. Sie waren wie Kinder, die sich unabhängig fühlten, sich aber sofort an die Erwachsenen wandten, sobald etwas schiefging. Nur handelte es sich hier um die königliche Familie, und der Monarch war tot. »Es gibt kein Protokoll für so eine Situation. Und wenn, dann weiß ich nichts davon. Ich bin nur der Koch – ich bin nicht in alles eingeweiht.«

»Das hilft jetzt nicht recht weiter, was?«

»Nein, Sir«, antwortete Jon ohne jeden Sarkasmus. David hatte recht.

»Großonkel, bitte! Wir müssen uns klarmachen, dass wir keinen Deut anders sind. Wir sind zwar die königliche Familie, aber das hat hier und jetzt keinerlei Bedeutung.«

»Nenn mich nicht Großonkel, Junge. Und zur Königsfamilie zu gehören steht über allem. Das wollt ihr neumodischen Royals nicht verstehen. Selbst in Zeiten wie diesen … Nein! Besonders in Zeiten wie diesen müssen wir standhaft bleiben in unseren Moralvorstellungen und unserem Auftreten.«

Matthew wollte etwas erwidern, aber Jon fiel ihm ins Wort – ein Disziplinarvergehen unter normalen Umständen: Unterbrich nie ein Mitglied der königlichen Familie. »Wir sollten uns auf das Eigentliche konzentrieren.«

»Hört, hört«, sagte Matthew. »Trotzdem bleibt die Frage: Was machen wir jetzt?«

Neues Wehklagen aus Richtung der Prinzessinnen lieferte ihnen auch keine Antwort, dafür meldete sich eine neue Stimme. Ohne dass sie es mitbekommen hatten, war jemand auf

Hörweite an sie herangerückt. »Jemand sollte ihn woandershin bringen.«

Die drei Männer drehten sich um. Gebeugt am Sideboard, sich ein Taschentuch vor den Mund haltend, stand Thomas Crockley. Er war blass, aber was er sagte, klang nicht falsch. »Tut mir leid, mir geht es gerade nicht sehr gut.«

»Nein. Du hast recht, Vater«, sagte Matthew. »Protokoll. Ein Monarch sollte angemessen aufgebahrt werden. Wir müssen den König in sein Bett schaffen.«

»Was?« Das kam von David.

Auch Jon musste Crockley recht geben. König Eric hatte es verdient, aufgebahrt zu werden, und das war in diesem Raum nicht möglich. Außerdem war es undenkbar, dass sich die Prinzessinnen oder die anderen auf das konzentrieren konnten, was anstand, solange der tote König hier unter ihnen weilte.

»Muss ich alle daran erinnern, dass das hier ein Tatort ist?«, blaffte David.

»Wir sind der Tatort, Großonkel. Der König ist bereits zweimal bewegt worden. Wenn die Polizei eintrifft, was unseres Wissens momentan allerdings ausgeschlossen ist, wird hier kaum etwas herauszufinden sein. Wäre es da nicht besser, ihm Ruhe zu gönnen? Und ihnen ebenfalls?« Mit einem Nicken wies Matthew zu den drei auf dem Boden kauernden Frauen.

Jon hätte sich in seiner Verzweiflung am liebsten einfach zu ihnen gesellt. Das Geräusch des Beistelltisches, als Eric auf ihn niedergesunken war, hallte Jon noch in den Ohren. Der Gedanke, dass Eric jemals in Frieden ruhen würde, fiel ihm schwer – zumindest solange dieser Tag nicht zu Ende war.

»Ja«, sagte Jon. »Aber wie sollen wir ihn wegschaffen?«

David, bestürzt über die Vorstellung, schüttelte nur den Kopf, auch Matthew und Crockley wussten keine Antwort. Sie verstanden nicht, in welchem Dilemma sie hier steckten, Jon allerdings, der unzählige Male auf den Korridoren und Gängen unterwegs gewesen war, sah es deutlich vor sich.

Das Schlafzimmer des Königs lag fünf Korridore weiter, dazu musste man eine Treppe hoch und durch unzählige Türen. Sie konnten ihn den weiten Weg nicht tragen, wenn sie ihm gebührenden Respekt erweisen wollten. Jon fiel ein, wie er das Essen hierhergebracht hatte. Kaum zu fassen, dass dies nur ein paar Stunden her war und wie viel Arbeit es ihm bereitet hatte.

Unwillkürlich entfuhr ihm ein Seufzen. Er wusste, wie sie es schaffen konnten, was nicht bedeutete, dass ihm die Sache gefiel. Die anderen sahen ihn erwartungsvoll an. »Wir transportieren ihn mit dem Servierwagen.«

XIV

Eines Königs Körper

David protestierte aufs Entschiedenste. »Sie können meinen Bruder nicht wie einen gefüllten Truthahn durch die Gegend schieben, Butler. Er ist ein Windsor – er ist der König!«, rief er aufgebracht.

Jon war sich dessen nur allzu bewusst, seit dreiunddreißig Jahren war er sich dessen bewusst und hatte es nie vergessen, aber er sah keine andere Möglichkeit.

Der Servierwagen war, wie bereits gezeigt, nicht das, was man sich darunter vielleicht vorstellen mochte – zweifellos sah David ein klappriges Teewägelchen vor sich, wie es ältere Damen bei ihren Bingo-Runden herumschoben. Nein, der Servierwagen war ein Profigerät – gedacht zum Transport von großen Essensmengen wie an diesem Nachmittag. Er ähnelte mehr einer Rollbahre, was in der aktuellen Situation nicht einer gewissen Ironie entbehrte.

Jon war unwohl bei dem Gedanken, den Servierwagen selbst zu holen. Er würde dazu die königliche Familie allein lassen müssen. Die Alternative – einen von ihnen zu schicken – war allerdings noch unangenehmer. Zum einen erschien es ihm absurd, die Royals herumzuscheuchen, obwohl er überzeugt war, dass Matthew umstandslos seiner Bitte nachgekommen wäre. Zum anderen, und das war ausschlaggebend, würde dadurch ein Mitglied der königlichen Familie von den anderen getrennt und somit angreifbar sein. Nein, es würde seine Aufgabe sein. Also machte sich Jon auf den Weg.

Als er den Wagen aus der Küche holte, wünschte er sich von ganzem Herzen, er würde Tony Speck über den Weg laufen. Der Albtraum wäre damit nicht vorbei – ganz im Gegenteil –, aber Jon könnte dann zu einer Rolle zurückkehren, die ihm sehr viel mehr lag. Er hatte erst lernen müssen, in der Küche den Ton anzugeben – einige Jahre hatte es dafür gebraucht. Er konnte nicht auch noch auf anderen Gebieten derjenige sein, der das Sagen hatte. Von Tony Speck allerdings fehlte jede Spur. In den Korridoren von Balmoral war es still, unheimlich und bedrückend – wie immer. Tony Speck musste draußen in der Kälte sein, wenn er Jons Anruf nicht gehört hatte. Er hoffte, der Security-Chef war nicht dem Schneesturm zum Opfer gefallen.

Anders als Speck war die Küche noch da – und genau so, wie er sie verlassen hatte. Die Warmhaltetische summten beim Abkühlen vor sich hin, obwohl sie schon mit dem Dessert abgeschaltet worden waren. Alles musste geputzt werden – zuerst mit dem Lappen drüberwischen, dann mit einem antibakteriellen Mittel alles schrubben. Das dreckige Geschirr stand auf der Arbeitsfläche und wartete, in die Spülmaschine geladen zu werden. Nie war Jon der Abwasch so verlockend erschienen. Und wenn er damit fertig war, gab es noch mehr in der Küche unten – er könnte den lieben langen Tag damit verbringen. Er könnte so tun, als hätte sich die Tragödie im Salon nie ereignet, schien ihm das dreckige Geschirr zuzuraunen.

Aber nein – es gab kein Entkommen. Er schnappte sich den Wagen und rollte zurück an den Ort des Katastrophe. Bevor er die Küche verließ, testete er noch einmal das Funkgerät, um sicherzugehen, dass nicht sein Standort der Grund für die nicht zustande gekommene Verbindung war. Wie zuvor kam von ihrem Beschützer keine Antwort.

Wieder im Salon, sahen die Royals ihm dabei zu, wie er den Servierwagen abstellte. Zögerlich erklärten Matthew und Crockley den Frauen, was zuvor besprochen worden war. Anscheinend waren sie zu einer gewissen Übereinkunft gelangt, denn Matthew und Crockley traten an den König heran.

Jon folgte ihrem Beispiel und spürte Davids und Marjories Blicke auf sich. Die beiden hatten wieder zueinandergefunden und verfolgten die Ereignisse mit glasigem Blick, wobei David seiner Schwägerin tröstend den Arm um die Schultern gelegt hatte. Jon sah sich nach den restlichen Familienmitgliedern um und entdeckte sie in der entfernten Ecke. Prinz Martin saß dort, fummelte ständig an seiner Krawatte herum und nahm sie schließlich ganz ab. Die Zwillingsprinzessinnen wichen nicht von seiner Seite und versuchten tapfer, die Tränen zurückzuhalten.

Als Jon neben dem König stand und die drei Männer sich darüber berieten, wie sie den Leichnam auf den Servierwagen bugsieren sollten, ertönte hinter ihnen abermals ein Aufschrei. Emeline legte erneut Protest ein.

»Es ist besser so, Tante«, sagte Matthew. »Wir werden ihn ins Bett legen, dann wird es aussehen, als würde er schlafen – und wir können uns überlegen, wie wir aus dieser misslichen Lage herauskommen.«

Das schien zu genügen (aber wie konnte es jemals genügen?), Emeline jedenfalls verstummte.

Jon, Matthew und Crockley besprachen ein weiteres Mal ihr Vorgehen, bis ihnen nichts anderes mehr übrig blieb, als zur Tat zu schreiten. Sie beugten sich über den König – Jon packte ihn an den Schultern, Matthew an den Beinen, und Crockley stand daneben, bereit zum Eingreifen, falls nötig.

Er war nach wie vor kreidebleich und sah aus, als könnte er jeden Moment ohnmächtig werden. Jon hoffte, dass nichts schiefging, weil er nicht wusste, ob Crockley ihnen in seinem gegenwärtigen Zustand überhaupt eine große Hilfe sein würde.

Jon zählte bis drei, dann hoben sie den König an und trugen ihn, so schnell sie konnten, zum Servierwagen. Einer der Arme des Königs, die sie über der Brust verschränkt hatten, löste sich und baumelte nach unten. Crockley versuchte den Arm wieder nach oben zu biegen, konnte aber nicht viel ausrichten.

Jemand hatte in der Zwischenzeit ein Kissen auf den Servierwagen gelegt, damit darauf das königliche Haupt gebettet werden konnte. Martin stand daneben und hatte eine Decke bei sich, um sie über den König zu breiten. Er nickte Jon zu. Dieser empfand große Zuneigung für den jüngsten Royal, der nicht nur unglaublich gut mit seiner Trauer zurechtzukommen schien, sondern unter den verbliebenen Familienmitgliedern auch am pragmatischsten handelte.

So sanft wie möglich legten sie den König ab, wobei das Kissen gute Dienste leistete. Das Gesicht des Königs war ein schrecklicher Anblick – es zeugte von der heftigen Schlacht, die er am Ende hatte verloren geben müssen. Martin wollte ihm gerade die Decke reichen, als Matthew zu Jons Erleichterung vortrat und sie entgegennahm, um damit, einem Pflichtgefühl folgend, seinen Großvater zu bedecken.

Prinz Matthew wandte sich an die Familie. »Wir bringen ihn in sein Bett, verabschieden können wir uns später von ihm.«

Irgendwo im Raum ertönten gemurmelte Missfallensbekundungen. Hätte Jon sich umgesehen, hätte er sie vielleicht dem Sprecher zuordnen können, aber sein Blick war nach wie vor auf das Gesicht des Königs gerichtet. Es lag jetzt zwar unter der Decke verborgen, darunter aber lauerte immer noch der schreckliche Anblick. König Eric war unter großen Qualen gestorben – wahrscheinlich von jemandem ermordet, der sich hier in diesem Raum befand. Wut und Trauer wirbelten in Jons Herzen und verfestigten sich zu dem Wunsch, den Täter zu finden und ihn seiner gerechten Strafe zuzuführen. Als Jon, nun erfüllt von einer neuen Aufgabe, den Kopf hob, wandte sich Matthew an die anderen Anwesenden.

»Wenn es nichts ausmacht«, murmelte Thomas Crockley, »würde ich mich gern hinsetzen.« Joh sah zu ihm – sah ihn richtig an, zum ersten Mal seit geraumer Zeit. Der Mann war ziemlich grün um die Nase und schweißüberströmt. Etwas geschah mit Crockley, was zu diesem Zeitpunkt glücklicherweise nicht weiter von Belang war.

»Dann komm ich auch mit.« Prinzessin Emeline trat auf sie zu.

»Emeline«, kam es von Maud hinter ihnen, »ich glaube nicht …« Sie hatte die Arme nach ihrer Schwester ausgestreckt – nach ihrem Rettungsring, der ihr gerade abhandenkam. Ohne ihn würde sie untergehen. Sie brauchte etwas, woran sie sich festhalten konnte.

Plötzlich hatte Jon eine Idee. Er zog seinen Notizblock und einen Stift aus seiner Tasche und ging zu Maud. »Prinzessin Maud, darf ich Sie um etwas bitten?«

Die Prinzessin stockte kurz. »Na ja … ja … ich denke schon.«

Jon versuchte zu lächeln. Es misslang kläglich. »Falls Sie sich dazu in der Lage sehen, könnten Sie das Kommen und Gehen in diesem Raum am heutigen Vormittag aufzeichnen. Ich würde gern wissen, wer wann den Raum betreten und wieder verlassen und, vor allem, wer sich hier allein aufgehalten hat.«

Maud tupfte sich mit einem Taschentuch über die Augen, bevor sie den Block entgegennahm. »Natürlich, Jon.« Sie schien so erleichtert über die ihr zugewiesene Aufgabe, dass sie gar nicht weiter über deren Sinn und Zweck nachdachte. Jon hoffte, das würde auch so bleiben, jedenfalls war er froh, für sie eine Beschäftigung gefunden zu haben.

Bestärkt durch ihre Aufgabe, wandte Maud sich ab.

»Danke, Emeline«, sagte Crockley, der auf einer Chaiselongue niedergesunken war, »ich werde versuchen, hier moralischen Beistand zu leisten.«

Emeline aber gab sich wenig verständnisvoll. »Ehrlich gesagt, Thomas, es könnte mir nicht gleichgültiger sein, was du tust.«

Statt sich beleidigt zu geben, wirkte Crockley eher erleichtert.

Emeline wechselte einen Blick mit Jon und Matthew, bevor sie sich der zugedeckten Gestalt auf dem Servierwagen zuwandte. »Bringen wir es hinter uns«, sagte sie.

Alle drei nickten. Damit trat Eric Windsor seine letzte Reise an.

XV

Eric Windsors letzte Ruhestätte

Wollte man den Transport des Königs vom Salon in sein Schlafzimmer beschreiben, wäre dies eine Übung in wenig zeremoniöser Ereignislosigkeit. Die drei Begleiter schwiegen, während sie durch die Gänge schritten. Jon, am Kopf des Königs, schob den Wagen, Matthew, vorn an den Füßen, zog, falls nötig, während Emeline, entgegen ihrer eigentlichen Stellung, ihnen die Türen öffnete und gegebenenfalls unterstützend eingriff.

Das größte Hindernis stellte die Treppe dar, über die sie den Wagen nach oben schaffen mussten (leider verband der Lastenaufzug nur die Bedienstetenräume im Keller mit dem Erdgeschoss), der Aufstieg aber verlief überraschend problemlos. Sie hatten dazu die Treppe in der Einganghalle auserkoren, wo der König oft seine Gäste begrüßt hatte. Der Servierwagen verhakte sich im Tartanläufer der Halle, das war schon das einzig Bemerkenswerte. Der Kopf eines Hirschs, vom König in freier Wildbahn selbst erlegt, sah ihnen von der Wand aus zu, wie sie sich auf den Aufstieg vorbereiteten.

Da die Treppe breit war und mit einem Teppich belegt, die Stufen selbst aber niedrig und der König wenig wog – er war von schlanker, drahtiger Statur –, konnten sie den Servierwagen zu dritt mühelos anheben und das Gefährt nach oben manövrieren. Den Wagen um die Krümmung der Treppe zu bugsieren gestaltete sich zu einem lapidaren Nicht-Ereignis – und gestattete Jon eine kurze Pause, da ihm die Arme trotz der leichten Last sehr wohl schmerzten. Selbst er konnte sich kaum daran erinnern, dass er seit dem Morgengrauen auf war und sich für das Festessen abgerackert hatte – ein Festessen, das nun völlig in den Hintergrund getreten war. Es erschien ihm geradezu lächerlich, was für eine große Bedeutung es noch am Morgen in seinem Leben gehabt hatte.

Nur eines erinnerte Jon daran, wie sehr er sich verausgabt hatte. Gliedmaßen, Kopf und Bauch, alles pochte im schmerzenden Gleichtakt, wollte ihm zu verstehen geben, langsamer zu machen. Was würde der Arzt sagen, wenn er ihn jetzt sehen könnte – nachdem er seit über zwölf Stunden auf den Beinen war und kein Ende in Sicht? Es war nicht wichtig. *Er* war nicht wichtig.

Bald darauf erreichte die seltsame Prozession das königliche Schlafzimmer. Einzutreten ohne ausdrückliche Erlaubnis des Bewohners schien undenkbar. Jon konnte gerade noch einen Aufschrei unterdrücken und wollte Emeline den Zutritt verwehren (auch eine Prinzessin sollte anklopfen), als die junge Frau einfach die Tür öffnete. Kein Ruf von drinnen, kein Rüffel wegen des unerlaubten Eintritts.

Matthew zog den Wagen über den dicken Teppich des Schlafzimmers – ein Untergrund, für den er nie gedacht war –, bevor sie am Kopfteil des Himmelbetts anhielten. »Gut«, sagte er und sah zu seiner Tante, die in Voraussicht dessen, was nun anstand, kreidebleich geworden war. »Du musst es nicht tun. Ich und Jon schaffen das schon.«

Emeline schüttelte den Kopf; dass sie den Weg auf sich genommen hatte, sich jetzt aber nicht an dem beteiligen sollte, worum es eigentlich ging, widerstrebte ihr. Sie weinte leise – vielleicht hatte sie damit auch gar nicht aufgehört.

»Gut«, meinte Matthew.

Wieder hoben sie zu dritt den König an, wobei Emeline nun Crockleys Platz einnahm, und trugen ihn zum Bett. Als klar war, dass Matthew und Jon mit der Last tatsächlich allein zurechtkamen, zog Emeline die Bettdecke zurück, und sie legten den König ab und deckten ihn zu. Er sah wirklich aus, als wäre er eingeschlummert – wäre nicht sein Gesichtsausdruck gewesen. Nachdem alles getan war, standen sie etwas planlos vor dem König und betrachteten ihn, als würde ihnen dadurch klar werden, was sie als Nächstes tun sollten. Natürlich geschah nichts dergleichen – der König gab ihnen keinerlei Hinweis, was weiter zu tun war. Die Situation war trüber als die Marschlandschaft und ließ sie heftiger frösteln als der sich draußen türmende Schnee.

Emelines Weinen ging wieder in leises Schluchzen über. »Darf ich bitte kurz mit meinem Vater allein sein?«

»Natürlich, Ma'am«, erwiderte Jon. Matthew nickte und wirkte so traurig, wie man es nicht für möglich gehalten hätte. Beide gingen zur Tür, und während Matthew es kaum erwarten konnte, das Zimmer zu verlassen (was lediglich eine andere Form der Trauer war), blieb Jon in der Tür stehen und warf einen Blick zurück.

Schweigend war Emeline an die Seite des Königs getreten – sie hatte ihm eine Hand an die Stirn gelegt, als wollte sie fühlen, ob er Fieber hatte. Die Tränen flossen jetzt ungehemmt. Jon glaubte ganz genau zu wissen, was Emeline durch den Kopf ging, denn der Gedanke war ihm eben auch gekommen: Eric Windsors Geschichte fand hier ihr Ende. Was immer noch passieren würde an diesem verfluchtesten aller Tage, Eric würde daran nicht mehr teilhaben. Er hatte seine letzten Worte gesprochen, die letzten Handlungen vollzogen. Jetzt konnte er ruhen.

Eric Windsors Vermächtnis würde für immer fortbestehen. Noch lag das Land nicht in Trauer. Die Beerdigung würde ein großes, weltweit verfolgtes Ereignis sein. Das aber kümmerte niemanden im Raum. Sie waren so viel mehr als die Öffentlichkeit – sie waren die Familie, ein Freund, ein Mentor. Der Schmerz von niemandem außerhalb dieses Raums konnte ihre Trauer hier drinnen berühren.

»Auf Wiedersehen, Vater. Danke für alles«, sagte Emeline an seiner Seite, bevor sie ihm etwas ins Ohr flüsterte und seinen Kopf mit Geheimnissen und Tränen füllte.

Jon ließ sie allein Abschied nehmen. Er trat hinaus in den Korridor und schloss so leise wie möglich die Tür, zuvor aber trat die Prinzessin noch einmal in sein Blickfeld. Nachdem sie sich allein glaubte, legte sich ein sehr seltsamer Ausdruck auf ihr Gesicht. Jon konnte es nicht einordnen – Kummer war eine doch sehr vielschichtige Empfindung. Aber wäre er gefragt worden, hätte er gesagt, einen Ausdruck der Erleichterung auf Prinzessin Emelines Gesicht wahrzunehmen.

XVI

Der Reitdamm ist überflutet (und andere lustige Sätze)

Jon und Matthew warteten im Korridor, solange Emeline von ihrem Vater Abschied nahm. Die beiden Männer – der eine alt, der andere jung, die nichts gemeinsam hatten außer der schweren Last des Daseins – vermieden es, einander in die Augen zu sehen. Nach einigen Minuten war auch Matthews leises Weinen zu hören, und Jon musste schwer an sich halten, um nicht ebenfalls in Tränen auszubrechen. Den Hinterbliebenen zuliebe aber musste er standhaft und stark bleiben. Was es, wenig überraschend, schwerer machte, die Fassung zu wahren. Am liebsten hätte Jon sich hingesetzt und erschöpft zusammengerollt, um nie wieder aufzustehen. Wie zur Bekräftigung wurde das Pochen im Magen stärker. Aber daran war nicht zu denken – die königliche Familie brauchte ihn. Der König brauchte ihn – wenn schon nicht leibhaftig, dann doch zumindest im Geiste.

Was hätte Jon diesen Morgen gesagt, wenn er gewusst hätte, was geschehen würde? Er hatte vor dem König gestanden mit dem königlichen Toast und dem königlichen Kaffee und seinen eigenen Hoffnungen für den Tag. Was, wenn er gewusst hätte, dass es der letzte Toast, der letzte Kaffee war, dass alle Hoffnungen zunichtewürden? Wie hätten seine letzten Worte an einen alten Freund gelautet? – »Es tut mir leid, Eure

Majestät. Das haben Sie nicht verdient. Sie waren immer gut zu mir, besser als alle anderen. Sie kamen in mein Leben, als ich kein Zuhause hatte, nicht wusste, wer ich war. Und das alles haben Sie mir gegeben – ein Zuhause, eine Identität. Dafür bin ich Ihnen für immer dankbar.«

Hätte er das gesagt? Oder etwas anderes? Oder hätte er nichts dergleichen gesagt und sich still zurückgezogen? Es war ja immer alles unausgesprochen geblieben zwischen ihnen. Immer alles unausgesprochen. Er wusste es. Sie beide wussten es. Manchmal aber genügte das nicht.

In der kurzen Zeitspanne zwischen dem Tod seiner Mutter und seiner Abreise nach England hatte Jon mit seiner Nani am Küchentisch zusammengesessen, über einer Tonschale mit köstlich duftendem Essen, und endlich doch noch Tränen für seine Mutter gefunden. Nachdem er erst einmal angefangen hatte zu weinen, konnte er nicht mehr aufhören. Nani musste stundenlang neben ihm gesessen haben, während er weinte, so heftig, dass er schließlich vergessen hatte, um wen er eigentlich weinte – um seine Mutter, seinen Vater, vielleicht sogar um sich selbst? Er war am Brunnen des Selbstmitleids angelangt, den man immer aufsuchen, in den man aber nie hineinfallen durfte, und hatte dort einen ganzen Nachmittag zugebracht. Irgendwann hatte er in seine Schluchzer hinein gesagt, er würde sich gern an einem Ort zu Hause fühlen, er würde gern wissen, warum er auf der Welt sei, er würde gern Ruhe und Frieden finden.

Nani schüttelte fast beschämt den Kopf und deutete mit ihrem knochigen Finger auf ihn. »Sag so was nicht, Jonathan Alleyne. Was für ein Gedanke!«

Ihre Reaktion erschreckte Jon, so sehr, dass er verstummte und ihren Worten lauschte; Worte, die ihm für immer im Gedächtnis blieben.

»Ich glaube nicht, dass jemand Ruhe und Frieden finden will. Nein. Ruhe vor Leid und Kummer hört sich gut an, ja, aber wenn du darüber nachdenkst, wenn du wirklich darüber nachdenkst, was ist dann? Dann bist du nämlich am Ende. Ruhe und Frieden heißt, du bist am Ende. Und was dann? Du solltest nicht am Ende sein. Wir sollten nie am Ende sein mit dem, was hier ist – mit dem, was wir jetzt im Augenblick fühlen. Denn Ruhe und Frieden umfasst alles, was ist, du sperrst deine Gefühle in ein Kästchen wie Erinnerungen, die auf Fotos eingefroren werden, und schiebst sie ganz nach hinten ins Regal, wo sie nicht weg, aber auch nicht mehr da sind. Wir wollen nicht vergessen, tun es im Lauf der Zeit aber doch. Nichts ist damit gelöst, nichts ist gewonnen, keine Erfahrung, keine Einsicht. Nur ein Kästchen auf einem Regal mit vergilbten Fotos der Trauer. Ruhe und Frieden. Was für ein ganz und gar schrecklicher Zustand.

Also halte deinen Schmerz fest. Klammere dich an ihn. Und lass dir von niemandem dreinreden. Lass niemanden sagen: ›Ich weiß, wie du dich fühlst‹ oder ›Ich hab das auch schon alles durchgemacht‹. Der Schmerz gehört dir – jeder Schmerz ist anders. Keiner weiß, wie du dich fühlst. Keiner hat jemals durchgemacht, was du jetzt durchmachst. Und keiner sollte dich jemals bemitleiden. Denn du hast etwas, was sie nicht haben. Und du hältst es fest, solange du willst, und du machst damit, was du willst. Aber vergiss ihn nie. Niemals das Kästchen. Wünsch dir niemals, dass du Ruhe und Frieden findest.«

Im Lauf der Zeit dachte Jon immer wieder daran und erkannte, dass sie, auch wenn sie nicht ganz recht hatte (wie niemand bei einer so komplizierten Sache), damit doch wahrere Worte gesprochen hatte, als ihm in diesem Augenblick bewusst gewesen war.

Prinzessin Emeline kam aus dem königlichen Schlafzimmer und trocknete sich mit einem Satintaschentuch, das sie erst kurz zuvor ausgepackt hatte, die Tränen. Wenn Jons Gedächtnis nicht trog, war es ein Geschenk des Königs gewesen.

Mit geröteten Augen sah Emeline zu den beiden Männern. »Er ist da, und auch wieder nicht. Er ist einfach ... er schläft einfach.«

Jon nickte. Noch nie hatte jemand für so eine Situation Worte gefunden, und falls doch, dann waren sie unangemessen.

»Was passiert hier eigentlich?«, schluchzte Matthew. »Ständig frage ich, was jetzt? Was jetzt? Dann tun wir es, dann ist es getan, aber es bleibt die Frage, was als Nächstes kommt. Was jetzt? Was machen wir jetzt?«

Was machen wir jetzt? Matthew hatte recht – die Frage überschattete alles. Wohin Jon auch schaute, überall sah er sich der Hoffnungslosigkeit ihrer Lage gegenüber. Matthew und Emeline erging es nicht anders.

Emeline umarmte ihren Neffen, so fest und so förmlich zugleich, dass man hätte denken können, es wäre das erste Mal. »Wir stehen das durch, das haben wir immer getan. Wir machen weiter. Die Windsors überstehen das, es liegt uns in den Genen. Nur das Morgen zählt.«

»Aber ein Morgen ohne ihn«, sagte Matthew.

»Ja. Ohne ihn. Wir müssen das ohne ihn ...« Ihre Stimme brach.

»Wenn wir mit der Situation umgehen wollen, müssen wir sie akzeptieren«, sagte Matthew, schluchzte erneut auf, riss sich aber gleich wieder zusammen. »Er ist wirklich tot.«

»Ja.« Was gab es sonst zu sagen?

»Jonathan, haben Sie so etwas schon mal erlebt?«

Jon hatte beinahe vergessen, dass er auch noch da war. »Pardon, Sir?«

»Ich meine – könnte es sein, dass das, was hier passiert ist, eine natürliche Ursache hat? Vielleicht hatte mein Großvater eine Art Herzinfarkt?« Offensichtlich hielt Matthew das selbst nicht für sehr plausibel. Er hatte das Geschehen sehr aufmerksam verfolgt, wenn sich Jon richtig erinnerte. Jon selbst war noch nie Zeuge eines Herzinfarkts gewesen, aber es sah nicht danach aus, als hätte den König dieses Schicksal ereilt.

»Nein. Das war kein Herzinfarkt – zumindest kein natürlicher. Vielleicht wurde das Herz in Mitleidenschaft gezogen, durch etwas, was ihn umgebracht hat – nach meiner vorläufigen Theorie etwas, was er zu sich genommen und das sich mit hoher Wahrscheinlichkeit im Whisky befunden hat.«

Er erwähnte nicht, dass nach seiner vorläufigen Theorie einer aus der königlichen Familie Eric umgebracht hatte. Nicht nur, weil es nicht der rechte Zeitpunkt war, sondern weil er sich diesen Gedanken selbst kaum eingestehen, geschweige denn laut aussprechen konnte. Seit über drei Jahrzehnten diente er der königlichen Familie, und auch wenn manche Mitglieder umgänglicher waren als andere, fiel es ihm schwer zu glauben, dass einer von ihnen zu einem Mord fähig war.

»Wie viel Zeit ist vergangen zwischen dem Schluck Whisky und seinem Tod?«, überlegte Matthew und sah auf seine Uhr, als hätte er dort die Antwort notiert. Es schien ihm gleich besser zu gehen, wenn er etwas hatte, womit er sich beschäftigen konnte. Er wischte sich über die Augen und dachte laut nach. »Er hatte seine Rede begonnen, trank einen Schluck vom Whisky, sagte wieder etwas, und dann … Das waren vielleicht zwanzig Sekunden, was meinen Sie?«

»Ich … Ja, das könnte stimmen, Sir.«

»Das ging sehr schnell, nicht wahr?«

»Ich habe mit Gift keinerlei Erfahrung. Aber ich kenne allergische Reaktionen. Die verlaufen anscheinend ähnlich. Sobald der Körper mit etwas Unverträglichem in Kontakt gelangt, wird eine Reaktion ausgelöst – das kann sehr schnell gehen.« Wenn Matthew diese Gedankengänge weiter verfolgte, dürfte er sehr bald selbst auf die Wahrheit stoßen. Vielleicht musste Jon seine Verdachtsmomente gar nicht selbst laut aussprechen, vielleicht nahm Matthew ihm das ja ab.

Die unausweichliche Frage bohrte sich in Jons launischen Magen. Was jetzt? Was jetzt? Was jetzt? Auch Emeline war sich der Frage bewusst, als sie ihn zu beruhigen versuchte. »Wir könnten warten, bis das Schneetreiben vorbei ist, wir könnten darauf warten, dass Tony Speck wieder auftaucht, wir könnten auf unsere Rettung warten.« Emeline verstummte. Sie hatte so oft das Wort »warten« ausgesprochen, dass sogar sie das Problem sah.

»Wenn hier in Balmoral Gefahr droht, dann ist Warten keine Option.« Matthew hatte sich wieder gefangen, und er hatte recht. »Höchstwahrscheinlich handelt es sich um einen Eindringling, von dem wir nichts wissen – der Dreckskerl ist unter uns.« Matthew schlug mit seiner Theorie eine andere Richtung ein, aber dann kam er selbst auf die andere Möglichkeit. »Es sei denn – es war einer von uns. Beide Optionen sind gleich schrecklich und erfordern umgehende Maßnahmen.«

Jon stimmte ihm zu und – wenn auch widerwillig – Emeline ebenfalls.

Mit neuer Entschlossenheit, aber auch neuen Sorgen machten die drei sich auf den Rückweg zum Salon. Mit jedem Schritt, jeder Ecke, um die sie bogen, jeder Treppe, die sie nahmen, erwartete Jon, dem unsichtbaren Giftmischer, der in Balmoral sein Unwesen trieb, in die Arme zu laufen. Er wäre geschockt gewesen, aber auch erleichtert – denn das würde heißen, dass keiner der Royals den Mord begangen hatte.

Aber die Theorie mit dem Eindringling war nicht zu halten. Es war bequem, aber sinnlos, sich dieser Fantasie hinzugeben. Jon wusste, dass es keinen Eindringling in Balmoral gab – das neue Sicherheitssystem verhinderte das. Jon selbst hatte den Bildschirm mit den kleinen roten Punkten im Schloss gesehen. Die königliche Familie, dazu Speck und er selbst. Sie waren die Einzigen, zumindest zum Zeitpunkt des Weihnachtsessens.

Maud erstellte gerade einen Zeitplan über die vormittäglichen Vorgänge im Salon. Wenn der Whisky nie unbeaufsichtigt gewesen war, würde es keine Rolle spielen, ob es einen Eindringling gab. Und wenn ein Mitglied der Königsfamilie mit dem Dekanter allein gewesen war, hätte man damit die Antwort.

Emeline ging voraus, ihr rosafarbenes Abendkleid passte so gar nicht zu ihren zackigen Schritten. Jon war an Matthews Seite, der ihn leise fragte: »Was haben Sie da gesagt, als Sie Speck anfunken wollten? Etwas mit einem Reitdamm?«

»Der Reitdamm ist überflutet. Das ist ein Code. Der besagt, dass der König tot ist. Das Dienstpersonal und alle in den entsprechenden Regierungspositionen wissen dann sofort, was gemeint ist, und handeln entsprechend. Das war einfacher, als Speck alles zu erklären – genau dafür ist der Code ja auch da.« Jon hielt kurz inne. »Ich weiß gar nicht, ob ich überhaupt in der Lage gewesen wäre, mehr zu sagen.«

Matthew seufzte. »Jeder hier sagt was anderes, als er eigentlich meint, oder? Jeder spricht in einem Code, den die königliche Familie nicht kennt. Oft kommt es mir so vor, als würden alle eine ganz andere Sprache benutzen. Wie lautet der Code, wenn ich plötzlich einen Abgang mache?«

Jon überlegte eine Moment, bevor er antwortete, aber er sah nicht, dass er damit Schaden anrichten könnte. Nach dem heutigen Tag war alles anders – in beinahe jeder Hinsicht. Die Codes waren die geringsten seiner Sorgen. »Der Schlachthof verkauft jetzt Briefmarken.«

Matthew schnaubte. »Lächerlich. Und der meiner Tante?«

»Ich will meinen nicht hören«, kam es von ihr, bevor Jon etwas sagen konnte.

Matthew zuckte mit den Schultern. »Also, jemand sagt diesen Satz, und die königlichen Garden kommen daraufhin angaloppiert. Nun, sieht so aus, als hätte es nicht funktioniert. Noch nicht mal Speck hat sich blicken lassen.«

»Ich glaube, er hat es gar nicht gehört«, sagte Jon. »Ich hatte gar keine Verbindung mit dem Walkie-Talkie.«

»Meinen Sie, es ist ihm was zugestoßen?«

Sie stiegen die Treppe hinunter, von hier war es nicht mehr weit in den Salon, aber plötzlich hielt Matthew zwischen zwei Stufen inne und verharrte in dieser schiefen Position. Jon, bereits unten auf dem Treppenabsatz, drehte sich um. »Was?«

»Könnte es sein, dass der Mörder des Königs sich auch Speck vorgenommen hat?« Dann aber überlegte er es sich anders, vielleicht reagierte er auch nur auf Jons entsetzte Miene. »Kümmern wir uns um eins nach dem anderen. Im Moment droht meine Familie auseinanderzufallen, und wichtig ist nur, dass Speck nicht da war, um das zu verhindern.«

Sie schlossen zu Emeline auf und schwiegen, bis sie vor der Salontür standen. Wie unscheinbar alles aussah. Jon konnte nicht fassen, dass das, was er tagtäglich vor Augen hatte, sich mit einem Mal in etwas Dunkles, Unheilvolles verwandelt hatte. Der Salon wäre nie mehr ein Raum, in dem man sich wohlfühlen konnte, der Speisesaal war nun für immer der Schauplatz von Erics letzter Mahlzeit, die Küche der Ort, wo

Jon sie zubereitet hatte. Auf Balmoral, einst des Königs liebster Wohnsitz, würde für immer der Schatten dieses brutalen Mordes liegen.

Jon wollte schon die Tür öffnen – und wappnete sich gegen das Chaos dahinter –, aber Matthew fasste ihn am Arm. Verwirrt sah Jon zu ihm. »Sir?«

Zögernd sagte Matthew: »Ich möchte noch eines loswerden, bevor es weitergeht …«

Dieses eine aber musste warten, denn in diesem Augenblick ertönte von drinnen ein gewaltiges Splittern, gefolgt von einem lauten wütenden Schrei. Die drei sahen sich an, dann öffneten sie die Tür.

XVII

Eine Art Zeitplan

Blut. Balmoral versank in Grausamkeiten. So hatte es den Anschein. Jon sah das Blut und geriet in Panik – aber diesmal war sie fehl am Platz. Sobald sie eintraten, wurde klar, was sich ereignet hatte: Marjorie hatte ihr Weinglas fallen lassen und es wieder aufheben wollen, nachdem es schon zerbrochen war, vermutlich, um das Glas vollständig zu leeren. Dabei hatte sie sich in die Hand geschnitten. David hielt ihren Arm über Kopfhöhe, damit die Blutung nachließ. Es funktionierte nicht. Das Blut lief aus der Wunde wie bei einem morbiden Wassersprinkler. »Hoch damit, Margey, hoch damit.«

Der Schrei, den die drei draußen im Gang gehört hatten, war etwas kniffliger zu lokalisieren, schließlich aber fiel Jons Blick auf den vor dem offenen Kamin kauernden Thomas Crockley.

Das Feuer, um das sich keiner mehr gekümmert hatte, musste irgendwann ausgegangen sein, und Crockley, der willkürlich neue Scheite nachgelegt hatte, versuchte es ebenso erfolglos in Gang zu bringen wie David am Vormittag.

Die beiden Letzten im Raum, Maud und Martin, saßen still auf dem Sofa, der Sohn von der Mutter in die Arme geschlossen, beide starrten auf den leeren Beistelltisch vor ihnen, auf dem das Familienoberhaupt seinen letzten Atemzug getan hatte. Maud hielt Jons Notizbuch umklammert, hoffentlich nachdem sie ihrer Aufgabe nachgekommen war, um anscheinend daraufhin in ihren vorherigen Zustand zurückzufallen. Martin spielte gedankenverloren mit einem Holzkästchen – Jon brauchte einen Moment, bis er das Interregnum erkannte, das Trickkästchen, das der König zu Weihnachten bekommen hatte. Als Jon eintrat, löste sich Maud von ihrem Sohn, erhob sich, ließ sich aber gleich wieder fallen, als sie sah, dass sich Jon um Dringlicheres zu kümmern hatte.

»Butler«, brüllte David, »hier ist Erste Hilfe vonnöten!« Jon kannte sich mit Erste-Hilfe-Maßnahmen besser aus als jeder Royal, und auch wenn er nicht der Butler war, begab er sich an den Schauplatz des Unfalls. David schien sich in einem panischeren Zustand zu befinden als die Verletzte selbst. Marjorie betrachtete ihren erhobenen Arm mit mürrischer Faszination – ausgelöst zweifellos durch die schockierenden Ereignisse, vor allem aber durch ihren Alkoholpegel.

Jon trat in Aktion, suchend sah er sich nach seinem vergessenen Getränketablett um, über das ein rotes Tuch gebreitet war und auf dem er eine Wasserflasche für sich selbst abgestellt hatte. Er fand es auf dem Sideboard – seltsam, er konnte sich nicht erinnern, es dort abgestellt zu haben! – und eilte mit allem Notwendigen zurück zur Verletzten.

»Bitte zeigen Sie mir Ihre Wunde, Eure Majestät.« Marjorie sah ihn an, als wäre er ein Außerirdischer. Erst als David ihre Hand nach unten nahm, kam Bewegung in die Sache. Jon konnte bis auf das hervorquellende Blut nichts erkennen, also warnte er die Königliche Prinzessin, bevor er die Wunde mit Wasser säuberte. Zischend sog Marjorie Luft ein. Allmählich wurde der Schnitt sichtbar, der sehr viel schlimmer aussah, als er in Wirklichkeit war. Sie hatte sich ziemlich genau entlang der Handfurche am Daumen eine lange klaffende Wunde zugezogen. Jon inspiziere sie, vergewisserte sich, dass keine Glassplitter feststeckten, bevor er alles mit dem Tuch so fest verband, wie er sich traute. Er war nicht unzufrieden mit seiner Behandlung, in Marjories glasigem Blick war allerdings keinerlei Dank zu lesen. Was nicht weiter ungewöhnlich war, weshalb er sich davon auch nicht beirren ließ.

Als Nächstes ging er zum Kamin und zückte das Feuerzeug, das er immer noch in der Tasche hatte. Crockley trat zurück, murmelte noch »dieses verdammte Ding« und ließ Jon seine Arbeit tun. Nach kaum einer Sekunde loderte das Feuer wieder. »Zauberhände, alter Knabe. Gut gemacht!« Erneut bereitete es Jon Unbehagen, für eine so simple Problembewältigung gelobt zu werden. Größeres Unbehagen empfand er jedoch beim Anblick des außergewöhnlich blassen Crockley – dabei war es gar nicht so kalt hier. Aber Crockley lächelte, was Jon ein bisschen beruhigte. »Ich bleib mal ein Weilchen hier.«

Jon konnte ihm nicht Gesellschaft leisten. Er hatte andere Verpflichtungen – wichtigere Verpflichtungen. Er stand auf und wünschte sich gleichzeitig, er hätte sich mit den kleineren Problemen mehr Zeit gelassen, damit er die großen länger ignorieren konnte.

Die flackernden Flammen hatten etwas Hypnotisches an sich. Vielleicht könnte er doch noch ein Weilchen bei Crockley bleiben?

»Alles erledigt?«, hörte er eine vertraute Stimme neben sich. Maud nutzte die Gelegenheit zu einem halb vertraulichen Gespräch.

Jon nickte.

»Ich habe getan, worum Sie mich gebeten haben«, sagte sie und drückte ihm den Notizblock in die Hand. »Auch wenn ich nicht verstehe, aus welchem Grund ich es machen sollte.« Mauds Miene hingegen verriet, dass sie es wusste – dass sie es sogar ganz genau wusste –, es aber nicht wahrhaben wollte.

»Danke, Ma'am.«

»Maud. Ich bin Maud. Auf die förmliche Anrede sollten wir jetzt alle verzichten, ja?«

Das würde für Jon schwierig werden. Eine dreiunddreißigjährige Gewohnheit ließ sich nicht so einfach ablegen. »Ich werde es versuchen … Maud.« Es hörte sich falsch an; daran würde er sich nicht gewöhnen.

Maud kehrte zu ihrem Jüngsten zurück und überließ Jon den Aufzeichnungen.

Bevor er sie durchging, dachte er noch einmal darüber nach. Ein Zeitplan zum Kommen und Gehen im Salon. Der Whisky war gegen 8.30 Uhr geöffnet worden. Essen gab es um 13 Uhr. Musste sich jemand unbedingt allein im Raum aufgehalten haben, um den Whisky zu vergiften? Nein, aber es wäre am sichersten gewesen, wenn man dabei auf keinen Fall gesehen werden wollte. Hatte sich also jemand allein im Salon aufgehalten, war die Wahrscheinlichkeit hoch, dass es sich bei ihm um den Täter handelte. War jemand nie allein gewesen, war die Wahrscheinlichkeit dafür entsprechend gering. Das war ein Ausgangspunkt.

Jon betrachtete Mauds Notizen:

Salon – Weihnachtstag 2022
8.00 Uhr – David
8.30 Uhr – David, Jonathan, Emeline, Maud, Marjorie (Jonathan nur etwa zehn Minuten da)
9.00 – David (Emeline zum König, Maud bei ihrer Familie, Marjorie wieder zu Bett)
9.30 – Thomas (David zum König)

9.31 – Emeline (Thomas beim Rauchen; war nur eine Minute im Salon)
9.45 – Emeline, Martin (Emeline für eine Minute auf der Toilette)
10.00 – Emeline, Martin, Matthew
10.15 – Matthew (Emeline auf der Suche nach Maud, Martin fort, um irgendwas auszuhecken)
10.25 – Matthew, David, Maud
10.50 – Maud (Matthew und David fort, um sich fürs Essen zurechtzumachen)
11.05 – Maud, Matthew, Marjorie
11.30 – Marjorie, Maud (Matthew auf der Suche nach Martin, Maud fort, um Wischmopp zu holen, damit das von Marjorie verschüttete Getränk aufgewischt werden konnte [war etwa zwei Minuten weg])
11.45 – Marjorie, Maud, Emeline, David
12.00 – Marjorie, Maud, Emeline, David, Thomas
12.25 – Marjorie, Maud, Emeline, David, Thomas, Matthew, Martin
12.30 – Weihnachtsessen

Reihenfolge der Privataudienzen
Emeline, David, Marjorie, Maud, Thomas, Matthew

Jon vergegenwärtigte sich den Zeitplan, aber es dauerte etwas, bis ihm die Bedeutung dessen klar wurde. Es sprang ihm in der letzten Zeile ins Auge, trotzdem musste er das Blatt mit der ordentlichen Handschrift zur Bestätigung noch zweimal durchgehen. Sein Herz machte einen Satz. Sein Mund wurde trocken. Er hätte sich gewünscht, dass der Zeitplan ihm eine sofortige Antwort liefern könnte, stattdessen war das genaue Gegenteil eingetreten. Mit neuem Misstrauen beobachtete er nun die königliche Familie – ihm blieb nichts anderes übrig. Er hatte wissen wollen, wer mit dem Whisky allein gewesen war, und jetzt hatte er seine Antwort.

Jeder Einzelne von ihnen.

XVIII

Die Karten auf den Tisch

Jonathan Alleyne hatte vieles in seinem Leben erfahren, was, um mit dem uralten Klischee zu sprechen, als »welterschütternd« bezeichnet werden konnte. Unter anderem, als er im Büro des Caribbean Plaza gestanden und Eric Windsor sich ihm offiziell vorgestellt hatte. Oder als einer seiner fernen Verwandten ihn vor einigen Jahren kontaktiert und ihm mitgeteilt hatte, dass Nani gestorben sei. Auch als er erst vor Kurzem in einer Praxis vom Arzt viele Worte zu hören bekam, die er nicht verstanden hatte, und eines, von dem er sich gewünscht hätte, er würde es nicht verstehen. Als Jon jetzt den Zeitplan betrachtete, hatte er erneut dieses »welterschütternde« Gefühl.

Jedes einzelne Mitglied der königlichen Familie war mit dem Whisky zwischen dessen Dekantierung und dem Weihnachtsessen irgendwann einmal allein gewesen. Mehr noch, es hatte sich ununterbrochen jemand im Salon aufgehalten, außerdem war Tony Speck niemals anwesend gewesen. Und auch sonst kein Fremder – von Matthews eingebildetem Attentäter nirgends eine Spur. Wie auch?

Es musste einer von ihnen gewesen sein.

Ein Mitglied der königlichen Familie war der Mörder oder die Mörderin. Das bedeutete vieles, vor allem aber, dass sieben Familienangehörige in Lebensgefahr schweben konnten.

Jon trat vor. Sie hatten das Recht, darüber aufgeklärt zu werden, auch wenn dies bedeutete, dass damit auch der oder die Schuldige gewarnt würde. Was er allerdings jetzt sagen wollte, würden die Götter entscheiden, denn er hatte sich kein einziges Wort zurechtgelegt, als er den Mund öffnete.

»Ich bitte um Aufmerksamkeit.« Auch Emeline war vorgetreten und hatte nun auf die souveräne Art, die nur einer Tochter der Krone zu eigen war, das Wort ergriffen. Prinzessin Emeline als Erstgeborene (sie war volle zehn Minuten vor ihrer Zwillingsschwester zur Welt gekommen) hatte vor der Neuregelung im zurückliegenden Jahr an erster Stelle der Thronfolge gestanden. Jons Meinung nach wäre sie eine ausgezeichnete Königin geworden. »Wir haben uns während des letzten Weges unseres Vaters unterhalten, und ich denke, es wird Zeit, die Karten auf den Tisch zu legen.«

Jon und Matthew warfen sich einen kurzen Blick zu. Darüber also hatte die Prinzessin sinniert!

»Es wird manchem schwerfallen zu akzeptieren, aber die Ereignisse haben eine schlimme Wendung genommen. Mein Vater, unser König, ist tot. Alle Anzeichen deuten darauf hin, dass er ermordet wurde. Wir kennen die Fakten. Wir haben ihn alle gesehen – er hat seine Rede begonnen, einen Schluck vom Whisky getrunken, dann musste er würgen. Ihm trat Schaum vor den Mund, er fasste sich an den Hals, dann brach er zusammen. Ich vermute, er war tot, bevor er auf dem Beistelltisch aufschlug.« Das alles sagte sie, als würde sie zur Nation sprechen – sachlich und emotionslos referierte sie die Informationen. »Wir müssen darüber reden, darüber und über das, was wir wissen. Es sieht nicht so aus, als würde der Schneesturm bald nachlassen, der Mann, dessen Aufgabe es ist, uns zu schützen, wird vermisst, wir befinden uns daher in einer unangenehmen Lage. Nachdem wir nicht davon ausgehen können, dass wir bald gerettet oder beschützt werden oder uns gar in Sicherheit befinden, müssen wir unser Handeln entsprechend ausrichten.«

»Was willst du damit sagen, Tochter?«, blaffte Marjorie, die sich wieder ein Glas gegriffen hatte, mit dem sie trotz ihres Verbands ganz wunderbar zurechtkam.

Emeline wandte sich Jon zu, was bedeutete, dass sich auch alle anderen Blicke auf ihn richteten. »Jon, ich denke, Sie sehen mehr, als jeder von uns überhaupt zu sehen imstande ist. Sie blicken von außen auf uns, sagen Sie uns doch bitte, was Sie sehen.«

»Ich … denke … nun ja, ich …« Nachdem Jon für die königliche Familie zu arbeiten begonnen hatte, hatte er seine Nervosität im Umgang mit ihr schnell abgelegt. Jetzt allerdings fühlte er sich unversehens genauso unsicher wie damals. Sie alle sahen ihn erwartungsvoll an – vielleicht hofften sie sogar auf gute Neuigkeiten. »Ich habe Grund zu der Annahme, dass der König von jemandem in diesem Raum ermordet wurde.«

Man hätte die Feldmäuse in ihrem Bau unter dem Schnee atmen hören können. Draußen pfiff der Wind. Die Gesichter der königlichen Familie waren in ihrer Verwirrtheit erstarrt, alle sahen betreten zu Boden. Nur Emeline sah Jon in die Augen – sie war zu derselben Schlussfolgerung gelangt.

Marjorie unterbrach das schreckliche Schweigen. »Wie können Sie es wagen, etwas so Gehässiges zu sagen, Sie elender Wicht.«

»Mutter«, kam es entschieden von Emeline. »Nenn ihn nicht so. Jon sagt die Wahrheit. Wenn wir nicht auf ihn hören, können wir uns unserem Kummer überlassen oder, schlimmer noch, einfach so weitermachen wie bisher – was in deinem Fall heißt, sich vorzeitig ins Grab zu trinken, worüber du allerdings nicht sonderlich unglücklich zu sein scheinst.«

»Nichts an meinem Grab wäre vorzeitig«, entgegnete Marjorie mit ihrer üblichen Giftigkeit. Vielleicht hatte die Königliche Prinzessin mit diesem Gift ja den König getötet, aber nach ihrer (gelinde gesagt) verspätet einsetzenden Reaktion auf seinen Tod hielt Jon das für unwahrscheinlich. Bei weiterem Nachdenken war ihre Reaktion vielleicht sogar die ehrlichste gewesen – komplex in ihrer Robustheit, wie jede menschliche Regung sein sollte. »Tatsächlich habe ich das Gefühl, mein Grab käme gerade zur rechten Zeit, wie der heutige Tag bewiesen hat.«

»Ja, Mutter, aber der König ist keines natürlichen Todes gestorben. Er wurde ermordet – höchstwahrscheinlich durch einen von uns.«

Ein Frösteln überlief Jon und dann auch alle anderen im Raum, gegen das auch das neu entfachte Feuer im Kamin nichts ausrichten konnte.

»Das kannst du doch nicht allen Ernstes annehmen.« David stöhnte auf. »Warum sollte einer von uns meinem Bruder etwas antun wollen?« Er sah zu Jon – mit einem so bösen Blick, wie er ihn noch nie beim Prinzen gesehen hatte.

»Ich weiß nicht, wer meinem Vater etwas angetan hat, Onkel. Aber ich weiß, dass einer unter uns schon vorher Verbrechen begangen hat.«

»Die Anschuldigungen wurden zurückgezogen!«, rief der Prinz aus.

»Zurückgezogen?« Maud ließ ihren Sohn los und stand auf. »Und wie wurden sie zurückgezogen, Onkel? Stillschweigend und sicherlich nicht ohne beträchtliche Entschädigungszahlungen, entweder durch dich oder die britische Regierung.«

David gab einen Laut von sich, der sich nur als frustriertes Quäken beschreiben ließ. »Das ist gleichbedeutend mit Hochverrat, Maud. Was für eine miserable Menschenkenntnis du doch hast, meine liebe Nichte. Du siehst überall Gespenster.«

»Bitte«, befahl Emeline. Die anderen verstummten wieder. »Jon, wollen Sie bitte fortfahren?«

Jon hatte nicht die geringste Lust dazu, aber er musste. Die Blicke aller im Raum lasteten schwer auf ihm. »Ich klage niemanden mutwillig an. Ich betrachte die Situation so sachlich wie möglich. Alles läuft auf den Whisky hinaus – der, darauf können wir uns alle einigen, die Mordwaffe war. Der König trank einen Schluck davon, und keine Minute später war er tot. Er hatte vorher keine Anzeichen von Unwohlsein gezeigt oder sich dahingehend geäußert. Im Gegenteil, er war, bevor er vom Whisky trank, bester Stimmung.

Wenn wir also annehmen, dass der Whisky vergiftet war, wohin führt uns das dann? Ich habe die Weihnachtslieferung persönlich ausgepackt und die Anchor-Haven-Flaschen in die Vorratskammer gebracht. Sie waren alle versiegelt und am üblichen Ort verstaut. Heute Morgen, auf dem Weg, um für Prinz David das Feuer im Kamin zu entfachen, habe ich aufs Geratewohl eine Flasche herausgegriffen. Alle Flaschen waren gleich, es gab keinen Grund, eine bestimmte auszuwählen. Die Flasche war versiegelt. Im Salon brach ich das Siegel. Was so laut war, dass ich behaupten möchte, sogar Prinz David muss es gehört haben.«

David nickte zögerlich, beeilte sich aber hinzuzufügen: »Das heißt noch gar nichts.«

Jon sprach weiter. »Ich gab den Whisky in den Dekanter, damit er, wie der König es wünscht, einige Stunden vor dem Genuss ruhen kann. Der Dekanter stand dann auf dem Tisch in diesem Raum, bis ich vor der Rede des Königs jedem davon einschenkte. Damit haben wir einen bestimmten Zeitrahmen, in dem der Whisky mit Gift versetzt worden sein konnte.

Wahrend Prinz Matthew, Prinzessin Emeline und ich den König in sein Schlafzimmer brachten, erstellte Prinzessin Maud auf meine Bitte hin eine Art Zeitplan – einen Zeitplan, der zeigt, wer in den Stunden vor dem Weihnachtsessen wann in dieses Zimmer gekommen ist und wann er es wieder verlassen hat.«

»Darum ging es also bei deinen Fragen, Maud?« Marjorie fühlte sich unverkennbar hinters Licht geführt.

»Ruhe, Mummy«, sagte Maud.

»Hier ist der Zeitplan«, sagte Jon und hielt sein Notizbuch hoch. »Sie können ihn alle einsehen, wenn Sie wollen. Leider wird daraus ersichtlich, dass jeder Einzelne von Ihnen irgendwann allein in diesem Raum war und genügend Zeit hatte, den Anchor Haven mit Gift zu versetzen. Des Weiteren wird damit Tony Speck von jedem Verdacht befreit, da ihn keiner von Ihnen zu welchem Zeitpunkt auch immer im Salon oder in der Nähe dessen gesehen hat.«

»Das Essen«, sagte David und ließ in typischer Heureka-Geste den Zeigefinger in die Höhe schnellen. »Während des Essens war der Whisky unbeobachtet. Wir waren alle im Speisesaal. Speck oder ein Eindringling hätten dann den Whisky vergiften können.«

»Ich denke nicht«, sagte Jon. Was hätte er nicht für einen Attentäter gegeben. »Ich stand vor der Tür, wenn ich nicht in der Küche mit dem Essen zugange war. Gut, das müssen Sie mir unbesehen glauben. Und Tony Speck war während des Großteils des Essens bei mir vor der Tür. Dabei ist er bei seinem Erscheinen nicht aus der Richtung des Salons, sondern aus der anderen Richtung gekommen, und dorthin ist er auch wieder gegangen. Und was den Eindringling oder überhaupt jede Person anbelangt, die sich unbefugt im Schloss aufhält, so ist das schlicht unmöglich. Speck hat mir sein neues Sicherheitssystem vorgeführt – eine interaktive Karte mit Wärmebild-Signaturen von allen, die während des Essens anwesend waren. Wir waren alle rote Punkte. Insgesamt zehn. Nicht mehr und nicht weniger. Im gesamten Schloss und auf dem Anwesen.«

Eine unbehagliche Stille legte sich über den Raum. Verstohlene Blicke gingen hin und her.

Emeline trat zu ihm. »Ich danke Ihnen, Jon.« Sie wirkte nicht so entsetzt wie die anderen, so, als hätte Jon nur das ausgesprochen, was sie selbst dachte. »Ich hoffe, wir sehen jetzt alle, in welcher Lage wir uns befinden. Es scheint tatsächlich so zu sein, dass einer unter uns König Eric Windsor getötet hat, unser aller Familienoberhaupt. Nur einer hier ist dazu fähig, die Perspektive eines Außenstehenden einzunehmen. Und er hat soeben demonstriert, dass er der Aufgabe gewachsen ist.«

Jon erkannte, worauf Emeline hinauswollte, bevor sie es aussprach. Wieder wurde seine Welt erschüttert, als Emeline sagte: »Und aus diesem Grund sollte Jon, solange keine dafür ausgebildeten Personen zu unserer Rettung kommen, in dieser Sache Ermittlungen einleiten.«

XIX

Die Ernennung

Emelines Aussage stand im Raum, aber es dauerte eine Weile – und am längsten bei Jon –, bis jeder ihre Worte wirklich erfasst hatte. Was hatte sie gesagt? Er sollte die Ermittlungen zum Tod des Königs führen? Wollte sie, dass er wie ein Polizist auftrat? Das konnte er nicht – schließlich war er nur der Koch. Und als solcher verfügte er nicht über viele Fähigkeiten, die sich auf anderes anwenden ließen.

Jon sah sich außerstande, etwas zu erwidern. Was nichts weiter ausmachte, denn mit einem Mal öffneten sich die Schleusen, und alle anderen wollten ihre Meinung loswerden.

»Das ist doch an Lächerlichkeit nicht zu überbieten!«, spottete David.

»Ich kann … Ich will nicht«, sagte Marjorie. »Hast du den Verstand verloren, Tochter?«

»Ich denke, Emeline hat recht«, sagte Maud und nickte Jon zu. Ihr war durch die ihr übertragene Aufgabe klar geworden, was auch Jon klar geworden war. »Er ist zum gegenwärtigen Zeitpunkt derjenige mit einem Höchstmaß an Objektivität.«

»Also«, knurrte David, »objektiv gesehen, Maud, seid ihr beide naive Dummköpfe.«

Thomas Crockley erhob sich, das Feuer schien ihn wieder etwas belebt zu haben. »Hör zu, sie mag ja deine Großnichte sein, aber sie ist auch meine Frau, und daher werde ich nicht zulassen …«

»Crockley, dich kann keiner leiden. Du machst dir was vor, ständig. Vielleicht hast du den König ja für einen – wie tief würdest du sinken? – Fünfpfundschein umgebracht!« David war wie ein außer Rand und Band geratener Kreisel. »Oder es war einer von deiner durchgeknallten Brut.«

»Er ist dreizehn. ›Durchgeknallt‹ ist da im Grunde unumgänglich«, sagte Maud.

Martin wollte etwas sagen, überlegte es sich aber anders.

»Nein.« David kreiselte ungebremst weiter. »Der offensichtlichste Verdächtige fehlt doch. Und nicht nur das! Du willst ihm noch dazu das Kommando über das ganze verdammte Schiff übertragen. Der Einzige hier, der nicht zu uns gehört und der, wie ich anfügen möchte, den verdammten Whisky serviert hat.«

Jon wusste nach wie vor nicht, was er sagen sollte, zum Glück musste er es auch nicht.

Maud stellte sich auf Jons Seite, obwohl es ihr vermutlich gar nicht so sehr um ihn ging, sondern darum, gegen David zu sein. »Onkel, worauf du hinauswillst, ist einfach nur schäbig. Jon ist seit Jahrzehnten bei uns. Er hat mit uns mehr Zeit verbracht als du. Er liebt den König und uns, als wären wir seine Familie. Mehr noch, er hat der königlichen Familie mehr Gerichte serviert, als man überhaupt zählen kann. Und er soll sich ausgerechnet den heutigen Tag ausgesucht haben, um sich für was auch immer zu rächen?«

Mauds leidenschaftliche Worte – egal, in welcher Absicht sie auch immer geäußert wurden – rührten Jon beinahe zu Tränen, selbst als David zum Gegenschlag ausholte. »Vielleicht hat er sich ›ausgerechnet den heutigen Tag‹ ausgesucht, weil keiner da war, um ihn daran zu hindern.«

»Nein«, kam es von Matthew, bis eben noch tief in Gedanken versunken. »Jon hat doch gar kein Motiv. Und er hatte keine Gelegenheit, sich am Whisky zu schaffen zu machen. Aber von uns hat jeder ein Motiv, und wir alle hatten Gelegenheit dazu. Wir wissen alle, was der König in seiner Rede verkünden wollte. Deshalb wurde er umgebracht.«

Sichtliche Verwirrung unter den Royals. »Was wollte er denn verkünden?«, fragte Marjorie.

»Komm schon.« Matthew war überrascht, er lachte sogar nervös auf. »Das war doch offensichtlich. Ganz davon zu schweigen, was er mir in seinem Arbeitszimmer gesagt hat. Ich gehe davon aus, dass er uns allen das Gleiche erzählt hat. Er wollte seine Abdankung verkünden. Er wollte als König abdanken und seine Empfehlung für einen Nachfolger aussprechen – eine Empfehlung, der man nach den neuen Thronfolgeregelungen höchstwahrscheinlich nachgekommen wäre.« Den Mienen der anderen nach zu schließen, hatte keiner von ihnen davon gewusst. »Er hat mit euch nicht darüber gesprochen?«

Die anderen, die der König ebenfalls zu einer Privataudienz bei sich einbestellt hatte – nach Jons Wissen waren das Emeline, Maud, Crockley, Marjorie und David (neben Matthew) –, starrten ihn ausdruckslos an. »Er wollte seinen Nachfolger verkünden?«, kam es von Maud mit einer Kälte, die er noch nie an ihr wahrgenommen hatte.

»Nun ja …« Matthew schien bewusst zu werden, dass er besser den Mund gehalten hätte. »Ja, das hat er gesagt.«

»Und ich nehme an, dass Eric sich für dich entschieden hätte, junger Prinz?«, sagte David und verbündete sich damit zum ersten Mal mit seiner Nichte. »Was für ein Triumph für Twitter. Und natürlich ein hervorragendes Motiv für *uns*.«

»Seid mal alle still«, rief Emeline. »Wir können in dieser

Sache nicht ermitteln, wenn alle auf einer Stufe stehen und der Wolf unter uns ist. Eines ist klar: Wenn wir irgendwie vorankommen wollen, brauchen wir eine klare, eindeutige Richtung und eine Stimme, die unabhängig ist von den anderen.«

David beäugte noch immer seinen neuen Hauptverdächtigen, fand allerdings Zeit, seiner Lieblingsnichte zu antworten. »Was soll das heißen? Drück dich klar aus.«

»Wir brauchen jemanden, der die Führung übernimmt, einen Kapitän auf diesem Schiff, das sich durch ein Meer des Misstrauens pflügt.«

»Ich sagte, du sollst dich klar ausdrücken, aber du redest, als würdest du aus *Ein Mittsommernachtstraum* zitieren.«

»Schrei bitte nicht rum, Onkel«, warf Maud ein.

»Das ist doch geradezu lächerlich. Und das reicht jetzt von dir, Maud«, sagte Marjorie.

»Mummy, kannst du ihn nicht zum Schweigen bringen? Du musst gar nicht zu meiner Verteidigung eingreifen, aber hin und wieder ein Schritt in meine Richtung wäre nett.«

»Ich bin ganz seiner Meinung, Maud. Und jetzt halte den Mund, wenn sich die Erwachsenen unterhalten.«

»Ich werde in zwei Wochen vierzig, außerdem spielt mein Alter in dieser Diskussion keine Rolle. Ihr beide passt viel zu gut zusammen. David und Margey. Jedes Mal, wenn ihr zusammen seid, wird mir übel.«

»Wir brauchen einen Ermittler«, unterbrach Emeline.

»Einen Detektiv«, fiel Martin mit ein. »Wie Enola Holmes.«

»Ja, wenn du willst«, sagte Emeline. »Jonathan Alleyne. Er hat uns an diesem Tag bis hierher gebracht. Ich bin überzeugt, er legt mit uns auch noch den Rest des Weges zurück.«

»Ich würde sagen, es gibt keinen Besseren«, sagte Matthew.

»Aber ja!«, stimmte Maud enthusiastisch ein.

»Klar«, sagte Martin etwas weniger enthusiastisch.

»Seid ihr alle verrückt geworden?«, brüllte David. »Er ist doch nichts als ein gemeiner Bürger! Hab ihr völlig den Verstand verloren? Ihr wollt euer Leben, ihr wollt die Suche nach der Wahrheit diesem Bauern anvertrauen? Demjenigen, möchte ich hinzufügen, den ich immer noch als den wahrscheinlichsten Mörder meines Bruders betrachte. Das ist absolut absurd – und jeder, der das anders sieht, ist ein ausgemachter Trottel.«

»Ich bin aufseiten meines Schwagers. Wir können das zusammen lösen, ohne auf solche …« Marjorie musterte Jon. »… schmutzigen Maßnahmen zurückzugreifen.«

»Ihr beide bringt uns noch alle ins Grab«, murmelte Maud.

»Ach, sei nicht so theatralisch, Maud. Du bläst immer deine Backen auf und siehst dabei ziemlich lächerlich aus.«

»Mummy, hier geht es nicht um die Krone. Es geht um Gerechtigkeit.«

Aber Marjorie hatte sich bereits abgewandt und entzog sich nicht nur dem Gespräch, sondern der Versammlung überhaupt. »Macht, wie ihr wollt, meine Töchter. Benutzt diesen Plebejer für eure Zwecke, aber ich mache da nicht mehr mit – überlasst mich meiner Trauer. Und wenn dieser Schwindler nur dafür sorgt, dass ich amüsiert dabei zusehe, wie ihr euch alle herauszuwinden versucht.« Mit großer Geste zog sie sich in die entfernte Ecke zurück und warf sich in den dort stehenden Armsessel. Im nächsten Moment musste sie allerdings feststellen, dass keine Weinflasche in ihrer Reichweite war, weshalb sie das ganze Prozedere wiederholte, um sich eine zu besorgen.

Emeline und Maud reagierten nicht auf das kindische Verhalten ihrer Mutter, betrachteten es dennoch als einen Sieg. »Onkel«, sagte Emeline. »Was meinst du? Ich finde es wichtig, dass wir alle zustimmen.«

»Was ich meine? Was ich meine?« David schien zu dämmern, dass er den einsamen Soldaten gab, der sich darauf vorbereitete, auf der Anhöhe zu sterben. »Marjorie hat recht – ihr habt uns regelrecht den Boden unter den Füßen weggezogen. Ihr ernennt den Koch zum Ermittler, aber wer steht hinter dem Koch? Ist seine Objektivität einwandfrei garantiert?«

Wäre nicht seine exzentrische Unberechenbarkeit gewesen, hätte aus David möglicherweise ein großer Denker werden können. Nur war an seinem widerwärtigen Charakter nun mal kein Vorbeikommen.

»Ich möchte nicht, dass Jon wegen seiner Ernennung mich oder irgendeinen von uns anders behandelt«, versicherte Emeline. »Ich habe ihn vorgeschlagen, weil ich nur das Beste für uns alle möchte.«

David knurrte. »Sieh dir an, wer am unverdächtigsten ist, aber ist es an diesem Punkt nicht so, dass der Unverdächtigste letztlich der Verdächtigste ist?« David war mittlerweile etwas unsicher auf den Beinen, was nun auch in seiner Stim me Ausdruck fand. Er wurde müde, man merkte ihm sein Alter an. »Ich sehe die Zeichen der Zeit, die Veränderung, und ich werde mich dem nicht entgegenstellen, aus einem ganz einfachen Grund. Es spielt keine Rolle. Wenn erst Speck und seine Kavallerie anrücken, spielt es überhaupt keine Rolle mehr, wer von uns was gesagt hat – man wird sich dann um alles kümmern, gemäß dem Gesetz. Daher will ich dem Koch diese Nichtigkeit zugestehen, vorausgesetzt, ich bekomme von euch eines zu hören: Sagt mir, ihr zweifelt keine Sekunde lang, dass der Koch nicht derjenige ist, hinter dem wir her sind – der, der meinen geliebten Bruder auf dem Gewissen hat.«

Im Raum wurde es still.

Martin stand auf. »Ich glaube nicht, dass er es war.«

»Das sehe ich ganz genauso«, sagte Thomas Crockley.

»Keine Sekunde lang glaube ich das«, sagte Matthew.

Die Prinzessinnen waren der gleichen Meinung. »Wir haben nicht den geringsten Zweifel«, sagte Emeline. »Hätte ich welche, hätte ich den Vorschlag nicht gemacht. Jon gehört praktisch zur Familie, aber dieser letzte Rest Abstand macht ihn für die Aufgabe geeignet. Sieht so aus, als wären wir uns einig?«

David wusste nicht, was er sagen sollte – anscheinend hatte er geglaubt, der Vorschlag seiner Nichten würde sich von selbst erledigen, womit er sich aber getäuscht hatte. Jon konnte kaum glauben, wie viel Vertrauen ihm die Mehrzahl der Royals entgegenbrachte. In einer anderen Zeit, in einer anderen Situation hätte er sich gerührt fühlen können.

»Wie weit ist es mit uns bloß gekommen?«, sagte David. »Die königliche Familie legt ihr Schicksal in die Hände eines Migranten. Ihr werdet schon sehen, was ihr davon habt.«

David stapfte davon Richtung Marjorie in ihrer Ecke, jedoch nicht ohne sich im Vorbeigehen eine eigene Flasche – diesmal Champagner – zu greifen.

»Gut.« Maud hatte den Rückzug der ältesten Royals lediglich aus den Augenwinkeln verfolgt, schien aber definitiv erfreut, ohne die beiden fortfahren zu können. »Sollen wir weitermachen?«

Mit einem Mal wurde es Jon unglaublich heiß, was aber nichts mit dem mittlerweile kräftig lodernden Feuer hinter ihm zu tun hatte. »Entschuldigen Sie, Eure Majestäten, ich muss … Ich brauche … ich brauche frische Luft.« Damit eilte er davon und war auch schon an der Tür, bevor sich ihm jemand in den Weg stellen konnte.

Das Letzte, was er hörte, als er hinausstürzte, war Marjories sattsam bekanntes Schnauben.

Und das Letzte, was er hörte, bevor er die Tür hinter sich schloss, war Davids Lachen. »Vielleicht hättet ihr ihn erst fragen sollen.«

XX

Zweifel und Pflicht

Der Korridor bot nicht die Luft, nach der Jon verlangte. Er hätte gern einen strammen Spaziergang im Freien unternommen, aber das war unmöglich – nicht nur wegen des stürmischen Schneetreibens. Jon hätte fünf Minuten bis zur Tür gebraucht, die nach draußen führte, und hier im Gang ließ sich kein einziges der Fenster öffnen. Frischere als die schale, abgestandene Luft im Korridor war nicht zu bekommen.

Wie hatten die Ereignisse so schnell aus dem Ruder laufen können? Der König war tot, die Royals standen kurz davor, sich gegenseitig an die Gurgel zu gehen, und jetzt war Jon auf einen Posten ernannt worden, um den er sich nicht gerade gerissen hatte. Er war kein Ermittler, kein Kriminologe. Er war immer Koch gewesen – nach etwas anderem hatte ihm nie der Sinn gestanden. Jetzt musste er den Sprung ins kalte Wasser wagen.

Er ging im Korridor auf und ab. Eher einem Impuls folgend, fasste er zum Walkie-Talkie an seinem Gürtel. Es war hoffnungslos, aber er befand sich nun mal in einer hoffnungslosen Lage. »Kommen, Speck. Kommen.« Wieder das Rauschen. »Bitte, Speck. Das hier ist verdammt noch mal Ihr Job, nicht meiner. Sie sind die Security. Ich sollte mich in den Räumlichkeiten der Bediensteten aufhalten und nicht Ihre

Arbeit machen. Der Reitdamm ist überflutet, hören Sie? Hören Sie mich?« Er ließ die Sprechtaste los, und das Zischen, das ertönte, zeigte an, dass Speck ihn eben nicht hörte. »Wo zum Teufel stecken Sie, Speck?«

Er ließ das Funkgerät sinken und hakte es wieder am Gürtel ein. Es bei sich zu tragen war sinnlos – ein mehr oder weniger unnützes Accessoire.

Wieder schritt er auf und ab. Ihm fiel auf, dass die Standuhr am Ende des Korridors stehen geblieben war. Vielleicht musste sie neu aufgezogen werden. Er näherte sich ihr. Er hatte einmal gesehen, wie das gemacht wurde. Aber dann hielt er inne – er war jetzt nicht mehr nur der Koch oder einer der Bediensteten.

Er wollte kein Ermittler sein. Er konnte es nicht. Aber was konnte er sonst tun? Jeder im Salon war tatverdächtig. Die Prinzessinnen, die für ihn eintraten, der Ehemann, der allen nach dem Mund redete, die alte Garde, die in unterschiedlichem Maß ihre Verachtung für alle anderen zum Ausdruck brachte, von ihren alkoholgeschwängerten Meinungsäußerungen mal ganz abgesehen, und (auch wenn das unwahrscheinlich schien) die beiden jungen Royals, die am meisten zu erben hatten.

Aber zu ihnen fiel ihm lediglich ein, dass sie zu einer so schrecklichen Tat nicht in der Lage waren. Selbst David, der regelmäßig die Grenzen des Gesetzes übertreten hatte, und Marjorie, die auf ihre alten Tage gehässig und sonderbar wurde, fanden in seinem Kopf keinen Platz als potenzielle Mörder.

Sie waren die königliche Familie. Die Windsors. Tatverdächtige in einem Mordfall.

Die Bauchschmerzen wurden so schlimm, dass er stehen blieb. Plötzlich hatte er das untrügliche Gefühl, dass jemand ihn beobachtete – das Gefühl, dass Blicke ihn durchbohrten. Er spähte in die eine und in die andere Richtung, aber niemand war zu sehen – der Korridor war so leer wie am Abend zuvor. An das Gefühl, beobachtet zu werden, hatte er sich in den königlichen Domizilen erst gewöhnen müssen. Denn dort stellte sich das ständig ein; es hatte mit der Größe der Räume zu tun, den hohen Decken, dunklen Ecken – sogar die kleineren, schmaleren Gänge verströmten eine Atmosphäre, als würden sie jahrhundertealte Geheimnisse bergen. Es gab viele Möglichkeiten, sich zu verstecken. Wichtig war immer, sich daran zu erinnern, dass es bloß ein Gefühl war – eine überschießende Sinnesreaktion.

Unwillkürlich, seiner neu gewonnenen Intuition folgend, lenkte er den Blick zu den Wänden. Eric Windsor lächelte auf einem von einem goldenen Gefängnis gerahmten Aquarell auf ihn herab. Eric selbst hatte dieses Bild nie gemocht – er hatte gelästert, am liebsten würde er Plunder wie diesen ähnlich Winston Churchill einfach kurz und klein schlagen und im Garten verbrennen –, Jon aber hatte das Porträt immer gefallen. Das Bild, von einem jungen Künstler bei irgendeiner Veranstaltung geschaffen, stellte den Monarchen lebendiger dar als die anderen Gemälde, auf denen der König abgebildet war. Die kräftigen, sich mit feineren Pinselstrichen abwechselnden Schattierungen erzeugten eine Bewegung, die die Ruhelosigkeit des Königs zum Ausdruck brachte, die verspielten Farben spiegelten Erics lebensprühende Persönlichkeit, seine Jugendlichkeit wider, obwohl er bereits im fortgerückten Alter gewesen war, als er dafür Porträt gesessen hatte. Es hatte etwas Magisches an sich – so wie Eric Windsor etwas Magisches an sich hatte.

Wieder drohten Jon Tränen in die Augen zu steigen. Der König sah mit seinem erstarrten Lächeln auf ihn herab. Jon hatte ganz aus dem Blick verloren, wofür das alles war. »Natürlich, Eure Majestät. Um Ihretwillen werde ich es tun.« Unnötig, hinzufügen, dass er immer nur um seinetwillen alles getan hatte.

Wie konnte Jon den König – sein Vermächtnis – jetzt, wo er ihn am meisten brauchte, im Stich lassen? Jon hatte mit Vergeltung nichts am Hut – ihm wurde schon mulmig, wenn er nur daran dachte –, aber er war für Gerechtigkeit, und das bedeutete vielleicht, dass er wirklich tun konnte, was getan werden musste.

Der Gedanke verlieh ihm neuen Ansporn. Wieder ging er auf und ab, diesmal aber zu einem konkreten Zweck. Mit einem letzten Blick zum kregelnen König kehrte Jon zur Salontür zurück und trat wieder ein.

Im Raum schien sich nichts verändert zu haben. Alle warteten, als wären sie Figuren in einem Stück, die verwirrt zurückgeblieben waren, nachdem Jon von der Bühne abgetreten war. Denn Jon hatte im buchstäblichen Sinn die nächste Zeile zu sprechen.

Er räusperte sich. »Ich nehme die Rolle an. Für König und Krone.«

XXI

Für König und Krone

Nachdem sich sonst niemand rührte, ergriff Prinzessin Emeline als Erste das Wort. Sie setzte ihr schönstes Lächeln auf, zu dem sie unter den Umständen in der Lage war. »Danke, Jon. Ich weiß, Vater hat Ihnen vorbehaltlos vertraut. Es ist an der Zeit, dass wir das auch tun.«

»Die uneingeschränkte Mitwirkung aller Beteiligten wird nötig sein«, sagte Jon und versuchte wie ein Ermittler zu klingen. »Ansonsten wird es nicht funktionieren.«

Emeline nickte. »Meine haben Sie. Die Wahrheit und nichts als die Wahrheit.« Auch die anderen Royals sicherten der Reihe nach ihre Kooperation zu – alle bis auf die üblichen Verdächtigen. Die beiden saßen in ihrer Ecke in ihren beiden Armsesseln und sahen interessiert dem Treiben zu.

»Onkel? Mummy?«, fragte Maud. »Seid ihr noch da?« Die beiden bedachten die Jüngeren mit einem Blick, aus dem, es war nicht anders zu beschreiben, die blanke Verachtung sprach, und zuckten in fast komischem Einklang mit den Schultern. Maud nickte. »Sie sind mit dabei, Jon. Sie stellen sich nur so an, weil sich mit einem Mal nicht mehr alles um sie dreht.«

»Du kannst mir mal im Mondschein begegnen, Tochter«, sagte Marjorie, bevor sie in ein grauenhaftes Gegacker ausbrach. Ihre Trauer machte sehr seltsame Sachen mit ihr.

»Hier geht es zu wie im Wilden Westen, Margey. Alles geht zugrunde«, murmelte David und befeuerte damit das hysterische Lachen der Königlichen Prinzessin – was die anderen mit vollkommener Nichtbeachtung straften. Als herrschte zwischen den anderen die unausgesprochene Übereinkunft, die beiden in eine Echokammer zu sperren und den Schlüssel fortzuwerfen.

Prinzessin Emeline und Maud, Thomas Crockley und die Prinzen Matthew und Martin – der liebenswertere Teil der Familie – schienen in ihrer Unterstützung vereint. Wenigstens das war ein Segen. Jon wusste nicht, was das für die vor ihm liegende Aufgabe bedeutete, aber zumindest in diesem Augenblick fühlte es sich gut an.

»Nun denn«, sagte Jon und hoffte damit den Ton vorzugeben. Um den Anschein zu erwecken, als wäre ihm das auch gelungen, ging er schnell zum Beistelltisch zwischen den beiden Chaiselonguen. Der Dekanter gab nicht viel Neues preis. Der Whisky – noch gut eine halbe Flasche – sah ganz normal aus. Er nahm ein Glas und schenkte sich etwas ein. Ängstliches Gemurmel setzte ein, als er das Glas hob, aber er führte es nicht an die Lippen, sondern hielt es sich vor die Nase. Er roch nichts Auffälliges – nur den vertrauten Duft nach Weizen, über dem, fast zu stark, der Phenolgeruch des Rauchs lag. Nichts, was auf Gift hingedeutet hätte, obwohl Jon freilich nicht wusste, wie so etwas gerochen hätte. Der einzige Duft, den er mit Gift assoziierte, war der von Mandeln für Zyanid – Allgemeinwissen –, aber diese nussige Note fehlte. Natürlich wusste Jon, dass Zyanid nicht das einzige Gift war, vielleicht wäre es auch nur die einfachste Lösung gewesen. Solange er die Flüssigkeit nicht trank, würde er nicht erfahren, was sie im Körper anrichtete, obwohl er aufgrund des Zustands des Königs so eine gewisse Vorstellung davon hatte.

Jon stellte Glas und Flasche wieder aufs Tablett. Seine erste Handlung als Ermittler hatte sich als Reinfall erwiesen. Nichts war dadurch gewonnen. Als Nächstes, dachte er, sollte er vielleicht in der Vorratskammer nachsehen – aber nach einem Blick in die Runde wurde ihm klar, dass seine Rolle als Ermittler mit seiner Rolle als einzigem Beschützer der königlichen Familie kollidierte.

Im tollkühnen Versuch, sich eine neue Flasche Wein zu holen, hatte David die Demarkationslinie zwischen Jung und Alt überschritten und stand kurz davor, in ein Unwetter mit Prinzessin Maud zu stolpern. Jon sah es kommen. David, angeheitert und bestrebt, seine Reise fortzusetzen, stieß gegen die Prinzessin. Was folgte, war ein beiderseitiges Trommelfeuer von Beleidigungen, die kaum in einem »gewöhnlichen« Haushalt, geschweige denn in einem königlichen wiederholt werden konnten. Als sich die Darbietung ihrem Höhepunkt näherte und Thomas Crockley einschritt (wie immer ein wenig zu spät), begriff Jon, dass es nicht sehr klug wäre, sich zu weit von peinlichen Szenen wie dieser zu entfernen. Die Emotionen schlugen hoch, und sollten sie noch höher schlagen, würde es hässlich werden. Auch wenn er nicht im Raum anwesend sein würde, musste er für alle sichtbar mehr tun, was nicht nur die Ermittlungen vorantrieb, sondern auch wirksamen Einfluss auf ihre gegenwärtige Lage hatte.

Ohne weiter nachzudenken, ergriff er das Wort – etwas, was ihm sonst völlig fremd war. Üblicherweise formulierte er erst einen Gedanken im Geiste und überprüfte ihn sorgfältig, bevor er ihn äußerte. Jon musste die Stimme heben, um sich über Davids und Mauds Auseinandersetzung hinweg Gehör zu verschaffen. »Ich halte es für das Beste, mit jedem von Ihnen unter vier Augen zu sprechen, damit ich ein klareres Bild von den Ereignissen bekomme.« Das klang schon eher nach einem Ermittler.

Die Szene zwischen Maud und David, alles, was sich seit dem tragischen Ende des Königs abgespielt hatte, machte klar, dass er die Royals voneinander trennen musste, wenn er herausfinden wollte, was hier vor sich ging. Allmählich dämmerte ihm, wie viel er über die Familie nicht wusste – er sah den König sterben, er sah, dass einer von ihnen ihn getötet hatte, aber er wusste nicht, wer. Es gab Spannungen innerhalb der Familie, aber er wusste nicht, wie heftig. Loyalitäten standen auf dem Prüfstand – aber in welchem Maße? Diese Menschen wurden entzweit, aber wo hatte das alles seinen Anfang? Er sah sich um und hatte Fremde vor sich – als wäre der König das einzige verbindende Element zwischen ihm und ihnen gewesen. Er hatte sein Leben einer fremden Familie gewidmet, die ihn immer auf Abstand gehalten hatte.

»Ich werde als Erste mit Ihnen reden«, sagte Emeline und trat vor ihre streitenden Familienangehörigen. »Es ist meines Erachtens nur recht und billig, dass ich den Anfang mache, schließlich war es meine Idee. Wohin wollen wir? Es sollte nicht hier stattfinden, in dem Raum, in dem das Verbrechen geschehen ist.«

Emeline, stellte Jon fest, versuchte wieder die Kontrolle an sich zu reißen – eine Seite an ihr, die ihm unter den Umständen nicht unlieb war, die aber auch nicht ganz zu ihrem sonst so unbekümmerten Temperament passte.

Ein großes Seufzen erfüllte den Raum. »Die Vollkommenheit in Person geht voran.« Auch Marjorie schien Emelines Bemühungen, die Führung zu übernehmen, aufgefallen zu sein. »Nehmen Sie sich vor ihr in Acht, Koch – sie ist launisch.«

»Mutter, bitte«, blaffte Emeline, wie es Jon von ihr noch nie gehört hatte. Nie hatte er miterlebt, dass die Prinzessin auch nur die Stimme erhoben hatte, aber sie erstaunte ihn in letzter Zeit sowieso. Konnte Marjorie recht haben? Emeline, die erneut fragte, wohin sie sich zurückziehen sollten, überlegte kurz, dann sagte sie: »Wir könnten hinaus in den Korridor.«

Jon, der soeben dort gewesen war, dachte an die unheimliche Stimmung in den Korridoren von Balmoral, an sein Gefühl, immer beobachtet zu werden, sowie den Umstand, dass er sich dort völlig ausgeliefert vorkam. An ernsthafte Arbeit war dort nicht zu denken. »Nein. Gehen wir ins Besucherarbeitszimmer am Ende des Gangs.« Das Arbeitszimmer war der perfekte Ort für sein Unterfangen – vor Urzeiten war es das Büro des Privatsekretärs der Prinzessinnen gewesen. Nachdem die Prinzessinnen aber in ihre ebenso extravaganten Wohnsitze gezogen waren, wurde es nicht mehr gebraucht und stand seitdem leer. Es gab so viele Zimmer in Balmoral, dass sie erstaunlich einfach in Vergessenheit geraten konnten. Mittlerweile war das Zimmer für Besucher vorgesehen – aber Besucher kamen nur selten.

Jon und Emeline, das ungleiche Paar, wollten zur Tür, wurden aber von Marjorie aufgehalten, die sich ihnen in rechtschaffener Empörung in den Weg stellte: »Ich an deiner Stelle würde nichts sagen, was du nicht in der Zeitung lesen willst, Tochter. Dem Personal ist nie zu trauen.«

»Mutter, darüber sind wir hinaus. Was verstehst du an der Situation nicht?«

»Oh, Emeline, ich sehe alles klar und deutlich. Ich sehe mehr, als du mir zugestehst«, sagte Marjorie recht großspurig, bevor ein Schluckauf sie unterbrach und sie ihren Wein verschüttete. Ihnen aus dem Weg trat sie allerdings nicht.

»Komm schon, Großmutter.« Zu Jons Bewunderung erschien Matthew und nahm Marjorie am Arm. »Lass uns doch Platz nehmen.«

»Behandelt mich nicht wie ein kleines Kind.«

»Wir nehmen erst Platz, und dann bring ich dir was zu trinken.«

Ihre Miene hellte sich auf. »Also gut, dann.«

Matthew führte Marjorie fort, Marjorie setzte sich, und mit triumphierendem Lächeln sah Matthew zu Jon und nickte ihm zu. Dankbar erwiderte Jon das Nicken.

»Entschuldigung, Sir«, meldete sich nun Thomas Crockley zu Wort, der sich um eine tapfere Miene bemühte, nachdem Marjorie in seiner unmittelbaren Nähe platziert worden war. »Könnten wir vielleicht eine Zusammenfassung dessen haben, was hier vor sich geht?«

»Ich werde der Reihe nach mit jedem Einzelnen von Ihnen reden, damit ich einen Überblick über die Ereignisse bekomme, die bei dem Tod des Königs möglicherweise eine Rolle gespielt haben. Dazu gehen wir ins Arbeitszimmer am Ende des Gangs«, verkündete Jon. »Ich empfehle Ihnen, dass keiner diesen Raum verlässt, bis ich zurückkomme. Wir können nach wie vor nicht ausschließen, dass sich nicht doch eine dritte Partei im Schloss aufhält. Bleiben Sie zusammen, dann sind Sie in Sicherheit.«

»Ihnen ist schon klar, dass Sie uns hier mit einem Mörder zurücklassen?«

Jon war sich dessen nur allzu bewusst – es gefiel ihm nicht, aber so war es nun mal. »Wir haben dem Mörder aber eines voraus. Der Mörder ist allein. Wenn Sie sich gegenseitig nicht aus den Augen lassen, sind alle in Sicherheit. Das kann ich Ihnen versprechen.« Noch im selben Moment bereute er seinen letzten Satz. Denn ihm war soeben eine neue Möglichkeit in den Sinn gekommen.

Was, wenn es mehr als nur einen Täter gab?

Hastig musterte er jeden im Raum und merkte erst jetzt,

dass Emeline bereits fort war. Er musste ihr nach. Zuvor aber hatte er noch eine Frage.

Matthew war, um Marjories alkoholische Versorgung sicherzustellen, auf dem Weg zu Jons verlassenem Getränketablett, als Jon Blickkontakt mit ihm aufnahm. »Was wollten Sie vorhin noch sagen, Sir?«

Abrupt blieb Matthew stehen. Er wusste offensichtlich ganz genau, worauf Jon anspielte, gab sich aber verdutzt. »Hmm?«

Jon musste vorsichtig sein. »Bevor wir den Salon betreten haben, meinten Sie, Sie hätten noch eines zu sagen, aber dann hat Ihre Großmutter das Glas fallen lassen, und Sie wurden unterbrochen. Worum ging es da?«

»Das ist jetzt nicht mehr wichtig.«

»Sir, bitte, es könnte hilfreich sein.«

»Es ist nicht hilfreich«, antwortete Matthew. »Nur hinderlich.« Jon war irritiert. Mit einem Seufzen erklärte sich Matthew: »Ich wollte nur sagen, wenn wir den Mörder meines Großvaters finden, will ich vielleicht nicht mehr auf die Behörden warten. Denn sollte der Mörder entlarvt werden, egal, wer es ist, werde ich ihn umbringen.«

XXII

Privataudienz mit der Vollkommenheit in Person

Sie gingen über den Korridor in Richtung des leeren Arbeitszimmers. Eingedenk Matthews Aussage zögerte Jon, ihn mit den anderen allein zu lassen, sah aber keine andere Möglichkeit.

»Ah, endlich aus diesem Zimmer rauszukommen«, sagte Emeline. »Ich habe mich auch deswegen als Erste gemeldet, weil ich wegwollte.« Sie kamen am Porträt des Königs vorbei, das Jon betrachtet, und an der Standuhr, die er nicht aufgezogen hatte. Das Arbeitszimmer lag hinter der nächsten Tür. Bevor Jon eintrat, blieb er kurz stehen. Etwas im Gang war …

»Jon? Was ist?«

Jon schüttelte den Kopf. »Nichts.«

Das Zimmer war klein und verstaubt. Die Hausmädchen reinigten es, aber nicht mehr so oft. In der Mitte des Raums stand ein kleiner hölzerner Schreibtisch mit einem Schreibtischsessel dahinter, davor ein weniger bequemer Stuhl. Fast so, als hätte ihn jemand extra für eine Befragung dorthin gestellt. Sonst befand sich nichts im Raum – das Sideboard war leer, ebenso das Bücherregal.

Gewohnheitsmäßig wollte Jon vor dem Schreibtisch Platz nehmen, aber Emeline schüttelte den Kopf und führte ihn zum Schreibtischsessel. Er ließ sich nieder. Wie leicht vergaß man, wie gut es tat, wenn man nicht mehr auf den Beinen sein musste. Seine Füße jubelten. Was er aber sofort bedauerte, weil er bereits den unvermeidlichen Kampf fürchtete, wenn er sich wieder erheben musste.

»Ich hatte noch keine Zeit, mein Beileid auszusprechen, Eure Majestät.«

Emeline winkte ab. »Danke, aber das ist nicht nötig. Ich bedaure, was Sie hier durchmachen müssen – ich weiß, Sie und mein Vater pflegten eine sehr ungewöhnliche Freundschaft. Und besonders bedaure ich, dass Sie uns jetzt von unserer schlimmsten Seite erleben. Kaum zu glauben, wie ungesittet die königliche Familie sein kann. Aber so ist es nun mal.«

»Wie geht es Ihnen, wenn Sie die Frage erlauben, Ma'am?«

»Ich bin am Boden zerstört, Jon. Und ich weiß, dass meine Familie ebenfalls sehr leidet. Aber das macht es nicht besser für mich. Maud hat wenigstens ihren Mann und ihre Söhne, sogar Mutter und mein Onkel scheinen einander beizustehen. Aber ich bin allein. Ich wünschte mir, Anton wäre hier. Er wüsste, was zu tun wäre.«

Jon wollte das keinesfalls abtun, schon gar nicht von seiner sehr einzigartigen Warte aus, aber sie sollten weitermachen. Anton war nicht da, selbst Emeline würde wahrscheinlich zugeben, dass das für ihn besser war. »Fangen wir mit dem heutigen Morgen an. Wir sind uns im Salon begegnet, als ich für Ihren Onkel das Feuer im Kamin angefacht habe. Sie sind mit Ihrer Schwester reingekommen.«

»Ja.« Emeline wirkte jetzt etwas zufriedener, nachdem Jon seine Fragen stellte. Wie seltsam – zufrieden zu sein, wenn sie befragt wurde? »Wir haben das Frühstück gemacht, auch wenn man bei Frühstücksflocken ja nicht viel machen muss.«

»Sie nahmen also Ihr Frühstück zu sich. Nach Mauds Zeitplan haben Sie dann den König aufgesucht?«

»Wir waren so guter Laune, nur weil wir unsere Frühstücksflocken selbst in die Schale schütten durften. Für uns war das in mehr als nur einer Hinsicht Weihnachten.«

»Haben Sie noch jemanden aus Ihrer Familie gesehen, bevor Sie zum König gegangen sind?«

»Nein. Ich habe mit Maud den Abwasch erledigt, dann bin ich auf mein Zimmer, um mich frisch zu machen. Maud redet ja ständig von *The Monarch*, sie kriegt sich gar nicht mehr ein deswegen. Ich selbst habe die Serie bislang gar nicht gesehen, ich rief also eine Folge auf, konnte mich aber nicht konzentrieren. Letztlich sah ich mir stattdessen die Morgennachrichten an. Ich brauchte ungefähr eine halbe Stunde, um mich herzurichten – ich muss mir nicht stundenlang Gedanken um mein Äußeres machen.«

Das war schwer zu glauben. Obwohl Emeline in den Augen der Öffentlichkeit die unbedeutendere Prinzessin war, gab sie immer ein strahlendes Bild ab. Selbst ihre Trauer konnte ihrer Schönheit keinen Abbruch tun.

»Warum haben Sie den König aufgesucht? Sie wussten doch bereits, dass er mit Ihnen – wie mit allen – reden wollte.« Er spielte auf die von den Familienmitgliedern erwähnten Privataudienzen an.

»Nein, ich hatte keine Ahnung davon. Ich wollte meinem Vater einfach nur frohe Weihnachten wünschen. Aufgrund seiner Stellung ist es sehr schwer, meinen Vater allein anzutreffen, selbst in einem Schloss, in dem keine zehn Personen anwesend sind. Aber ich wusste, er würde am Morgen in seinem Arbeitszimmer sein und seine Rede vorbereiten. Das macht er immer so, wie Sie sicherlich wissen. Er verfasst sie Wochen im Voraus, am Weihnachtsmorgen aber kriegt er es dann mit der Angst, und er feilt wieder daran herum. Als ich eintraf, war er gerade damit fertig, und zufälligerweise wollte er gerade nach mir rufen lassen.«

»Wie hätte er das getan?«

»Keine Ahnung. Vielleicht hätte er Martin beauftragt, nach mir zu suchen. Das spielt jetzt doch kaum eine Rolle, oder?«

Nein, wahrscheinlich nicht. »Ihr Vater hatte also eine Privataudienz mit Ihnen, ja? Ich fürchte, ich muss Sie fragen, worüber Sie gesprochen haben.«

Emeline lächelte aufrichtig – ein schöner Anblick, der ihn an vergangene Zeiten erinnerte und diesen Tag und seine Ereignisse für einen Moment fast völlig verdrängte. »Ich weiß. Ich werde Ihrer Bitte entsprechen, auch wenn ich weiß, dass andere in meiner Familie dem nicht nachkommen werden. Erstens sprachen wir über die Privataudienzen selbst – er wollte mit Maud, mit meinem Onkel, meiner Mutter, meinem Neffen Matthew und aus irgendeinem Grund auch mit Thomas reden. Obwohl ich nicht verstehe, warum. Ich sollte sie alle zum gegebenen Zeitpunkt in sein Arbeitszimmer führen. In diesem Fall war also ich der ›Martin‹ – der sonst immer Vaters Laufbursche war.«

»Verdrießt Sie das?«

Emeline zuckte kurz, dann traf Jon ihr wütender Blick. Wahrscheinlich war es das erste Mal, dass er eine unpassende Bemerkung gemacht hatte. Auch Emeline schien es so zu sehen. Eingedenk Jons neuer Stellung zügelte sie sich. »Ja, vermutlich. Verglichen mit meinem eher herausgeputzten Gegenstück bin ich mir immer wie die fleißige Arbeitsbiene vorgekommen. Aber mein Ärger reicht nicht so weit, dass ich deswegen einen Mord begehe.«

»Das habe ich mit keiner Silbe andeuten wollen, Ma'am.«

»Nein, ich weiß. Ich musste … vielleicht musste ich es mir

nur mal selbst sagen.« Anscheinend musste sie sich selbst davon überzeugen, dass sie die Tat nicht begangen hatte – was sehr seltsam war, aber der Schmerz manifestierte sich eben in höchst unterschiedlicher Weise. Gut möglich, dass Prinzessin Emeline sich in mancherlei Hinsicht verantwortlich fühlte, was ihr in diesem Moment wohl bewusst wurde. »Wie auch immer, als mein Vater die Privataudienzen in Betracht zog, sprach er nur vom anstehenden Tag. Er war bester Stimmung. Ich muss es Ihnen ja nicht sagen, aber Weihnachten ist sein liebster Feiertag. War – Weihnachten war sein liebster Feiertag.«

Darauf folgte unbehagliches Schweigen. Jon bemühte sich, das Gespräch wieder in Gang zu bringen. »Matthew hat erwähnt, Ihr Vater habe in seiner Rede nach dem Essen seinen Nachfolger verkünden wollen. Haben Sie die Rede zufällig zu Gesicht bekommen, oder hat sich der König zum Inhalt geäußert?«

Emeline schüttelte den Kopf. »Ich hatte nicht die geringste Ahnung. Vater bespricht solche Dinge gewöhnlich nicht mit mir.«

»Wie geht es Ihnen damit? Immerhin sind Sie die Erstgeborene – auch wenn es nur wenige Minuten sind. Vor der Änderung der Thronfolgeregelungen wären Sie Königin geworden. Vielleicht sind Sie in der Erbfolge ja immer noch an erster Stelle.«

Wieder schüttelte Emeline den Kopf, diesmal aber sehr viel geflissentlicher, ja geradezu ungestüm. »Ich war nie dafür vorgesehen, ich hatte nie eine Chance. Das hat er immer klargestellt. Aber ich habe damit kein Problem – wer will denn schon Königin sein?« Sie klang aufrichtig. »Nein, es gibt nur eine Person, die Vater als seinen Nachfolger hätte verkünden wollen.«

Emeline rückte mit der entsprechenden Information nicht heraus, offensichtlich gefiel ihr, welche Macht sie damit hatte – wenn auch nur kurz. Aber in diesem kurzen Augenblick war ihre Autorität wiederhergestellt. Ganz offensichtlich fehlte sie ihr mehr, als sie zeigte. »Und die wäre, Ma'am?«

»Vater hätte Matthew als seinen Nachfolger benannt. Daraus hat er nie einen Hehl gemacht, auch wenn er damit Maud und mich verletzt hätte. Er hätte es nie gesagt, aber er hielt uns für zu alt. Ein neuer Monarch müsse in der Blüte seiner Jugend stehen, würde er sagen.«

»Das muss Sie getroffen haben.«

»Natürlich – ein wenig. Neununddreißig, und als zu alt zu gelten! Aber er hatte recht – er *hat* recht, denke ich, denn, wie gesagt, ich habe nie wirklich den Wunsch verspürt, Königin zu werden.«

»Ich danke Ihnen für Ihre Kooperation, Ma'am. Im Moment habe ich nur noch zwei Fragen: Wer, glauben Sie, hat den König getötet? Und, vielleicht noch wichtiger, warum?«

Emeline dachte lange über die Fragen nach. Er verstand das gut. Es waren keine einfachen Fragen – und sie jagten ihm, um ehrlich zu sein, eine Heidenangst ein. »Die erste Frage kann ich Ihnen nicht beantworten, aber was die zweite betrifft – es muss jemand sein, der davon profitiert, wenn der König nicht Matthew als Nachfolger benennt. Wer nicht will, dass Matthew der neue König wird, muss den jetzigen getötet haben.«

Jon hatte selbst ein ähnliches Szenario im Kopf, allerdings hatte die Sache ein paar Haken. Die Ermordung eines Königs, um dadurch einen bestimmten Nachfolger zu verhindern, war ein plausibles Motiv, aber doch nur dann, wenn die Absichten des Königs als erwiesen galten. Er musste zugeben, dass er in Hinblick auf die Feinheiten der Nachfolgeregelung im Dunkeln tappte, genauso wäre es aber auch schon vor der Neufassung gewesen – nur: Hätte man den Worten des Königs Folge leisten müssen? Dabei stolperte Jon aber über etwas, worüber er lieber nicht gestolpert wäre. »Wenn der König getötet wird, bevor er einen Nachfolger ernennen kann, müsste man doch annehmen, dass der Titel dem zufällt, der als Nächstes in der Erbfolge steht, und das wären Sie, Ma'am.«

»Ja«, antwortete Emeline so klar wie ein wolkenloser Himmel. Mehr gab es dazu auch nicht zu sagen. »Sie sehen, ich bin die Hauptverdächtige. Ich habe das sehr schnell erkannt. Deswegen wollte ich, dass der Fall so schnell wie möglich aufgeklärt wird – damit ich meine Unschuld beweisen kann.« Emeline erhob sich. »Wenn es Ihnen recht ist, würde ich jetzt gern gehen.«

Jon erhob sich ebenfalls. »Natürlich, Ma'am. Anscheinend haben Sie schon den gesamten Vormittag Leute zu Audienzen abgeholt, daher möchte ich Sie nicht darum bitten …«

»Natürlich schicke ich Ihnen den Nächsten rein, Jon. Die Ablenkung tut mir gut. Wenn ich etwas zu tun habe, hält das die Tränen zurück. Haben Sie irgendwelche Wünsche, wen Sie als Nächstes sehen wollen?«

Jeden außer David oder Marjorie, dachte er, obwohl auch sie irgendwann an der Reihe wären. »Vielleicht sollte ich als Nächstes mit Ihrer Schwester reden.«

Emeline nickte – eine seltsame Machtverschiebung, die keinem der beiden entging – und trat an die Tür. Jon folgte ihr. Sie drehte sich noch einmal um. »Danke, Jon – wirklich. Ich weiß, das hier geht über Ihre Pflichten weit hinaus. Die Krone dankt es Ihnen.«

Ohne ein weiteres Wort ging Emeline durch den Korridor in Richtung Salon. Jon sah ihr durch die offene Tür nach. Er wollte die Tür schon schließen, als er intuitiv erneut innehielt.

Ein nicht zu überhörendes Ticken füllte den Gang. Es dauerte etwas, bis ihm auffiel, was so seltsam war, dann ging er zur Standuhr.

Sie lief, der kleine Sekundenzeiger sprang in fehlerlosem Rhythmus vom einen zum nächsten Abschnitt. Jon hätte schwören können, dass die Uhr zuvor nicht gegangen war. Er hatte zwar Wichtigeres zu tun, aber es kam ihm höchst ungewöhnlich vor. Mit einem letzten Blick auf die tickende Uhr kehrte er ins Arbeitszimmer zurück.

XXIII

Privataudienz mit der im Herzen Junggebliebenen

Drei kurze schwache Schläge an der Tür.

Prinzessin Maud zuckte zusammen, als er die Tür öffnete, obwohl sie damit doch hätte rechnen müssen. Dann aber schenkte sie Jon ein warmes Lächeln und kam herein. Jeder, der die Prinzessin nicht besonders gut kannte, hätte meinen können, ihr sonniges Gemüt in Zeiten wie diesen sei nicht unbedingt angebracht, aber Jon wusste es besser. Mit ihrem verbindlichen Auftreten kaschierte Maud häufig, was in ihrem Herzen wirklich vor sich ging. Daher war ihr Lächeln jetzt auch ein wenig zu perfekt, ihr Blick ein wenig zu freundlich. In Wahrheit hatte sie sich kaum im Griff.

»Eure Majestät.«

»Ich habe es Ihnen doch schon gesagt – Sie sollen das bleiben lassen, Jon. Es bringt doch nichts, wenn Sie uns anders behandeln. Eure Majestät hier und Ma'am und Sir dort, völlig überflüssig. Vermutlich war es das schon immer.«

Er bedeutete ihr, vor dem Schreibtisch Platz zu nehmen, was sie auch tat – sie folgte seinem Befehl. Eine Prinzessin, die sich dem Koch fügte. »Es ist schwer, von seinen Gewohnheiten zu lassen, Ma'am.« Er setzte sich ebenfalls.

»Wir müssen ihn finden, Jon. Den, der meinen Vater getötet hat. Wir haben keine Zeit für Geplauder, obwohl ich es durchaus zu schätzen weiß. Aber ich bin hin- und hergerissen. Woher wissen wir, was zu tun ist, welchen Weg wir einschlagen sollen? Das alles hier wird nur einmal passieren – was, wenn wir es bereits vermurkst haben?« Ihre Worte überschlugen sich, sodass er kaum hinterherkam und sie zu einem Satz zusammenstellen musste, so, als würde er in einer Suppendose mit diesen schrecklichen Buchstabennudeln nach einer Bedeutung suchen.

»Wir können nur auf dem von uns eingeschlagenen Weg weitergehen, Ma'am, und an der Hoffnung festhalten, dass wir den richtigen gewählt haben.« Er klang sehr viel gefasster, als er sich zugetraut hätte.

»Daddy – er muss so große Angst gehabt haben. Seine Augen …«

Aus einer dunklen Ecke seines Verstands flüsterte ihm eine Stimme zu, dass Maud in ihrem Zustand niemandem eine große Hilfe war. Sie musste auf den Weg zurückgeführt werden, von dem sie gesprochen hatte. »Ich möchte zuerst eine Frage zum heutigen Morgen stellen. Prinzessin Emeline hat gesagt, Sie haben sich Frühstücksflocken aus der Vorratskammer geholt.«

Überraschend heftig setzte Maud zu ihrer Antwort an. »Ja, na ja, und vermutlich war dort auch der Whisky, aber Sie können doch nicht denken …«

»Ich denke gar nichts, Ma'am. Ich möchte nur das ganze Bild vor mir haben.«

»Oh. Ja, wir haben Frühstücksflocken aus der Vorratskammer geholt. Wir haben im Wintergarten gefrühstückt, dann sind wir Ihnen im Salon begegnet. Danach sind wir zum Abwasch in die Küche, und dann habe ich Emeline allein gelassen, weil ich in mein Zimmer zurück bin, um mit der Familie *The Monarch* zu sehen. Wer wann wohin gegangen ist, sehen

Sie ja auf dem von mir erstellten Zeitplan. Thomas ist als Erster zum Rauchen nach draußen und hat dann später den Weg in den Salon gefunden.«

»Ja«, sagte Jon, »er hat auch den Weg nach unten in die Küche gefunden.«

Aber Maud hörte ihm gar nicht zu. Sie schlug eine Hand vor den Mund. »O nein. *The Monarch*. Das werden sie auch bringen. Das wird Teil der Serie werden. Wer, meinen Sie, wird Sie spielen, Jon?«

Ihrem Gedankengang war so schwer zu folgen, dass Jon einen Moment brauchte, bis er verstand. *The Monarch* würde in der Tat diese Ereignisse verfilmen. Ihm persönlich gefiel es nicht, was er über die Serie gehört hatte, aber bislang hatte er sowieso keine Zeit gefunden, sie sich anzusehen.

Soweit er wusste, befasste sich *The Monarch* noch mit den jungen Jahren der Prinzessinnen, aber ja, irgendwann würde die Serie an diesen Moment gelangen. Sehr gut für die Einschaltquoten, stellte er sich vor. Er sah es schon als das Finale der Serie vor sich. Die Produzenten würden sich den dramatischen Moment natürlich keinesfalls entgehen lassen.

»Was hat der König von *The Monarch* gehalten?«, fragte Jon, weniger der Ermittlungen wegen, sondern aus reiner Neugier. Abgesehen vom kurzen Kommentar beim Festessen hatte Jon den König nie darüber sprechen hören.

»Daddy? Er hat nicht oft darüber geredet – nein, das ist gelogen, erst neulich hat er die Serie erwähnt. Aus irgendeinem Grund war er der Meinung, dass jemand aus dem Palast Informationen nach draußen weiterreicht. Sie wissen, *The Monarch* ist eine unabhängige Produktion – sie steht also in keiner Beziehung zum Königshaus und wird von ihr nicht unterstützt. Deshalb müssen sämtliche Recherchen, und das sind nicht wenige, extern erfolgen. Vater hat angefangen, sich die Serie anzusehen, als ich ihm von einer bestimmten Szene erzählt habe – meinem sechsundzwanzigsten Geburtstag. Erinnern Sie sich?«

Natürlich erinnerte sich Jon. »Der Geburtstag, bei dem die russische Cellistin spielte?« An dem Tag hatte er im Garten von Windsor Castle ein Buffet serviert. Den Blätterteig für die Sausage Rolls hatte er nicht richtig hingekriegt, was ihn bis auf den heutigen Tag quälte.

»Ja. Nun, der Tag endete mit einem sehr hässlichen Streit zwischen meinem Vater, meiner Mutter und mir. Die Serie stellte das mehr oder weniger vollkommen richtig dar, was seltsam ist, weil doch eigentlich niemand von dem Streit weiß. Er wurde nie aufgezeichnet, es war niemand in der Nähe, trotzdem wurde alles korrekt wiedergegeben. Ich hielt es für einen Zufall – einen extremen Fall, in dem die Kunst das Leben nachspielt, aber Vater meinte, es gehe nicht mit rechten Dingen zu.«

»Ich habe die Folge nicht gesehen, Ma'am, aber wenn es im Fernsehen lief, sollten Sie keine Einwände gegen meine nächste Frage haben. Worum ging es bei dem Streit?«

»Ach, worum es in jedem Gespräch mit meinen Eltern ging. Sie stimmen meiner Ehe nicht zu. Oder nein! Das ist nicht ganz richtig, sie akzeptieren den Partner nicht, den ich gewählt habe.«

»Sie akzeptieren die Vermählung, aber nicht Mr Crockley?«

»Genau. Sie hassen Thomas, um es ganz offen zu sagen. Es kommt nicht oft vor, dass meine Eltern einer Meinung sind, aber wenn das Thema auf meinen Mann kommt, sind Mummy und Daddy in ihrer Boshaftigkeit kaum zu unterscheiden.« Jon konnte sich nur schwer vorstellen, dass Eric seiner Frau in Sachen Tyrannei in nichts nachstand. »Daddy hat ihn mehr als einmal einen ›verbohrten Geschäftsmann‹ genannt. Ich weigere mich, das so zu sehen – ich denke, er ist ein wahrer englischer Gentleman. Meinen Sie nicht auch?«

Ihr schien an Jons Zustimmung wirklich viel zu liegen. Sie sah ihn erwartungsvoll an. »Er wirkte auf mich immer wie ein angenehmer Zeitgenosse, Ma'am«, sagte er, obwohl er insgeheim eher der Meinung des Königs zuneigte. Aber er wollte seine persönlichen Gefühle hintanstellen und zurück zum Eigentlichen: Hatte dieses ihm bislang unbekannte Problem etwas mit den aktuellen Ereignissen zu tun? »Sie sagten, in den Gesprächen mit dem König ging es immer um Thomas Crockley. Heißt das, dass Sie auch heute Morgen während der Privataudienz beim König über ihn gesprochen haben?«

Ein Anflug von Bewunderung sprach aus Mauds Blick. »Ja. Das heißt es. Daddy war heute Morgen sehr seltsam. Er war gar nicht er selbst – ganz unweihnachtlich und lauter als sonst. Er sagte, genug ist genug, und ich solle endlich die Augen aufmachen, damit ich erkenne, wer Thomas Crockley wirklich ist. Ich versuchte ihn zu zwingen, Klartext zu reden, aber er wollte mir nicht sagen, wer mein Mann wirklich ist. Er sagte bloß immer: ›Ich muss Thomas die Gelegenheit geben, sich zu rechtfertigen.‹ So kannten Sie wohl meinen Vater: großzügig, selbst wenn er wütend war.«

»Sie haben also keine Ahnung, worauf er angespielt hat?«

»Nicht die geringste. Aber was noch schlimmer ist: Ich musste Thomas nach mir zu ihm bringen. Ich bin mir dabei wie eine Henkerin vorgekommen, die ihren eigenen Ehemann zum Richtblock führt. Als er wieder rauskam, war Thomas kreidebleich. Ich habe noch nie jemanden so blass gesehen, und er wollte mir nichts sagen. Sie werden mit meinem Mann reden, Jon. Könnten Sie dem auf den Grund gehen?«

Ein Rätsel in einem Rätsel. Jon musste an die russischen Puppen denken, die seine Mutter auf einem Regal in ihrem Zimmer auf Barbados hatte. Als er klein war, wollte er immer wissen, was sich darin verbarg, bis er eines Tages auf einen Stuhl stieg und nachsah. Und welch ein Wunder! Als er die oberste aufmachte, ging es gerade so weiter – die einzelnen Puppen wurden immer kleiner. Bis ... Nun ja, so war seine Mutter eben. Im Inneren der kleinsten Puppe befand sich ein Beutelchen mit Heroin. Nun fragte er sich, ob es hier so ähnlich war – dass Rätsel auf Rätsel folgte, bis er beim kleinsten ankam und dessen finsteres Geheimnis aufdeckte. »Es wird sich bestimmt alles aufklären. Wie so oft. Ich danke Ihnen, Ma'am, für Ihre Kooperation. Nur eine Frage noch zum Abschluss. Wer, glauben Sie, hat Ihren Vater getötet?«

Maud musste keine Sekunde darüber nachdenken. »Das ist doch offensichtlich. Mein abscheulicher Onkel.«

»Prinz David?«

»Natürlich. Er gibt Daddy die Schuld für seine Zeit im Exil, er gibt Daddy die Schuld für seinen aberkannten Titel, er gibt Daddy für alles die Schuld. Mein Onkel hat Daddy getötet – ich würde mein Leben darauf verwetten. Er ist ein gerissener Verbrecher – das wissen wir alle, und mir wird speiübel, wenn ich beim Essen mit ihm an einem Tisch sitzen muss.«

Maud hatte natürlich recht – David war verrufen. Aber irgendwie passte es nicht, dass er Eric ermordet haben sollte. Der Gedanke war naheliegend, Jon konnte Maud verstehen. Aber es fehlte das eine oder andere Puzzleteil, damit er zu der gleichen Schlussfolgerung gelangen konnte – Teile, die sich vielleicht noch finden ließen.

Bis dahin aber durfte Jon keine voreiligen Schlüsse ziehen. »Danke, Ma'am.«

Maud fühlte sich damit als entlassen – erneut ein Zeichen einer neuen Dynamik – und erhob sich. »Soll ich jemanden nach mir zu Ihnen schicken?«

»Ich denke, ich sollte als Nächstes mit Ihrem wahren englischen Gentleman reden.«

Maud lächelte – wobei ihm immer warm uns Herz wurde – und ging ihren Mann holen.

Jon dachte an die Verfehlungen, die Crockley vorgeworfen wurden, und worum es sich im Einzelnen handelte. Zum Glück musste er nicht lange darüber nachdenken.

XXIV

Privataudienz mit dem wahren englischen Gentleman (oder Privataudienz mit dem verbohrten Geschäftsmann)

Ich sagte mir also, ›okay, Kumpel, so eine Chance kriegst du kein zweites Mal im Leben. Du musst die Gelegenheit beim Schopf packen, bevor es ein anderer tut‹. Also hab ich die Ärmel hochgekrempelt und mich an die Arbeit gemacht. So wurde Ride+ aus der Taufe gehoben, und seitdem geht die Sache durch die Decke.«

Jon wusste nicht recht, was er darauf antworten sollte. Hatte er Crockley auf seine geschäftlichen Unternehmungen angesprochen? Hatte er auch nur ein Wort dazu verlauten lassen? Er konnte sich nicht erinnern. Trotz seines jetzigen Zustands – Crockley war blass und schwitzte – war er in Höchstform (zumindest in seiner ganz eigenen Version von *Höchstform*). Egal, was man von ihm hielt, Crockley besaß die unheimliche Gabe, einen mit Worten zu umgarnen, sodass man sich ihm kaum entziehen konnte.

»Gut«, entgegnete Jon etwas unbeholfen. »Tut mir leid, worüber haben wir gesprochen?«

Crockley sagte nichts, sondern spotzte in sein Taschentuch. Irgendwas stimmte wirklich nicht mit ihm. Aber Crockley, als würde er direkt darauf antworten, lächelte und sagte: »Mir geht's gut, mir geht's gut.«

Also fuhr Jon fort. »Ich habe Sie wohl auf Ihre Privataudienz beim König angesprochen, ja?«

Thomas Crockleys Lächeln verrutschte ein wenig. »So mögen Sie es nennen. Ich ziehe die Bezeichnung ›die längsten zehn Minuten meines Lebens‹ vor. Wirklich, was für eine Zeitverschwendung. Er konnte von Glück reden, dass Weihnachten ist und ich keinen geschäftlichen Telefontermin hatte, sonst hätte ich ihm meine entgangenen Einnahmen in Rechnung gestellt. Bildlich gesprochen, meine ich. Er war ja immerhin der König.«

»Darf ich mich nach dem Inhalt Ihres Gesprächs erkundigen? Prinzessin Maud meinte, Sie wollten es ihr nicht erzählen.«

»Nein.« Crockley fiel sichtlich in sich zusammen. »Hören Sie, es geht um eine heikle Sache, ich würde es vorziehen, nicht darüber zu reden, falls Sie nichts dagegen haben.«

»Sollte Ihre Audienz in irgendeinem Zusammenhang mit dem Tod des Königs stehen, könnte es von höchster Bedeutung sein. Ich möchte Sie auch nicht notwendigerweise verdächtigen – aber vielleicht gibt es ja Informationen über etwas anderes, die Sie übersehen.«

»Kann ich mir nur schlecht vorstellen, alter Knabe. Mein Opfergang war nur etwas zwischen mir und dem König. Können Sie sich vorstellen, wie beschämend es ist, wenn man weiß, dass die Eltern deiner Frau dich nie gemocht haben? Und dann nehmen Sie diese Beschämung mal tausend, weil Ihr Schwiegervater der verfluchte König ist.«

»Gab es einen Grund, warum sich der König ausgerechnet den heutigen Tag ausgesucht hat, um Ihnen seine Meinung kundzutun?«

Crockley zögerte kurz, aber dann gab es kein Halten mehr. »O ja, absolut. Dem König, bei allem Respekt, Sie verstehen, ist schon vor Längerem eine Laus über die Leber gelaufen, und jetzt meinte er, er müsste mich zur Rede stellen.«

»Hat es damit zu tun, dass der König geglaubt hat, jemand würde vertrauliche Informationen aus dem Palast an die Produzenten von *The Monarch* weitergeben?« Jon musste daran denken, was er während des Essens aufgeschnappt hatte.

Crockley schien nicht im Mindesten überrascht. »Ja, alter Knabe, genau. Das hat Maud Ihnen erzählt, oder? Der König redete seit Jahren darüber, so fühlt es sich jedenfalls an, und ich hab immer vermutet, dass er mich auf dem Kieker hatte. Nur war er nie Manns genug, das ganz offen auszusprechen.«

»Aber heute hat er es getan.«

»Ja. Und dabei hat er eine ziemliche Show abgezogen – es überrascht mich, dass er nicht gleich Tickets verkauft hat. Weiß nicht, ob das Gespräch so verlaufen ist, wie er es sich vorgestellt hatte. Jedenfalls hatte er Beweise, einen Ordner – keine Ahnung, wo der jetzt ist, ich will ihn auch gar nicht sehen –, darin hatte er jedes Interview verzeichnet, das ich gegeben habe, sowie Fotos von Ereignissen mit königlicher Beteiligung und die Korrespondenz mit weiß Gott wem und was sonst noch alles. Damit hat er mir vor der Nase herumgefuchtelt, als wäre es eine beschissene Kanone. Anscheinend konnte er damit belegen, dass ich als Einziger an allen Veranstaltungen anwesend war, die später in der Serie auftauchen. Ganz klar, er ist auf seine alten Tage senil geworden.«

Thomas Crockley wurde ausfällig, aber Jon ließ ihn gewähren, damit er seine Geschichte zu hören bekam. »Mr Crockley, Sie haben den Produzenten von *The Monarch* doch keine vertraulichen Informationen zukommen lassen, oder?«

Crockley fing sich sofort, er lachte auf und zeigte sich wieder von seiner charmanten Seite. »Nein, natürlich nicht. So was Aberwitziges hab ich mein Lebtag nicht gehört. Es gibt keinen Grund für mich, Informationen preiszugeben – überhaupt keinen Grund. Eric und Marjorie Windsor hatten es immer schon auf mich abgesehen, damit wollten sie einen Keil zwischen mich und meine Frau treiben.«

Erneut legte Crockley eine Spuckpause ein, bevor er fortfuhr.

»Ich werde Ihnen sagen, was ich denen, was ich allen in der Familie gesagt habe. Ich bin in meinem Stammlokal, *The Gentlemen*, von jemandem angesprochen worden. An einem Nachmittag, als ich dort auf meinen Geschäftserfolg angestoßen habe. Der Typ ist also auf mich zugekommen, Tippin heißt er, glaube ich, und hat mir eine nicht unbeträchtliche Summe geboten, falls ich als Informant für die Produktionsfirma tätig werden möchte. Er hat seine Visitenkarte auf die Theke gelegt und gesagt: ›Sie müssen gar nichts sagen, Sie müssen zur Bestätigung nur die Karte nehmen.‹ Und wissen Sie, was ich gemacht habe? Ich hab ihm seine Karte in kleine Fetzen zerrissen und ihm gesagt, er soll sich verziehen. Ich hab ihn rausschmeißen lassen und dafür gesorgt, dass er lebenslang Hausverbot hat. Ich kenn nämlich den Geschäftsführer, müssen Sie wissen.

Aber davon wollte der König ja nichts hören. Die Wahrheit passte nicht zu der Geschichte, die er sich so hübsch zurechtgelegt hatte. Die Wahrheit ist, dass ich loyal zu seiner Familie stehe.«

Für Jon klang das so gar nicht nach dem König, trotzdem fragte er sich, ob er die hintertriebene Seite Eric Windsors schlicht und einfach nicht gekannt hatte. Aber worum handelte es sich bei den von Thomas erwähnten Beweisen? »Maud sagte, der König wollte ihr nicht erzählen, was er herausgefunden … oder, entschuldigen Sie … worüber er so seine Mutmaßungen hatte. Stimmt das?«

»Scheint so, ja.«

»Und Sie wollen ihr nichts sagen? Warum nicht?«

»Ganz einfach – allein wenn man darüber redet, verleiht es dem eine Bedeutung, die es nicht verdient hat. Ein Mann sollte sich nicht in die Belange seiner Tochter einmischen, und genau das hat der König getan. Er wollte unsere Ehe zerstören, aber ich denke, das hat uns nur noch mehr zusammengeschweißt. Dieser ganze Blödsinn, den er da aufgetan hat, damit hat er sie doch nur verletzt. Und ich hab nicht nur an meine Frau, sondern auch an die beiden Jungs zu denken.«

Jon nickte – wenigstens das konnte er nachvollziehen. »Aber Sie verstehen, wie das aussieht? Der König hat etwas gegen Sie in der Hand, selbst wenn es nicht wahr sein sollte, er stellt Sie deswegen zur Rede, und einige Stunden später fällt er tot um.« Jon wusste nicht, ob Thomas Crockley wirklich etwas damit zu tun hatte, aber er war sehr gespannt auf dessen Antwort.

»Ich weiß ganz genau, wie das aussieht, alter Knabe.«

»Wissen Sie, welche Strafe darauf steht, wenn Sie Geheimnisse des Königshofs verraten?«

»Keine Ahnung.«

Jon wusste es auch nicht, er konnte nur raten. »Ich denke mir, es hängt sehr davon ab, wie schwer der Verrat ist, aber ich könnte mir eine Haftstrafe, Verbannung vom Hof, öffentliche Schmach vorstellen. Hochverrat?«

»So in der Art, ja. Aber das betrifft mich ja nicht, weil ich es ja nicht getan habe. Es gibt für mich keinen Grund, meine bescheidene Stellung an der Seite der Prinzessin aufs Spiel zu setzen. Mein Geschäft boomt, Gott sei Dank. Ich war es nicht.« Den letzten Satz schrie er förmlich.

»Ich lege Ihnen nichts zur Last.«

Crockley seufzte. »Ich weiß, mein Guter. Tut mir leid, aber die Gemüter sind etwas erhitzt, wissen Sie? Und es geht mir nicht besonders.« Das konnte Jon bestätigten. Crockley sah auch nicht besonders aus. »Ich bedaure es sehr, dass er tot ist, und noch mehr bedaure ich, dass er mit einem falschen Bild von mir gestorben ist. Ich hatte mit seinem Tod nichts zu schaffen, und ich fürchte, wenn Sie sich weiterhin auf diese Farce konzentrieren, entgehen Ihnen vielleicht die wirklich wichtigen Dinge. Ich meine, ich hab doch versucht, ihn wieder zurückzuholen, um Himmels willen!«

»Was meinen Sie, wer hat den König umgebracht?«

»Ich will ehrlich sein – ich hab nicht den leisesten Schimmer, und ich bin froh drüber. Ich bin genug mit mir selbst beschäftigt. Außerdem ist die Frage, wer den König getötet hat, doch Ihre Angelegenheit. Aber Sie haben meine Unterstützung, den Dreckskerl zu schnappen.«

»Danke, Sir«, sagte Jon pflichtschuldig.

Crockley betupfte sich mit seinem feuchten Taschentuch die Stirn. »Aber ich hab nachgedacht, die Wiederbelebungsmaßnahmen, die ich durchgeführt habe. Jetzt, da es vorbei ist … Ich glaube, ich hab sie falsch gemacht. Ich glaube, mittlerweile soll man nicht mehr von Mund zu Mund beatmen.«

Jon wurde übel. Warum sah er das erst jetzt? Crockleys gesundheitliche Probleme waren in der ganzen Aufregung in den Hintergrund geraten. Crockley hatte mit seinen Lippen die Lippen des Königs berührt. Großer Gott, war es denkbar, dass sich Crockley dabei ebenfalls vergiftet hatte?

»Wissen Sie«, sagte Crockley, »ich glaube, es wird mir langsam zu viel. Würden Sie mir erlauben, dass wir Schluss machen und ich mich in meinem Zimmer hinlege?« Jon hätte das ziemlich sicher nicht zugelassen, wenn ihm nicht soeben klar geworden wäre, was dem Mann zugestoßen war.

Hoffentlich hatte Crockley, falls es Gift war, nur eine kleine Dosis abbekommen, damit er es überstand.

»Ja«, antwortete Jon. »Machen Sie das.« Es war gefährlich, aber Jon dachte an die roten Punkte auf Specks Security-Tablet. Es war sonst niemand hier, und alle Übrigen waren im Salon versammelt. »Gehen Sie direkt auf Ihr Zimmer, und ich würde die Tür absperren.«

Crockley spuckte ein letztes Mal, nickte und schlurfte aus dem Zimmer. Jon blieb mit einem mulmigen Gefühl zurück. Er mochte den Mann zwar nicht besonders, aber er wünschte ihm nichts Schlechtes. Vor allem aber musste er das kaum entwirrbare Geflecht von Crockleys vielen, vielen Worten lichten – das war das Problem mit Thomas Crockley.

War die Fehde, die der König und Marjorie gegen Crockley führten, zum einen unbegründet und zum anderen maßlos übertrieben? Jon kannte Eric seit über dreißig Jahren und wusste, dass er sich von einem starken moralischen Kompass leiten ließ, vor allem aber Wert darauf legte, andere korrekt zu behandeln. Wenn Eric seinem Schwiegersohn Crockley ganz offen vorwarf, dass er die undichte Stelle sei, dann musste er dafür ausreichende Beweise gehabt und diese Beweise sichergestellt haben, um seine Behauptungen ungeachtet jeglicher persönlichen Gefühle zu untermauern.

Er hoffte, Crockley würde es unbeschadet in sein Zimmer schaffen.

Jon brauchte eine Pause – sein Hirn lief auf Hochtouren nach allem, was er gehört hatte. Dieses Dickicht aus Wahrheit und Lügen. Verbarg sich darin etwas, von dem seine Verdächtigen nicht wollten, dass er es fand?

XXV

Der Geist von John Brown

Jon befand sich in einer so schrecklichen Geistesverfassung, dass sein Herz wild schlug, als er erneut im Korridor stand. Er lehnte sich gegen die Wand, massierte sich mit Daumen und Zeigefinger die Augen und atmete einige Male tief – und wohlverdient – durch.

Mit einem Seufzen ließ er die Hand sinken.

Und fuhr auf. Aus dem Augenwinkel heraus hatte er dort, wo sich zwei Korridore kreuzten, eine Bewegung wahrgenommen. Eine Gestalt, die von links nach rechts vorbeigehuscht war. Er hatte deutlich den Schatten gesehen, aber nichts Genaueres erkennen können. Er konnte noch nicht einmal sagen, ob es ein Mann oder eine Frau gewesen war. Nur ein fließendes Gewand, das wie ein Kleid um die Gestalt geschwungen war.

Er wollte schon hinterherrufen. Vielleicht trieb sich Thomas Crockley noch herum, vielleicht war es sogar Tony Speck. Etwas aber ließ ihn innehalten. Ein Kleid? Vielleicht ein Kilt?

An diesem Punkt ist es wichtig, die abergläubischen Vorstellungen zu erwähnen, denen das Dienstpersonal in Balmoral Castle anhing. In diesem Fall betrafen sie den Geist von John Brown, einem ehemaligen Diener von Königin Victoria. John Brown war Königin Victorias Lieblingsdiener, manche behaupteten sogar, sie habe ihn geliebt. Um die wahre Natur ihrer Beziehung rankten sich viele Spekulationen. Auf jeden Fall genoss Brown zahlreiche Vorrechte, ihm wurden Orden verliehen, nach seinem Tod wurde in Balmoral sogar eine Statue von ihm aufgestellt. Niemand wollte die Beziehung gutheißen, Edward VII. versuchte noch Jahre später, Brown aus dem historischen Gedächtnis zu verbannen, und ließ jede Erwähnung von ihm aus offiziellen Dokumenten löschen. Die Statue allerdings konnte gerettet werden, indem sie – ein Kompromiss mit dem König – an eine abgelegene Stelle des Anwesens versetzt wurde. Vielleicht wollte man dadurch aber auch nur den Geist von John Brown besänftigen, denn es hielt sich das hartnäckige Gerücht, dass Brown noch immer im Schloss wohne. Jeder Monarch wollte ihn seither im Schloss gesichtet haben. Selbst Eric hatte den mit seiner buschigen Bartkrause und dem eigentümlichen Kilt so unverkennbaren Diener angeblich einige Male gesehen.

John Brown war das Erste, was Jon jetzt im Korridor in den Sinn kam. Normalerweise würde er sich gegen solche Gedanken verwehren. Er hatte Browns Geist nie selbst zu Gesicht bekommen, er glaubte auch nicht daran, aber an einem Tag wie diesem lagen die Nerven blank.

Ein Frösteln lief ihm über den Rücken, als er nicht ins Arbeitszimmer zurückkehrte, sondern die Richtung zum Kreuzungspunkt der Korridore einschlug, wo er die Gestalt gesehen hatte. Er musste sie einholen – und sei es nur, um zu beweisen, dass es nicht Brown war. So schnell es seine Beine und das Stechen im Magen erlaubten, erreichte er die Stelle und bog, ohne lange zu überlegen, in den nächsten Gang ein. Leer. Aber der Gang war kurz und endete in der Eingangshalle und der Treppe, die hinauf zu den Schlafzimmern führte. Wenn Jon angestrengt lauschte, konnte er Schritte oben auf der Treppe hören und, ja, ein Knarren. Wer immer diese Gestalt war, sie ging jedenfalls hinauf.

Jon fiel in einen skurrilen Trab – er wollte sich so geräuschlos wie möglich bewegen und gleichzeitig die Schmerzen in den Beinen auf das Nötigste beschränken. Als er sich die Treppe hinaufmühte, schien die Gestalt bereits oben angekommen zu sein. Der ausgestopfte Hirschkopf an der Wand beobachtete ihn aufmerksam. Die Schritte über ihm wurden leiser – die Gestalt schien den Gang zu den Schlafzimmern zu durchqueren. Jon brachte die Treppe schneller hinter sich, als er es für möglich gehalten hatte, und oben angekommen, sah er nur noch, wie etwas um die Ecke bog. Wieder zu spät, wieder hatte er nicht sehen können, um wen es sich handelte – aber jetzt war er überzeugt: Er jagte keinem Gespenst hinterher, sondern jemand streifte tatsächlich durch die Korridore.

Jon folgte, bog um die letzte Ecke und erblickte …

Nichts. Ein leerer Gang mit Türen zu vielen Zimmern. Der Korridor war lang, niemand, und mochte er noch so rüstig sein, hätte ihn in seiner gesamten Länge durcheilen und um die nächste Ecke biegen können, ohne dass Jon es gesehen hätte. Aber es gab Türen.

Die einzelnen Schlafzimmer waren folgendermaßen angeordnet: An der einen Seite lagen die des Königs, die von Marjorie und Emcline, auf der anderen die Zimmer von Maud, Matthew, Martin, Crockley und schließlich von David. Jon lauschte. Nichts war zu hören.

Er ging zu Crockleys Zimmer und klopfte an.

»Wer ist da?«, rief Crockley von drinnen. »Ich hab eine Waffe. Ich schieße.«

Jon bezweifelte sehr, dass er eine Waffe hatte.

»Ich bin's, Jonathan«, sagte er durch die Tür. »Wollte nur sichergehen, dass Sie wohlbehalten in Ihrem Zimmer sind.«

»Ah, ja. Es geht mir gut, danke.«

»Ich will Sie ja nicht beunruhigen, aber Sie waren nicht zufällig soeben draußen im Gang?«

»Nein«, antwortete Crockley. »Ich hab mich gleich hingelegt.«

»Natürlich, Sir, entschuldigen Sie die Störung.«

Jon wollte schon gehen, als der Türknauf des nächsten Zimmers links von ihm gewaltig zu klappern begann. Das wäre Stoff aus einem Horrorfilm gewesen, Jon aber ließ sich nicht einschüchtern, er ging zur Tür, packte den Knauf, und zu seiner Überraschung hörte das Klappern auf. Jon wollte schon John Brown verfluchen, bevor mit einem Mal die Tür aufging. Entsetzt wich er einen Schritt zurück. Vor ihm materialisierte sich der Geist.

Auch der alte Mann war erstaunt. »Butler? Wollen Sie mich zu Tode erschrecken? Großer Gott, Sie sind doch nicht gekommen, um mich zu ermorden, oder?« Vor ihm stand David, so herausfordernd wie immer. Jon war durch Davids Anblick so verwirrt (konnte der Prinz so schnell durch den Korridor laufen, wie es die Gestalt getan hatte?), dass er fast nicht mitbekommen hätte, wie der andere etwas im Futter seines Kilts verschwinden ließ. Sein Kilt – er musste die Gestalt gewesen sein.

»Nein, Sir, das bin ich nicht … Waren Sie gerade draußen im Gang?«

David runzelte die Stirn. »Aufgrund der Tatsache, dass ich jetzt hier bin, muss ich notwendigerweise zuvor draußen gewesen sein, nicht wahr?«

»Sie haben im Gang sonst nichts gehört?«

»Doch, einen ziemlich lästigen Koch, der sich im Gang aufhält.«

»Und alle anderen sind nach wie vor im Salon?«

David lachte. »Na, das nehme ich an. Außer diesem Einfaltspinsel Crockley, der hat sich zu einer Siesta hinlegen wollen. Also schauen Sie mich nicht so an, andere missachten Ihre Vorgaben ebenso.«

»Das tue ich nicht … Ich … Thomas Crockley geht es nicht gut. Er hat um Erlaubnis gebeten, sich … Würden Sie bitte in den Salon zurückkehren, Sir?«

»Nein, Butler. Ich wollte Sie sowieso gerade holen.« Jon musste ihn entgeistert angestarrt haben, denn David ergötzte sich daran, ihm auf die Sprünge zu helfen. »Ich habe es satt, wie ein Verbrecher am Pranger zu warten. Wenn ich schon hingerichtet werden soll, dann habe ich das Recht, Sie zu bitten, dass Sie verdammt noch mal hinmachen. Deshalb bin ich also der Nächste auf Ihrer Liste.«

Jon hatte keine Einwände, außerdem wäre David sowieso irgendwann an der Reihe gewesen, so unlieb ihm das auch war. »Ja, natürlich, Sir.« Noch immer ging ihm die Gestalt durch den Kopf. Hatte sie Davids Statur entsprochen?

»Gut, dann«, sagte David, trat hinaus in den Gang und sperrte umständlich hinter sich die Tür ab. »Sollen wir?« Ohne auf eine Antwort zu warten, schritt der betagte Prinz voraus – langsam, aber zielgerichtet.

Jon folgte, nicht aber, ohne vorher noch einen letzten Blick in den leeren Gang zu werfen. Dieser verdammte John Brown!

XXVI

Privataudienz mit dem heimgekehrten Exilanten

Prinz David hatte hinter dem Schreibtisch Platz genommen, und Jon hatte nicht den Mut aufgebracht, ihm zu sagen, dass dies sein Arbeitszimmer und sein Platz war – der Prinz hatte es sich also im Schreibtischsessel bequem gemacht, während sein Befrager auf dem schmalen Stuhl vor ihm kauerte. Jon war von Anfang an in der Defensive, als wäre er ein Polizist, der sich versehentlich in die eigene Zelle eingesperrt hatte.

»Also«, sagte David, »wer hat meinen geliebten Bruder umgebracht?« Bei jedem Wort schlug er mit der Faust auf den Schreibtisch. Nachdem der Prinz auf dem gesamten Weg von seinem Zimmer kein Wort gesagt hatte, war dieser Ausbruch doch recht theatralisch.

Jon fasste sich – hier würde er seinen ganzen Grips brauchen. »Sir, ich glaube nicht, dass das der richtige Anfang ist.«

»Aber darum geht es doch. Warum sollte man nicht damit anfangen? Wer hat meinen Bruder umgebracht, Butler?«

»Ich weiß es nicht, Sir«, gestand Jon. »Außerdem bin ich nicht der Butler und war es nie. Ich bin der Koch.«

»Na, nach dem Weihnachtsessen kann ich Ihnen sagen, dass Sie weder ein besonders guter Koch noch ein Butler sind. Und jetzt nennen Sie sich Ermittler.«

»Sir, das habe ich nie getan. Wie Sie stets erwähnen, bin ich bloß ein Bediensteter, der sein Bestes gibt, um Ihre Sicherheit zu gewährleisten. Zugegeben, ich bin damit etwas überfordert. Aber ich kann Ihnen versichern, dass ich mein Möglichstes tue, um den Mörder Ihres Bruders zu finden.«

»Was, wenn Ihr ›Möglichstes‹ nicht genug ist?«, schnauzte David.

Darauf, dachte Jon, hatte er nichts zu sagen, musste aber feststellen, dass ihm die fast perfekte Antwort über die Lippen kam, ohne darüber nachzudenken. »Dann hoffe ich doch sehr, Sie alle haben mich so weit unterstützt, dass es genug ist. Und wenn wir alle unsere Pflicht getan haben und uns Erfolg beschieden ist – oder selbst wenn wir scheitern –, wissen wir, dass wir im Sinne von König und Krone gehandelt haben.«

»Sie nehmen den Mund ganz schön voll, mein lieber Butler samt Koch und Ermittler«, erwiderte David und lehnte sich entspannt in den weichen Sessel zurück. Er griff nach einem Drink, der nicht da war, und führte die Handbewegung fort, als wollte er sich etwas von Jons ungenießbarem Essen zwischen den Zähnen herauspulen. »Ich habe nie verstanden, warum mein Bruder so einen Narren an Ihnen gefressen hat. Und jetzt scheinen Sie auch den Rest der Familie bezirzt zu haben. Wenigstens Marjorie scheint noch über einen Hauch Verstand zu verfügen.«

»Was ich hier mache, Sir, ist eine Notwendigkeit – nichts, was mir Spaß macht. Damit habe ich Ihre Fragen beantwortet – darf ich nun meinerseits Ihnen einige stellen?«

David lachte auf. »Na, dann mal los. Sie wollen was über die Vorwürfe erfahren, nicht wahr?«

»Nicht, solange sie nicht für die gegenwärtige Situation von Belang sind.« Jon könnte sich getrost zum Sterben niederlegen, ohne die Vorwürfe jemals zu erwähnen.

»Die Vorwürfe scheinen das Einzige zu sein, was hier von Interesse ist«, sagte David. »Sie wissen, es gibt keinerlei Beweis, dass ich diese Frau tätlich angegriffen habe?«

»Die Reporterin?«, sagte Jon.

David lachte auf. »Nein, nein, dieser geistlosen Reporterin habe ich einen Schlag verpasst. Maud hat recht, die Sache ist gut dokumentiert. Ich habe ihr einen Schlag verpasst, weil sie die abscheulichsten Dinge über mich gesagt hat. Gut, ich kann Ihnen versichern, dass nichts daran wahr ist. Alles Lügen. Aber das interessiert ja niemanden. Ich wurde von meiner Familie gemieden, war gezwungen, zehn Jahre in diesem grauenhaften Neuseeland im Exil zu verbringen, um mir eine Position zu sichern, die ich doch schon hatte. Ich wurde zum Gespött der Boulevardpresse. Mir wurden Anzeigen angedroht wegen Dingen, die, wie ich beweisen kann, gar nicht stattfanden, mir wurde gesagt, ich soll mich verdünnisieren, ich bekam Morddrohungen. Und währenddessen hatte ich nie die Unterstützung meines Bruders, der zufällig derjenige gewesen wäre, der dem allem mit einem Fingerschnippen hätte eine Ende setzen können.« Zur Veranschaulichung schnippte David mit den Fingern. Sein Gesicht war während seine Wutrede medium-rare angelaufen.

Jon sagte nichts. Er war bemüht, sich wo weit wie möglich aus den Dramen der königlichen Familie herauszuhalten, aus Davids Geschichten gleich zweimal. Er kannte die Sache lediglich in groben Zügen und hätte nichts dagegen gehabt, wenn es dabei auch geblieben wäre. Damals, in den Neunzigern, frequentierte David eine Bar namens *The Gentlemen* (ebendiese Bar *The Gentlemen*, die auch Crockley aufgesucht hatte). Meistens war er dabei sehr betrunken gewesen und … nun ja, es gab Geschichten. Viele der Stammgäste konnten sie bestätigen, aber da sie alle mehr oder minder berauscht oder betäubt waren, gab es nicht viel, was sich mit Sicherheit sagen ließ. Oft fragte sich Jon – wie weite Teile der Presse –, ob der Hof die Vorwürfe nicht unterdrückt hatte. Aber so oder so, angesichts Davids Missgeschicken in der Bar sahen sich sämtliche Royals Zweifeln ausgesetzt, und mit Blick auf seine früheren Taten oder Untaten hielten viele die Gerüchte und Vorwürfe für wahr. *The Gentlemen* war nach wie vor ein beliebter Treffpunkt, wie Thomas Crockley bestätigt hatte, aber David hatte sich dort nie mehr blicken lassen.

Abgesehen von seiner alarmierenden Gesichtsfarbe machte David nach seinem Ausbruch wieder einen gelassenen Eindruck. »Im Moment bin ich von einer Familie umgeben, die mich am liebsten tot sehen würde. Vielleicht war der Whisky ja für mich bestimmt.« Er klang sehr überzeugt, allerdings glaubte Jon nicht, dass David das wirklich dachte. »Stellen Sie Ihre verdammten Fragen, Koch oder was immer Sie sind. Ich fürchte, man wird mir den Mord in die Schuhe schieben, selbst wenn man die Tat einem anderen aus der Familie hieb- und stichfest nachweisen könnte.«

Schweigen. David betrachtete die Unterredung damit als beendet, obwohl Jon noch lange nicht fertig war. Also weiter, auch wenn sich Jon dabei seltsam vorkam und auch so klang. »Es wurde über Ihr Verhalten nach der Privataudienz beim König gesprochen, manche meinen, Sie seien erschüttert gewesen. Können Sie mir sagen, worüber Sie beide geredet haben?«

Aber sicher doch, meinte David. »Nun, Koch, das habe ich doch schon«, antwortete er. »Das ist der Mühlstein um meinen Hals – dieses Lokal. Immer dieses Lokal. Wie kann jemand so was von mir bloß denken? Heute musste ich mir anhören, dass mein geliebter Bruder irgendwie an neue Beweise gekommen sei, die die Anschuldigungen angeblich ohne den geringsten Zweifel belegen. Ich habe ihm gesagt, das kann nicht sein – man kann keine Beweise für etwas haben, was nie stattgefunden hat. Ich habe gesagt: ›Frag Stellan, Stellan wird alles aufklären.‹ Aber das war verlorene Liebesmüh.«

»Stellan?«

»Ja«, erwiderte David. »Stellan Tharigold. Der war mit dabei. Damals war er noch nicht mal Parlamentsmitglied, und sehen Sie ihn jetzt an.«

Stellan Tharigold war Miss Darcys Onkel, ein prominenter Politiker. Er hatte vor Kurzem das Ministeramt für Strafvollzug und Strafrecht abgegeben und würde angeblich ganz nach oben streben. Dass er im *The Gentlemen* verkehrte, war nicht ungewöhnlich, dass er sich dazu aber äußern könnte (ob zugunsten oder gegen David), dürfte ihn in eine höchst prekäre Lage bringen.

»Wir sind alte Freunde«, fuhr David fort, »und ich habe ihm gesagt, er darf sich auf keinen Fall in die Sache mit hineinziehen lassen, Eric würde seinen Namen aus allem heraushalten. Aber der ehrenwerte Eric Windsor wollte ja nicht auf mich hören, er wedelte mir mit diesem Ordner vor der Nase herum, diesem … diesem Dossier mit den angeblichen Beweisen. Weiß Gott, woher er das alles hatte. Er habe mich eingeladen, sagte er, damit ich noch ein letztes Weihnachten mit der Familie feiern kann, bevor er gleich morgen dafür sorgen werde, dass ich für immer aus der Familie ausgeschlossen würde. Ich müsste zurück nach Neuseeland, zurück zu dem Dreck und den Spinnen und den verdammten Schafen. Deswegen war ich vielleicht ein wenig kurz angebunden beim Abgang.«

Ein seltsamer Zufall, dass David ein Dossier erwähnte. Konnte das der Ordner sein, von dem Thomas Crockley gesprochen hatte? Hatte der König Unterlagen mit den Sünden der diversen Mitglieder der königlichen Familie zusammengestellt? Wenn dem so war, wo befand sich dieses Dossier jetzt, und waren darin auch andere Familienmitglieder aufgeführt? »Dieses Dossier, das Sie erwähnen – konnten Sie einen Blick auf diese angeblichen Beweise werfen?«

»Natürlich nicht«, antwortete David. »Weil es keine Beweise gibt. Eric hatte mich schon immer weghaben wollen, und das ist eine ganz einfache Möglichkeit, sich meiner zu entledigen. Er hat mich nie gemocht, meine bloße Existenz ist doch schon eine Bedrohung für die Krone.«

»Und ist es vielleicht noch immer. Ihnen ist schon klar, dass das, was Sie mir hier erzählen, Sie zu einem Verdächtigen macht?« Das war noch untertrieben. Jon spürte regelrecht, dass alles zusammengenommen, angefangen von Davids Worten bis zu seinem Verhalten und seinem allseits bekannten hitzigen Temperament, völlig ausreichte, um die Ermittlungen für beendet zu erklären. Es hätte ihn nicht überrascht, wenn Eric bei seinen Nachforschungen noch mehr Hinweise auf Davids Lotterleben gefunden hätte.

»Ich erzähle Ihnen das, um mich zu entlasten, Koch. Warum sollte ich das alles erwähnen, wenn ich ihn umgebracht hätte? Außerdem habe ich keine Ahnung, ob Eric seine Informationen schon dem Palast mitgeteilt hat, mein Exil könnte also bereits beschlossene Sache sein. Das One-Way-Ticket ist vielleicht schon gebucht. So betrachtet ergäbe es doch keinen Sinn, dass ich meinem Bruder etwas antue. Der Schaden ist schon angerichtet.«

»Vielleicht haben Sie Ihren Bruder aus Wut getötet. Vielleicht hat er Ihnen den Spiegel vorgehalten, und das hat Ihnen nicht gefallen.« Damit, wusste Jon, noch bevor er den Satz beendete, hatte er seine Grenzen überschritten. David machte einen Satz nach vorn und wollte Jon am Kragen packen.

Aber zu Davids Leidwesen erwies sich die Wahl seines Sitzmöbels als Nachteil – er schaffte es nur von der Sitzfläche hoch, um gleich wieder nach hinten zu kippen. Danach saß er einfach da und schien sich mehr als nur ein bisschen selbst zu bemitleiden – der ironische Umstand, dass die kleine Torheit sein aggressives Wesen eher bestätigte, entging ihm nicht.

Jon entschied, darüber hinwegzusehen, und fuhr unter Aufbietung aller Höflichkeit, mit der er seine wahren Gefühle zu kaschieren pflegte, fort: »Ich danke Ihnen für Ihre Mitarbeit, Sir. Nur eine letzte Frage noch: Wer, glauben Sie, hat Ihren Bruder getötet?«

David, der Jon noch immer nicht in die Augen sehen konnte, schnaubte leise. Was für ein wehleidiger Kerl er war! »Ich habe nicht die Absicht, Ihnen die Arbeit abzunehmen, Koch. Aber wenn ich raten müsste, würde meine Wahl wohl auf Matthew fallen. Wir wissen alle, dass er als Nachfolger vorgesehen war, und egal, was er sagt, er will es doch auch.«

»Haben Sie Matthew jemals etwas in dieser Hinsicht äußern hören?«

»Ist nur so mein Gefühl. Aber mit meinen Gefühlen liege ich selten falsch.« Jon war eher der Meinung, dass an dem Mann kaum etwas war, was man als richtig bezeichnen konnte, schon gar nicht seine »Gefühle«. Allmählich verstand er Mauds Ablehnung sehr gut – er hatte an David immer dieses Schmierige wahrgenommen, aber nie gewusst, wie abstoßend es wirklich war. In Davids Gegenwart fühlte er sich orientierungslos, mürrisch und ganz und gar unwohl. »Ist das alles, Koch? Ich muss mir dringend die Kehle befeuchten.«

Jon hätte anmerken können, dass Davids Kehle viel zu feucht gehalten wurde, weidete sich dann aber nur am Anblick des gebrochenen Mannes, dem es nur unter Mühen gelang, sich vom selbst gewählten Thron zu erheben. »Noch etwas. Was haben Sie vorhin in Ihrem Zimmer gemacht?«

David, schon halb um den Tisch herum, blieb stehen und sah ihn finster an. »Das geht Sie nichts an. Ich kann gehen, wohin ich will.«

»Es muss wichtig gewesen sein, wenn Sie deswegen Ihr Leben aufs Spiel setzen«, sagte Jon. »Sie wissen, dass sich hier ein Mörder aufhält, trotzdem ziehen Sie allein los.«

David sagte nichts.

»Was haben Sie in der Tasche?«

David antwortete nicht. Jon hatte nichts anderes erwartet, Davids Reaktion aber sagte ihm alles, was er erfahren wollte. David hatte wirklich etwas in der Tasche – etwas, was er für so wichtig erachtete, dass er es aus seinem Zimmer geholt hatte.

David war die Wut deutlich anzusehen. Er wusste, dass er zu viel verraten hatte, daher verabschiedete er sich mit einem knappen Gruß von Jon und ging.

Jon erhob sich, schlängelte sich um den Tisch herum und ließ sich auf dem Schreibtischsessel nieder. Dem Sessel haftete etwas Unangenehmes an, nachdem der Prinz darauf gesessen hatte, aber was, dachte sich Jon, war in Balmoral an diesem Tag nicht von den Ereignissen in Mitleidenschaft gezogen worden?

XXVII

Privataudienz mit dem Erbfolger

Prinz Matthew erschien so pünktlich, dass er sich noch vor Davids Ankunft im Salon auf den Weg gemacht haben musste. Der junge Prinz ließ sich auf dem Stuhl vor Jon nieder. Er wirkte beunruhigt. Er öffnete den Mund, brachte aber kein Wort über die Lippen, also schloss er ihn wieder.

»Eure Majestät?«, fragte Jon nach etwa einer Minute des betretenen Schweigens.

Der junge Royal sah ihn nur an, offensichtlich ging ihm etwas durch den Kopf. »Ich muss daran denken, was ich Ihnen vorhin gesagt habe. Ich habe darüber nachgedacht, ob ich wirklich jemanden töten könnte, selbst wenn diese Person meinen Großvater umgebracht hätte. Und ich bin zu dem Schluss gekommen, dass ich das wahrscheinlich nicht kann. Aber das hat mich dazu bewogen, über die anderen in der Familie nachzudenken – ob sie es könnten. In diesem Zustand befinde ich mich jetzt – wir haben Weihnachten, und ich denke darüber nach, wer aus meiner Familie meinem Großvater Gift ins Glas gegeben haben könnte.«

»Es ist oft nicht leicht vorherzusagen, was jemand bereit ist auf sich zu nehmen, um sein Ziel zu erreichen.«

Matthew fuhr sich durch die Haare und gab einen langen Seufzer von sich. »Wie geht es voran, Jon? Sind Sie der Lösung schon näher gekommen?«

»Ich weiß es nicht. Mir fehlt das ganze Bild. Es wäre nützlich, wenn ich Ihnen ein paar Fragen stellen könnte.«

»Natürlich. Ich helfe Ihnen, soweit ich kann.«

»Fangen wir mit heute Morgen an.« Jon kam sich wie ein stümpernder Zeitreisender vor, der dazu verdammt war, immer wieder zum gleichen Punkt in der Zeit zurückzukehren. Diesem verdammten Morgen. »Sie waren bei Ihrer Familie?«

»Ja. Ich habe so gegen sieben Uhr die Zimmer meiner Eltern aufgesucht, um ihnen frohe Weihnachten zu wünschen. Mein Vater und ich haben uns *The Monarch* angesehen, während meine Mutter mit meiner Tante zum Frühstücken ging. Als sie zurückkam, haben wir vielleicht noch zwei weitere Folgen gesehen, bevor meine Tante kam und uns erzählte, dass der König Privataudienzen abhält. Sie hat meine Mutter als Erste mitgenommen, und ich wusste, dass irgendwann auch ich an der Reihe sein würde.«

»Wie ging es Ihnen damit?«, fragte Jon.

»Nicht gerade umwerfend, wie Sie sich vielleicht denken können. Ich wusste ja, worum es geht. Mein Großvater hat mich immer dafür präpariert, der nächste König zu werden. Ich dachte, jetzt wäre es so weit.«

»Und? Ging es darum, als Sie bei ihm waren?«

»Ja, muss ich sagen. Er wollte bei seiner Rede nach dem Weihnachtsessen seine Abdankung verkünden. Und natürlich wäre es dann an der Zeit gewesen, dass ich an seine Stelle trete. In diesem Punkt aber täuschen sich alle im Salon. Alle denken sich vermutlich, und sei es nur insgeheim, dass ich meinen Großvater umgebracht hätte, um den Thron zu übernehmen …« Das stimmte, wie Jon wusste, zumindest Prinz David hatte es unverblümt zum Ausdruck gebracht. »Aber sie wissen nicht, dass ich mit meinem Großvater seit Jahren über genau dieses Thema gestritten habe.«

»Inwiefern?«

Matthew richtete sich auf seinem Stuhl auf. Er hatte Tränen in den Augen, allerdings sah es so aus, als wüsste noch nicht einmal er, warum er weinte. »Ich will es nicht, Jon. Ich wollte es nie, ich wollte nie König sein. Wenn ich meinen Großvater betrachte, sehe ich nichts als ein Gefäß – einen Menschen, der als Gott gefeiert wird und wie ein Gefangener in Ketten liegt. Die kranke Wahrheit ist doch: Er war beides. Was tun wir denn, wenn wir einem Gott gegenüberstehen? Wir fesseln ihn, werfen ihn ins Gefängnis und sorgen dafür, dass er dort bleibt.

Sie hatten eine ganz besondere Beziehung zu ihm, Jon, Sie waren seit Jahren mit ihm befreundet. Sie müssen es doch auch gesehen haben. Eric Windsor hätte ein großer Mann sein können, in gewisser Hinsicht war er das auch. In anderer Hinsicht aber war er ein Nichts. Hat er Ihnen jemals erzählt, was er sich für sein Leben gewünscht hätte?«

»Ja«, sagte Jon. Eric hatte es ihm einmal erzählt. Es war nach einem Staatsbankett, das noch gar nicht so lange zurücklag. Der König hatte sich etwas erschöpft gefühlt, er kam in die Küche und ließ sich schwärmerisch über den Mann aus, der er hätte sein können. »Er wäre gern Arzt geworden. Er sagte, es gebe kein größeres Rätsel als den menschlichen Körper, das Wiederherstellen des leiblichen und seelischen Wohlergehens. Daher rührte seine Liebe zu Trickkästchen. Näher konnte er seinem Traum nicht kommen.«

»Warum sollte sich jemand freiwillig in ein Gefängnis sperren lassen?«, fragte Matthew. »Die Löwen kommen aus freien Stücken ins Gehege und nehmen sich zurück, nur für das Vergnügen, sich von der Familie, die den Zoo besucht, begaffen zu lassen. Es gibt welche in meiner Familie, die diese Bürde gern auf sich nehmen – meine Großmutter, mein

Vater, mein Großonkel, meine Tante, selbst meine Mutter. Ich verstehe nicht, warum sich mein Großvater so sehr auf mich fixiert hat.«

»Das hat er Ihnen nie gesagt?«

»Nein, nie. Am nächsten kam er dem, als er einmal davon gesprochen hat, dass eine neue Perspektive für die Rolle nötig sei. Vielleicht wollte er, dass ein Junger König wird, weil er hoffte, das Establishment wachrütteln zu können. Die Grundlagen dafür hatte er schon geschaffen – die Neufassung der Nachfolgeregelung. Es ist kein Geheimnis, dass er in letzter Zeit mit den alten Abläufen immer unzufriedener war.«

Jon nickte und musste an das Gespräch denken, das er erst heute Morgen mit dem König geführt hatte.

Das ist ein großer Tag, alter Freund, hatte der König gesagt. *Ich danke Ihnen, dass Sie bei mir sind.*

Auf den ersten Blick sprach der König von Weihnachten, bei eingehenderer Betrachtung könnte er aber auch auf seine Abdankung angespielt haben. Das Ende eines alten und der Anfang eines neuen Kapitels.

»Mein Großvater war allen anderen immer fünf Schritte voraus, sein Gehirn war für solche Dinge wie geschaffen. Für Rätsel. Insofern passt es, dass er uns nun selbst ein Rätsel aufgibt.« Matthew strich sich unter dem Kinn entlang. Die übliche Geste des jungen Prinzen, wenn er mit einem Problem konfrontiert wurde. »Ich frage mich bloß, ob er Tony Speck was gesagt hat, wenn er eine Vorahnung hatte, dass irgendwas nicht stimmt.«

»Speck?«

»Ja. Es wäre doch einleuchtend, dass er dem Security-Chef Bescheid gibt, der sich noch dazu als Einziger vom Sicherheitspersonal auf dem Anwesen aufhält. Das würde auch

Specks Abwesenheit erklären. Falls Speck erfährt, dass sich der König in Gefahr wähnt, würde er doch als Letztes annehmen, dass die Gefahr von innen droht. Weshalb Speck in seiner grenzenlosen Dienstpflicht …«

»… zu seinen Rundgängen aufbricht«, beendete Jon den Satz mit solcher Selbstsicherheit, dass es ihm sofort peinlich war. Matthew nickte nur und schien es ihm in keiner Weise übel zu nehmen.

Der Prinz hatte damit sicherlich etwas auf den Punkt gebracht – dass Speck so erpicht auf seine Rundgänge über das Anwesen war, musste einen Grund haben, und das wäre eine mögliche Erklärung dafür. Trotzdem blieb die Frage, warum sonst niemand alarmiert worden war und warum Speck sich nicht über sein Walkie-Talkie meldete.

»Es ist nur eine Theorie«, sagte Matthew, sich der Spannung im Raum durchaus bewusst. »Wenn wir zu irgendeiner Wahrheit vorstoßen wollen, brauchen wir allerdings Beweise.«

»Sie klingen sehr überzeugt, wenn Sie von diesen Dingen sprechen«, sagte Jon.

Matthews ernste Miene erhellte sich, und ein Schimmer seiner jugendlichen Unbeschwertheit blitzte in seinem Lächeln auf. »Ich halte mir zugute, von meinem Großvater die Liebe zu Rätseln geerbt zu haben – und, na ja, ich schaue viel fern. Ich habe zu viel Zeit.«

Könnten Matthews Gedankenspiele hier weiterhelfen? Insgeheim fragte sich Jon, warum der junge Mann nicht selbst die Ermittlungen führte. »Ich sehe, Sie kennen sich mit diesen Dingen aus. Wer wäre denn Ihr Hauptverdächtiger?«

Matthew lachte – ein freudloses Lachen, das seine wahren Gefühle verriet. »Ganz einfach. Meine Großmutter. Ich würde mein Leben dafür verwetten, dass sie so einen abgrundtiefen Hass in ihrem Herzen hegt. Sie hat meinen Großvater noch nie gemocht, so lange ich mich erinnern kann. Sie wollte Königin sein, sie wollte die Macht, und sie erwartete, dass sie sie auch bekommen würde. Aber das ließ mein Großvater aus welchen Gründen auch immer nicht zu. Oh, wie gern wäre ich bei einem dieser Gespräche zwischen ihnen die Fliege an der Wand gewesen.«

»Wissen Sie, warum der König sich gegen Marjorie stellte?«

»Nicht mehr als Sie auch, Jon. Nicht mehr als jeder von uns. Das war etwas zwischen König Eric und Marjorie. *Prinzessin* Marjorie. Der verdammten Königlichen Prinzessin, wie sie sich selbst nennt. Fast kann ich verstehen, dass so etwas Hass hervorrufen kann.«

»Ich danke Ihnen für Ihre Antworten, Prinz Matthew.«

»Natürlich. Sind wir fertig? Soll ich den Nächsten zu Ihnen schicken?«

Jon wappnete sich. Vielleicht war es an der Zeit, mit der Matriarchin höchstpersönlich zu reden.

XXVIII

Privataudienz mit der sturzbetrunkenen Königlichen Prinzessin

Sie halten sich also für einen Detektiv, was, Alleyne? Ich muss schon sagen, ich hätte mir nie träumen lassen, dass Sie Ihre tuntige weiße Haube irgendwann gegen eine Tweedkappe eintauschen, so eine, die aussieht, als würde sie beide Ohren bedecken, es aber gar nicht tut. Sie wissen, was ich meine?« Ein Teil des Rosé gelangte in ihren Mund, ein Teil auf ihr Kinn – nichts davon lief die Kehle hinunter, weil sie alles gleich wieder hochprustete. »Wie nennt man die gleich wieder?«

Jon bedauerte es, den Wein mitgebracht zu haben. Es war die einzige Möglichkeit gewesen, sie zum Kommen zu bewegen. Er hatte sie holen müssen, nachdem sie sich Matthews Bitten widersetzt hatte.

»Sie meinen eine Kochmütze und eine Sherlock-Holmes-Mütze, Ma'am.«

»Exakt. Das scheint es zu sein, Alleyne. Gut gemacht.« Sie hielt kurz inne. »Ich fürchte, wenn Sie Antworten haben wollen, werden Sie hier keine finden. Ich bin bloß wegen des Weins da.« Sie schnaubte. »David und ich haben uns zur Verschwiegenheit verpflichtet, und das gilt nach wie vor.«

»Ma'am, Prinz David hat bereits mit mir gesprochen. Alle haben es getan. Sie sind nahezu die Letzte auf meiner Liste.«

»Oh.« Das hatte Marjorie nicht erwartet – ihr Widerstand bröckelte, jetzt war sie ganz allein auf sich gestellt, was sie ihrer Miene nach zu schließen ganz und gar nicht wollte. Die Marjorie vor fünf Flaschen, ganz davon zu schweigen die vor fünf Jahren, hätte sich nicht unterkriegen lassen. Aber diese Marjorie hatte ihren Platz geräumt – und die jetzige warf kurzerhand das Handtuch, während sie natürlich das Glas beäugte. »Gut, vielleicht ein paar Fragen, kurz und bündig, ich habe nicht den ganzen Tag Zeit.«

»Wenn Sie erlauben, möchte ich mit dem heutigen Morgen beginnen. Wir sind uns im Salon begegnet, als sich Prinz David und Prinzessin Maud stritten. Ich habe das Feuer angeschürt, Prinzessin Emeline hat die Geschenke unter dem Baum angeordnet, wenn Sie sich erinnern mögen.« Er führte diese scheinbar unverfänglichen Details an, um Marjories Verstand anzuregen. Alkohol neigte gemeinhin dazu, wichtige Ereignisse zu löschen.

»Ja, ja«, antwortete Marjorie.

»War das nach dem Aufstehen Ihre erste Anlaufstelle?« Um der eigenen geistigen Gesundheit willen bemühte er sich, andere Formulierungen für die immer gleichen Fragen zu finden.

»Ja, war es. Ich war auf der Suche nach einem Glas Wasser und habe die unverkennbar durchdringende Stimme meiner Jüngsten gehört, die wie eine Sirene meinen Kopf an zerklüftete Felsen lenkte. Ich hielt es für meine Pflicht, einzuschreiten. Die Situation zwischen den Kindern und David ist dermaßen banal, dass ich es nicht mehr ertrage. Und so, trotz meiner verfluchten Kopfschmerzen, bin ich eingetreten. Und habe Besseres als ein Glas Wasser gefunden. Ich bin dann mit David im Salon geblieben, bis mein geliebter Gatte mich in sein Arbeitszimmer gerufen hat.«

»Sie sprechen von der Privataudienz, in deren Genuss mehrere Ihrer Familienmitglieder kamen?«

»Ja.« Marjorie wirkte ungehalten. Die Fragen gefielen ihr offenkundig nicht.

»Haben Sie etwas dagegen, wenn ich frage, worüber Sie während Ihrer Privataudienz mit dem König gesprochen haben?«

Seltsamerweise ließ sie sich darauf ein. »Nein, ich glaube nicht.«

»Gut«, sagte Jon und wartete, dass sie davon berichtete.

Marjorie allerdings blieb stumm, sonnte sich scheinbar in ihrem unausgesprochenen Triumph, bis es ihr schließlich zu viel wurde. »Nun?«, zischte sie.

»Ma'am?«

»Wollen Sie mich jetzt fragen, worüber ich während der Privataudienz mit dem König gesprochen habe?«

»Ich dachte, das habe ich soeben getan, Ma'am.«

»Nein. Sie haben mich gefragt, ob ich was dagegen habe, wenn Sie mich fragen, worüber ich während der Privataudienz mit dem König gesprochen habe. Sie haben mich nicht gefragt, worüber ich während der Privataudienz mit dem König gesprochen habe.«

Marjorie war oft schwierig um des Schwierigseins willen. Er hatte nichts anderes erwartet. Am liebsten hätte er sie angeschrien, so aber sagte er nur: »Entschuldigen Sie vielmals, Ma'am. Worüber haben Sie während Ihrer Privataudienz mit dem König gesprochen?« Die Worte waren in den vergangenen Minuten so oft gesagt worden, dass sie für ihn jede Bedeutung verloren hatten.

»Es spielt keine Rolle, worüber wir gesprochen haben, es hat nichts damit zu tun, was ihm später zugestoßen ist. Es ist nicht wichtig, wie schroff wir miteinander umgegangen sind oder dass er sich noch nicht einmal von mir verabschiedet, sondern nur mit diesem verdammten Ordner herumgefuchtelt hat. Das alles spielt keine Rolle.«

»Das tut mir leid, Ma'am. Sie sagten, Ordner?«

»Letzten Endes, Alleyne, zerfallen wir doch alle zu nichts. Alles, was wir uns an den Kopf werfen, wie wir den anderen behandeln, unsere Liebe und unseren Hass, das alles ist nur Staub im Wind. Wir können nur hoffen, dass den Zurückgebliebenen dieser Staub nicht ins Gesicht weht.«

»Hat der König Ihnen einen Ordner gezeigt?«

»Ich weiß, was die Menschen denken – Sie, das Establishment, die Familie vor dem Löwengehege. Die meinen, wir hätten uns gehasst, und vielleicht war es tatsächlich so, zumindest am Ende. Aber wir haben auch ein paar verdammt gute Jahre verbracht – Jahre der Liebe.«

Jon versuchte das Thema zu wechseln, er wollte unbedingt über den Ordner reden. Aber er wusste, er würde damit nicht durchdringen. »Ich habe gesehen, dass Sie sich geliebt haben. Und Sie beide bekamen dann ja Ihre wundervollen Töchter.«

Marjorie stutzte. »Wir beide? Ach, ich verstehe, was Sie meinen, Alleyne. Das liegt an Ihrem Akzent.« Jon sprach einen kaum hörbaren Barbados-Akzent und war problemlos verständlich. Marjories Kommentar nahm sich irgendwie seltsam aus und ging über ihren alltäglichen Rassismus hinaus. »Ja, die Zwillinge waren ein Segen. Und sie kamen noch so spät im Leben. Sie waren ja alle schon in Panik, wissen Sie! Die Regierung. Alle meinten, es wäre schon vorbei, nachdem Eric vierzig war. Keine Erben. Aber dann sind sie gekommen, wie Himmelsgeschenke. Also, ja, wir hatten Jahre der Liebe, und selbst wenn wir uns zum Schluss gehasst haben, schmälert das nicht, was wir vorher hatten.«

»Richtig, Ma'am.«

»In gewisser Weise habe ich ihn nach wie vor geliebt. Eric hielt sich immer für besonders clever, nur war er das selten. Das war nicht ganz seine Schuld – er ist ein Windsor.« Marjorie leerte das Weinglas, unglaublicherweise in einem Zug, und hielt nach dem nächsten Ausschau. Gegen besseres Wissen schenkte Jon ihr nach.

»So wie Sie, Ma'am.«

»Ja, ich bin eine Windsor. Aber zuvor war ich eine Neuberner.« Marjories Familie stammte aus Österreich, was zu der Zeit, als der König die Beziehung einging, für Kontroversen gesorgt hatte. »Wie gut, dass ich nie vergessen habe, woher ich komme, es hätte mich sowieso ständig verfolgt.«

»Apropos, Ma'am, glauben Sie, dass Ihre Neuberner Herkunft Einfluss auf die Entscheidung hatte, dass Sie nie zur Königin ernannt wurden?« Jon bewegte sich auf dünnem Eis und musste aufpassen, dass es nicht brach. Aber manchmal lagen die Geheimnisse eben darunter verborgen und mussten erst freigelegt werden. Vielleicht war eines dieser Geheimnisse der Schlüssel zu diesem Fall.

»Alleyne, verzeihen Sie, aber darüber rede ich nicht mit Ihnen.«

»Die Frau eines Königs wird üblicherweise zur Königin ernannt. Wissen Sie, warum König Eric Ihnen das verwehrt hat? Und haben Sie ihm das übel genommen?« Jetzt überschritt er eindeutig seine Grenzen. Aber ihm lief die Zeit davon. Nach Marjorie gab es nur noch eine Person, die er befragen konnte, daher hielt er sein dreistes Vorgehen für gerechtfertigt.

»Alleyne, das hat nichts mit Ihnen zu tun.« Ihr dämmerte wohl, dass es ein Fehler gewesen war, sich auf ihn einzulassen. »Aber nein, Eric hat mich geliebt. Er kannte meine Familie, und es war ihm egal.«

»Warum hat er Ihnen dann den Königinnentitel verwehrt?«

Marjorie kannte den Grund. Er sah es ihr an.

»Hat es mit dem Tod des Königs zu tun? Waren Sie nachtragend, rachsüchtig, wütend?«

»Ja, das alles. Und ich gebe zu, manchmal wollte ich ihn umbringen. Aber ich habe ihn nicht umgebracht.« Marjorie legte den Kopf in den Nacken, und ein weiteres Glas war geleert. Diesmal schenkte sie sich selbst nach. »Wir sind fertig.«

Wankend erhob sie sich und nahm die Flasche mit. Im nächsten Moment war sie fort.

Jon blieb einfach sitzen. Er wusste nicht, was er von alldem halten sollte. Marjorie hatte ein Geheimnis, und Eric hatte es gekannt. Aber worum ging es dabei?

Die Königliche Prinzessin war wie eines dieser Trickkästchen des Königs.

Leider hatte er nicht die Zeit, um es zu lösen.

XXIX

Privataudienz mit dem spendablen Jungspund

Martin saß vor ihm und hielt sein Beutestück umklammert. Das hölzerne Interregnum-Rätselkästchen – Martin machte den Eindruck, als hätte er es seit dem Tod des Königs nicht aus der Hand gegeben. Der Dreizehnjährige behandelte es wie eine Schmusedecke.

Jon wusste nicht, warum er so sehr auf das Kästchen fixiert war, bis der Junge sagte: »Ich hab es ihm geschenkt.«

Zumindest das Rätsel, von wem das Kästchen stammte, war damit gelöst. Leider war es nicht das größte Rätsel des Tages. »Was für ein fabelhaftes Geschenk, Sir.«

Martin nickte. »Ich habe gewusst, dass es ihm gefallen würde. Im Inneren riecht es nach Weihnachten, wissen Sie das?«

Jon lächelte. Der König liebte den Duft von Bratkartoffeln und Knoblauch. »Warum haben Sie nicht gesagt, dass das Geschenk von Ihnen kommt, Martin? Warum haben Sie geschwiegen?«

Der Junge bedauerte es, das war deutlich zu sehen. Schließlich war der König gestorben, ohne zu erfahren, vom wem er sein Lieblingsgeschenk bekommen hatte. »Ich wusste, dass er das Trickkästchen schnell löst – das macht er immer so. Ich wollte, dass er ein größeres Rätsel zu lösen hätte. Irgendwann hätte ich es ihm gesagt. Es war eine dumme Idee.«

»Nein, das glaube ich nicht«, sagte Jon. »Ich denke, es war wohlüberlegt.«

»Hmmm«, kam es von Martin wenig überzeugt.

»Der Name des Rätsels – Interregnum – bedeutet ›Zwischenherrschaft‹, ja? Was für ein Zufall, meinen Sie nicht auch? Jetzt befinden wir uns in einer Zwischenherrschaft.«

Martin riss die Augen auf. »Ich schwöre, das Kästchen war schon so. Ich habe nichts daran gemacht. Ich könnte ihn doch gar nicht umbringen. Ich dachte mir bloß, es wäre witzig – er hat doch immer Witze gemacht, wie alt er schon ist und was nach seiner Zeit wäre. Also … hab ich bloß …«

»Nein, nein, ich weiß«, sagte Jon. Der Junge war dreizehn, aber nach königlichen Jahren. Damit war er in mancher Hinsicht jünger als andere in seinem Alter, in anderer Hinsicht um einiges älter. »Das sage ich auch gar nicht. Ich sage bloß, es ist ein wenig seltsam, oder?« Es war ein wenig seltsam. Jon musste zugeben, dass er den unbekannten Schenkenden durchaus als Mörder in Betracht gezogen hatte. Jetzt aber, mit Blick auf den Jungen, hielt er das für ausgeschlossen. »Gehen wir zu etwas anderem über, ja? Haben Sie heute Morgen Ihren Großvater gesehen?«

»Nein«, sagte Martin ein bisschen zu schnell. Ihm wurde bewusst, was er getan hatte. »Ich meine, nicht bei diesen offiziellen vertraulichen Treffen, zu denen die anderen gegangen sind. Er hat mich abgefangen, als ich nach den Audienzen an seinem Arbeitszimmer vorbeigegangen bin, das war alles.«

»Und was hat er gesagt?«

»Frohe Weihnachten.« Martin schniefte und wischte sich mit dem Ärmel die Nase. »Wissen Sie, wer es war?«

Jon schüttelte den Kopf. »Leider nicht.«

»Aber ich bin der Letzte, mit dem Sie reden. Und Sie wissen es immer noch nicht?«

Der Junge sprach aus, was Jon insgeheim fürchtete. Er wusste es wirklich nicht. Nach allem, was er gehört hatte, konnte er kein bestimmtes Motiv für den Mord am König, keine bestimmte Ursache und Wirkung benennen. Er sah sie alle so, wie er sie auch gesehen hatte, nachdem er einen Blick auf den von Maud erstellten Zeitplan geworfen hatte. Er hielt sie alle des Mordes fähig, und er hielt keinen für dazu fähig.

Martin schien seine Gedanken gelesen zu haben. »Und jetzt?« Jon war überzeugt, dass der junge Prinz ihn nicht entmutigen wollte, aber genau das tat er damit. Dazu musste er bloß die Wahrheit aussprechen – *was jetzt?*

»Ich glaube, es war Tante Emeline«, sagte Martin.

»Was? Warum glauben Sie das?«

»Ich glaube, sie ist wütend, weil Matthew der neue König wird. Es sollte doch eigentlich sie sein, richtig? Ich habe sie letzten Abend gehört, im Salon, mit Granddad. Sie war sehr wütend wegen irgendwas und hat gedroht, sie würde alles auffliegen lassen. Aber bevor ich hören konnte, um was es ging, ist mein Dad in den Salon gekommen und hat alles ruiniert. Er hat wieder mit seinem blöden Unternehmen angefangen. Ride+. Das total pleite ist, mehr oder weniger. Wissen Sie, dass er bankrottgeht?«

»Was?« Martin hatte das Gespräch auf Emeline bringen wollen, damit aber geriet Crockley in den Fokus. »Ihr Vater hat mir vorhin erzählt, wie toll es seinem Unternehmen geht.«

»Was soll er auch sonst sagen?«

Emeline war wütend auf den König und hatte etwas gegen ihn in der Hand, und Thomas Crockley stand kurz vor der Pleite und brauchte wahrscheinlich sehr verzweifelt Geld. »Vielleicht sollten lieber Sie die Rolle des Detektivs übernehmen, Martin.«

»Wie Enola!«, erwiderte Martin.

»Haben Sie«, fragte Jon, »heute irgendetwas gesehen, das Ihnen verdächtig vorkam?«

Martin ließ sich die Frage durch den Kopf gehen, sagte aber nichts.

»Ich denke mir nämlich, von allen Royals sind Sie heute Morgen am meisten herumgekommen. Haben Sie das Schloss erkundet?«

»Es ist langweilig hier. Mum hat mir verboten, meine PS5 mitzubringen. Ich und Wilson haben uns nur so die Zeit vertrieben. Sie wissen schon, Kinderkram.«

Wilson, die Katze – Jon hatte sie schon eine ganze Weile nicht mehr gesehen, genau wie Churchill. Sie verschwanden gern im Schloss, manchmal über Tage hinweg. Er hoffte, es ging ihnen gut, egal, wo sie steckten.

»Ich habe Sie aus der Vorratskammer kommen sehen. Das muss gewesen sein, nachdem Sie den König getroffen haben, ja?«

Martins Augen wurden so groß wie Untertassen.

»Martin?«

»Ähm … ja … vermutlich …« Der Junge schien nach einer unschuldigen Erklärung zu suchen, aber es war schon zu spät. Jons Interesse war geweckt.

»Waren Sie aus einem ganz bestimmten Grund in der Vorratskammer?«

»Entschuldigen Sie.« Beide zuckten sie zusammen. Matthew stand in der Tür. Jon wusste nicht, wie lange er dort schon gestanden hatte. Sie hatten nicht gehört, dass die Tür geöffnet wurde. »Ich wollte nicht stören.«

Martin sah wieder zu Jon und umklammerte das Interregnum-Kästchen. Seine letzte Verbindung zu seinem Großvater.

»Schon gut, Sir«, sagte Jon. »Wir waren sowieso schon fertig.« Sie waren alles andere als fertig, dennoch nickte er Martin solidarisch zu. Martin lächelte.

Über Matthews Miene huschte ein trauriges Lächeln. »Es ist nur … Jon, wir haben ein Problem im Salon.«

»Worum geht es?«

»Kommen Sie, sehen Sie es sich selbst an. Sofort.«

XXX

Die Winchester unter den Wölfen

Die Wirkung, die der Anblick einer Schusswaffe bei jemandem auslöst, ist nur schwer zu beschreiben, aber Jon erfuhr es am eigenen Leib, als er zusammen mit den jüngsten Royals den Salon betrat.

David stand da, hatte ein breites Lächeln im Gesicht und eine Winchester über der Schulter.

Die anderen im Salon, zu diesem Zeitpunkt waren es nur Marjorie, Emeline und Maud, hatten sich so weit wie möglich von ihm entfernt. Marjorie war bemüht, den Weihnachtsbaum als Deckung zu nutzen.

»David, was willst du mit diesem Ding?«, kreischte sie.

Das war der Moment, in dem Jon und die beiden jüngsten Royals eintraten. David kümmerte sich nicht um sie, immerhin war er derjenige mit der Waffe. Wenn, dann hatten sich die anderen um ihn zu kümmern.

»Du meinst das Ding hier?«, sagte er und rüttelte am Gewehr. »Auf dem Weg durchs Schloss kam mir die großartige Idee, dass wir ›dieses Ding‹ vielleicht brauchen könnten. Wenn ein Mörder umgeht, hat ein Mann das Recht, sich und seine Familie zu verteidigen. Wenigstens die Unschuldigen. So einfach ist das. Mir ist eingefallen, dass im Schrank an der Treppe zum Turm ein paar Gewehre untergebracht sind, also habe ich mir eines davon genommen.«

»Leg die Waffe weg«, sagte Emeline. »Außer du hast vor, sie zu benutzen.«

»Was? Nein, meine Nichte. Ich kann dich beruhigen. Ich werde die Unschuldigen unter uns beschützen.«

»Vielleicht solltest du sie trotzdem hinlegen, David?«, sagte Marjorie zwischen den Zweigen des Baumes hindurch. »Auch wenn deine Absichten untadelig sind.«

»Martin, Matthew«, entfuhr es Maud, als sie ihre Kinder so dicht bei David sah. »Kommt her, schnell.« Sie gehorchten ihrer Mutter, die sie so fest wie möglich in die Arme schloss. »Du bist verrückt, Onkel. Hier eine Waffe anzuschleppen.«

David ließ den Blick durchs Zimmer wandern, auch Jon an der Tür entging ihm nicht. Er sah die verängstigten Gesichter. »Ich bin für niemanden eine Gefahr. Ich bin das genaue Gegenteil davon. Ich will euch beschützen – warum wollt ihr das nicht einsehen?«

»Wenn du uns beschützen willst, hättest du die Winchester dort gelassen, wo sie war, du Witzbold«, bemerkte Emeline. »Jetzt ist eine Waffe mit im Spiel, und damit sind jetzt mehrere Waffen – Plural – im Spiel.«

»Was?«

»Du hast doch gerade verkündet, wo noch mehr Waffen zu finden sind, oder?«

»Ich … gut …« David sah seinen Fehler ein. »Ach …« Die Winchester auf seiner Schulter wippte leicht auf und ab. »Gut, es war ein Fehler. Aber dass ich sie geholt habe, das war kein Fehler. Seht ihr das nicht? Ist denn hier jeder verrückt geworden?« Allerdings schien sich David dessen selbst nicht sicher zu sein. Denn sein gehetzter, leicht panischer Ton passte nicht zu seiner Miene. »Ja, es ist eine tödliche Waffe, aber eine tödliche Waffe, die wir einsetzen können. Ich als der Gute gegen die Bösen.«

»Sie sehen mir aber nicht wie einer von den ›Guten‹ aus, Prinz David«, sagte Jon so ruhig wie möglich. »Und jeder in diesem Raum wird bestimmt der gleichen Meinung sein.«

Aus allen Ecken kam zustimmendes Gemurmel – ein ungewohntes Maß an Synchronität.

»Gib Jon das Gewehr, Großonkel, bitte.« Martin löste sich aus dem Griff seiner Mutter, trat in die Mitte des Raums und stellte sich vor den Beistelltisch und den Whisky. Er stand exakt dort, wo der König gestorben war.

»Du Würstchen, dir werde ich doch nichts tun.«

»Wir haben Jon gewählt, damit er die Sache aufklärt. Damit er uns befragt, damit er uns beschuldigt, ja. Aber auch, damit er uns beschützt. Er soll das Gewehr haben.« Jon sah zu dem Jungen, der ihn bewundernd anstarrte. Statt ihm seine Befragung übel zu nehmen, schien Martin großen Respekt für den Koch entwickelt zu haben. Jon war richtiggehend gerührt – wären bloß die äußeren Umstände andere gewesen.

»Ich will die Waffe auch nicht unbedingt haben, Sir«, sagte Jon ihm.

»Ich bin auch dafür, dass Jon sie bekommt«, sagte Emeline.

»Ich ebenfalls«, sagte Maud.

Matthew nickte nur.

David umfasste die Winchester fester. »Margey?«

Marjorie mied seinen Blick. »Mir wäre es lieber, wenn der Koch das Gewehr hätte.«

David war perplex. »Du hältst mich eher für den Mörder … als diesen … diesen … gewöhnlichen …« Die Beleidigung, die er sich zurechtlegen wollte, erstarb ihm irgendwo auf dem Weg zwischen Hirn und Lippen. »Wir sind alle verloren.« Er streckte das Gewehr von sich, damit jeder, der wollte, es sich nehmen konnte.

Keiner kam. Jon musste sich überwinden, auf ihn zuzugehen. Ganz langsam nahm er von David die Winchester entgegen, umfasste den Kolben, um sie aufrecht zu halten, und wäre fast nach vorn übergekippt, weil das Ding so unglaublich schwer war.

Damit war Jon wieder in den Mittelpunkt aller Aufmerksamkeit gerückt, und er spürte erneut die Erwartungen, die auf ihm lasteten. »Gut.« Das Gewehr war kalt, unhandlich. Er mochte es nicht. »Ich werde die Winchester dahin bringen, wohin sie gehört, und versuchen, sie mit den anderen Waffen einzuschließen. Ich möchte Sie bitten, dass Sie solange hierbleiben. Zur Sicherheit für alle.«

»Warten Sie«, sagte Maud. »Sie haben mit allen hier gesprochen, dazu auch noch mit meinem Mann. Dürfen wir erfahren, zu welchem Schluss Sie gekommen sind?«

Ich weiß es nicht.

Das war das Erste, was ihm einfiel. Das Gewehr drückte ihn zu Boden, allerdings nicht genug – am liebsten wäre er mitsamt der Waffe im Boden versunken. »Ich muss über das, was ich herausgefunden habe, erst nachdenken. Und mir überlegen, wie wir weiter vorgehen wollen.«

Es gab nach wie vor so viele unbeantwortete Fragen. Woher hatte jemand aus der königlichen Familie das Gift besorgt? Um welches Gift handelte es sich überhaupt? Wann genau wurde es in den Whisky gegeben, und woher wusste der Täter, dass er nicht frühzeitig entdeckt oder, schlimmer noch, dass nicht das falsche Familienmitglied getötet würde?

Das Rätsel war so undurchdringlich wie das Wetter draußen – ohne jegliche Hoffnung auf Aufklarung.

»Er hat keine Ahnung, wer es war«, murmelte David. »Und ich habe ihm gerade das Gewehr überlassen.«

Die Stimmung im Raum schien erneut zu kippen, nur

diesmal stand Jon in der Schusslinie. Marjorie, die sich kurzzeitig gegen David gestellt hatte, hatte abermals die Seiten gewechselt. Emeline und Maud sahen sich verunsichert an. Lediglich Matthew und Martin schienen noch zu ihm zu halten.

Emeline wollte etwas sagen, als …

»Wer ist das?«, fragte Prinz Martin.

Alle hielten abrupt inne. Martin zeigte aufgeregt zum Fenster und hinaus in das Schneegestöber. Jon ging um den Weihnachtsbaum herum und sah selbst hinaus. Das Fenster war so von Schnee und Frost überzogen, dass die Gestalt etwas Traumartiges umgab. Dennoch war sie eindeutig zu erkennen: Jemand stand draußen im Schneetreiben und starrte in ihre Richtung. Mehr noch, die Gestalt trug Jons roten Anorak.

Plötzlich schien die Gestalt zu bemerken, dass sie entdeckt worden war, und zog sich in die Dunkelheit zurück.

Dann ging das Licht aus.

XXXI

Schrecken in der Finsternis

Jetzt war Jon froh, dass er eine Waffe hatte. Das Licht ging aus, und die Welt wurde nur noch vom niederbrennenden Feuer und dem Schnee draußen erhellt. Die königliche Familie geriet in Panik. Es herrschte keineswegs pechschwarze Dunkelheit, aber es genügte, um alle in Angst und Schrecken zu versetzen. Marjorie schrie als Erste, dann folgte Emeline, dann ein Schrei von einem Mann. Die Familie rückte zusammen, sogar David und Marjorie zog es zu den Jüngeren, bis das Misstrauen sie wieder auseinandertrieb.

»Was ist los?«, rief Emeline.

»Das Licht!«, rief Maud.

»Wer ist das?« Marjorie fuchtelte wild mit den Armen.

»Ich«, entgegnete Martin ausdruckslos. Sie hatte ihm versehentlich ins Gesicht geschlagen.

»Der Attentäter! Draußen!«, schrie David. »Er schlägt erneut zu! Er stellt uns den Strom ab!«

Jon konnte es David nicht verdenken. Das Gleiche hatte er sich ebenfalls gedacht. Aber dann erinnerte er sich an Tony Specks Sicherheitssystem. An die roten Punkte auf dem Display. Sie waren die Einzigen hier auf dem gesamten Anwesen. Noch nicht einmal ein versierter Attentäter konnte in einem solchen Schneesturm zig Kilometer zurücklegen, um in der

Zeit, seitdem Jon einen Blick auf Specks Tablet geworfen hatte, zum Schloss zu kommen.

»Könnte es Speck sein?«, fragte Matthew.

»Nein. Thomas Crockley ist dort draußen«, sagte Jon. »Zum Rauchen. Ich hab ihm dafür schon mal meine Jacke geliehen. Jetzt macht er es wohl wieder.« Es klang nicht nach der richtigen Erklärung, aber es war die einzig mögliche. Anders konnte es nicht sein.

»Dieser Idiot!« Überraschenderweise kam das von seiner Frau. »Warum ist er so unbesonnen? Er setzt sein Leben aufs Spiel. Nur für eine Zigarre.«

»Was ist mit dem Strom, Jon?«, fragte Matthew.

Jons Augen hatten sich mittlerweile an das Dämmerlicht gewöhnt. Alles war in Dunkelgrau und Schwarz getaucht, bis auf Maud, die am nächsten beim Feuer stand und auf deren Wangen der Lichtschein tanzte. »Das ist wahrscheinlich der Schneesturm«, sagte er. »Die Stromversorgung ist für dieses Wetter nicht ausgelegt. Die Hauptsicherung muss rausgesprungen sein, mehr nicht. Ich muss sie wieder einschalten.«

Glaubte er wirklich, dass es nur am Schneesturm lag? Er hatte keine Ahnung. Das mit der Stromversorgung war nur geraten. Vielleicht hoffte er das auch bloß.

»Sind Sie sich sicher, Jon?«, fragte Emeline. »Es könnte doch auch so was wie … ein Zeichen sein.«

»Genau«, polterte David. »Wenn im Film das Licht ausgeht, stirbt die zweite Person! Ich brauche das Gewehr wieder, Butler.«

»Wir sind hier nicht in einem Film«, sagte Jon. »Ich werde den Strom wieder anstellen. Der Sicherungskasten ist unten in den Bedienstetenräumen. Es wird keine fünf Minuten dauern.« Er musste sie wieder allein lassen – trotzdem durfte er das Gewehr nicht aus der Hand geben.

»Das Gewehr!«

Jon legte sich die Winchester über die Schulter. »Das Gewehr wird in den Waffenschrank zurückgebracht.«

David sah aus, als würde er jeden Moment explodieren. Selbst im Schwarz-Weiß der dämmrigen Umgebung wirkte er knallrot. »Wie können Sie es wagen, sich mir zu widersetzen und mich daran hindern, meine Familie zu beschützen?«

Matthew trat dazwischen und widersprach – vielleicht zum ersten Mal in seinem Leben – seinem Großonkel. »Du willst nicht uns beschützen, du willst nur dich beschützen.«

»Ich …«

»Gehen Sie, Jon«, sagte Matthew.

David knurrte etwas Unverständliches, aber Jon stapfte schon davon. Bevor er das Zimmer verließ, drehte er sich noch einmal zur Familie um. Jeder kauerte ängstlich und für sich allein in irgendeiner Ecke. Sie waren am Ende.

Im Korridor war es dunkler, es fehlte das Licht des offenen Kamins oder der Fenster. Draußen brach allmählich die Dunkelheit herein, wegen des hellen Schnees sah es aber aus, als wäre es nach wie vor Tag.

Jon wühlte in der rechten Hosentasche nach seiner Taschenlampe. Als Linkshänder nutzte er die rechte Hosentasche kaum, weshalb er dort Dinge verstaute, die er nicht so oft brauchte. Er bekam etwas Dünnes, Metallisches zu fassen und hatte keine Ahnung, was es war. Jedenfalls nicht seine Taschenlampe, die er erst nach kurzem Herumgewühle fand.

Mit der Taschenlampe in der linken Hand und dem Gewehr auf der rechten Schulter machte er sich auf den Weg. Unter allen königlichen Schlössern war Balmoral selbst im hellen Tageslicht schon immer das unheimlichste gewesen. Von den Wänden beäugten einen ausgestopfte Tiere, in den schmalen Gängen konnte man sich leicht verirren, an den

Kreuzungspunkten der Korridore wehte immer ein Luftzug, als würde man von einer ätherischen Kraft irgendwohin gesogen. Immer waren undefinierbare Geräusche zu hören, selbst wenn das Schloss völlig leer war. Ein Knarren, ein Stöhnen, ein Ächzen. Als wäre Balmoral selbst lebendig.

Jon kam an der Vorratskammer vorbei, vor der ihm am Vormittag Martin begegnet war. Der Ort und Martins seltsame Reaktion weckten sein Interesse, jetzt in der Dunkelheit aber war nicht unbedingt der richtige Zeitpunkt, um dort nachzusehen.

Direkt vor ihm war ein Klappern zu hören. Gerade außerhalb des Taschenlampenlichts. Es klang, als wäre etwas von einem Tisch geworfen worden.

Jon blieb stehen. Der Schmerz in seinem Bauch pochte bei jedem Schritt. Fast hätte er sich einreden können, dass er deswegen stehen blieb und nicht, weil er eine Heidenangst hatte. »Crockley?«, flüsterte er in die Dunkelheit. »Speck?«

Churchill, der Kater, kam in den Lichtkegel getrottet und sah miauend zu ihm auf.

Jon schüttelte den Kopf. Wie konnte er nur so dumm sein?

In seinem Entschluss gestärkt, stieg er zu den Räumlichkeiten der Bediensteten hinab, mit Churchill dicht auf den Fersen. Die Katze hatte so laut zu schnurren begonnen, dass es Jon vorkam, als würde ihm ein Doppeldecker folgen.

Die Küche war exakt so, wie er sie verlassen hatte: ein einziges Chaos. Im Licht der Taschenlampe sah alles noch schlimmer aus – als hätte eine Bombe eingeschlagen. Nie hätte er es einem seiner Köche durchgehen lassen, das majestätische Ungetüm in einem so despektierlichen Zustand zu verlassen. Heiße Scham erfüllte ihn, ungeachtet der Wundertaten, die er am Vormittag an diesem Ort vollbracht hatte. Wie unhöflich, eine solche Schönheit so verkommen zu lassen.

Aber Jon hatte keine Zeit, seinen ehernen Grundsätzen hinterherzutrauern – er hatte anderes zu tun, bevor ihn der Mut verließ. Er lehnte die Winchester gegen die Küchentheke, ging hinaus in den Flur und zuckte vor Schreck heftig zusammen, als Churchill auf eine der Arbeitsflächen sprang und ihm ins Gesicht miaute. Der Sicherungskasten befand sich gleich neben dem Eingang zur Küche, weshalb Jon es immer mitbekommen hatte, wenn dort jemand zugegen gewesen war. Er öffnete den Kasten.

Im Grunde war er nichts anderes als die vergrößerte Version der entsprechenden Einrichtung in einem ganz gewöhnlichen britischen Eigenheim. Nur dass es sehr viel mehr Schalter gab und die Hauptsicherung weniger ein Schalter, sondern ein Hebel war. Er sah genauso aus wie der Hebel, den man betätigen musste, um einen schurkischen Plan in Gang zu setzen oder ein Frankenstein'sches Monster zum Leben zu erwecken. Viele seiner Köche hatten sich ähnlich geäußert. Jon ließ den Lichtstrahl über den Kasten wandern. Keiner der kleineren Schalter war umgelegt worden, nur der große Hebel stand auf »Aus«.

Jon schob den Hebel auf die »An«-Stellung, sofort war der Strom wieder da. Im ersten Moment wurde er vom grellen Licht geblendet und musste erst die Sternchen auf seiner Iris wegblinzeln.

Konnte sich der Hebel von allein umgelegt haben? Und wenn ja, warum war dann keiner der kleineren Schalter ausgegangen?

Ein Miauen kam von Churchill als Kommentar. Jon kehrte in die Küche zurück, wo er den Kater in der Spüle sitzen und die Schüssel ausschlecken sah, in der er die Brotsoße zubereitet hatte.

»Hast du Hunger?«, sagte Jon, packte Churchill und setzte

ihn wieder auf die Arbeitsfläche. »Wir finden hier sicherlich noch was für dich.«

Katzen hatten in den Küchen sonst nichts verloren, aber Jon hatte noch irgendwo Tüten mit Futter. Er glaubte sich zu erinnern, sie in den oberen Schrankfächern verstaut zu haben, neben den leeren Marmeladengläsern. Eine merkwürdige Zusammenstellung, wie er zugeben musste, aber selbst in einer so großen Küche fehlte es ihm häufig an Stauraum.

Jon holte die Trittleiter, die er für die obersten Regale brauchte, und stieg hinauf. Er ächzte, als ihn ein stechender Schmerz durchfuhr, unwillkürlich krümmte er sich und wäre fast von der Leiter gefallen.

Churchill beobachtete ihn ungeduldig.

Jon griff ins Schrankfach. Seltsam – er fand, wie erwartet, das Katzenfutter. Ansonsten war das Fach aber leer. Alle Marmeladengläser waren fort.

Er fluchte auf die Dienstmädchen, während er Churchill fütterte. Sie mussten die Gläser irrtümlich zum Recycling gebracht haben. Wie sollte er jetzt noch Marmelade einkochen? Aber das spielte sowieso keine Rolle mehr. Keiner hatte seine Marmelade mehr gemocht als der König.

Churchill machte sich über sein Weihnachtsessen her, und Jon dachte an die Hauptsicherung und den Stromausfall. Sie hatten Crockley im Freien gesehen, das hieß, niemand war hier gewesen, der den Sicherungshebel hätte umlegen können. Und warum sollte man ihn überhaupt umlegen, wenn es doch so einfach war, den Strom wieder anzustellen?

Das Herz schlug ihm bis zum Hals.

Was, wenn das …

Jon packte sich die Winchester und ging hinaus Richtung Treppe.

Was, wenn das ein Ablenkungsmanöver war?

Jon ignorierte die Schmerzen und stapfte entschlossen weiter.

Und blieb wie angewurzelt stehen.

Oben auf der Treppe stand Crockley und blickte zu ihm hinunter. Na ja, zumindest eine Gestalt in seinem roten Anorak. Crockley hatte sich die Kapuze tief in die Stirn gezogen, sodass das Gesicht nicht zu erkennen war.

Wie konnte er hier sein? Wenn er doch eben noch draußen gewesen war?

»Crockley«, sprach Jon ihn an. »Warum sind Sie nicht im Bett?«

Crockley sagte nichts. Er kam die Treppe herunter.

»Stecken Sie dahinter? Haben Sie den Strom abgestellt? Warum?«

Nichts. Aber er kam näher.

Jon hob die Winchester. »Haben Sie den König umgebracht?«

Mittlerweile hatte Crockley das untere Ende der Treppe erreicht und war vielleicht noch zehn Meter entfernt. Jon verharrte. Plötzlich stürmte Crockley auf ihn zu, aber der Koch fand nicht die Kraft, den Abzug zu drücken. Er erwartete eigentlich, mit Crockley zusammenzuprallen, aber der wich ihm aus und lief einfach an ihm vorbei.

Jon fuhr herum. Crockley, bereits am Ende des Gangs, riss die Tür auf – eisiger Wind und wirbelnde Schneeflocken wehten herein – und stürzte hinaus ins Unwetter. Jon, getrieben von seinem Instinkt und reinem Adrenalin, folgte ihm.

Die Tür stand offen. Die Kälte ging Jon durch und durch. Sein Anorak war weg, ja. Wenn er ihm folgte, wäre er mehr oder minder schutzlos den Elementen ausgesetzt. Aber gab es denn noch einen Zweifel, dass das der Mörder des Königs war?

Nein.

Jon umfasste die Winchester fester und nahm all seinen Mut zusammen. Dann warf er sich, »Für König und Krone« murmelnd, hinaus ins Schneegestöber.

Churchill beendete seine Mahlzeit und tapste in den Flur. Einmal kurz sah er zur offenen Tür, durch die der Schnee hereinwehte, machte einen Buckel und rannte die Treppe hinauf. Er jedenfalls würde auf keinen Fall dort hinausgehen.

XXXII

Durchs gebackene Alaska

Jon ging hinaus in den Innenhof, den niemand mehr als Hof erkannt hätte. Der Schnee reichte ihm bis zu den Knien. Die oberste Schicht war hart und kompakt, sobald er aber einen Fuß hineinsetzte, versank er tief im schwernassen Weiß. Kurz wunderte er sich, warum er nichts von den Spuren sah, die Crockley bei seinen Aufenthalten hier draußen zurückgelassen haben musste, aber der schneidende Wind und der niedergehende Schnee verwischten sofort alles. Wahrnehmbar waren lediglich die Vertiefungen, die von Crockleys letzten Schritten herrührten, aber selbst diese füllten sich bereits wieder.

Jon folgte ihnen und versuchte sich an ihnen zu orientieren. Er durfte keine Sekunde lang die Konzentration verlieren – das Gelände auf dem Anwesen war unter normalen Umständen nicht unbedingt tückisch, jetzt aber konnte es tödlich sein. Sollte er aus Versehen auf den Dee geraten, steckte er in Schwierigkeiten, selbst in diesem Wetter, selbst wenn der Fluss von Schnee und einer dicken Eisschicht bedeckt sein sollte. Jons Beine waren starr vor Kälte und standen gleichzeitig vor Schmerzen in Flammen. Er kam sich vor, als würde er durch ein gebackenes Alaska stapfen – die Schneekruste hatte große Ähnlichkeit mit Meringue, unter deren Kruste sich ein weicher Untergrund verbarg. Es würde nicht leicht sein im eisigen Wind, ohne schützende Kleidung, als er aber stehen blieb, um sein Fortkommen einzuschätzen, und erkannte, dass er kaum zweihundert Meter geschafft hatte, war er der Verzweiflung nahe.

Einzig der Gedanke, dass Crockley ebenso zu kämpfen hatte, hielt Jon davon ab, diesen Wahnsinn zu beenden. Immer tiefer versank er im Schnee, mehrmals geriet er ins Stolpern. Einmal, an einer besonders tiefen Stelle, musste er sich notgedrungen mit der Winchester abstoßen.

Jon hielt sich an Crockleys Spuren, ohne zu wissen, wohin sie führten oder ob er jemals ein Ziel erreichen würde. Balmoral hinter ihm war nun nicht mehr zu erkennen – wenn er sich umdrehte, sah er nur den peitschenden Schnee im fahlen Licht des Weihnachtstages. Wie spät war es? Das natürliche Licht der Sonne war längst erloschen, der weiße Himmel aber leuchtete hell und verlieh der Landschaft etwas Zeitloses, als würde die ganze Welt in Trauer um den König innehalten.

Himmel und Erde waren kaum noch voneinander zu unterscheiden. Alles um ihn herum war reines Weiß. Woher war er gekommen, wohin ging er? Die Spuren, denen er folgte, begannen zu verschwinden – die Geschwindigkeit, mit der der Schnee sie füllte, hatte zugenommen. Jon wusste nicht mehr, wohin. Er taumelte hin und her und versuchte seine eigenen Fußstapfen zu finden, aber vergeblich. Immer wieder drehte er sich um die eigene Achse, mit jeder Umdrehung wurde er verwirrter, aber er konnte nicht mehr aufhören. Überall sah es gleich aus. Der andere musste längst fort sein – ihn einzuholen war von Anfang an unmöglich gewesen. Vielleicht war er deshalb ins Freie geflohen.

Konnte er hier draußen überleben? Konnte diese andere Person, konnte er, konnte Speck es? In seiner Verzweiflung fiel Jon sein einziger Rettungsanker ein. Das Walkie-Talkie an seinem Gürtel war die einzige Verbindung zu einem anderen. Obwohl die Person am anderen Ende der Leitung in letzter Zeit nicht unbedingt gesprächig gewesen war, musste er es versuchen – vielleicht kam hier draußen, wenn Speck näher bei ihm war, eine Verbindung zustande. Obwohl er, wie ihm bewusst wurde, im dröhnenden Brausen des Windes wahrscheinlich nichts verstehen würde. Er stapfte weiter, nun in die Richtung, in der er Balmoral vermutete, griff zu seinem Gürtel und brachte – gegen den Widerstand der Windböen – das Funkgerät an die Lippen.

Er drückte auf die Sprechtaste und schrie aus Leibeskräften – seine Stimme trug keine fünf Zentimeter weit. »Speck, können Sie mich hören?« Noch einmal lauter, mit sich überschlagender Stimme: »Speck, können Sie mich hören? Speck, bitte, ich brauche Hilfe!« Warum musste er so erbärmlich klingen? Er ließ die Sprechtaste los und hörte im heulenden Wind kaum das statische Rauschen. »Speck, jemand ist hier draußen im Schnee. Er läuft weg, und ich denke, es gibt dafür nur einen Grund.« Rauschen. »Verdammt, Speck. Wo zum Teufel stecken Sie? Sie sollten sie doch beschützen. Sie sollten uns beschützen. Schauen Sie, was geschehen ist. Das alles ist Ihre Schuld.« Nichts. Aber darauf, dachte sich Jon, hätte Speck wohl auch kaum geantwortet. Er wurde zu emotional – seine Augen würden vermutlich einfrieren, falls er in Tränen ausbrechen sollte. Also noch ein letztes Mal, aber so geschäftsmäßig wie möglich: »Der Reitdamm ist überflutet, Speck. Ich glaube, Thomas Crockley ist der Mörder. Ich bin draußen und folge ihm.«

Er wartete nicht auf eine Antwort. Er befestigte das Walkie-Talkie wieder am Gürtel und bildete sich ein, wie als Erwiderung, ein Geräusch zu hören. Ein lautes Rascheln, direkt vor ihm – Zweige oder Sträucher, die sich bewegten. Dort war jemand.

Wo befand er sich überhaupt? Er konnte nicht mehr im Innenhof sein. Er musste weiter als erwartet gekommen sein, denn auf dem Weg zum Schlosseingang gab es keine Sträucher oder Felsen. Hatte er sich tatsächlich dem Eingangstor genähert?

Er glaubte ein weiteres Rascheln zu hören. Jon kämpfte sich weiter, stieß sich mit der Winchester ab. Das Schneetreiben hatte noch zugenommen, der Wind war noch heftiger geworden. Als die hohen Büsche an der Promenade zu Balmoral ins Blickfeld kamen, dachte er sich, dass er mit aller Kraft die andere Richtung einschlagen, dass er davonlaufen sollte.

Der Strauch, seltsamerweise ein leuchtendes, schimmerndes Grün inmitten der weißen Apokalypse, stand nun mit einem Mal still. Plötzlich aber schien sich der Strauch zu schütteln – der Schnee auf den Zweigen wurde in die Luft geschleudert, um kurze Zeit später von einer neuen Schicht ersetzt zu werden. Entgeistert sah Jon mit an, wie die Zweige sich bogen und wanden, dann war wieder alles reglos. Das war nicht der Wind, auch kein Tier, noch nicht einmal ein Bär – jemand musste dahinter, darunter sein.

»Speck?«, rief Jon mehr zu sich selbst, ohne wirklich auf eine Antwort zu hoffen. »Crockley?« Der Wind packte die Wörter und trug sie mit sich fort.

Die vereinzelten Bewegungen des Strauchs wurden wieder heftiger, die Zweige wölbten sich nach außen, als würde jemand dahinter sie ausrichten. Dort musste jemand sein, so viel war klar.

Erneut erstarrte Jon – der Schnee hielt ihn an Ort und Stelle fest. Alles, was er noch tun konnte, war, die Winchester hochzunehmen. Er legte den Finger um den Abzug und spähte durchs Visier. Sein Blickfeld wurde nun von einem metallischen Kreis eingerahmt. Er flehte das Schicksal an, dass er nicht gezwungen würde, abzudrücken. Er flehte das Schicksal an, dass das alles nicht wirklich geschah. Aber er glaubte nicht, dass das Schicksal ihm besonders wohlgesonnen war.

Die Zweige hoben und senkten sich in einem letzten, großen Crescendo, dann wurde etwas – jemand – sichtbar. Als Erstes sah Jon zwischen den Zweigen eine unverkennbare Gestalt, die auf unsicheren Beinen auf ihn zuwankte. Noch ein Schritt, und einzelne Details wurden sichtbar. Die Gestalt trug eine Jacke, aber sie war nicht rot, sondern grau mit einer hochgezogenen flauschigen Kapuze – ein Parka.

Jon, immer noch durchs Visier spähend, zögerte. »Speck?« Die Gestalt reagierte nicht auf seine Frage, obwohl er unter den gegebenen Umständen sehr gern eine Antwort gehört hätte. Aber er brauchte keine Antwort mehr, als sein Gehirn allmählich registrierte, was er vor sich hatte. Denn die Gestalt war kaum so groß wie Speck oder so stämmig, aber warum trug sie dann seinen Parka? Was war mit Speck geschehen?

Er justierte das Gewehr, machte sich bereit zum Feuern und wusste immer noch nicht, ob er es wirklich konnte. »Bleiben Sie, wo Sie sind. Kommen Sie nicht näher.« Seine Stimme klang, als wäre sie nicht einmal von sich selbst überzeugt, daher überraschte es Jon kaum, dass die Gestalt seine Aufforderung ignorierte.

Sie machte einen weiteren Schritt auf ihn zu – und wirkte dabei keineswegs bedrohlich. Was ging hier vor sich? Eine Windböe riss die Parkakapuze nach hinten und lieferte die Antwort. Und während der fremden Gestalt die Haare ums Gesicht wehten, ließ Jon verwirrt das Gewehr sinken.

»Miss Darcy?«

Vor ihm stand, in Specks Parka gehüllt, Miss Darcy Tharigold, die königliche Privatsekretärin. Sie bot ein Bild der Erschöpfung. Wortlos taumelte sie auf Jon zu, und bevor sie im Schnee zu versinken drohte, fing er sie auf.

»Schaffen wir Sie so schnell wie möglich rein.«

XXXIII

Die Himmel öffnen sich

Jon konnte sein Glück kaum fassen, als Balmoral – das große, hoch aufragende Schloss – aus dem Schneetreiben auftauchte. Miss Darcy stützte sich auf ihn, sodass es sich für ihn anfühlte, als müsste er sie beide durch den Sturm schleppen. Die Winchester war längst keine Waffe und gelegentlicher Gehstock mehr, sondern unerlässlicher Teil der hybriden Maschine, zu der er geworden war, und Hilfsmittel, mit dem er den Weg vor sich auslotete.

Miss Darcy war ihm keine große Unterstützung, er wusste noch nicht einmal, ob sie mitbekam, was gerade passierte. Sie war unglaublich ausgekühlt – noch mehr als er selbst –, nachdem sie anscheinend den Großteil des Tages im Freien verbracht hatte. Selbst der Parka bot keinen Schutz, da er über und über mit Schnee bedeckt und völlig durchnässt war, was darauf hindeutete, dass sie mehrmals hingefallen sein musste. Er wollte sie fragen, was ihr zugestoßen war, aber sie reagierte nicht. Ihre Nase schimmerte bläulich im trüben Dämmerlicht, und ihr Mund hätte auch zugefroren sein können, so stumm, wie sie war.

Als das Schloss in Sichtweite kam, hatte Jon die Hoffnung fast aufgegeben, es je wiederzusehen. Sein Verstand hatte ihm sogar einzureden versucht, dass es niemals existiert hatte.

Er setzte Miss Darcy an die Wand gelehnt ab, während er

sich gegen die Tür zum Bedienstetenquartier fallen ließ und mit einem Arm dagegenhämmerte. Er spürte keine Schmerzen, wenn die Hand gegen das kalte Holz der Tür schlug, er wusste nur, sie würden irgendwann kommen. Seine Hand war so taub wie sein übriger Körper. Beim vierten Schlag gab die Tür endlich nach, er flog nach drinnen und landete auf den vergleichsweise warmen weißen Fliesen des Flurs. Er hätte vor Freude jubeln können, vielleicht tat er es auch – die einzige andere Person, die es hätte bezeugen können, stierte ihn nur mit glasigen Augen an.

In der Küche machte sich Jon sofort daran, Miss Darcy eine Tasse Kakao für die Zuckerzufuhr und eine Tasse Tee zur Erfrischung zuzubereiten. Die junge Frau saß auf einem der Hocker, auf den er am Morgen gestiegen war, um das Mehl aus dem obersten Regalfach zu holen, und zitterte in ihrem klatschnassen Businesskostüm. Sie hatte den Parka an der Tür wohlweislich abgestreift, doch damit war sie jetzt fast noch schlechter dran. Eigentlich hätte sie sich trockene Kleidung anziehen oder zumindest ihre nassen Sachen ablegen sollen, aber hier unten in den Eingeweiden des Schlosses gab es keine Kleidung zum Wechseln, außerdem gehörte Miss Darcy zu jenen, die sich, egal unter welchen Umständen, niemals mit bloßer Haut in der Öffentlichkeit zeigen würden. Zum Glück und aus Gründen, die Jon im gegenwärtigen Moment nicht präsent waren, hatte er in der Küche unter den frischen Geschirrtüchern ein Badetuch vorrätig. Das fischte er aus der entsprechenden Schublade und legte es Miss Darcy um die Schultern. Er war sich nicht sicher, ob sie es überhaupt wahrnahm – ihr starrer Blick war unverändert.

Das Wasser kochte. Vorübergehend ließ Jon seine Differenzen mit der Mikrowelle außer Acht und wärmte darin die Milch auf. Tee und Kakao waren fast gleichzeitig fertig. Jon, der sich keineswegs über Miss Darcy erheben wollte, brachte zwei weitere Hocker, einen, um sich selbst darauf niederzulassen, den anderen, der als Tisch für die Getränke diente. Sobald er die Tassen abstellte, schoss Miss Darcys Hand nach vorn und griff sich den Tee. Ihre steifen Finger liebkosten die Tasse und erwärmten und entspannten sich langsam. Dann führte sie die Tasse an den Mund und trank einen großen Schluck, obwohl die Flüssigkeit noch brühheiß sein musste.

»Wollen Sie etwas essen?«, fragte er, obwohl er ihr hier kaum mehr als einen labbrigen Toast und freundlichen Service anbieten konnte.

Dankenswerterweise schüttelte Miss Darcy den Kopf – eine knappe Bewegung, zweimal. »Ich hatte ein KitKat in meinem Handschuhfach.«

»Oh, gut.« Er verstand, würde es aber niemandem verübeln, der es nicht tat. Es gab Wichtigeres, außerdem schien Miss Darcy in einem Zustand, der es ihr erlaubte, Fragen zu beantworten. »Miss Darcy, was ist passiert?«

Sie schniefte und wischte sich über die Nase. Er hatte mitbekommen, wie sie einmal einen Bediensteten wegen einer ähnlichen Geste gerügt und die Bewegung als »ordinär« und »dem Ort nicht angemessen« bezeichnet hatte. Jetzt verriet die Geste lediglich, wie übel es um sie bestellt war. »Es hat heute Morgen, als ich losgefahren bin, schon kräftig geschneit. Ich dachte aber, ich könnte es noch bis ins Dorf schaffen, wo ich übernachten wollte.« Also gab es doch eine Einheit im Dorf, die im Notfall eingreifen könnte. Nicht, dass die bislang eine große Hilfe gewesen wäre, und so würde es auch bleiben, solange das Wetter nicht besser wurde. »Ich habe Winterreifen, trotzdem bin ich aus Balmoral kaum rausgekommen.« Das nun konnte Jon bezeugen – er hatte sie am Fenster des Königs gesehen. »Als ich das Eingangstor erreicht habe, hat das Schneetreiben noch zugenommen. Der Weg war kaum noch passierbar, das Tor ist nur mit Mühe aufgegangen. Dennoch bin ich weitergefahren. Das mache ich viel zu häufig – ich akzeptiere Niederlagen nicht. Aufgeben bedeutet, dass ich weniger wert bin. Jetzt sehen Sie, wohin mich das gebracht hat. Zurück an den Ausgangspunkt.«

Jon musste Miss Darcy wieder auf die Beine bringen, nachdem der Schnee sie in die Knie gezwungen hatte. »Hatten Sie einen Unfall, Miss Darcy?«

»Nein«, sagte sie nur. »Ich bin losgefahren, bald danach konnte ich aber gar nicht mehr richtig sehen, wohin ich überhaupt fuhr. Ich wusste, ich war auf der Straße, ich dachte auch, es wäre die richtige, genau wusste ich das aber nicht mehr. Ich war so langsam unterwegs, wie ich konnte, aber so schnell, wie es nötig war, um noch durch den Schnee zu kommen. Irgendwann war es dann aber vorbei. Der Schnee ist immer höher geworden, ich bin nicht mehr durchgekommen, und der Wagen saß fest. Kein Unfall – vielleicht wäre das sogar besser gewesen. Nein, ich bin einfach stehen geblieben, es war nichts mehr zu machen. So was haben Sie noch nicht erlebt, Jon. Der Schnee. Als wäre das Ende der Welt über uns hereingebrochen.

Eine Stunde vielleicht habe ich nur im Wagen gesessen und zugesehen, wie ich langsam unter dem Schnee begraben wurde. Im Wagen war ich nur so lange sicher, solange ich noch rauskonnte. Ich ließ die Heizung laufen, ja, und hätte dort ausharren können, bis die Batterie leer war. Irgendwann aber musste ich eine Entscheidung treffen. Ich wusste nicht, was ich machen sollte. Es war schrecklich, in dieser Blechbüchse zu sitzen und nicht zu wissen, wo Rettung näher ist, vor mir oder hinter mir. Das war unmöglich zu sagen.

Ich kam zu dem Schluss, dass ich nicht so weit gelangt war,

wie ich gedacht hatte. Im Schnee löst sich ja alles auf, alles verzerrt sich. Also beschloss ich, nach Balmoral zurückzukehren. Mein Handy hatte schon den Geist aufgegeben, noch bevor ich den Wagen verließ. Die Steckdosen in dem Bed and Breakfast funktionieren nicht. Ich hatte keinen Mantel, nur meine Kostümjacke, aber ich wusste, ich musste los. Also habe ich mich auf den Weg gemacht.

Es kam mir wie Stunden vor, bis ich wieder am Tor war. Der Wind, der Schnee, das weiße Licht – alles schien sich gegen mich verschworen zu haben. Ich war bis auf die Knochen nass, steif gefroren, und ich war ausgesprochen dumm. Denn ich hatte keinen Gedanken daran verschwendet, dass ich gar nicht mehr nach Balmoral reinkonnte. Meine Schlüssel lagen nämlich noch im Hotelzimmer. Am Morgen, als ich dem König die rote Kassette brachte, bin ich davon ausgegangen, dass ich sie heute nicht mehr brauchen würde, außerdem wollte ich mich mit ihnen nicht mehr blicken lassen. Ich hätte sie an diesem Tag ja abgeben müssen, nachdem der König diesen lächerlichen Wunsch geäußert hatte, den Tag allein zu verbringen.

Gott selbst muss mir in dieser Situation Tony Speck geschickt haben – ich bin nicht religiös, aber das ist das Einzige, was mir dazu einfällt. Ich musste eine Viertelstunde vor dem Tor gestanden und mir die Lunge aus dem Leib geschrien haben, als Speck angeschlendert kam, als würde er einen gemütlichen Spaziergang unternehmen. Er hatte mich gar nicht gehört, natürlich nicht, und mich zunächst auch nicht gesehen, dann aber, als er mich entdeckte, sperrte er ganz schnell das Tor auf. Er verstand sofort, was passiert war, und brachte mich zum Wachturm.« Der Wachturm, ein von Speck geprägter Ausdruck, war alles andere als ein Turm, vielmehr handelte es sich um eine von einförmigen Büschen umgebene, kleine unordentliche Hütte, die den Wachmannschaften am Tor als Basis diente und mit Schlafmöglichkeiten und einer Wand voller Monitore ausgestattet war, auf denen die Bilder der Überwachungskameras zu sehen waren. »Er hat mir Tee gemacht, so wie Sie jetzt. Bald darauf ist der Strom ausgefallen – der Wachturm ist, unabhängig vom Schloss, an ein separates Stromnetz angeschlossen, das unbeständiger und weniger zuverlässig ist, deshalb war ich darüber nicht sonderlich erstaunt.«

Jon hätte Miss Darcy unterbrechen und ihr vom Stromausfall im Schloss erzählen können, aber das war jetzt kaum von Belang.

Miss Darcy leerte mit einem großen letzten Schluck ihren Tee und machte sich sofort über den Kakao her.

»Ich wollte von Speck wissen, warum er sich überhaupt im Freien herumtreibt, und er meinte, der König würde ihm ständig erzählen, dass ihm jemand nach dem Leben trachtet. Speck hatte es sich also in den Kopf gesetzt, dass er draußen zu sein hatte, man muss es ihm ja lassen, er lag noch nie falsch. Wenn er draußen sein musste, musste er wirklich draußen sein. Ich sagte ihm, dass ich versuchen wollte, zurück ins Schloss zu kommen. Worauf er meinte, er würde mich nicht begleiten, bot mir aber seinen Parka an. Nach einigem Hin und Her nahm ich ihn an.

Das muss jetzt Stunden her sein. Wie weit ist es vom Wachturm zum Dienstboteneingang? Einen halben Kilometer vielleicht? Im Schnee ist so etwas kaum einzuschätzen. Als ich die Hütte verließ, befand ich mich wieder in einer konturlosen Landschaft, die keinerlei Orientierung bietet, ich war nur etwas besser eingepackt. Ich stolperte völlig ziellos herum, vor, zurück, links, rechts, rauf, runter. Irgendwann hatte ich die Gebäude hinter mir nicht mehr im Blick, und das war es dann. Überall nur noch Weiß, dazwischen gelegentlich Sträucher, zwischen denen man sich verirren konnte. Ich befand mich auf dem Gelände eines der sichersten Schlösser der Welt, hatte aber noch nie in meinem Leben mehr Angst. Wie war das möglich?

Wie auch immer, um zum Ende zu kommen. Wären Sie nicht draußen gewesen, wäre ich wahrscheinlich bis Neujahr so herumgeirrt oder irgendwann vor Erschöpfung gestorben. Ich bin Ihnen aufrichtig dankbar, Jon.« Sie setzte die leere Kakaotasse ab. »Wie steht es hier? Hat der König seine Rede schon gehalten?« Sie sah auf ihre Uhr. »Ja, vermutlich. Um Ihnen die Wahrheit zu sagen, ich bin froh, dass ich sie verpasst habe. Hoffentlich hat er nichts dagegen, dass ich wieder hier bin – unter den gegebenen Umständen kann er trotz seiner Anweisungen sicherlich ein Auge zudrücken. Jon, was ist?«

Jon rührte sich nicht. Schwieg. Er konnte noch nicht einmal denken. Wie konnte er das, was sich im Schloss ereignet hatte, erklären?

»Jon, Sie sehen aus, als hätten Sie einen Geist gesehen. Ich darf Ihnen versichern, ich bin sehr lebendig. Nicht nur lebendig, ich würde gern über die Ereignisse des Tages in Kenntnis gesetzt werden, woraus Sie schließen dürfen, dass ich nach wie vor in der Lage bin, meiner Arbeit nachzugehen.« Miss Darcy lächelte, womit sie zu verstehen gab, dass sich irgendwo in ihren Worten ein Witz versteckte. Jon hatte nichts davon mitbekommen. Er hatte ihr gar nicht zugehört.

»Ich …«

»Jon, bitte, wenn dies ein Weihnachtsscherz sein soll, bin ich nicht in der Stimmung dafür. Ich war lange draußen, ich bin völlig am Ende …« Miss Darcys Gesicht nahm die

Farbe des Himmels an. »Moment, warum waren Sie überhaupt draußen? Und warum mit einem Gewehr?«

Allmählich dämmerte Miss Darcy, dass etwas nicht stimmte, und das wiederum öffnete Jons Lippen. Heiser sagte er: »Etwas Schreckliches ist passiert, Miss Darcy. Und ich war der Einzige hier, der sich darum kümmern musste.«

»Was ist passiert?« Miss Darcy stand auf – die heiße Milch und das Kakaopulver hatten ihre Lebensgeister geweckt. Die Rollen waren jetzt vertauscht, Jon war froh darüber. Endlich war jemand da, der in der Hierarchie über ihm stand.

»Ich habe um der Krone willen versucht, alles zusammenzuhalten, aber der Tag ist ganz furchtbar, ein einziges Durcheinander.«

»Jon, beruhigen Sie sich. Sagen Sie mir doch, was passiert ist.«

Also öffnete Jon den Mund, aber die Tränen kamen den Worten zuvor. Bis an sein Lebensende würde er sich nicht daran erinnern können, was er in diesem Augenblick Miss Darcy erzählt hatte, aber er stellte sich vor, dass es um einen Reitdamm ging, der überflutet wurde.

XXXIV

Unglücklicherweise auf dem Laufenden sein

Miss Darcy betrachtete den Leichnam mit einer Kälte, die selbst für sie ungewöhnlich war. Er hätte es seltsam gefunden, wenn sie sich nicht durch eine einzelne Träne verraten hätte, die ihr jetzt über die Wange lief. Sie waren im Schlafzimmer des Königs, dem Ort, wo sie beide unwissentlich ihre letzte vertrauliche Begegnung mit dem Monarchen gehabt hatten. Mit dieser Tatsache schien sich Miss Darcy nun zu beschäftigen.

Zitternd holte sie Luft. »Wer in der Familie weiß noch davon?«

Er hatte ihr die Kurzversion der Ereignisse geliefert, dennoch fragte sie ihn das jetzt? Darcy Tharigold gehörte zu jenen, die glaubten, die Show würde erst beginnen, wenn sie auf die Bühne treten. »Wir waren alle im Salon versammelt, als es passiert ist. Jeder weiß es.«

»Ja, natürlich«, antwortete sie. Sie wischte sich ihre eine Träne fort und streckte den Rücken durch, als wäre ihr mehr an Gefühl nicht gestattet. »Entschuldigen Sie. Ich … ich war einem Toten noch nie so nah, schon gar nicht einem toten … König.«

»Miss Darcy, ich habe Grund zur Annahme, dass der König ermordet wurde. Die Art seines Todes spricht für eine unmittelbare Reaktion auf etwas, was er zu sich genommen hat. Es war vielleicht eine Stunde nach dem Weihnachtsessen, der König hat das Gleiche getrunken wie die anderen. Er hat die gleichen Getränke und das gleiche Essen genossen. Aber der König starb, nachdem er vor der Rede einen Schluck aus seinem Glas mit Whisky genommen hat. Niemand sonst hat vom Whisky getrunken. In weniger als einer Minute war er tot.«

Miss Darcy starrte noch immer auf das Gesicht des Königs, das nun aussah wie das einer Schaufensterpuppe. Mehr war der König ja nicht mehr – ein lebloser, verbrauchter Gegenstand. »Wie überzeugt sind Sie davon, dass es nicht einfach … so passiert ist?«

Er wünschte sich, er wäre ganz und gar nicht überzeugt – alles wäre dann sehr viel einfacher. »Ich war dabei, Miss Darcy. Es konnte sich nicht um eine natürliche Ursache handeln. Meiner Erfahrung nach, selbst wenn sich diese vorwiegend aufs Kulinarische beschränkt, ist es so gut wie unmöglich, dass es etwas anderes war. Der König wurde vergiftet. Mehr noch, ich glaube, der Mörder findet sich unter den restlichen Familienmitgliedern.«

»Seien Sie vorsichtig mit Ihren Worten, Jonathan. Das grenzt gefährlich an Hochverrat.«

»Ich verstehe, aber ich habe einiges aufgedeckt, Miss Darcy. Der König hat Emeline, Maud, David, Matthew, Marjorie und Crockley jeweils am Morgen zu einer Privataudienz zu sich gerufen, danach hat er noch Martin gesehen. Es wurde einiges besprochen. Der König hatte reinen Tisch machen wollen – er hatte anscheinend einen Ordner mit belastenden Beweisen.«

»Einen Ordner?«, erwiderte Miss Darcy. »Haben Sie diesen Ordner, der Ihre Überlegungen bestätigen würde, gefunden?«

»Nein.«

»Sie haben keinerlei Beweise, Jon. Sie sagten, Sie seien zu Ihrer neuen Rolle ernannt worden?« Sie war misstrauisch, aber wer würde das nicht sein? Er wusste ja selbst kaum, wie er zu seinem Auftrag gekommen war.

»Ja, Ma'am. Ich war der einzige noch anwesende Bedienstete, und die Windsors kamen überein, dass sie untereinander nicht unvoreingenommen sind und die Untersuchung daher nicht selbst durchführen konnten. Ich wurde per Ausschlussverfahren zum Ermittler gewählt.«

»Können Sie irgendwelche ›detektivischen‹ Qualifikationen vorweisen?« Ihr Tonfall war schnippisch, und das ganz bewusst. Bis zu diesem Augenblick hatte er nicht gewusst, was Miss Darcy von ihm hielt, jetzt aber, nachdem sich der erlittene Schock allmählich legte, schien sie es gar nicht erwarten zu können, ihm das in aller Deutlichkeit zu verstehen zu geben.

»Ich bin Koch, Miss Darcy. Ich war nie Ermittler. Konkret gibt es sehr wenige Fertigkeiten, die beiden Berufen gemein sind. Ermittlungen in einer Mordsache sind etwas anderes, als herauszufinden, warum ein Soufflé nicht aufgeht.«

»Sie sind also kein Ermittler, und anscheinend sind Sie auch kein Wachmann«, stieß sie hervor und deutete zum König.

Kurz wurde Jon wütend. »Nein, Ma'am, das bin ich nicht.« Er betonte jede Silbe. »Aber Tony Speck ist ein Wachmann. Leider war er draußen und hat irgendwelchen Phantomen im Schnee hinterhergejagt, statt den König zu schützen.« Sofort bedauerte er seine Worte. Dreißig Jahre hatte er seine Zunge im Zaum gehalten, nur um nun innerhalb Sekunden alles zunichtezumachen.

Seltsamerweise feuerte Miss Darcy ihn nicht an Ort und Stelle, sondern schien von ihm sogar etwas weniger genervt zu sein. »Sie haben recht, natürlich. Tony hat heute ein extremes Fehlverhalten an den Tag gelegt. Darum wird man sich kümmern, wenn diese traurige Sache beendet ist. Nun, Sie sagten, Sie wären draußen jemandem gefolgt? Als der Strom ausfiel?«

Ja, fast war das alles schon vergessen. Es war einfach zu viel – dieses Kästchen beherbergte einfach zu viele Rätsel. Konzentrierte er sich auf eines dieser Rätsel, verlor er die anderen aus dem Blick, so, als würden sie alle ihre Plätze tauschen, wenn er nicht hinsah.

»Ja. Ich war mit David, Marjorie, Emeline, Maud, Matthew und Martin im Salon. Wir haben Thomas Crockley durchs Fenster gesehen, er hat draußen im Schnee gestanden.«

»Und Crockley war nicht im Salon, weil es ihm nicht gut ging und er sich zurückgezogen hat?«

»Ja«, sagte Jon. »Ich bin runter, um die Hauptsicherung einzuschalten, und bin dabei auf Crockley gestoßen, der daraufhin wortlos nach draußen gestürmt ist.«

Für ein paar Sekunden ließ Miss Darcy den Kopf in die Hände sinken, fast so, als würde sie mit einem Kind Verstecken spielen. Als sie die Hände fortnahm, war sie wie ausgewechselt. Misstrauisch beäugte sie Jon, als stellte sie seine Worte infrage. »Gehen wir zu den Familienangehörigen – mal sehen, was sie dazu zu sagen haben.«

Miss Darcy wandte sich zur Tür. Jon blieb mit dem Gefühl zurück, dass er ihrer Meinung nach nicht sein Bestes gegeben hatte; andernfalls wäre der König ja noch am Leben. Was ihn aber keineswegs so berührte, wie es das vielleicht sollte, denn dieses Gefühl plagte ihn ja schon, seitdem der König seinen Posten verlassen hatte. Noch einmal sah er zum Monarchen und entschuldigte sich stumm: *Ich hätte mehr tun sollen. Ich hätte wissen sollen, dass Sie in Gefahr sind.* Unausgesprochen schwebte zwischen Miss Darcys leicht gereizten Worten die Überzeugung mit, dass es jetzt gezwungenermaßen an ihr lag, das Chaos in den Griff zu bekommen. Natürlich hatte sie recht. Auch wenn Tony Speck hier sein sollte. Aber die Verantwortung lag eben immer bei denen, die gerade zur Hand waren.

Draußen im Korridor wurde es nicht besser. Sie wollten bereits zum Salon, als Jon stehen blieb. »Warten Sie.«

»Was ist, Jon?«, fragte Miss Darcy missmutig.

»Crockleys Zimmer müsste doch leer sein.« Jon trat vor Crockleys Tür und klopfte an. Keine Antwort. Er klopfte noch einmal, um Miss Darcy Zeit zu geben, zu ihm aufzuschließen. »Sie werden sehen.«

Sie seufzte, als er den Knauf probierte. Es war nicht abgesperrt. Er öffnete.

Thomas Crockley lag unter der Bettdecke und rührte sich, als er die Geräusche an der Tür hörte. Er machte den Eindruck, als hätte er den ganzen Nachmittag hier verbracht. Keine Anzeichen, dass er vor Kurzem noch draußen gewesen war – keine geröteten Backen, keine nassen Haare. Er blinzelte sie an. »Alleyne?« Nirgendwo war ein roter Anorak zu sehen. »Geht's Ihnen gut, Jon?«

Miss Darcy schloss die Tür, ohne auf Crockleys Frage einzugehen.

Jon hatte es immer für ein Klischee gehalten, wenn jemand vor Überraschung der Mund offen blieb, jetzt aber wusste er, dass das wirklich passieren konnte. »Ich … ich … verstehe das nicht. Wenn es nicht Crockley war, wer …«

»Gehen wir zur Familie. Nachdem ich jetzt da bin, können Sie sich vielleicht etwas hinlegen, ja? Hat der Arzt Ihnen nicht gesagt, dass Sie ein bisschen kürzertreten sollten?«

Jon war verwirrt. »Ich habe Ihnen nie vom Arzt erzählt.«

»Nein«, sagte Miss Darcy. »Aber ich lege Wert darauf, über sämtliches Personal im Schloss auf dem Laufenden zu bleiben. Vor allem, wenn es deren Arbeit betreffen könnte.«

Etwas Unausgesprochenes schwang in ihren Worten mit.

Miss Darcy lächelte, ihr Mund aber passte nicht zu ihrem Blick. »Kommen Sie!« Sie drehte sich um, ging los, kam aber nach wenigen Schritten zurück. »Oh.« Sie zog etwas aus ihrer Tasche. »Tony Speck hat mich gebeten, Ihnen das zu geben. Er sagte, Sie waren so fasziniert davon, im Wachturm aber nützt es ihm nicht viel.« Sie drückte ihm das Ding in die Hand und stolzierte davon.

Ein kleines Tablet. Er berührte es, und auf dem Display erschien das vertraute Bild. Die gleiche, mit einem Koordinatengitter überlagerte Karte. Balmoral und das zugehörige Anwesen. Rote Punkte verwiesen auf die Wärmebildsensoren der anwesenden Personen. Einer der Punkte befand sich ganz nah am Kartenrand – Speck draußen im Wachturm. Im vorderen Bereich des Schlosses waren sechs Punkte zu erkennen – Emeline, Maud, David, Marjorie, Matthew und Martin im Salon. Im hinteren Bereich drei Punkte – Jon, Crockley und Miss Darcy. Miss Darcys roter Punkt bewegte sich gleichmäßig durch den Korridor.

Sonst war niemand im Schloss. Crockley schien tatsächlich die ganze Zeit in seinem Zimmer gewesen zu sein. Alle anderen waren bei ihm gewesen, als der Strom ausgefallen und die unbekannte Gestalt vor dem Fenster aufgetaucht war.

War Jon wirklich einem Gespenst hinterhergejagt?

XXXV

Anpassung an den Status quo

Helle Aufregung zeichnete sich auf den Gesichtern der Royals ab, als Miss Darcy Tharigold in den Raum schwebte. Sie scharten sich um sie wie Kinder um ihre Lieblingslehrerin, stellten Fragen, äußerten ihre Freude, sie zu sehen, vergossen Tränen der Erleichterung. Jon hätte gekränkt sein können, hätte er Miss Darcy nicht bemitleidet, die nun an seiner Stelle Ziel ihres Zorns sein würde. Bewundert zu werden war ja schön und gut, aber daran knüpften sich auch Erwartungen. Jedem hier ihm Raum war das jetzt klar.

»Was ist Ihnen widerfahren, Miss Darcy?«

»Wo waren Sie, Miss Darcy?«

»Gott sei Dank, dass Sie da sind!«

»Haben Sie den Strom wieder angestellt, Miss Darcy?«

Lediglich Prinzessin Maud beteiligte sich nicht am allgemeinen Geschnatter, sondern sah zögernd zu Jon. Er schüttelte ganz leicht den Kopf – *nicht Crockley.* Sie schien ihn zu verstehen und durchlief die gesamte Bandbreite an Emotionen. Erleichterung, die erst durch Verwirrung, dann durch Angst ersetzt wurde. Sie entfernte sich von den anderen und schien angestrengt nachzudenken.

Auch Jon sah nur zu, wie die Royals ihre neue Anführerin umringten. Er war vergessen, abgehängt, nun war er wieder nur der Koch. Aber das hatte er doch so gewollt, oder?

Jetzt wusste er nicht, was er tun sollte.

Er ging zur Kommode neben dem offenen Kamin. Im rechten Fach war alles untergebracht, worauf die königliche Familie eventuell zugreifen wollte. Dort fanden sich die Lieblingsbrettspiele des Königs – Monopoly, Scrabble, Cluedo – sowie eine Auswahl an Briefpapier und Schreibgerätschaften. Ebenfalls einige von Marjorie angefangene und nie beendete Projekte wie eine halb fertige Kreuzstickerei, ein kaum angerührtes Rätselheft und mehrere unberührte Taschenbücher. Im linken Fach allerdings war verstaut, was die Dienerschaft gegebenenfalls benötigte. Zwischen Desinfektionssprays und der Extra-Tischwäsche wühlte er nach den Müllbeuteln, riss einen von der Rolle und machte sich daran, das Zimmer aufzuräumen. So etwas wurde gewöhnlich nicht in Anwesenheit der Royals getan, aber er bezweifelte, ob sie es überhaupt bemerkten.

Während Miss Darcy ihrem ergebenen Publikum darlegte, wie sie wieder in den Salon gekommen war, sammelte Jon das aufgerissene Geschenkpapier ein, stellte die leeren Gläser zusammen und ordnete die Geschenke; das alles geschah mit dem Geschick und der Zügigkeit eines alten Veteranen. Schön, wieder etwas zu tun, worin man versiert war.

»Da bin ich draußen auf Jon gestoßen, und Jon hat mir erzählt, was vorgefallen ist.« Miss Darcy gebot über den Raum, mehr, als es ihm jemals gelungen war. Die königliche Familie war wieder ein kollektiver Organismus. »Mein großes und aufrichtiges Beileid Ihnen allen. In gewisser Weise gebe ich mir selbst die Schuld daran.«

»Nein, Miss Darcy!«

»So was dürfen Sie nicht denken!«

»Sie waren doch gar nicht da, wie können Sie dann schuld sein?«

»Genau deshalb trage ich zumindest teilweise die Schuld. Ich hätte hier sein sollen. Ich weiß, der König hat um eine Familienfeier gebeten, das wollte ich respektieren, aber das Establishment und ich verfügen über die Macht und den Einfluss, ihn zu überstimmen. Das haben wir nicht getan.«

»Grämen Sie sich nicht, Kind«, sagte David. »Niemand konnte das vorhersehen.« Die restliche Familie schien ihm beizupflichten, selbst jene, die ihm sonst immer kritisch gegenüberstanden.

Miss Darcy führte sie wie die Dirigentin eines Orchesters. Was für ein Anblick. Er sah keinen besonderen Vorsatz darin. Eher wusste sie ganz genau, wie sie es anstellen musste, um von ihnen das Gewünschte zu bekommen – und sie würde nicht eher ruhen, bis sie es bekommen hatte. Wenn sie auf eine Art Absolution aus gewesen war, dann war sie ihr soeben gewährt worden. Aber Jon glaubte, dass sie mehr im Sinn hatte.

»Egal, wer die Verantwortung trägt«, begann Miss Darcy, »es ändert nichts an der Lage, in der wir uns nun befinden. Der König ist tot, aber nachdem ich jetzt da bin …«

»Gott sei Dank«, sagte Marjorie und warf Jon einen Blick zu.

»… werden wir die Vorgehensweise grundlegend ändern«, fuhr Miss Darcy fort. »Entsprechend werde ich handeln.«

»Sie meinen, Sie rufen uns zusammen und erklären uns, wer der Mörder ist?«, fragte Martin aufgeregt – und dann, als Antwort auf den finsteren Blick seines Bruders: »So macht Enola das immer.«

»Ich werde gar nichts erklären, Martin, das wäre ja lächerlich. Denn wir alle scheinen hier einer Illusion aufgesessen zu sein. Einer Illusion, die Jon weiter geschürt hat.«

»Und die wäre?«, fragte Emeline.

»Na, ganz einfach. Die Illusion, dass der König ermordet wurde.«

Alle im Raum erstarrten.

»Was?«

»Moment …«

Jon sah nur zu Miss Darcy – er konnte nicht sagen, wer was von sich gab. Es war auch nicht wichtig. Was machte sie hier? Miss Darcys Lächeln änderte sich kein bisschen. Fast sah sie aus wie ein gefühlloser Automat. Wäre es nicht völlig unmöglich gewesen, dass Miss Darcy selbst den König getötet hatte, hätte Jon an ein Komplott geglaubt.

»Miss Darcy …«, begann Jon, aber sie hob die Hand.

»Wir haben genug von Ihnen gehört, Jon«, sagte Miss Darcy. »Sie haben mir berichtet, was sich ereignet hat, und mir ist alles klar. Der König ist eines natürlichen Todes gestorben. Jon hat selbst gesagt, dass das nicht auszuschließen sei. Der König hat einiges vor Ihnen geheim gehalten. Es ging ihm nicht gut. Nicht der Whisky oder ein Gift haben seinen Tod verursacht, sondern Krankheit und hohes Alter. Mir ist klar, es muss sehr dramatisch ausgesehen haben, aber so ist das immer, wenn jemand stirbt. Ich bedaure, was Sie erlebt haben. Ich hätte Sie darauf vorbereiten sollen, was geschehen könnte, und wäre ich da gewesen, hätte ich Ihnen meine Unterstützung zuteilwerden lassen.

Ich fürchte aber, Sie wurden von jemandem, der sich für wichtiger nahm, als er tatsächlich ist, in die Irre geführt. Dieser Mann hat durch fehlgeleitete Handlungen, mochten sie noch so gut gemeint sein, eine Familientragödie zu eigenen Zwecken genutzt. Das lässt sich nicht anders als bösartig bezeichnen, aber damit hat es nun ein Ende.«

Jon konnte nicht glauben, was er hörte. Die Familie leider schon.

»Endlich jemand mit Sinn und Verstand!« David lachte.

»Wir haben es euch doch gesagt, ernennt diesen Lakaien nicht zum Ermittler«, rief Marjorie triumphierend.

Nur zwei der Royals zögerten – Maud und Matthew. Emeline hatte einen Schritt in Richtung ihres Onkels und ihrer Mutter gemacht – ein Schritt, der wenige Stunden zuvor noch ausgeschlossen gewesen wäre. Selbst Martin beäugte Jon misstrauisch. Miss Darcys Wort galt viel in diesen Räumen. Jon war in Schwierigkeiten.

»Vielleicht habe ich einen Fehler gemacht«, sagte Emeline. »Nur … es hat so ausgesehen, als wäre er vergiftet worden … Ich dachte, Jon wäre die beste Option.«

»Eure Majestäten, die königliche Familie, Sie sind das wichtigste Gut, Sie sind die wichtigsten Persönlichkeiten im Land. Glauben Sie wirklich, wir hätten Sie allein gelassen, wenn die Möglichkeit eines Attentats bestünde?« Miss Darcy hob dramatisch die Stimme. Jon gefiel nicht, was er da hörte. »Ich weiß, Ihr Beschützer schwebte über den Dingen und hielt sich für einen Detektiv, während er lediglich der Koch ist. Er lebte eine groteske Machtfantasie aus. Damit ist nun Schluss.«

David gluckste erfreut, genau wie Marjorie. Selbst Matthew zögerte. Nur Maud hielt noch zu Jon.

»Sie haben sich alle einem Mann gefügt, der das Bedürfnis nach Herrschaft hatte«, sprach Miss Darcy weiter. »Er sehnte sich immer danach, mehr zu sein, als er ist. Und jetzt, einmal noch, wollte er wichtig sein. Sie sind einem todkranken Mann in die Schlacht gefolgt.«

Jon stand kurz davor, in Tränen auszubrechen, aber er durfte ihr gegenüber keine Schwäche zeigen.

»Stimmt das, Jon?« Nein, nicht Maud auch noch. Jetzt hatten sich alle gegen ihn gestellt.

»Jonathan Alleyne ist krank. Vielleicht ist etwas mit seinem Verstand passiert, als er den König sterben sah.« Miss Darcy sah aus, als würde sie das alles genießen.

Jon fand keine Worte. Es gab nichts zu sagen.

Mit einem Mal kehrte Miss Darcys heiteres Gemüt zurück, es wurde einfach angeschaltet, so wie der Strom zuvor ausgeschaltet worden war. »Aus diesem Grund werden wir den Weihnachtstag so verbringen, wie wir ihn immer verbracht haben. Jon wird Ihnen ein Abendessen servieren, und Sie können am Kamin entspannen.«

Sie würden wirklich so tun, als wäre nichts geschehen. Natürlich – sie würden alles tun, was Miss Darcy sagte.

»Wir werden uns der festlichen Stimmung überlassen, soweit es uns möglich ist. Wir werden uns zu erinnern versuchen, dass Weihnachten ist – wir werden essen, trinken und fröhlich sein. Wir werden das Leben von Eric Windsor feiern. Und wenn der Schneesturm vorüber ist und der Tag hinter uns liegt, wird Jonathan Alleyne die Konsequenzen seiner Dummheit zu spüren bekommen. Und wird das Schloss verlassen. Ein für alle Mal.«

XXXVI

Das Blatt wendet sich

»Ich hab's verdammt noch mal gewusst«, sagte David. »Manövriert uns in ein sinnloses Unterfangen. Befleckt den Namen meines lieben Bruders und zieht uns alle in den Dreck. Und verschüttet auch noch meinen Whisky.«

»Ich wusste, er würde Probleme machen«, sagte Marjorie. »Er hatte schon immer diesen verschlagenen Blick. Den haben die alle.«

»Es fällt mir schwer zu glauben«, sagte Emeline. »Aber es scheint so zu sein.«

»Ich kann nicht … Mir wird schlecht«, sagte Matthew. »Entschuldigt mich.« Er verließ den Raum und kam erst fünf oder zehn Minuten später zurück.

Auch die anderen Royals schienen ihre Meinung loswerden zu wollen, ganz zu schweigen von Jon, der ebenfalls gern etwas zu seiner Verteidigung vorgebracht hätte, aber wie immer hatte Maestra Miss Darcy das Sagen. Abermals brachte sie mit erhobener Hand den Raum zum Schweigen. »Nun, ich bin der Meinung, wir sollten den Fernseher anstellen und alles erst mal vergessen, ja? Vielleicht bekommen Sie noch den Schluss von *Strictly Come Dancing* mit. Oder wir bleiben hier und spielen Gesellschaftsspiele.«

Gesellschaftsspiele. Zu einem Zeitpunkt wie diesem.

Miss Darcy aber trug alles mit so großer Überzeugung vor,

dass selbst Jon um ein Haar eingeknickt wäre. Hatte er wirklich vorschnell gehandelt? Es stimmte ja, Gift war als Todesursache nicht bestätigt worden, noch weniger der Whisky. Lag in Miss Darcys harschen Worten nicht doch ein Funken Wahrheit?

»Wir sollen einfach so weitermachen wie vorher?«, fragte Maud.

»Nein, das haben Sie falsch verstanden«, versicherte Miss Darcy ihr. »Es wird nie mehr so sein wie vorher. Sie alle haben den Tod eines geliebten Familienmitglieds erlebt. Sie sind traumatisiert, erschöpft und so voller Schmerz, wie ich mir kaum vorstellen kann. Aber gehört es nicht zum Wesen der Briten, jederzeit unerschütterlich durchzuhalten? Gehört das nicht zum Wesen der königlichen Familie? Hätte König Eric nicht gewollt, dass Sie diesen Tag mit Freude und gegenseitigem Mitgefühl verbringen?«

Trotz allem musste Emeline kichern. »Wenn er uns jetzt sehen könnte …«

»Würde er uns alle auslachen«, sagte Marjorie.

»Wie oft, meint ihr, hat er seine verdammte Fabel erzählt?«, sagte Emeline lachend.

»›Eines Tages ging eine ganz normale Familie in den Zoo, um die Löwen zu sehen …‹«, ahmte David überraschend gut den verstorbenen König nach. »Ja, Bruder, wir wissen es. Sie waren verdammt oft dort.«

Die Familie erging sich in Erinnerungen an Eric, und nach und nach ließen sich alle darauf ein. Maud war die Letzte, die sich ihren nostalgischen Gefühlen hingab, aber sie ließ es geschehen, als sich Martin an Erics säuerliche Miene erinnerte, wenn er von *The Monarch* erzählte.

Jon beobachtete sie nur. Wieder einmal stand er außerhalb und sah zu ihnen hinein. Er verabscheute dieses Gefühl. Und er verabscheute den Gedanken, dass Miss Darcy womöglich recht hatte. Kurz, wenngleich unter traurigen Umständen, hatte er sich ihnen zugehörig gefühlt. Aber er gehörte nicht zu ihnen, jetzt nicht und nie wieder.

Miss Darcy trat neben ihn, ihr Lächeln hatte sich nicht verändert, bedeutete jetzt aber etwas ganz anderes.

»Das wäre nicht nötig gewesen«, sagte Jon und bedauerte, dass er eher mutlos als angriffslustig klang. An einem Punkt in seinem Leben war er so geworden – ein Mensch, über den andere bestimmten. »Das hätten Sie nicht sagen müssen.«

»Nein, ich hätte es nicht sagen müssen, aber jetzt ist es geschehen. Und ich denke, es ist für alle besser so.«

»Ich bin, bei allem Respekt, anderer Meinung.«

Miss Darcy lächelte ihr schreckliches Lächeln. »Ihre Meinung ist mir egal, Jonathan. War sie mir schon immer. Das trifft auf jeden im Schloss zu, außer es geht ums Essen. Apropos …« Miss Darcy erhob die Stimme. »Wer hat Hunger? Es war für uns alle ein langer Tag.«

Von allen in der Familie kam fröhliches Gejohle.

»Behandle sie wie Schulkinder«, murmelte Miss Darcy Jon zu. »Das ist das Geheimnis.« Sie klatschte ihm auf den Rücken. »Ich erwarte auf meinem Schreibtisch Ihre Kündigung vorzufinden, wenn ich Ihr Chaos hier aufgeräumt habe. Außer es sagt Ihnen mehr zu, entlassen zu werden.«

Miss Darcy trat zur Familie. »Jonathan wird sich zur Abwechslung wieder an seine Arbeit machen und uns allen ein Abendessen zubereiten. Ich gehe davon aus, dass vom Festmahl noch einiges übrig ist, ja?«

Jon nickte schweigend. Er konnte es immer noch nicht fassen.

»Dann los mit Ihnen.«

Jon stellte fest, dass er genau das tat, was Miss Darcy angeordnet hatte. Seine Beine trugen ihn wie auf Autopilot, als verfolgten sie eigene Absichten, während er sich vor der königlichen Familie verbeugte und ging.

An der Tür sah er noch mal zu ihnen zurück. Sie hatten ihn alle schon wieder vergessen. Alle bis auf Miss Darcy, die eine Hand hob. »Ach, und, Jon, für mich eine Extraportion Rosenkohl.«

XXXVII

Resteessen

Im Lauf der nächsten Stunde aß die Familie um den Beistelltisch, an dem der König seinen letzten Atemzug getan hatte. Jon hatte Platten mit den Resten zusammengestellt und sie auf dem Sideboard aufgebaut. Die Familie füllte die Teller. Er bereitete Miss Darcy ein eigenes Weihnachtsessen, und sie nahm Platz und aß mit der Familie. Sie gehörte zu ihnen, so wie er es sich immer gewünscht hatte. Danach gab es nichts mehr außer Fleisch und Soße.

Jon war am Verhungern. Er wusste nicht, ob die Schmerzen im Bauch vom Tumor oder von seinem knurrenden Magen kamen. Aber er hatte keine Zeit zum Essen – und hatte auch keine Lust auf die Reste. Wahrscheinlich hätte er sowieso keinen Bissen runtergebracht.

Er hatte nicht geweint, als der Arzt ihm gesagt hatte, dass es Krebs sei. Er hatte noch nicht einmal gezuckt, als er ihm sagte, dass er inoperabel sei. Geweint hatte er erst, als er daran dachte, dass er die königliche Familie zurücklassen müsste. Jetzt sah er, dass sie ohne ihn wunderbar zurechtkamen. Es ging ihnen blendend.

Die Jüngeren spielten Monopoly. Ihre Gespräche drehten sich um alles, nur nicht um den König. Beinahe so, als wäre nichts passiert. Alles war wie sonst, nur sein Lieblingsarmsessel, der blieb leer.

Martin war bereits aus dem Spiel ausgeschieden – er nervte jetzt die Älteren. David und Marjorie saßen am weitesten vom Tisch entfernt, hatten ihre Teller auf den Knien und unterhielten sich leise. »Wusstet ihr, dass sich Gorillas nicht mit den Fäusten gegen die Brust schlagen, sondern mit den offenen Handflächen?« Die beiden nahmen den Jungen nicht weiter zur Kenntnis.

Miss Darcy hatte zu Ende gegessen und kaufte gerade mehrere Häuser, um damit ihre blaue Reihe vollzumachen. Sie war am Gewinnen.

In mehr als einer Hinsicht.

»Noch Wein, bitte, Jon.«

Das von Emeline. Es war noch nicht lange her, dass sie mehr als die anderen zu ihm gestanden hatte. Ihre Idee war es gewesen, dass er ermitteln sollte. Er kam zu ihr, schenkte ihr nach und füllte auch die Gläser der anderen. Vielleicht hatte David die ganze Zeit recht gehabt – er war der Butler.

Keiner von ihnen hatte Fragen zu dem von ihm servierten Essen gestellt. Die Reste des mittäglichen Festmahls hatten offen und für jeden zugänglich in der Küche gestanden. Lange hatte er mit sich gerungen, ob er sie auftragen sollte. Jeder aus der Familie hätte sie vergiften können – Gelegenheit dazu hatte es genug gegeben. Aber keiner schien noch einen Gedanken daran zu verschwenden. Und letztlich konnte er nicht leugnen, dass er es einfach serviert hatte, weil es von ihm erwartet wurde.

Ein Leben, in dem er immer getan hatte, was ihm gesagt wurde. Das war das Leben, für das er Barbados verlassen hatte – anscheinend. Seitdem er von dort weggegangen war, hatte er sich jemanden gesucht, der über ihn herrschen konnte. Nun, hier hatte er einen Volltreffer gelandet.

»Das ist nicht fair«, rief Matthew, als er auf einer von Miss

Darcy bebauten Straßen landete. »Ich bin pleite. Nein – ich werde keine Hypothek mehr aufnehmen. Ich gehe in Würde unter.« Lachend warf er sich auf der Chaiselongue zurück.

Konnte Jon es ihnen verdenken? Die Familie trauerte. Sie war beeinflussbar. Es war stark zu vermuten, dass sich zumindest einige von ihnen einen Panzer angelegt hatten. Jon hatte es oft erlebt. Sie gaben sich, als wären sie in der Öffentlichkeit. Er hatte auch miterlebt, wenn sie den Panzer ablegten und sich öffneten.

Matthew lehnte sich auf der Chaiselongue so weit zurück, dass er das Gleichgewicht verlor und hintenüberkippte. Beschwipst landete er auf dem Boden. Etwas, was unter der Chaiselongue gelegen hatte, schlitterte davon und knallte gegen die Wand. Matthew brach in Gelächter aus, die anderen fielen mit ein.

Aber das Gelächter erstarb, als die blecherne Spieluhr einsetzte. »God Save The King«. Es war das Trickkästchen, Interregnum, dessen Aufprall an der Wand die Spieluhr ausgelöst hatte.

Der Panzer begann zu bröckeln.

Die Ereignisse des Tages waren mit einem Mal wieder allgegenwärtig.

»Ich gehe schlafen«, sagte David, trank sein Glas aus und schluckte ein Schluchzen mit hinunter.

»Gute Idee«, sagte Marjorie, deren Leber das sicherlich goutieren würde.

»Verdammt, es ist schon spät, oder?«, sagte Matthew, rappelte sich auf, rückte seine Kleidung zurecht und sah zur Uhr auf dem Kaminsims. Es war fast elf. Fast Boxing Day.

»Vielleicht sollten wir alle ins Bett«, sagte Miss Darcy. »Morgen wird alles gleich viel besser aussehen. Vielleicht ist dann sogar der Schneesturm vorüber.«

Sie fassten sich und verließen der Reihe nach den Raum. Emeline als Erste, mit einem letzten Blick zur Spieluhr, während sie sich mit dem Taschentuch die Augen trocknete. Maud sammelte ihre Familie ein und scheuchte alle hinaus. Keiner achtete auf Jon, der in Habachtstellung an der Tür stand.

Zurück blieben nur er, Miss Darcy und Marjorie. Die Königliche Prinzessin versuchte vergebens, sich von ihrer Chaiselongue zu erheben. »Ach, wissen Sie, vielleicht sollte ich einfach die Nacht hier verbringen.«

»Unsinn«, sagte Miss Darcy. »Das ist doch kein würdiges Bett für eine Königin.«

Sie hatte die richtigen Worte getroffen.

Miss Darcy beugte sich zu ihr hin, wollte ihr hochhelfen, aber dann drehte sie sich um und starrte unumwunden zu Jon. Sie hatte immer noch ihr verdammtes Lächeln im Gesicht. »Jon, was machen Sie noch hier? Sie sind entlassen. Ich an Ihrer Stelle würde mir gut überlegen, ob Sie den anderen nicht besser aus dem Weg gehen. Verabschieden Sie sich schon mal von Ihren Küchen.«

Jon würdigte die Worte nicht mit einer Antwort, sondern nickte ihr nur zu. Und dann: »Miss Darcy, Eure Majestät, frohe Weihnachten Ihnen beiden.« Er wollte sich einbilden, dass er damit ein Statement setzte – indem er sich edelmütig gab –, in Wirklichkeit war er ihnen wahrscheinlich völlig egal.

Draußen im Korridor ließ er jede Etikette fahren. Er sank auf die Knie und schluchzte vor Schmerzen. Sein Magen stand in Flammen. Das stundenlange Herumstehen hatte ihn körperlich erschöpft, die Vorgänge im Salon hatten ihn nervlich zerrüttet. Es war vorbei. Alles.

Wilson, der Kater, kam aus dem Nichts angetrottet und rieb sich an Jons Schienbein. Wenigstens einer hielt noch zu ihm. Jon wollte ihn schon streicheln, aber Wilson schien anderes vorzuhaben – er ging zur Salontür und stupste mit der Pfote dagegen, als wollte er hinein.

Jon wollte sie gerade öffnen, als er von drinnen Stimmen hörte. Er nahm Wilson auf den Arm, damit der Kater nicht mehr gegen die Tür stieß. Erst wand sich das Tier, dann machte es es sich in seinen Armen bequem und schnurrte leise. Jon musste sich anstrengen, um die beiden Frauen im Raum zu hören.

»Lassen Sie mich doch in Ruhe, Sie dummes Ding. Sie wissen doch gar nicht, wovon Sie reden.« Marjorie, wer sonst.

»Ich möchte nichts Unpassendes sagen, Eure Majestät, aber wäre nicht jetzt der rechte Zeitpunkt, das Geheimnis zu lüften, an dem Sie so lange festgehalten haben? Alles liegt offen zutage, man könnte es fast als eine Geschichte der Befreiung verkaufen.«

»Und wozu soll das gut sein?«, blaffte Marjorie.

Miss Darcy legte eine Liebenswürdigkeit an den Tag, von der sie einen schier unerschöpflichen Vorrat zu haben schien. »Die Familie bricht entzwei – wir brauchen einen neuen Kitt, der sie wieder zusammenhält. Ihretwillen. Und für das Land. Für die britische Öffentlichkeit. Das könnte der Kitt sein. Ein neues Zeitalter.«

»Und ich nehme an, Sie wissen alles über dieses Geheimnis, was?«

»Ich weiß alles über Sie, Eure Majestät. Das ist mein Job. Und alles über die anderen in der Familie. Ich könnte Ihnen einiges erzählen.«

»Wissen Sie, wo sich meine Tochter in Plymouth herumgetrieben hat?«

»Was?« Darauf schien Miss Darcy nicht gefasst gewesen zu sein.

»Rede ich undeutlich? Wissen Sie, wo sich meine Tochter in Plymouth herumgetrieben hat? Sie ist eine halbe Stunde zu spät zu dieser dummen Katzenpension gekommen. Wie kann so was passieren? Wissen Sie, wo sie gesteckt hat?«

»Nein. Nein, das weiß ich nicht.«

»Dann sind Sie zu nichts nutze. Wie können Sie es wagen? Ich sehe doch, was Sie vorhaben, Tharigold. Sie wollen mir drohen. Verflucht seien Sie. Ich kann Ihnen nur etwas geben, wenn ich etwas bekomme. Mein Geheimnis gehört also mir – nur mir. Ansonsten verbreite ich einige Ihrer Geheimnisse. Ihre Familie hat viele davon – die Nichte des mächtigen Stellan Tharigold, was? Verschwinden Sie! Ich werde die Nacht hier verbringen. Ein Schlummertrunk sollte noch in Ordnung sein. Verschwinden Sie! Außer Sie haben einen Korkenzieher oder irgendeinen Spieß. Oder so was.«

»Ma'am, ich wollte nicht …«

»Verschwinden Sie.«

Miss Darcys Schritte kamen näher. Als sie durch die Tür trat, drückte Jon sich in die nächste Nische. Dann ging sie an ihm vorbei, blieb aber kurz danach stehen. Sie konnte ihn unmöglich gesehen haben, aber natürlich war es so. »Jon, Sie sind ja immer noch da.«

Jon trat aus der Nische und trocknete sich umständlich die Augen. Sie schien zu glauben, dass er nicht gelauscht hatte. »Ich bin immer hier. Oder war es mal. Für König und Krone.«

Miss Darcy rollte mit den Augen. »Geben Sie mir Ihr Walkie-Talkie. Ich werde versuchen, Tony Bescheid zu geben. Ich werde eine Verbindung bekommen, und wenn ich dafür bis ganz nach oben auf die Turmspitze steigen muss. Das alles muss aufhören, dem stimmen Sie sicherlich zu.«

Jon ließ Wilson los und löste das Funkgerät vom Gürtel.

»Es ist besser so, Jon«, sagte Miss Darcy, als sie es entgegennahm. »Eines Tages werden vielleicht sogar Sie das einsehen. Und jetzt ab in die Küche.«

Jon gehorchte, ohne einen Blick zurückzuwerfen. Bei jedem Schritt dachte er nur an Marjorie Windsor-Neuberners Geheimnis.

XXXVIII

Widerstand

Der Abwasch war erledigt. Die Arbeitsflächen waren gereinigt. Es gab nichts mehr zu tun, außer zu schlafen. Niemals hatte er den Anblick einer blitzsauberen Küche mehr gehasst. Schlaf würde sich jedoch nicht einstellen, und wenn, dann würde er ihn wieder wegschicken. Er wollte so lange wie möglich in dem alten Gemäuer ausharren, und er wollte es bewusst tun. Das hier, das war sein Leben gewesen, und es war nicht übertrieben zu behaupten, dass er ohne seine Arbeit sterben würde.

Er war so hungrig. Vielleicht könnte er jetzt endlich etwas essen. Vielleicht sollte er sich ein letztes Mal das königliche Frühstück zubereiten. Er nahm sich zwei Brotscheiben aus dem Brotkasten und gab sie in den Toaster. Wo hatte er am Morgen die Marmelade hingeräumt? Das komische Gefühl beschlich ihn, dass er sie sonst wo hingestellt hatte, nur nicht dahin, wohin sie gehörte. Klar, sie fand sich nicht im Seitenfach des Kühlschranks, wo er sie gewöhnlich aufbewahrte. Der Morgen war so chaotisch verlaufen, dass er nicht wusste, wo sie abgeblieben war.

Vielleicht konnte er zumindest das Rätsel der verschwundenen Marmelade lösen.

Seine Gedanken drifteten ab. Es gab ja immer noch so viele Dinge, die keinen Sinn ergaben. Vor allem anderen die

Gestalt in seinem roten Anorak, die sie durch das Fenster gesehen hatten. Wenn es nicht Crockley war, wer dann – immer unter Berücksichtigung des Umstands, dass sonst niemand da war? Erwiesenermaßen.

Er fasste in seine Tasche und zog das Security-Tablet heraus. Die roten Punkte der königlichen Familie, Miss Darcy, er selbst sowie Tony Speck draußen im Wachturm. Sonst niemand.

Wie war das möglich? Die Gestalt draußen war doch keine kollektiv erlebte Illusion, sie alle hatten sie wirklich gesehen. Und er wusste, dass er auch nicht verrückt war, als er die Gestalt hier unten in den Räumen der Bediensteten gesehen hatte. Jemand war an ihm vorbeigelaufen, jemand war hinaus in den Schnee gestürmt – er war keinem Nichts gefolgt. Er wurde nicht verrückt.

Ebenso wenig konnte er glauben, dass der König eines natürlichen Todes gestorben war. Er hatte Schaum vor dem Mund gehabt. Er hatte sich an den Hals gefasst. Unmittelbar nachdem er vom Whisky getrunken hatte. So etwas geschah nicht einfach so. Und Crockley war ebenfalls übel geworden, nachdem er mit den Lippen des Toten in Berührung gekommen war. Aber er schien es zu überstehen. Jon blieb dabei – der König war ermordet worden. Und die anderen in diesem Schloss hatten Geheimnisse – Geheimnisse, die sich leicht in Motive wandeln konnten.

Er fand die Marmelade und stellte sie so fest auf die Arbeitsfläche, dass er fast das Glas zerbrach. Zum Glück geschah das nicht – er hatte nicht mehr viele Gläser. Nein, falsch – der, der an seine Stelle treten würde, hätte nicht mehr viele Gläser zur Verfügung. Vielleicht würde sein Nachfolger ja herausfinden, wohin die leeren Marmeladengläser verschwunden waren.

Sein Toast hüpfte heraus, aber er nahm ihn nicht zur Kenntnis. Wieder holte er das Tablet aus der Tasche. Rote Punkte. Nicht mehr, nicht weniger als vorhin. Langsam wurde er doch paranoid.

Er schob das Tablet in die andere Tasche, um den Zwang zu unterdrücken, es ständig zur Hand zu nehmen. Dort aber stieß es gegen einen anderen metallischen Gegenstand, den er früher schon gespürt, aber völlig vergessen hatte.

Er nahm ihn heraus.

Das Familienwappen der Windsors.

Woher hatte er es? Es war identisch mit denen, die die Familienmitglieder tagsüber getragen hatten. Er hatte natürlich nie eines besessen und hatte daher absolut keine Ahnung, woher dieses gekommen war. Aber dann dämmerte es ihm: Der König musste es ihm als Weihnachtsgeschenk in die Tasche gesteckt haben. Ein Familienwappen der Windsors, vielleicht das Zeichen dafür, dass er der Familie doch näherstand, als er gedacht hatte.

Für König und Krone – jetzt war vielleicht der Zeitpunkt, um das zu beweisen.

Jon schob sich das Wappen wieder in die Tasche. Sein Einsatz als Ermittler war noch nicht beendet. Miss Darcy würde ihn ja sowieso fertigmachen wollen – sie würde versuchen, ihn wegen Hochverrats dranzukriegen. Aber er würde nicht kampflos untergehen. Er würde nicht untergehen, ohne den Mörder von König Eric zu finden und ihn vor Gericht zu bringen.

Was danach geschah, würde ihm egal sein. Mehr wollte er nicht.

Er ging hinaus in den Flur, ließ den Toast Toast sein, während sein Magen ihn zur Umkehr zu bewegen versuchte. Er würde nicht umkehren. Das war es. Der letzte Akt. Sein letzter Akt. Es war an der Zeit, herauszufinden, was im Zentrum der russischen Puppe lag.

Eine Art von Glücksgefühl stellte sich ein. Nein, kein Glücksgefühl, nur die ungemeine Zufriedenheit darüber, das zu tun, was er tun musste. Er sah die Treppe hinauf, auf der er zwei Stufen gleichzeitig nehmen wollte. Und bekam einen Todesschrecken.

Dort stand jemand. Zitternd und schniefend.

Maud. Er hatte sie noch nie in so einem unbekleideten Zustand gesehen. Sie trug lediglich ihr Nachthemd, und sie sah aus, als wäre sie von ihrem Schlafzimmer hierhergerannt. Sie hatte noch immer ihr Wappen als Kette um den Hals hängen.

»Prinzessin Maud?«, sagte Jon überrascht.

Maud packte ihn an den Schultern. »Jon.« Sie brach in Tränen aus und drückte sich an ihn. »Es geht um Thomas. Er ist verschwunden.«

XXXIX

Die Herausredigierte

Thomas Crockleys Zimmer war leer. Sein Bett sah aus, als hätte er es eben erst verlassen. Die Schubladen standen alle offen, als wären sie durchwühlt worden. Vielleicht war er es selbst gewesen. Nichts schien zu fehlen, also bemühte sich Jon, Maud zu beruhigen. Sie war nach wie vor völlig aufgelöst.

»Er wird nur zum Rauchen nach draußen gegangen sein, Sie kennen ihn doch.«

Glaubte er das wirklich? Ja, das glaubte er. Er nahm das Security-Tablet zur Hand und zeigte es Maud. Wie Thomas Crockley nach draußen gelangt sein sollte, war Jon zwar schleierhaft, aber es befand sich tatsächlich ein roter Punkt nahe des Gebäudes.

»Was ist das?«

»Das ist die Anzeige für Specks neues Sicherheitssystem. Die roten Punkte sind Wärmebildsignale. Und hier ist Ihr Mann.« Irgendwie drehte sich der rote Punkt um sich selbst. Jon konnte sich nur vorstellen, dass Crockley in den Schnee gefallen sein musste. Das Rot des Punkts wurde nun auch schwächer, wahrscheinlich weil der Schnee alles herunterkühlte.

Maud fasste sich mit beiden Händen an den Kopf. »Ich drehe noch durch. Wegen jeder Kleinigkeit rege ich mich auf. Es tut mir leid, Jon. Für alles. Sie müssen sich verraten vorkommen, nach allem, was im Salon passiert ist. Das verdammte Monopoly. Ich kann nicht für die anderen sprechen, aber ich wollte nur eine kleine Verschnaufpause, und Miss Darcy hat uns das Spiel angeboten. Erst das Trickkästchen hat uns alles wieder ins Bewusstsein gerufen. Ich werde mein Möglichstes tun, damit Sie Ihre Stellung behalten.«

Jon schüttelte den Kopf. »Prinzessin Maud, ich fürchte, dafür ist es zu spät. Miss Darcy hat mich im Visier. Und wir wissen beide, dass sie nicht eher ruhen wird, bis sie ihren Willen durchgesetzt hat.«

Maud wusste es nur allzu gut. »Stimmt es, was sie gesagt hat – dass Sie sterben werden?«

»Das war sehr unverblümt formuliert«, erwiderte Jon.

»Das war kein Nein.«

»Darf ich Ihnen eine Frage stellen, Prinzessin Maud?«

»Natürlich. Was Sie wollen.«

»Ich habe Ihre Mutter im Gespräch mit Miss Darcy belauscht. Ihre Mutter scheint etwas vor ihrer Familie geheim zu halten.«

Maud entspannte sich sichtlich – was eine sehr seltsame Reaktion war. Sie setzte sich aufs Bett ihres Mannes. Jeder in Balmoral hatte ungeachtet seines Ehestands in seinem eigenen Zimmer zu schlafen, selbst das Sitzen auf einem fremden Bett war verboten. Maud war das anscheinend gleichgültig, vielleicht bemerkte sie es auch gar nicht. »Natürlich hat sie ihre Geheimnisse. Sie ist die große Marjorie Windsor-Neuberner«, sagte sie in gespielter Ehrerbietung. »Die Frau sammelt Geheimnisse, als wären sie Gedenkmünzen. Einmal hat sie mir erzählt, der Trick bestehe darin, so viele Geheimnisse zu haben, dass dein Gegenspieler nicht mehr weiß, welche davon wichtig sind. Ein Psychologe würde vermutlich sagen, das ist der Grund, warum sie zu viel trinkt. Um sich von der Last zu befreien, die ihr auf der Seele liegt.«

Auch Jons Beine hätten es gutgeheißen, wenn sie von ihrer Last befreit worden wären, aber da es nur das Bett gab und dort schon Maud in ihrem Nachthemd saß, würde er sich niemals neben sie setzen, selbst wenn er mehr als eine Armlänge Abstand zu ihr hielt. So lehnte er sich an die Wand. »Außerdem wollte sie von Miss Darcy etwas wissen. Etwas, was mit Ihnen zu tun hat.«

Maud erstarrte. »Was?«

»Sie wollte wissen, warum Sie zu spät zur Eröffnung der Katzenpension in Plymouth gekommen sind. Sie fragte Miss Darcy, ob sie den Grund kenne.«

Maud sah sich angewidert um. »Ich wusste, dass sie sich erinnert. Seit Monaten, mein ganzes Leben lang hat sie ihr Spiel mit mir getrieben. Sie beide haben das.«

»Prinzessin Maud?«

»Ich werde es Ihnen erzählen, Jon«, sagte sie weinend. »Ich werde es Ihnen erzählen. Hier, mein Motiv.« Und so begann sie. »Als ich erfuhr, dass ich nach Plymouth musste, war mir klar, dass ich diese Gelegenheit nicht ungenutzt verstreichen lassen durfte. Denn ich hatte so eine Ahnung. Es gibt in meiner Vergangenheit nämlich etwas, über das alle liebend gern den Mantel des Schweigens breiten wollen. Ich sollte nichts davon erfahren, eines Tages bin ich aber zufällig darauf gestoßen. Als es schon viel zu spät war.«

»Plymouth, Ma'am. Was kann denn in Plymouth sein?«

»Poppy.«

»Poppy?« Er überlegte. Er hatte den Namen heute schon gehört. Aber wann? Beim Weihnachtsessen … »War Poppy nicht ein Hund? Ein Golden Retriever, das sagte doch Ihre Mutter. Oder Labrador?«

Maud schnaubte. »So ist meine Mutter. Poppy war kein Labrador oder Golden Retriever. Sie war ein Mädchen. Jetzt ist sie eine Frau.«

»Entschuldigen Sie. Bitte fahren Sie fort.«

»Poppy war in meinem Alter. Wir sind, als wir dreizehn oder vierzehn waren, zur gleichen Schule gegangen. Sie waren zu der Zeit, wenn ich mich recht erinnere, immer wieder auf Fortbildung und haben sie deswegen nicht kennengelernt. Poppy war sogar einige Mal in Windsor Castle und hat dort übernachtet, so sind wir uns nahegekommen. Zu nahe. Daddy hat uns eines Nachts ertappt. Bei nichts Schlimmem, verstehen Sie. Nur einem Kuss.

Am nächsten Tag war Poppy fort. Nicht nur aus dem Schloss, sondern auch aus der Schule und ihrem Zuhause. Sie war wie vom Erdboden verschluckt. Daddy sagte mir, ihr Vater arbeite für eine sehr bedeutende Kanzlei, und sie mussten umziehen. Ich habe sie nie wiedergesehen. Ein Jahr später erfuhr ich, dass sie einen Autounfall gehabt habe. Bei dem die gesamte Familie ums Leben gekommen sei.«

»Das tut mir sehr leid, Ma'am«, sagte Jon. Es überraschte ihn, nie von Poppy gehört zu haben. Maud schien sehr bekümmert deswegen. Es klang ganz danach, als hätte der König diese Poppy weggeschickt – oder es war extrem schlechtes Timing.

»Poppy verschwand im Lauf der Zeit aus meinem Gedächtnis. Wie kann das sein? Ich sage es Ihnen offen heraus, Jon, ich habe sie geliebt. Was allerdings noch schmerzhafter war, ich glaube, sie hat mich ebenfalls geliebt. Als Royal ist man immer in alles Mögliche eingebunden, vor allem, wenn man jung ist. Ich hatte sie fast vergessen.

Bis mir, als ich mit Mommy und Daddy in Windsor Castle war, ein Zettel unter der Tür durchgeschoben wurde. Das fand ich sehr sonderbar, ich hielt ihn für ein Versehen und wollte ihn schon ungelesen entsorgen. Zum Glück warf ich doch einen Blick darauf. Es handelte sich um eine Adresse in Plymouth. Darüber ein Name. ›Poppy‹.«

Maud stand auf, ging ans Fenster und sah ins nächtliche Schneetreiben hinaus. Sie konnte im wirbelnden Schnee nichts erkennen, die Ablenkung aber schien ihr gutzutun. Eine Minute schwieg sie.

»Die Sterne standen günstig. Es kam die Anweisung, dass ich in der Woche darauf nach Plymouth sollte. Da wusste ich, ich musste diese Adresse aufsuchen, ich musste mit eigenen Augen sehen, wozu dieser Zettel mich aufgefordert hatte.

Das tat ich also. Ich schäme mich fast, es zu sagen, aber ich fand es zunächst wahnsinnig aufregend. Die Sicherheitsleute checkten mich im Hotel ein, das gegenüber der Katzenpension liegt, damit ich mich auf den öffentlichen Auftritt vorbereiten konnte. Es war ja doch eine lange Fahrt. Wir waren sehr früh da. Ich sagte ihnen, dass ich mich vor der Veranstaltung noch ein wenig hinlegen wollte. Sie ließen mich allein im Hotelzimmer.

Sofort schlüpfte ich in unauffällige Alltagskleidung und schlich mich davon. Fast vierzig, und ich kam mir wie ein ungezogenes Schulkind vor. Wie gesagt, alles sehr aufregend. So ähnlich wie heute Morgen, als ich mir selbst das Frühstück gemacht habe. Was für ein seltsames Gefühl.« Maud lächelte, als sie an diese banalen Dinge dachte.

»Ich habe wohl länger als ein Normalbürger gebraucht, um die Adresse zu finden. Karten auf einem Handy sind schon komisch, was? Irgendwann, nachdem ich durch die ganze Stadt gelaufen bin und geglaubt habe, man würde mich bei jedem Schritt erkennen, kam ich in eine Nebenstraße mit reizenden kleinen Backsteinhäusern. Wahrscheinlich waren sie weit mehr als hundert Jahre alt. Ich weiß noch, dass ich überlegt habe, wer damals, als sie errichtet wurden, auf dem Thron saß.

Ich kam zu der Adresse. Ein Haus wie die anderen. Es gab einen kleinen betonierten Vorplatz mit einer verdorrten Blumenampel neben einer lila Tür. Nie zuvor war ich mir so sicher gewesen. Ich dachte nämlich, vielleicht würde an der Adresse ein Friedhof liegen. Aber nein, sie lebte noch. Es war ihr Haus.

Es war ihr Exil.«

Entsetzt lauschte Jon ihrer Erzählung. Das klang nicht nach dem König, den er kannte – ein unschuldiges Mädchen fortschicken, die eigene Tochter glauben zu machen, dass jemand, den sie liebte, tot sei? Vielleicht gab es eine andere Erklärung.

»Einerseits wollte ich weglaufen, so schnell mich meine Beine trugen. Aber nach allem, was ich auf mich genommen hatte, wusste ich andererseits, dass ich sie sehen musste. Also klopfte ich an. Wissen Sie, wer an die Tür kam? Ein kleines Mädchen. Vielleicht sechs oder sieben Jahre alt. Mit einem Diadem auf dem Kopf. Ich sagte, ich hätte mich in der Tür geirrt, aber sie erkannte mich sofort und rief laut meinen Namen. ›Die Prinzessin.‹ So aufgeregt war sie.

Und dann kam ihre Mutter an die Tür. Sie war es. Poppy Stilwell. Älter, aber nicht weniger schön. Vielleicht sogar noch schöner. Komisch, was das Alter mit manchen Menschen so macht, nicht wahr?

Sie war nicht so schockiert wie ich. Sie sagte, sie wusste, dass dieser Tag kommen würde. In ihrer Stimme lag eine Kälte, die ich nicht erwartet und nie an ihr gehört hatte. Sie fragte mich, was ich wollte. Ich brach nur in Tränen aus – ich wusste nicht, was ich wollte. Früher einmal hatte ich sie gewollt. Ich hatte mein Leben mit ihr verbringen wollen. Aber wir waren jung gewesen, und vielleicht wäre das nie geschehen, aber gehört es nicht zum Menschsein, dass wir den Leben, die wir nicht gelebt haben, nachtrauern?

Ich erzählte ihr, was geschehen war. Dass man mir gesagt habe, sie sei tot. Sie lachte und sagte: ›Man? Man hat dir das gesagt?‹ Und dann sagte sie: ›Red mal mit deinem Vater über das, was *man* gesagt hat.‹ Ich wies das strikt von mir. Ich war so verwirrt, so glücklich, sie zu sehen, und so traurig wegen des Lebens, das ich verloren hatte.

Und dann brach alles aus mir heraus. Ich sagte, ich würde alles aufgeben. Ich würde mich von Thomas scheiden lassen. Ich würde meinen Namen ändern und nach Plymouth ziehen. Ich sagte, ich würde alles tun, um wieder in ihrem Leben zu sein. Ich sagte, ich würde sie immer noch lieben.

Und wissen Sie, was sie erwidert hat?«

Jon schüttelte den Kopf.

»Sie sagte, ich soll mich verpissen.«

XL

John Brown schlägt wieder zu

Nie zuvor hatte Jon gehört, dass Maud ein unflätiger Ausdruck über die Lippen gekommen wäre. Selbst als Teenagerin war sie immer sanftmütig und höflich gewesen. Dieser Kommentar hatte sie am Boden zerstört, aber aus Gründen, die nur sie verstand. Sie schniefte, fuhr sich mit beiden Händen durch die Haare, und als sie aufblickte, zeigte sie wieder ihr makelloses Prinzessinnengesicht.

»Ich wäre noch rechtzeitig zur Eröffnung gekommen, wenn mich Google Maps nicht zur falschen Katzenpension geführt hätte. Zwei Katzenpensionen in einer Stadt? Plymouth hat ein Katzenproblem, Jon. Ich sollte wirklich etwas dagegen unternehmen, wenn ich es nur über mich bringen könnte, die Tiere zu mögen.«

»Prinzessin Maud, es tut mir leid. Ich hatte ja keine Ahnung.«

»Nein, natürlich nicht, Jon«, sagte Prinzessin Maud mit dem traurigsten Lächeln, das er jemals an ihr gesehen hatte. »Genau darum ging es ja.«

Jon hatte sich immer eingebildet, König Erics Vertrauter und in Probleme und Sorgen eingeweiht gewesen zu sein, die noch nicht einmal die höchsten Mitglieder des politischen Establishments zu Ohren gekommen waren. Dieser Tag aber zeigte, dass er damit völlig falschgelegen hatte – nichts hatte ihm der König von den Schwierigkeiten innerhalb seiner Familie erzählt. Natürlich nicht. Er war alles andere als ein Vertrauter gewesen. Jon war der Koch. Nur der Koch.

»Poppy war wie das Licht der Sonne, wenn Sie das abgedroschene Bild verzeihen mögen. Es gibt unzählige Dinge in meinem Leben, die ich bedaure, aber ich bedaure nicht diesen Kuss.« Wieder lächelte Maud ihr trauriges Lächeln. »Aber warum mussten sie behaupten, dass sie tot wäre? Warum hatten sie es nicht bei der Tatsache belassen können, dass sie fortgezogen war? Sie haben keine Antwort darauf, Jon – ich weiß. Das Establishment setzt die Grenzen fest. Bis dahin und nicht weiter. Ich weiß nicht, wie oft das Wort ›Ende‹ in ihren Akten steht. Hätte man mir nur gesagt, dass sie weggezogen ist, wäre das kein sauberer Schlussstrich gewesen. Es hätte weitere Fragen nach sich gezogen.«

»Ma'am, warum haben Sie mir das nicht zuvor gesagt? Ich habe den Eindruck, Sie haben darüber auch in Ihrer Privataudienz mit dem König gesprochen.«

»Ja, natürlich.«

»Warum verheimlichen Sie es dann?«

»Jon, liegt das nicht auf der Hand? Es ist einfach zu schmerzhaft, darüber zu reden. Es geht nicht um Scham, darum ging es nie. Ich muss akzeptieren, dass mein Vater an dieser Sache mit beteiligt war. Selbst wenn es nicht stimmt, was Poppy mir letzte Woche gesagt hat, selbst wenn Vater nicht befohlen hat, sie fortzuschicken, so war er doch der Einzige, der Zeuge unserer wahren Beziehung wurde. Er musste es sofort denen erzählt haben, die die Fäden in der Hand halten. So sehr stand er unter deren Fuchtel. Und dann komme ich heute zu ihm ins Zimmer, und mein Vater wagt es, sich über meinen Mann zu beschweren.« Mittlerweile war sie wütend. »Einen Mann, den ich nur geheiratet habe, damit ich nach außen hin ein sittsames und korrektes Erscheinungsbild abgebe. Und damit er mir Kinder macht. Ich habe einen Ehemann für die britische Öffentlichkeit, für König und Krone. Ich habe mich so lange selbst belogen, dass ich es letztlich selbst glaubte. Poppy hat recht, Jon.«

Etwas bemerkte er an der Prinzessin, was er nie zuvor gesehen hatte. Eine kraftvolle, strahlende Wut. Jon wusste nicht, was das in ihm auslöste – Angst vor dem, wozu sie fähig war, oder Trauer für den Menschen, zu dem sie geworden war. War es möglich, dass Maud – die im Herzen jung gebliebene, die freie, fröhliche Maud – ihrem Vater etwas angetan hatte?

Nein. Sie gestand hier keinen Mord. Sie gestand, dass ihr das Herz gebrochen wurde.

»Sehen Sie, Jon – das große Bild?« Maud wischte sich über die Nase, diesmal mit dem Handrücken, nicht mit dem in ihrer Tasche vergessenen Taschentuch. »Hier, das ist die Hölle. Ich kann es nicht mehr ertragen. Ich habe genug vom Establishment, aber ich bin Teil des Problems. Zum Beispiel bin ich entschieden anderer Meinung als Miss Darcy, aber ich habe den Mund gehalten, weil ich Angst hatte, mich gegen sie zu stellen.« Maud kippte einfach seitlich weg und fiel zu Boden. Ihr Zorn war verbraucht, ihre Erschöpfung überwältigte sie.

Jon eilte zu ihr und half ihr auf. »Vielleicht sollten Sie sich ausruhen, Ma'am. Ich warte hier auf Thomas' Rückkehr. Vielleicht hat Miss Darcy ja doch recht. Vielleicht sieht morgen alles gleich viel besser aus.«

Maud umarmte ihn. »Danke, Jon. Sie waren heute so gut zu uns. Bitte lassen Sie sich von keinem das Gegenteil einreden.«

Sie verließen Crockleys Zimmer und gingen zu ihrem. Mit einem letzten Lächeln trat Maud ein und schloss hinter sich die Tür. Jon hoffte, sie konnte etwas Schlaf finden. Und vielleicht konnte er sich ebenfalls etwas ausruhen.

Erneut zog er das kleine Tablet aus der Tasche. Alle roten Punkte waren zu erkennen. Thomas Crockley befand sich immer noch außerhalb des Schlosses und schien sich sogar etwas weiter entfernt zu haben. Jon hatte keine Ahnung, warum man sich, bloß um zu rauchen, in diese Unwirtlichkeit begab. Keine Zigarre der Welt würde ihn dazu bringen, noch einmal einen Fuß vor die Tür zu setzen, solange das Schneegestöber nicht nachgelassen hatte.

Dennoch, irgendwie erfüllte ihn das Display mit Unruhe. Immer noch wurde er von dem Bild verfolgt …

Schritte. Vor ihm im Korridor. Er sah auf. Wieder ein Kilt? Der um die Ecke huschte. John Brown, ging ihm durch den Kopf, war wieder da. Nein – es musste wieder Prinz David sein.

Jon trat vor die Tür zu Prinz Davids Zimmer und klopfte an – dreimal.

»Wer da?«, kam die vertraute Stimme. Jon fluchte leise – also nicht der alte Prinz. »Verschwinden Sie! Ich habe genug von diesem verdammten Weihnachten. Ich will schlafen.«

Erneut eine Bewegung. Eine Gestalt war durch den Gang geeilt und eben um die Ecke in den Flur gebogen. Wie sicher konnte er sein, dass es sich um dieselbe Person gehandelt hatte? Wie sicher konnte er sein, dass er sie überhaupt gesehen hatte? Ganz und gar nicht, er wusste nur, etwas hatte seinen Blick auf sich gezogen und ihn in Alarmbereitschaft versetzt. Er lauschte. Gedämpfte, sich entfernende Schritte auf den Teppichen – sie erinnerten ihn an die Schritte, die er gehört hatte, als er das letzte Mal hier oben gewesen war. John Brown schien sich heute vor den Schlafzimmern herumzutreiben.

»Hallo?«, rief er so laut, wie es seine zerrütteten Nerven erlaubten. Seine Stimme trug nicht sehr weit. Die Schritte waren weiterhin zu hören und wurden schneller, was aber vielleicht reine Einbildung war. Jon ging los, obwohl David in seinem Zimmer etwas rief. »Stehen bleiben!«

Jon bog um die Ecke. Vor ihm erstreckte sich ein weiterer langer Korridor, der sich durch das gesamte Gebäude zog. Wenn sich hier jemand aufhielt, hätte er ihn sehen müssen. Nichts. Die Schritte waren verstummt. Gaukelte ihm sein Verstand etwas vor, oder hatte sich die Gestalt in einer der vielen Türnischen versteckt?

In diesem Korridor lagen illustre Arbeitszimmer, eine verstaubte Bibliothek und üppig eingerichtete Empfangsräume, in denen sich die Familie mit Besuchern traf. Der einzige andere Raum von gewisser Bedeutung war der, zu dem sich Jon jetzt auf den Weg machte.

Das private Arbeitszimmer des Königs lag am Ende des Korridors und war damit viel weiter entfernt, als die mysteriöse Gestalt in der kurzen Zeit hätte zurücklegen können. Umso befremdlicher erschien es Jon, dass er, je näher er dem Zimmer kam, umso überzeugter war, dass sich jemand darin aufhielt. Erst hörte er ein Rascheln, als ginge jemand eilig einen Papierstapel durch, dann das unverkennbare Knarren der Dielen.

Die Dielen waren berühmt-berüchtigt in der Familie, besonders bei den Prinzessinnen. Als sie noch kleiner gewesen waren, hatten sie sich oft beklagt, dass ihr Vater so viel Zeit mit Arbeit verbrachte. Aber Eric hatte die Angewohnheit, bei der Ausübung seiner königlichen Pflichten auf und ab zu schreiten, und solange sie die knarrenden Dielen hörten, wussten sie, dass sie sich mit dem Vergnügen noch würden gedulden müssen.

Jetzt bedeuteten die knarrenden Dielen nur eins – sie machten ihm Angst. Jemand war im königlichen Arbeitszimmer. Seine Beine trugen Jon vorwärts, als befände er sich auf einem schicksalhaften Laufband, und irgendwie wusste er, dass dort diese mysteriöse Gestalt war. Etwas befand sich in diesem Zimmer, was diese Gestalt wollte und wofür sie, nach den Geräuschen zu schließen, alles durchwühlte.

Als Jon näher kam, sah er, dass die Tür offen stand. Noch näher. Die Geräusche wurden noch lauter, eingestreut waren schnelle Schritte und der gelegentliche dumpfe Knall von aufgerissenen Schubladen. Jon fragte sich, ob er dem Phantom wirklich allein gegenübertreten konnte. Immerhin war er ein alter Mann, körperlich erschöpft, nachdem er den ganzen Tag auf den Beinen gewesen war, ohne Ruhepause, ohne Essen, und mental ausgelaugt nach dem Verlust seines Freundes und Arbeitgebers und der ungewollten Wendung, die seine Karriere genommen hatte. Er stellte für kaum jemanden eine Bedrohung dar, schon gar nicht für jemanden, der aller Wahrscheinlichkeit nach den König umgebracht hatte. Ein weiterer lauter Knall schien seine Entscheidung zu beschleunigen, intuitiv lief er die letzten wenigen Meter, ohne darüber nachzudenken, was er da eigentlich tat.

Dann stand er in der Tür und kam sich selbst wie der Eindringling vor, den er doch eigentlich stellen wollte. Im Arbeitszimmer herrschte ein völliges Durcheinander – alles war durchwühlt. Die Schränke standen offen, Stühle waren umgekippt, auf dem Schreibtisch lagen wild verstreut lose Blätter. Über den Schreibtisch gebeugt der Schurke. Er hatte sich mit beiden, zu Fäusten geballten Händen aufgestützt, nachdem er eben – der Knall, den Jon gehört hatte – verzweifelt auf die Mahagoniplatte geschlagen hatte.

»Was machen Sie hier?«

Jon vergaß den Titel. Der junge Mann zuckte zusammen. Etwas Kaltes, Trübes umgab ihn, wie stehendes Wasser in einem vergessenen Blumentopf. In seinem Blick eine Wahrheit, die Jon nur bruchstückhaft begreifen konnte.

Prinz Matthew besaß die Unverschämtheit, zu lächeln.

XLI

Das königliche Arbeitszimmer

Mit einem Mal war Prinz Matthew wieder fünf Jahre alt, ein Junge, der bei etwas Ungezogenem erwischt wurde, und gleichzeitig war er ein junger Mann, dem, auf frischer Tat ertappt, aller Argwohn der Welt entgegenschlug. Diese beiden vagen Vorstellungen flossen ineinander und vermischten sich wie Sahne mit der Suppe, bis sie auf dem Gesicht des Prinzen zu einem einfältigen Lächeln geronnen.

Er trug immer noch seine förmliche Weihnachtskleidung, nur das Jackett mit dem Familienwappen hatte er abgelegt und die Hemdsärmel hochgekrempelt.

»Jon«, sagte Matthew und vermied demonstrativ, sich das Chaos im königlichen Arbeitszimmer anzusehen. »Ich habe nicht erwartet, Ihnen hier oben zu begegnen. Ich dachte, Miss Darcy hätte Sie mittlerweile in der Küche eingesperrt. Hören Sie, Jon, ich glaube kein Wort von diesem Blödsinn über Sie, machen Sie sich keine Sorgen.« Matthew redete vor sich hin. Der junge Mann stützte sich immer noch mit beiden Fäusten auf den Schreibtisch, als wäre er in dieser Haltung erstarrt.

»Eure Majestät«, sagte Jon. Der gesamte Inhalt des königlichen Schreibtisches lag über den Boden verstreut – Akten, Papiere, Rätselhefte, Pläne, Überflüssiges und Vergessenes. Die Schranktüren und Schubladen standen offen, ihr Inhalt ragte oder hing heraus. Matthew hatte das gesamte Zimmer auf den Kopf gestellt. »Was machen Sie im Arbeitszimmer des Königs?« Es war offensichtlich – der junge Mann suchte etwas –, aber er wollte es aus dem Mund des Übeltäters hören.

»Nun.« Dieses eine Wort schien alles zusammenfassen, womit er meinte davonkommen zu können. »Ich bin wahrscheinlich aus dem gleichen Grund hier wie Sie, Jon. Ich schätze Miss Darcys Entscheidungen nicht sonderlich.« Genau wie auch Maud gesagt hatte: Der Zauber der Normalität war verflogen, und jetzt begegneten sich alle wieder mit Misstrauen. Jeder glaubte wieder, dass der König ermordet worden war. Wenn sie doch nur im Beisein von Miss Darcy Partei für ihn ergriffen hätten. »Ich suche nach Indizien, was meinem Großvater wirklich zugestoßen ist. Würden Sie mir dabei zur Hand gehen?«

Jon bahnte sich einen Weg über den Teppich, wich verstreuten Papieren und den auf dem Boden liegenden Schubladen aus. »Ich verstehe das, Sir«, sagte Jon, der es wirklich mehr als jeder andere verstand. »Aber mussten Sie bei Ihren Ermittlungen so … rabiat vorgehen?«

Endlich rührte sich Matthew, seine Fäuste lockerten sich, er selbst richtete sich auf und löste sich aus seiner Verzweiflung. Er drehte sich um und wirkte selbst ein wenig entsetzt, als er das Zimmer betrachtete, für dessen Zustand er maßgeblich verantwortlich war – fast so, als wäre er sich dessen noch gar nicht bewusst gewesen. »Oh, da ist wohl mein Eifer etwas mit mir durchgegangen. Ich dachte wirklich, ich könnte hier den Schlüssel für alles finden, und, na ja … das spüren Sie doch sicherlich auch, Jon. Wir nähern uns einem Wendepunkt. Ich möchte vorbereitet sein.«

Er spürte es auch. Die Emotionen kochten hoch, Familienbeziehungen zerbrachen, und sollten sich tatsächlich alle aus Miss Darcys Bann lösen, wäre es schlimmer als zuvor. Jon schämte sich nicht dafür, dass er Angst hatte – Angst davor, dass die Auflösung so schnell erfolgte, dass sie alle damit nicht mehr zurechtkommen würden. Würde das Rätsel so lange ungelöst bleiben, bis das Schneetreiben nachließ und die Polizei kam? Er glaubte es eher nicht.

»Sie haben den Ordner gesucht?«

»Natürlich. Der Ordner scheint der Schlüssel zu allem zu sein. Alle scheinen darüber gesprochen zu haben.«

»Hat Ihnen der König während Ihrer Audienz diesen Ordner gezeigt?«, fragte Jon. Beinhaltete er etwas, von dem Matthew nicht wollte, dass es andere zu Gesicht bekamen?

Matthew schickte sich an, das von ihm angerichtete Chaos aufzuräumen, hob Papiere vom Boden auf und legte sie zu einem Stapel auf dem Schreibtisch zusammen. »Er hat damit nicht vor mir herumgewedelt, wenn Sie das meinen. Aber er lag hier, hier auf dem Schreibtisch, die ganze Zeit, während wir uns unterhalten haben. Und jetzt ist er verschwunden. Ich habe überall gesucht. Er ist nicht mehr hier.«

Jon half ihm beim Aufräumen. Ganz automatisch. »Sind Sie auf etwas von Interesse gestoßen?«

»Nein«, sagte Matthew. »Das meiste hier ist … nichts. Sie wissen ja, er hat gern herumgekritzelt. Daneben das übliche Zcug, das cin König so hat. Ach, wo ist es gleich wieder? Nur eins, was irgendwie ungewöhnlich ist.«

Matthew durchwühlte den aufgeschichteten Stapel und machte damit alles wieder zunichte, was er zuvor an Ordnung geschaffen hatte. Schließlich fand er das gewünschte Blatt. Ohne zu zögern, reichte er es Jon. »Ich glaube, es ist ein Arztbericht. Datiert auf letzte Woche.«

Es handelte sich nicht um ein einzelnes Blatt, sondern es waren mehrere zusammengeheftete Bogen Papier. Jon blätterte sie durch. Tatsächlich ein Arztbericht – eine umfassende Analyse von König Erics physischer und psychischer Verfassung. Sie umfasste viele Absätze und behandelte so ziemlich alles, was man über den König wissen wollen könnte. Jon hatte nicht die Zeit, sich alles anzusehen, aber zum Glück hatte der Arzt im letzten Absatz auf der letzten Seite alles zusammengefasst: »Sie erfreuen sich einer für Ihr Alter bemerkenswerten Gesundheit.«

Jon las es gleich mehrmals und sah zu Matthew. Der junge Prinz war ebenso perplex. »Er war gesund?«

»Scheint so.« Matthew verschluckte sich fast bei diesen Worten und nahm wieder seine krumme, auf dem Schreibtisch aufgestützte Haltung ein. »Wäre er nicht … wäre er nicht … Er hätte noch zehn Jahre leben können. Zum Teufel, er hätte noch fünfzehn, vielleicht sogar zwanzig Jahre leben können. Ich hätte ihm verdammt noch mal zum hundertsten Geburtstag einen Brief schicken können. Ich verstehe nicht … Er hat mir gesagt, dass er …« Traurig sah sich Matthew im Zimmer um. »Ich möchte ehrlich sein, Jon, vielleicht hatte das hier etwas Erlösendes für mich. Tut mir leid, dass ich so ein Durcheinander angerichtet habe.«

Jon schüttelte den Kopf. Es war in Ordnung, und der Arztbericht war ein wichtiger Fund, vielleicht ein wenig übergriffig, vielleicht warf er mehr Fragen auf. »Keine Sorge, Sir. Darf ich vorschlagen, dass Sie sich ausruhen? Lassen Sie mich aufräumen.«

Matthew dachte kurz darüber nach, dann nickte er. »Ja. Ja, ich denke, das ist das Beste. Ich bin erschöpft.«

Jon kannte das.

Schweigend ging Matthew, schlängelte sich durchs Zimmer, als würden sie eine von Picasso gestaltete Variante von Himmel-und-Hölle spielen. Jon sah ihm nicht nach. Er war zu sehr in Gedanken versunken, und als er Matthews gedämpfte Schritte im Gang hörte, wusste er, was er zu tun hatte.

Bei einer Sache hatte Matthew absolut recht. Dem Ordner. Der König wurde ermordet, und der Ordner war verschwunden – der Ordner, in dem sich, so schien es, die meisten Motive entdecken lassen würden. Wenn dieses Rätsel gelöst werden sollte, mussten sie den Ordner finden.

Wo war er?

Der König hatte den gesamten Vormittag hier in seinem Arbeitszimmer verbracht – als Jon Matthew vor dem Essen begegnete, war dieser gerade von seiner Privataudienz zurückgekommen. Der König hatte also keine Zeit gehabt, vor dem Salon und dem Essen noch einen anderen Raum aufzusuchen. Wenn Matthew so ungestüm nach dem Ordner suchte, stand zu vermuten, dass er ihn nicht hatte.

Aber wo war er dann?

Der König hätte ihn irgendwo in diesem Zimmer verstecken, irgendwo dazwischenschieben können, sodass Matthew ihn nicht finden konnte. Aber Jon kannte die meisten Verstecke des Königs – sie waren ausgefallen, aber der König war so stolz auf sie, dass er sie Jon alle verraten hatte. Außerdem war der König klug genug, um zu wissen, dass das Arbeitszimmer als Erstes durchsucht würde, falls ihm etwas zustieß.

Hatte der König den Ordner also irgendwo auf dem Weg zum Essen versteckt? Das war die einzige Erklärung, nachdem Matthew der Letzte gewesen war, den er gesehen hatte.

Nein. Matthew war nicht der Letzte gewesen.

Jon kam ein Gedanke. Vielleicht wusste er, wo sich der Ordner befand. Und vielleicht hatte er damit die Lösung für diesen traurigen Tag.

XLII

Die fehlenden Motive

Der traurige Tag neigte sich tatsächlich seinem Ende zu, aber nur hinsichtlich seines unvermeidlichen zeitlichen Ablaufs. Während Jon durch das Schloss eilte, schlugen alle Uhren zwölf. Alle bis auf die Standuhr zwischen dem Salon und Jons provisorischem Arbeitszimmer. Sie war wieder stehen geblieben. Ein neuer Tag brach an – der 26. Dezember. Boxing Day.

Völlig außer Atem erreichte Jon sein Ziel. Die Schmerzen in seinem Magen spürte er nicht mehr. Sein ganzer Körper war nur noch Schmerz, Erschöpfung und Schweiß. Besser also gar nicht daran denken. Außerdem dachte er sowieso nur daran, ob Miss Darcy ihm über den Weg laufen würde.

Kurz blieb er stehen und atmete einige Male durch, dann stieß er die Tür zur Vorratskammer auf.

Jon erinnerte sich an Martins panischen Blick, als er ihn mittags hier angetroffen hatte. Fast so, als wäre der Junge bei etwas erwischt worden, was er nicht hätte tun sollen. Oder weil er etwas versteckt hatte.

Jon stellte das Licht an. Die Kammer sah aus wie immer – ein kleiner Raum mit Regalen, die vollgestellt waren mit Lebensmittelvorräten. Hinter einem kurzen schmalen Durchgang schloss sich ein kleiner Weinkeller an, in dem der verhängnisvolle Whisky gelagert worden war und auf seinen Einsatz gewartet hatte. Das Licht dort flackerte, ging aber nicht aus. Es war immer schon launisch gewesen.

Jon durchsuchte die Lebensmittel gründlicher, als er es sonst tun würde. Aber auch hier musste er feststellen: alles wie immer. Keinerlei Hinweise, dass jemand hier gewesen war, der hier nichts verloren oder sich in verdächtiger Weise zu schaffen gemacht hatte. Er ließ den Blick über die Regale schweifen – die Konservendosen, Müslikartons, die diversen Lebensmittel, die …

Er kehrte zu den Müslikartons und Frühstücksflocken zurück. Etwas ragte zwischen zwei Packungen mit Weizenschrot heraus. Er griff nach oben, schob die beiden Packungen auseinander und griff sich den störenden Gegenstand. Es war kein Ordner. Sondern ein schmales gelbes Buch – *101 kuriose Fakten für Partys.* Martin war also hier gewesen.

Kurz darauf hatte Jon das ganze Regal freigeräumt, hatte erst die Müslikartons auf dem Boden gestapelt und schließlich einfach alles vom Regal geschoben. Er hörte erst auf, als alles leer war. Nichts. Kein Ordner.

»Er ist verschwunden!« Jon fuhr zusammen und wirbelte herum. Prinz Martin stand in der Tür, die Hände in den Hosentaschen vergraben. »Großvater hat mich abgepasst, als ich am Morgen an seinem Arbeitszimmer vorbeigekommen bin. Ich hab mich da rumgetrieben, weil ich dachte, ich bekomme vielleicht auch eine Privataudienz. Aber nein. Er wollte bloß, dass ich den Ordner irgendwo verstecke. Ich hab nicht nachgefragt, was es ist, ich hab es nur gemacht. Ich wollte ihn beeindrucken – ich weiß, ich bin nicht sein Liebling. Das bin ich für keinen. Noch nicht mal für meine Mum.«

»Warum haben Sie mir nicht gesagt, wo der Ordner steckt?«

»Großvater hat gesagt, es wäre streng geheim. Ich musste ihm mein Versprechen geben. Ich darf es keinem erzählen, solange ich lebe. Und als er gestorben ist, wurde das auf einmal noch wichtiger.«

Jon lächelte. »Sie haben das gut gemacht. Mir ist noch nicht mal aufgefallen, dass Sie ein Geheimnis haben.«

Martin schluckte und lächelte ebenfalls. »Ich weiß. Ich bin gut.«

»Und Sie haben bestimmt keinen Blick in den Ordner geworfen?«

Martin schüttelte den Kopf. »Das war nicht meine Aufgabe. Ich hab ihn da reingeschoben. Hinter die Frühstücksflocken. Er ist weg, oder? Jemand hat ihn genommen.«

Jon sah zum leer geräumten Regal, machte einen Schritt nach hinten und trat auf eine Schrotweizen-Packung. »Ja, er ist weg.« Wer hatte ihn an sich genommen? Und wo konnte er jetzt sein? Die Antwort war ihm zuwider: Jeder konnte ihn haben, er konnte sich überall im Schloss befinden.

»Es tut mir leid, Jon. Dass ich Sie angelogen habe. Dass ich ein Arsch war.«

Gedankenverloren nahm sich Martin sein Buch mit den *101 kuriosen Fakten* und versuchte es sich in die Hosentasche zu stecken, nur damit er einfach etwas zu tun hatte. Als es nicht reinpasste, schob er es sich kurzerhand in den Hosenbund.

»Schon gut.« Erneut flackerte das Licht im Weinkeller, schaffte es diesmal aber nicht, wieder anzuspringen. Wenn er schon das gesamte Schloss zu durchsuchen hatte, konnte er auch gleich hier anfangen. Er zog seine Taschenlampe heraus und leuchtete damit in den überraschend dunklen Weinkeller. »Können Sie mir einen Gefallen tun, Martin? Könnten Sie einige Male das Licht an- und ausschalten? Das Licht im Weinkeller hat einen Wackelkontakt.«

Martin ging zum Lichtschalter, während Jon den kurzen Durchgang passierte. Etwas lag in der Luft – ein seltsamer metallischer Geruch. War eine Flasche ausgelaufen?

Auch das Licht der Taschenlampe wurde immer schwächer. Wenn Martin es nicht schaffte, das Licht anzustellen, würde er nicht viel sehen. Mehrmals betätigte Martin den Lichtschalter, die Glühbirne im Weinkeller verweigerte jedoch den Dienst. Jon ließ den Strahl der Lampe durch den Raum wandern und entdeckte etwas vor sich auf dem Boden.

Im schwachen Licht konnte er zunächst nicht erkennen, was es war. Von beiger Farbe – es mutete wie Stoff an. Auf den ersten Blick hätte man denken können, dass es einfach nur der Boden war, wenn sich nicht durch den gesamten Lichtkreis und darüber hinaus eine Falte erstreckt hätte.

Also doch ein Kleidungsstück?

Vorsichtig trat er näher, das Bild wurde klarer. Er rutschte mit dem Schuh auf einer zähen Flüssigkeit weg, die er bislang noch gar nicht bemerkt hatte. Zu sehr war er auf den Lichtkreis konzentriert gewesen. Der beige Stoff schien zu einer Masse zu gehören, die auf dem Boden lag. Was war das? Er ließ den Lichtstrahl weiterwandern.

Als das Gesicht sichtbar wurde, hätte er beinahe die Taschenlampe fallen lassen.

In diesem Moment ging das Licht an, und jetzt wünschte sich Jon, dass es aus geblieben wäre.

Er wich von dem entsetzlichen Anblick zurück und stieß mit Martin zusammen, der ihm freudestrahlend gefolgt war. Jon drehte sich um und verstellte Martin den Anblick, den er selbst niemals vergessen würde. »Eure Majestät, sehen Sie nicht hin. Sehen Sie nicht hin.«

Aber es war zu spät. Martin schob sich um ihn herum, und dann sah auch er es. Er wurde kreidebleich. »Dad?«

Auf dem Boden des Weinkellers, der Länge nach gegen eines der Weinregale gelehnt, ein leeres Fläschchen in der Hand, während ihm Blut aus dem offenen Mund lief, lag der tote Thomas Crockley.

XLIII

Tragödie im Weinkeller

Thomas Crockleys blasses, im Ausdruck des Erstickens eingefrorenes Gesicht war auf einen der Arme gestützt. Um den Mund herum hatte sich eine Blutlache gebildet, in die Jon getreten war. Den linken Arm hatte der Tote von sich gestreckt, die Hand umschloss ein langes schmales Glasfläschchen – es sah aus wie ein Reagenzglas. Es war leer.

Schon hatte Jon eine Theorie im Kopf. Wenn das mit den Theorien doch endlich aufhören würde.

Er sah zum jungen Prinzen. Martin stand wie versteinert im kurzen Verbindungsgang zwischen Vorratskammer und Weinkeller und murmelte Unverständliches vor sich hin.

»Prinz Martin, Sie sollten gehen.«

Martin schüttelte entschieden den Kopf. »Ist er … ist er … ist er …?« *Ist er tot?*

In diesem Augenblick hätte Jon alles dafür gegeben, wenn er mit der gleichen Vehemenz wie der Prinz hätte den Kopf schütteln können, aber so nickte er nur. »Ja. Er ist tot, Martin. Es tut mir leid.«

Martin kämpfte mit den Tränen.

»Wenn Sie nicht gehen wollen, dann bleiben Sie, während ich den To… während ich mir ansehe, was hier passiert ist.«

Martin sagte nichts, dennoch herrschte zwischen ihnen ein unausgesprochenes Einverständnis.

Jon drehte sich um. Noch ein Toter. Ein weiterer Toter, der auf seinem Gewissen lastete. Thomas Crockley – der Mann, den keiner zu mögen schien, den aber jeder geduldet hatte. Jon hatte ihn ebenfalls nicht sonderlich gemocht, das aber hatte er ihm nicht gewünscht.

Er sah sich um, jetzt, nachdem alles im Hellen lag und der erste Schock des entsetzlichen Anblicks abgeebbt war. Auf dem Boden ein einziges Durcheinander – einige Weinflaschen hatten sich aus dem Regal gelöst und waren über den Steinboden gerollt. Er zählte insgesamt fünf Flaschen, zwischen ihnen aber lagen andere, kleinere Fläschchen – ebenfalls aus Glas. Etwa zwanzig von ihnen waren überall verstreut. Ein Wunder, dass er in der Dunkelheit nicht auf sie getreten war. Er hob eines auf. Es war zu drei Vierteln mit einer farblosen Flüssigkeit gefüllt und mit einem kleinen Korken verschlossen. Alle Fläschchen auf dem Boden sahen gleich aus.

Er trat einen Schritt zurück. Die Weinflaschen kamen aus dem Regal, woher aber stammten die Fläschchen? Die Antwort war schnell gefunden. Links von Crockley stand das oberste Fach eines altertümlichen Getränkeschranks ein Stück weit offen. Ein eingeklemmtes Fläschchen verhinderte, dass die Tür vollständig schloss.

Jon ging hin, öffnete das Fach und musste mit der Taschenlampe ins Innere leuchten, weil das Licht der an der Decke angebrachten Glühbirne nicht hineinreichte. Das Fach war leer. Fast hätte er sich wieder abgewandt, als ihm die Rückwand auffiel. Irgendwie sah sie schief aus. Dann bemerkte er einen Spalt, mit dem er zunächst nichts anzufangen wusste. Bis ihm klar wurde, was er hier vor sich hatte – eine doppelte Rückwand. Jemand hatte sie in seiner Eile nicht an die ursprüngliche Position zurückgeschoben.

Jon fasste hinein und schob sie ganz weg. Zum Vorschein kam ein Geheimfach. Er leuchtete mit der Taschenlampe hinein. Aberdutzende Marmeladengläser, allesamt mit der gleichen farblosen Flüssigkeit gefüllt wie die Fläschchen am Boden, reflektierten das Licht. Die fehlenden Marmeladengläser aus der Küche, ging Jon noch durch den Kopf, bevor er entsetzt bemerkte, dass auf jedem Glas ein Etikett angebracht war: ein Totenschädel mit gekreuzten Knochen.

Er nahm eines der Gläser heraus und hielt es ins Licht. Die Flüssigkeit schwappte hin und her. Es waren die Marmeladengläser, in denen sonst die Lieblingsmarmelade des Königs eingemacht wurde. Jetzt war klar, was sie beinhalteten – die Person, die dafür verantwortlich war, hatte keinen Zweifel daran gelassen. Er betrachtete den kleinen und fast schon komischen, ihn mit hohlen Augen anstarrenden Totenschädel mit seinen gekreuzten Knochen.

Gift.

Die Fläschchen waren mit Gift gefüllt. Jedes enthielt eine Portion Tod.

Und Thomas Crockley hielt ein leeres Fläschchen in der Hand.

Crockley. Jon stellte das Marmeladenglas auf den Getränkeschrank, in dem es untergebracht gewesen war, und sah zum Toten. Obwohl alles darauf hinwies, dass er auf die gleiche Weise zu Tode gekommen war wie der König, schien sein Sterben sehr viel gewalttätiger verlaufen zu sein. Er blutete aus dem Mund, das Gesicht war schmerzverzerrt. Anscheinend hatte er eine sehr viel höhere Dosis abbekommen.

Jon sollte den Leichnam absuchen. Mit einem zögerlichen Blick zu Martin (der konzentriert den Blick gesenkt hielt) näherte er sich dem Toten, durchwühlte anschließend Crockleys Taschen und ermahnte sich, keine voreiligen Schlüsse zu ziehen. Aber allem Anschein nach hatte sich Thomas Crockley mit dem gleichen Gift umgebracht, mit dem er zuvor den König getötet hatte.

Bis auf eine Brieftasche fand sich nichts in den Taschen. Warum er an Weihnachten in Balmoral seine Brieftasche brauchte, erschloss sich kaum, passte aber zu Crockley. Jon öffnete sie. Darin fanden sich Visitenkarten, kein Bargeld, auch sonst kaum etwas. Bis auf …

Eine Karte erregte Jons Interesse. Eine weiß-mattierte Karte, auf der im fahlen Licht etwas golden glänzte. Jon zog sie heraus. Es war eine Visitenkarte mit eingravierten goldenen Lettern. *George Tippin. Worldwide Entertainment. Recherchen.* Auf der Rückseite stand Tippins Telefonnummer. Jon dachte daran, was Crockley gesagt hatte – dieser Tippin habe seine Visitenkarte auf die Theke gelegt, und Crockley habe noch nicht einmal etwas sagen, er habe sie nur nehmen müssen.

Crockley hatte behauptet, sie in kleine Fetzen gerissen zu haben. Dennoch war sie hier.

Er hatte sie genommen. Er war das Leck, das Informationen an die Produktionsfirma weitergegeben hatte.

Der König hatte es gewusst. Das Motiv.

Jon trat zurück, dankbar, Abstand zu ihm zu gewinnen. Crockley war der Mörder, und als er sah, dass sich die Schlinge um seinen Hals zusammenzog, hatte er Selbstmord begangen. Nach einer letzten ausgiebigen Zigarre.

Perfekt. Eine klare Sache.

Jon schob sich George Tippins Visitenkarte in die Tasche.

Fast zu perfekt.

Crockleys Augen standen offen und würden sich nie mehr schließen, sein Gesicht ein Ausdruck des Schreckens. Würde er wirklich so aussehen, wenn er das Gift freiwillig geschluckt hatte? Crockley hatte gesehen, was eine schwächere Dosis beim König angerichtet hatte, er hätte also wissen müssen, dass es bei ihm sehr viel schlimmer werden würde. Vielleicht waren die Schmerzen so groß, dass er gar nicht anders aussehen konnte. Aber würde er dann nicht die Augen schließen?

Noch ein Letztes interessierte Jon. Blut umgab seinen Kopf, als hätte er es erbrochen, nachdem er den Inhalt des Fläschchens zu sich genommen hatte. Aber warum war dann kein Blut auf den Lippen?

Eine eingehendere Untersuchung war nicht möglich – er hatte dazu keine Zeit, außerdem wollte er den Leichnam nicht bewegen, solange Martin da war. Er sah eine neue Abzweigung auf der Zeitachse vor sich. Er wusste, dass er recht hatte.

Er eilte zum jungen Prinzen, achtete darauf, dass er den Blick auf Crockley verstellte, und schob ihn fast mit Gewalt aus der Vorratskammer. »Prinz Martin«, sagte er, »Sie müssen etwas für mich tun.«

Der Blick des Jungen zeigte keinerlei Reaktion, aber Jon wusste, dass er ihm zuhörte.

»Es wird nicht einfach sein, aber wecken Sie Ihre Familie und bringen Sie alle in den Salon. Sie müssen nicht unbedingt meinen Namen erwähnen. Sagen Sie einfach, Miss Darcy will sie sehen.« Sie standen mittlerweile draußen im Gang.

Martin sagte nichts.

»Prinz Martin, können Sie das für mich tun?«

Wieder nichts.

»Prinz Martin?«

Martin löste sich aus seiner Starre. »Tut mir leid … ähm … Ja, das kann ich. Aber warum wollen Sie alle dort haben?«

Jon legte Martin die Hand auf die Schulter. Der Junge zitterte. »Weil keinem mehr etwas zustoßen wird. Es ist an der Zeit, der Sache eine Ende zu setzen.«

»Wir haben den Ordner nicht. Wie können wir also die Sache beenden?«

»Wir brauchen den Ordner nicht mehr. Ich glaube, Ihr Vater hat uns zum wahren Mörder geführt.«

XLIV

Jonathan Alleyne lehnt sich zurück und denkt nach

Jon war wieder in dem ihm zeitweise zur Verfügung gestellten Arbeitszimmer. Martin und er hatten sich fünf Minuten zuvor getrennt. Er hatte seine Anweisungen an den Prinzen wiederholt und ihn losgeschickt. Martin zögerte kurz, aber dann setzte er sich in Bewegung und gewann mit jedem Schritt an Selbstsicherheit. Der Junge war stärker, als er sich selbst eingestehen wollte. Jon war schleierhaft, warum Martin beim Anblick im Weinkeller nicht zusammengebrochen war.

Es gab keinen zwingenden Grund, um jetzt im Arbeitszimmer zu sein. Jon hätte sich einreden können, sich kurz mal setzen zu wollen. Sein Körper ließ ihn im Stich – die Erschöpfung fraß ihn auf. Seine Beine fühlten sich an wie das Gelee, das er wie alle Jahre am Morgen für das Trifle gemacht hatte.

Er sank auf den Schreibtischstuhl, was sein Körper ihm augenblicklich dankte, und fühlte sich, als würde er sich nie wieder erheben können. Dem war beileibe nicht so, wie er wusste. Nach wie vor stand Arbeit an. Als er heute Morgen – mittlerweile am gestrigen Morgen – aufgewacht war, hatte er hochtrabende Hoffnungen für den Tag gehabt. Ja, er hatte gewusst, es würde schwierig, stressig und anstrengend werden, aber er hatte sich darauf gefreut, wie er sich auf jeden Tag im Dienst des Königs gefreut hatte. Hatte sich darauf gefreut, ein kleiner Teil eines Größeren zu sein. Es war einmal ein Tag gewesen, der mit Freude und Optimismus angefüllt war so wie der Truthahn mit seiner Füllung. Ja, er war Koch – man stelle sich vor! Er bereitete ein fabelhaftes Weihnachtsessen zu und war glücklich, wenn er der von ihm geliebten Familie aufwarten durfte. Er hatte nicht nur einen König, für den er bis ans Ende der Welt gegangen wäre, sondern auch einen Freund.

Er war Teil eines Größeren gewesen. Nur nicht so, wie er es sich gewünscht hätte.

Dennoch, es hatte ja keinen Sinn, den Tag zu betrauern – nicht, wenn es in Balmoral zwei sehr reale Tote zu betrauern gab.

Jons Gedanken gingen zu Crockley. Er bedauerte, dass er ihn auf dem Boden des Weinkellers hatte zurücklassen müssen. Hatte Crockley wirklich Gift genommen? Und bedeutete das, falls die Antwort Ja lautete, dass Crockley auch den König getötet hatte? Warum musste dem nicht unbedingt so sein?

Die Fakten passten nicht zusammen. Crockley hatte die Visitenkarte eingesteckt. Er war das Leck, über das Palastgeheimnisse nach draußen sickerten, und er wurde dafür zweifellos ganz ordentlich bezahlt. Wenn der König es herausgefunden hatte, wäre das ein sehr plausibles Motiv gewesen. Nur sah er nicht, dass Crockley den Mumm hatte, jemanden umzubringen, noch dazu den König. Außerdem hatte Crockley versucht, dem König das Leben zu retten, auch wenn er erst dazu überredet werden musste. Warum mit den Lippen des Königs in Berührung kommen, wenn er doch wissen musste, dass Gift an ihnen haftete? Er hätte selbst dabei sterben können. War es möglich, dass Crockley zufällig über den Mörder und dessen Giftvorrat gestolpert und diesem dann nichts anderes übrig geblieben war, als ihn auch zu töten? Crockley ging also in die Vorratskammer – warum? Es gab einen Grund dafür, nur passte der nicht in die zeitliche Abfolge der Ereignisse.

Als Nächstes kam ihm die Gestalt im roten Anorak in den Sinn. Jon hatte sie für Crockley gehalten, aber das konnte jetzt nicht mehr sein, oder? Sonst kam aber niemand in Betracht. Es hielt sich sonst niemand im Schloss auf. Es sei denn, jemand von den Familienmitgliedern. Und wie passte diese Figur in das Rätsel?

Zunächst dachte Jon an Prinzessin Emeline, die auf den ersten Blick zu den am wenigsten wahrscheinlichen Verdächtigen zählte. Sie verschanzte sich hinter einer geschickten Erklärung: Sie wolle gar nicht Königin sein. Jon jedoch durchschaute sie. Aber würde sie für die Krone einen Mord begehen, wenn sie damit rechnen musste, dass ein anderer aufgerufen würde, sie in Empfang zu nehmen? Zumindest gestand er Emeline eine sehr viel größere Wut zu, als sie nach außen hin durchscheinen ließ.

Ihre Zwillingsschwester Maud hatte bereits freiwillig ihr Motiv offenbart. Sie hatte sich in jungen Jahren in ein Mädchen verliebt, und der König hatte dieses Mädchen fortgeschickt. Maud hegte deswegen und besonders in letzter Zeit eine nicht geringe Trauer. Konnte sich diese Trauer in Zorn verwandeln – konnte sie ihren Vater töten und dazu auch noch ihren Ehemann, nachdem er dahintergekommen war?

Als Nächstes war Prinz David an der Reihe. Jon dachte an die Litanei von Anschuldigungen, die gegen den Mann seit Langem erhoben wurden. Die Wachsfigur eines Mannes, der an allen Ecken zu schmelzen begann: ein Perversling, der bittere Bodensatz in der Teetasse, nachdem der Beutel geplatzt ist. Aber war er ein Mörder? Brennende Eifersucht war David nicht fremd, meist richtete sie sich auf seinen Bruder, aber Eifersucht genügte nicht immer für Mordabsichten – der Tod des Königs würde seine Schachfigur auf dem Brett kein Feld voranbringen, sozusagen. Vielleicht ging es ihm aber auch nur um das Chaos, das er damit anrichtete.

Matthew und Martin. Die jungen Royals. Die nächste Generation. Die älteren Familienmitglieder verstanden sie nicht, aber sie gaben ihr Bestes. Jon hatte sie heranwachsen sehen, von entzückenden Babys zu anstrengenden Kleinkindern und jungen Männern. Durch ihre Adern floss königliches Blut. Sie hatten sowohl den Großvater als auch den Vater verloren. Der Gedanke, sie hätten etwas damit zu tun, fiel schwer, aber sie waren darin verwickelt wie alle anderen auch. Könnten sie es gewesen sein? Jon glaubte Martin ausschließen zu können, und gern hätte er auch Matthew ausgeschlossen. War das naiv?

Prinzessin Marjorie war wie ein Löffelbiskuit – in Alkohol getränkt und verborgen am Grund dieses in Trauer versinkenden Trifles ruhend. Solange er sie kannte, hatte er sie als launisch und unbeherrscht empfunden. Marjories und Erics Beziehung war von Liebe erfüllt gewesen – er hatte es selbst erlebt –, aber diese Liebe war im Lauf der Jahre, wie es so oft geschah, erlahmt, und an ihre Stelle war eine besondere Form von Feindseligkeit getreten. Dennoch waren Marjories Motive so wenig greifbar wie die Flammen im offenen Kamin – ihr heftiges Flackern bezauberte und ängstigte gleichermaßen. Dazu hatte sie ein sehr glaubwürdiges Schauspiel aufgeführt, als sie meinte, der König spiele nur den Toten.

Aber was war Marjories Geheimnis? Im Moment ließ sich das nicht herausfinden. Ein Gedanke sprang ihn an. Er zog die Sachen aus der Tasche, die sich im Lauf des Tages bei ihm angesammelt hatten – die Taschenlampe, das Security-Tablet, das Familienwappen, das ihm jemand zugesteckt hatte, seinen Notizblock und einige gefaltete Seiten Papier. Um die ging es ihm.

Er blätterte den Arztbericht durch, ohne zu wissen, wonach genau er suchte. Bis er es fand.

Mit einem Mal hatten seine Beine die Kraft, um aufzuspringen. Er konnte es kaum glauben. Das war es – und es erklärte eine Menge.

Jon stopfte sich wieder alles in die Taschen. Er konnte nicht mehr still sitzen, nicht nach dem, was er eben gelesen hatte. Die ganze Zeit hatte es hier gelegen – der Schlüssel zu Marjories Geheimnis. Die Erklärung für ihre Bosheit, ihre Stellung. Das also hatte der König gegen sie in der Hand gehabt.

Jon wollte zur Tür, kehrte aber noch einmal um und zog das Familienwappen aus der Hose. Es stand ihm nicht zu. Er war drauf und dran, einen Windsor des Mordes zu beschuldigen. Er gehörte nicht zur Familie. Was vielleicht gar nicht so schlecht war, wie ihm dämmerte. Er ließ das Wappen auf dem Schreibtisch liegen.

Die Standuhr draußen im Korridor war erneut stehen geblieben. Er hoffte, die Bediensteten bemerkten es in den kommenden Tagen. Er selbst würde dann ja nicht mehr hier sein, um sich darum zu kümmern. Miss Darcy würde kaum gefallen, was er zu sagen hatte, sie würde dafür sorgen, dass man ihn sofort wegschickte, sobald der Schneesturm nachließ und die Welt nach Balmoral zurückkehrte.

Wo war Miss Darcy jetzt? War sie immer noch auf der Jagd nach dem weißen Kaninchen, nach Tony Speck? Die

Wahrheit lautete: Es spielte so gut wie keine Rolle. Eine Woge der Zuversicht war Miss Darcy bei ihrem Erscheinen entgegengeschlagen, jetzt kam sie ihm fast wie ein unbedeutendes Anhängsel vor. Welchen Platz nahm sie in alldem ein? Vielleicht gar keinen.

Ohne die Familie hatte der Salon etwas Seelenloses, nur die züngelnden Flammen im Kamin zeugten von Leben. Der Raum war kalt und wenig einladend, trotz des imposanten Weihnachtsbaums und der fröhlichen Dekoration. Jon ging zum Kamin.

Wilson hatte doch noch ins Zimmer gefunden und es sich vor dem Feuer bequem gemacht. Wo steckte Churchill?, fragte sich Jon. Wie aufs Stichwort war ein Tapsen zu hören. Ein Tapsen gegen Glas. Jon sah sich um, bis sein Blick auf ein Fenster fiel.

Der Schneesturm wütete nach wie vor. Der Himmel hatte sich verdunkelt – die Nacht brach doch noch durch die Wolken, aber es war ungewöhnlich hell für Mitternacht. Das Tapsen ließ Jon ans Fenster eilen. Und dort draußen saß Churchill, er sah verfroren und unglaublich verärgert aus. Sein Fell war schneebedeckt. Jon öffnete das Fenster, sofort sprang der Kater herein und rannte zu seinem Bruder am Kamin.

Wie war er ins Freie gelangt? Er musste hinausgeschlüpft sein, als Crockley zum Rauchen nach draußen gegangen war. Gut, dass Jon ihn gefunden hatte, sonst wäre er vermutlich erfroren.

Er drückte das Fenster zu, das der Wind wieder aufzustoßen drohte, und verriegelte es.

Die beiden Katzen beobachteten ihn, Churchill hatte seine Notlage anscheinend schon wieder vergessen. Es war fast so, als hätten sie sich als Teil der Familie bereits eingefunden und warteten nun auf die große Enthüllung.

Sechs Royals – Matthew, Emeline, David, Marjorie, Maud und Martin. Zwei Morde – am König und an Thomas Crockley. Mehr Geheimnisse, als ein Schloss in sich bergen konnte.

Kaum hatte sich Jon vor dem Kamin niedergelassen, sprang er wieder auf, als die Tür aufging. Angehörigen der königlichen Familien begegnete man nicht im Sitzen. Allerdings hatte er nicht erwartet, dass sie alle zusammen hereinströmten. David und Marjorie waren die Ersten, es folgen Matthew und Emeline, die jeweils einen Arm um eine erneut völlig aufgelöste Maud geschlungen hatten. Martin musste ihnen von Thomas Crockleys Ableben berichtet haben – was wahrscheinlich gut war. Alle bis auf Maud trugen noch ihre förmliche Kleidung, aber selbst sie hatte ihr Familienwappen noch um den Hals hängen. Tatsächlich zählte Jon insgesamt sechs Familienwappen – auch Martin hatte wieder sein Jackett angelegt. Sechs Wappen. Sechs Windsors. Unter ihnen ein Mörder, ein Dornenstrauch auf einem Feld voller Gänseblümchen.

»Eure Majestäten«, sagte Jon, aber keiner der Angesprochenen gab zu verstehen, dass er die Begrüßung gehört hatte. Es dauerte etwas, bis Jon klar wurde, dass er die Worte nur still vor sich hin gesagt hatte, mehr für sich als für die anderen. Sein Leben bestand aus seiner Pflicht, und er fühlte sich besser damit, selbst wenn es nicht bemerkt wurde.

Die Pflicht war nur schwer zu vergessen. Einer der hier Anwesenden hatte seine jedoch vergessen. Bald würde alles enthüllt werden. Bald? Ja. Auf ihren Gesichtern konnte er lesen, dass es ihnen allen bewusst war. Natürlich wusste es jeder – ganz Balmoral schrie es heraus, von den Bedienstetenräumen ganz unten bis zu den höchsten Zinnen.

Das war der Anfang vom Ende.

XLV

Versammlung der Verdammten

Eine halbe Stunde nach Mitternacht ist nicht unbedingt die Zeit für die Auflösung eines Rätsels. Um diese Zeit sollte man sich behaglich in sein Bett mümmeln und etwas Angenehmes träumen. Auf den größten Teil von Großbritannien traf dies sicherlich zu. Aber die verdammten Seelen im Balmoral Castle fanden keinen Schlaf, und in den Gängen lauerten Albträume.

Die verwirrten Gesichter derjenigen, die sich im Salon einfanden, machten Jon deutlich, dass keiner der Anwesenden ihm eine Hilfe sein würde – alles, was er sah, waren Schmerz, Verlust und Zorn. Und anscheinend war es eine ausgemachte Sache, dass sich ein Teil dieses Zorns gegen ihn richtete.

»Langsam erahne ich, wie sich ein Schaf fühlen muss«, sagte David und fügte mit einem Blick zu Jon an: »Das macht Sie dann wohl zu unserem Schäferhund, ja, Butler?« Er geleitete Marjorie zum Sitzbereich vor dem Kamin – wo sich Jon eben erst erhoben hatte – und drückte sie mit fast väterlicher Vehemenz auf den Sessel. Jon wich vor David zurück, der sich in dem Moment zu ihm wandte. »Wissen Sie, Butler, allmählich frage ich mich, ob Miss Darcy nicht doch recht hat und Sie sich nur zu Ihrem krankhaften Vergnügen einen Spaß mit uns erlauben.«

»Hört, hört!«, kam es lallend von Marjorie. Seitdem sie alle auseinandergegangen waren, schien die Matriarchin ihre Alkoholzufuhr noch beschleunigt zu haben. Sie musste in der Zwischenzeit – statt sich wo auch immer zum Schlafen hinzulegen – eine weitere Flasche aufgetan haben.

»Onkel!«, empörte sich Emeline und löste sich von ihrer Schwester und ihrem Neffen. »Jetzt ist nicht die Zeit für Fehden. Eine weitere Tragödie hat sich ereignet, aber wir ... die wir noch übrig sind ...« – Letzteres kaum hörbar – »... müssen die Fassung wahren. Thomas hat ...« Sie sah zu ihrer Zwillingsschwester und verstummte.

Alle wussten es. Von Trauer war nicht mehr viel zu spüren. Es war nicht mehr so wie nach dem Tod des Königs. Hätte Jon nicht bereits eine ziemlich gute Vorstellung davon gehabt, wer die beiden Morde auf dem Gewissen hatte, hätte er aus ihren Mienen nichts Erhellendes ableiten können.

Statt sich zusammenzureißen, ging David, nachdem sich Maud in ihr Schluchzen zurückgezogen hatte, auf Emeline los. »Ich bedaure sehr, was Crockley widerfahren ist, letztlich ist es aber doch irrelevant. Dieser mittelmäßige Querulant war es nicht wert, sich in einem Raum mit dem König aufzuhalten, geschweige denn, einen der Flure mit seinem Blut zu besudeln.« Mauds Schluchzen und Weinen nahm bei diesen Worten noch ein wenig zu.

Emeline konterte: »Onkel, bislang habe ich mich mit meiner Meinung zurückgehalten, weil es sich nicht gehört, nun aber ist Schluss damit. Du bist der absolut abscheulichste Mensch, der mir in meinen neununddreißig Jahren begegnet ist. Du bist widerlich, grausam, feige, ein müder Abklatsch dessen, was mein Vater war. Das Blut der Windsors fließt in meinen Adern, was mich mit Stolz erfüllt, aber in Anbetracht der Tatsache, dass ich das mit dir gemeinsam habe, hätte ich nicht übel Lust, auf all das zu verzichten. Warum Miss Darcy und das politische Establishment Vater nicht gezwungen haben, dich vor die Tür zu setzen, entzieht sich meinem Verständnis.«

»Bitte …«, schrie Maud. »Hört auf! Thomas ist tot, Vater ist tot, wir müssen der Sache auf den Grund gehen, bevor noch mehr passiert.«

Marjorie auf der Couch gab ein Kichern von sich, womit sich alle Aufmerksamkeit ihr zuwandte. Mit jedem Augenpaar, das auf sie gerichtet wurde, schien sie zu wachsen. »Thomas. Bah, er war ein rückgratloser Waschlappen ohne jegliche Grundsätze. Er verdient es nicht, auch nur irgendwas mit meinem Mann gemeinsam zu haben, noch nicht einmal den Tod.«

»Du kannst über Thomas sagen, was du willst, Mummy«, schluchzte Maud, »aber ich habe ihn zu lieben gelernt. Wenn du dir für mich etwas anderes gewünscht hast, hättest du dich vielleicht in der Vergangenheit dazu äußern sollen, statt dich jetzt zurückzulehnen und herumzunörgeln.«

»Es redet sich leicht, wenn man jung ist«, nörgelte Marjorie weiter. »So viel Feuer, dennoch muss man sich keine Sorge machen, dass man verbrennt. Ich sage dir aber, Tochter, das Feuer wird zurückkommen und dich holen.«

»Moment, wo ist Martin?«, fragte Maud. »Wo ist mein Sohn?«

»Er holt sich ein Glas Wasser, Mum«, antwortete Matthew und legte einen Arm um sie. »Du weißt doch – das hat er uns vorhin gesagt.«

»Wirst du auf deine alten Tage senil, Tochter?«, spottete Marjorie.

»Halt den Mund!« Von Matthew. Es kam so scharf und unerwartet, dass Marjorie umgehend eine heftige Schimpftirade vom Stapel ließ.

»Hört auf, Mutter. Matthew. Maud. Alle!«, schrie Emeline. »Das hilft uns nicht weiter. Das alles geht schon viel zu lange so. Jon, bitte, Sie haben uns hierhergebeten – sind Sie zu einem abschließenden Urteil gelangt?«

Jon hätte liebend gern für den Rest seines Lebens geschwiegen, wäre es ihm erspart geblieben, die folgenden Worte auszusprechen. »Ja. Ich glaube, ich weiß, wer den König umgebracht hat.«

Im Raum wurde es merklich kühler. Das einzige Geräusch kam von den synchron vor sich hin schnurrenden Katzen am Kamin. Emeline führte ihre Schwester zur linken Chaiselongue und ließ sie Platz nehmen. Auch Matthew setzte sich. Als wäre es ihnen so vorgeschrieben, ließen sich David und Marjorie auf der rechten Chaiselongue nieder.

»Okay, Butler«, sagte David mit nur angedeutetem Sarkasmus. »Dann lassen Sie hören.«

Jon zögerte keinen Augenblick. Er begann: »Wir alle wissen, was uns hierherführt. Der König ist tot. Er ist hier gestorben, genau hier über dem Beistelltisch, um den wir uns jetzt versammelt haben. Sie werden mir zustimmen, wenn ich sage, dass die Art seines Todes sehr seltsam war. Tatsächlich wurde er ermordet – ermordet, indem er ein Gift zu sich genommen hat, das sich in diesem Whisky befunden hat.«

Er deutete auf den Dekanter, der immer noch auf dem Beistelltisch stand.

»Moment«, sagte David. »Miss Darcy hat gesagt, mein Bruder wäre eines natürlichen Todes gestorben.«

»Bist du wirklich so naiv, David«, entgegnete Marjorie. Damit hatte der alte Mann nicht gerechnet, er wurde kreidebleich. »Tharigold redet Blödsinn.«

»Fahren Sie fort, Jon«, sagte Emeline.

»Wie auch immer, wir haben uns schnell darauf verständigt, dass ich in der Sache ermitteln soll, weil der Whisky offen in diesem Raum stand und Sie die Einzigen waren, die Zugang zu ihm hatten. Ich wollte es anfangs nicht wahrhaben, aber im Lauf des Tages musste ich einsehen, dass tatsächlich jemand die Tat begangen haben könnte.

Jeder von Ihnen hat ein Motiv, was alles recht undurchsichtig macht. Ich konnte nicht erkennen, wer den triftigsten Grund hatte, den König zu beseitigen – noch dazu vor seiner Rede, in der er seinen Nachfolger verkünden wollte. Aufgrund der geänderten Erbfolgeregelung wissen wir, dass insgesamt vier Personen dafür infrage kommen. Prinzessin Emeline. Prinzessin Maud. Prinz Matthew. Prinz Martin. Aber auch Sie beide – die Königliche Prinzessin Marjorie und Prinz David – konnte ich von den Ermittlungen nicht ausnehmen.

Ich gebe zu, ich habe nicht gewusst, wie ich weiter vorgehen soll, nachdem ich Sie alle befragt hatte. Ich habe es bis vor Kurzem nicht gewusst. Prinz Martin und ich haben uns zunächst getrennt, dann zusammen auf die Suche gemacht. Prinz Martin war nämlich mit der Aufgabe betraut worden, den von Ihnen allen erwähnten Ordner zu verstecken. Der König hat ihm diesen Ordner gegeben, der ihn daraufhin in der Vorratskammer versteckt hat. Dort sind wir uns begegnet, und dort sind wir auf die Tragödie gestoßen, die sich im angrenzenden Weinkeller ereignet hat. Auf den toten Thomas Crockley.

Sämtliche Indizien deuten darauf hin, dass sich Thomas Crockley selbst das Leben genommen hat. Er hat aus einem Fläschchen mit Gift getrunken, das aus dem Geheimfach im Getränkeschrank stammt, wo zahlreiche Marmeladengläser mit Gift aufbewahrt wurden. Thomas lag mit schmerzverzerrtem Gesicht, an ein Weinregal gelehnt, auf dem Boden, um den Kopf eine große Blutlache, was so aussah, als hätte er es erbrochen. Thomas Crockley hat also den König getötet und schließlich, als er merkte, dass ich ihm auf die Schliche komme, Selbstmord begangen.«

»Nun«, sagte Marjorie. »Das wäre es dann.«

»Nein. Es war perfekt. Ein wenig zu perfekt. Ich begann darüber nachzudenken, welche Möglichkeiten noch im Raum standen. Denn etwas ergab keinen Sinn: Wenn Crockley von der Wirkung des Gifts wusste, warum hat er dann beim König Wiederbelebungsmaßnahmen durchgeführt? Er hat seine Lippen auf die des Königs gepresst und hätte dabei umkommen können. Und das noch dazu, obwohl nach den neuesten Methoden die Mund-zu-Mund-Beatmung gar nicht mehr nötig ist. Crockley hat es getan, weil er unbedingt das Leben des Königs retten wollte.

Was also, wenn Crockley vom selben Täter getötet wurde, der schon den König umgebracht hatte? Crockley war zum Rauchen draußen. Er kam in die Vorratskammer, weil er noch mal rauchen wollte und ich ihm am Morgen gesagt hatte, in der Vorratskammer gäbe es Anzünder. Und dort in der Vorratskammer muss er auf seinen Mörder gestoßen sein, der sich vergewissern wollte, dass sein Giftlager unentdeckt geblieben war. Crockley muss damit gedroht haben, ihn zu verraten, sodass dem Täter nur eines blieb: Crockley umzubringen. Es sieht so aus, als würde Crockley aus dem Mund bluten, das aber ist eine Täuschung, die von der Lage des Leichnams hervorgerufen wird. Ich denke, der Mörder hat ihn bewusst so platziert. Hätte ich den Leichnam bewegt, hätte ich vermutlich festgestellt, dass Crockley ein Schürhaken in den Rücken gestoßen wurde. Der Täter ließ die Waffe in der Wunde stecken, um den Blutfluss zu minimieren, dann aber musste die Waffe verborgen werden. Also wurde der

Tote mit dem Rücken gegen das Weinregal gelehnt, damit es so aussah, als wäre er von allein in dieser Position zu liegen gekommen. Das Blut sickerte dorthin, wohin es konnte. Auf den Boden um Crockleys Gesicht – und es sah so aus, als hätte er das Blut erbrochen.«

»Das sind ziemlich scharfsinnige Überlegungen, Jon«, sagte Emeline beeindruckt.

Jon ging nicht auf sie ein. »Als Nächstes musste ich mir die Frage stellen: Wer hat es getan? Zu der kam ich über die Frage: Warum? Warum hielt sich der Mörder in der Vorratskammer und dem angrenzenden Weinkeller auf? Und dann fiel mir ein, dass er vielleicht den Ordner mit den Verfehlungen der Familie gesucht hat. Wo war der Ordner abgeblieben? Martin hatte ihn, wie gesagt, in der Vorratskammer versteckt.

Dann fragte ich mich: Konnte jemand davon gewusst haben? Nun, es gibt im Grunde nur eine Person. Eine Person, die tagsüber ausreichend Gelegenheit hatte, das zu erfahren. Es gibt nur eine Person, die wissen konnte, was Prinz Martin getan hatte, eine Person, die ihn gut genug kennt, um zu wissen, was er aller Wahrscheinlichkeit machte. Diese eine Person hatte nicht nur dessen kurze Unterhaltung mit dem König mit angehört, er hatte auch Martin am Vormittag aus der Vorratskammer kommen sehen, und er war im Arbeitszimmer aufgetaucht, als ich Prinz Martin befragt habe und er sich so zugeknöpft gab, als es um die Vorratskammer ging.

Ist dem nicht so, Prinz Matthew?«

»Was?«, rief Matthew, als sich alle Blicke ihm zuwandten. Der junge Mann sprang auf. »Es ist nicht zu fassen. Den ganzen Tag habe ich zu Ihnen gestanden, Jon, und das ist der Dank dafür?«

»Dann sagen Sie mir, dass ich mich irre, Matthew.«

Matthews wütender Blick flackerte. Er sah zu seiner Familie, dann wieder zu Jon. Schließlich erkannte er, dass es zwecklos war.

»Sagen Sie mir, dass ich mich irre«, wiederholte Jon. »Bitte.«

XLVI

Gift spucken

Eines müsst ihr verstehen«, sagte Matthew und sah sie alle der Reihe nach an. Sogar David und Marjorie hatte es die Sprache verschlagen, während sie dem jungen Mann zuhörten. »Als Erstes möchte ich euch erzählen, was ich gesehen habe, auch wenn ich jetzt weiß, dass es falsch ist. Mein Großvater hat abgebaut, er hatte Schmerzen – es wurde von Tag zu Tag schlimmer. Wir haben es alle gesehen, wir wollten es nur nicht wahrhaben. Eines Tages rief mich Großvater nach Balmoral. Das war im letzten Frühjahr, du erinnerst dich, Mutter? Du wolltest ebenfalls mitkommen, aber das hatte er nicht erlaubt. ›Nur Matthew‹, das waren seine Worte.

Ich habe mir nichts dabei gedacht, sondern mich gefreut, bei Großvater zu sein. Wir verbrachten wirklich einen schönen Tag. Wir gingen jagen. An dem Tag haben wir den Hirsch geschossen, der jetzt im Eingang hängt. Aber als alles vorbei war, nahm der König mich mit in den Weinkeller, öffnete ein Geheimfach im Getränkeschrank und zeigte mir, was darin war.

Ich hatte keine Ahnung, worum es ging. Ich nahm eines der mit Gift gefüllten Marmeladengläser mit dem Totenkopf-Aufkleber zur Hand und begriff überhaupt nichts. Also hörte ich einfach nur Großvater zu.

Er erzählte mir, was es mit seiner Gesundheit auf sich hat. Ein sehr seltenes Herzleiden, das sich Ultimum Cor Subsisto nennt. Eines Tages würde er daran sterben. Bis es aber so weit war, würde es immer schlimmer werden – er würde immer mehr abbauen und unter immer größeren Beeinträchtigungen leiden.

Ich habe ihn gefragt, was das mit dem Gift zu tun hat.

›Das ist kein Gift, Matthew‹, hat er geantwortet, ›du kannst deinen Mund wieder zuklappen. Zumindest ist es kein Gift für dich. Für mich allerdings – nun ja … Es gibt nur sehr wenig an mir, was nicht öffentlich bekannt ist. Du wirst es beizeiten selbst erfahren, dann, wenn du in meine Fußstapfen trittst und siehst, dass das Königsein manchmal eher ein Geisteszustand ist. Die wenigen Geheimnisse, die ich habe, drücke ich fest an mich und lasse sie nie los. Nur einige wenige Auserwählte wissen, was ich dir erzählen will, denn du sollst nie mit deinen Schwächen hausieren gehen. Ich reagiere allergisch auf den Stich einer ganz bestimmten Wespenart. Polybia plancalais ist keine besonders interessante Wespe, aber eine, die meinem Leben ganz schnell ein Ende bereiten könnte, wenn sie denn wollte. Das hier ist ihr extrahiertes Gift, das sie bei einem Stich abgibt, vermischt mit einer Flüssigkeit. Das ist mein Ende, Enkelsohn.‹ Der König betrachtete ein Glas und ließ die Flüssigkeit hin und her schwappen. ›Wie schrecklich, wenn man so etwas in Händen hält, und gleichzeitig wie befreiend.‹

›Was willst du von mir, Großvater?‹, fragte ich.

Der König sah mich bedauernd an. ›Wenn die Zeit kommt, Enkel, wenn die Schmerzen zu groß werden, wenn ich verbraucht bin, möchte ich mich nach meinen Bedingungen von der Bühne verabschieden. Aber ich fürchte, ich bin nicht stark genug, um es selbst zu machen. Wirst du mir helfen?‹

Er war der König. Er war mein Großvater. Was hätte ich denn tun sollen, außer einzuwilligen? Also sagte ich Ja.

Der König hat mich nie gebeten, ihn zu vergiften. Zu diesem Entschluss bin ich selbst gekommen. Aber nicht, weil er es so wollte. Alles deutete darauf hin, dass er hier und heute verkünden würde, wer der nächste Herrscher sein soll. Für mich war das die Gelegenheit: der Weihnachtstag, an dem er mit der Familie allein sein wollte, nur mit einer minimalen Anzahl von Bediensteten. Der Schneesturm hat es dann besiegelt. Eine Chance wie diese würde ich nicht mehr bekommen. Ich wusste also, ich musste zur Tat schreiten, bevor er mich zum nächsten König ausrief.

Ich wollte nie König sein. Ich habe doch gesehen, was es mit Großvater gemacht hat. Er war ein Gefangener. Ich wollte nie auf den Thron – warum sollte das irgendjemand wollen? Ich wollte das komplette Gegenteil – ich wollte frei sein von den Fesseln meines Familiennamens und in Frieden mein Leben leben. Ich möchte mich irgendwo niederlassen, eine Frau kennenlernen, einen richtigen Beruf ausüben. Die Krone ist eine lebenslange, elendige Gefängnisstrafe. Warum sollte ich das wollen? Ich versuchte es ihm zu erklären. Aber er wollte davon nichts hören. Ich liebte meinen Großvater, aber wenn er sowieso im Sterben begriffen war, warum dann den Prozess nicht zu meinen Gunsten etwas beschleunigen.«

»Matthew …«, sagte Prinzessin Maud. »Willst du damit sagen …«

»Aber, und jetzt kommt der Teil, den ihr mir nicht glauben werdet, ich konnte es nicht. Ich habe den König nicht getötet. Ich hatte das Fläschchen in der Hand, ich brachte es hierher, ich hielt es über den Whisky. Aber ich konnte es nicht tun. Ich liebte ihn so sehr. Ich wollte lieber ein Leben in Unfreiheit führen, damit er noch ein wenig länger leben konnte.

Dann ist er aber trotzdem gestorben. Jemand anderes hat das Gift benutzt. Und ich wusste, dass ich dafür verantwortlich gemacht werden würde. Mehrmals am Tag war ich in der Vorratskammer und habe mich vergewissert, dass das Geheimfach nicht geöffnet wurde. Ich wusste ja, mindestens eine Person weiß noch davon.

Bei einem dieser Besuche in der Vorratskammer bin ich auf meinen Vater gestoßen. Ich weiß nicht, wie er das Fach gefunden hat. Er hat die Fläschchen eingesammelt und wollte sie allen zeigen. Ich habe ihn zur Rede gestellt, ich wollte ihm alles erklären, aber er weigerte sich, mich anzuhören. Ja, ich habe heute jemanden umgebracht, aber nicht die Person, auf die ich es ursprünglich abgesehen hatte. Ich habe meinen Vater getötet – ziemlich in der Art, wie Jon es beschrieben hat. Aber ich habe ihn nicht so hindrapiert, damit es aussieht, als hätte er das Gift genommen – das war Zufall.

Nun ist es also heraus. Ich habe meinen Vater umgebracht. Ja. Aber nicht den König.«

David sprang auf. »Und nach alldem sollen wir dir glauben? Du Scheusal. Wegen dir ist mein Bruder tot. Du hast von diesem Gift gewusst, du hast seinen Plan gekannt und hast keinem davon erzählt. Warum sollen wir dir glauben, wenn du sagst, du warst es nicht?«

»Mörder!«, kreischte Marjorie. »Mörder!«

Matthew ließ die Beschimpfungen über sich ergehen und brach in Tränen aus. »Heute habe ich in seinem Arbeitszimmer Aufzeichnungen über seine Krankheiten gefunden. Beziehungsweise über seinen vollkommenen Gesundheitszustand. Er war gar nicht krank. Es war nur ein Test. Und ich weiß nicht, ob ich ihn bestanden habe oder durchgefallen bin. Ihr wisst, was Ultimum Cor Subsisto bedeutet? Ultimativer Herzstillstand – er hat mich zum Narren gehalten.«

Matthew hätte genauso gut mit sich selbst reden können, keiner schien ihm mehr zuzuhören.

»Du missratener Junge«, sagte David. »Ich werde dafür sorgen, dass du dafür büßt.«

Maud eilte zu ihrem Sohn und schloss ihn in die Arme. »Matthew, ich glaube dir. Ich glaube dir. Und ich verzeihe dir.«

»Was soll das?«, rief Emeline. »Geh weg von ihm, Maud.«

»Kaltblütiger Mörder!«

»Nein«, schrie Maud. »Nenn ihn nicht so.«

»Er hat meinen Mann vergiftet!«, gab Marjorie zurück.

»Nein, hat er nicht.«

»Woher willst du das wissen?«

»Weil ich es war«, schrie Maud.

XLVII

Tochter des Teufels

Maud stellte sich schützend vor ihren Sohn. Was gar nicht nötig war – niemand interessierte sich mehr für ihn. Jon holte tief Luft – das hatte er nicht vorhergesehen. Die freundliche und nette Prinzessin Maud eine Mörderin. Was war bloß in die Leute gefahren?

»Schwester?«, sagte Emeline und blinzelte sich die Tränen weg. »Was … Warum sagst du das? Willst du ihn schützen?«

Auch Maud kamen die Tränen. Sie schüttelte den Kopf. »Ich habe es getan. Ich habe das Gift in den Whisky gegeben. Weil ich so wütend war.« Sie erzählte die Kurzversion dessen, was sie bereits Jon mitgeteilt hatte. Die Fahrt nach Plymouth. Poppy. Die Enthüllung, dass der König Poppy hatte fortschaffen lassen. »Ich selbst war vergiftet. Vergiftet von meiner unbändigen Wut über das Leben, das mir verweigert wurde. Matthew hat recht – wir leben in einem Gefängnis, und Vater war der Wärter. Und so habe ich ihm die Schuld gegeben.

Als Matthew aus Balmoral zurückkam, habe ich gespürt, dass etwas nicht stimmt. Er war anders. Bei unserem nächsten Besuch in Balmoral war es noch schlimmer. Also habe ich mir vorgenommen, ihn im Auge zu behalten. Und eines Tages bin ich ihm in den Weinkeller gefolgt. Wo ich das Geheimfach und das Gift entdeckt habe. Es hat etwas gedauert, bis ich die beiden Dinge in Verbindung bringen konnte.

Der Weihnachtstag eröffnete mir dann die Gelegenheit – es war genau so, wie Matthew es beschrieben hat. Nur hatte ich nicht die Zeit für irgendwelche Bedenken. Plymouth war erst eine Woche her. Meine Wut war noch ganz frisch. Ich habe das Gift in den Whisky geschüttet und gespürt, wie eine große Ruhe über mich kam. Erst später ist mir bewusst geworden, was ich getan habe.

Ich habe Vater sterben sehen und mir gedacht: ›Das hast du getan. Du hast ihn vergiftet. Jetzt musst du damit nur noch durchkommen, und das war es dann.‹ So war das also. Nur war mir nicht klar gewesen, dass wir uns so schnell auf den Whisky als Mordwerkzeug verständigen sollten. Oder dass Emeline vorschlagen würde, Jon mit den Ermittlungen zu betrauen. Aber in den ersten Stunden lief alles gut – die Schuldgefühle hatten sich noch nicht eingestellt. Tut mir leid, Jon, Sie waren kein ernsthafter Gegner, zumindest nicht anfangs. Ich dachte, ich käme damit durch, aber dann meldete sich mein Gewissen. Was hatte ich getan? Was hatte ich bloß getan? Meine Wut, die Rachegelüste, alles war noch so frisch. Der Wunsch, die Spuren zu verwischen, hatte nichts Aufregendes mehr an sich, sondern war nur noch der verzweifelte Versuch, mir eine Familie zu bewahren. Ich hatte schon beschlossen, Ihnen alles zu sagen, Jon – als ich von Poppy erzählt habe. Aber dann Thomas. Und jetzt meine Söhne. Es ist alles zu viel.«

»Ihre Söhne. Das, was Ihnen am wichtigsten ist«, sagte Jon.

»Ich habe Thomas vielleicht nicht so geliebt wie Poppy. Aber Thomas hat mir zwei Söhne geschenkt. Und für sie würde ich alles tun.«

»Sie würden sogar ihre Vergehen gestehen, wenn einer von ihnen in Zweifel gezogen wird?«

Maud nickte. »Ich habe es getan. Ich habe meinen Vater

getötet. Den König von England. Was ist nur über mich gekommen? Ich weiß es nicht. Ich weiß nur Folgendes: Wer immer ich gewesen sein mochte, als ich den Whisky vergiftet habe, diese Person gibt es nicht mehr. Sie ist verschwunden, und an ihrer Stelle ist Maud übrig geblieben. Ein ängstliches kleines Mädchen ohne Vater.

Ich will kein Mitleid. Ich will das genaue Gegenteil davon. Das ist mein Geständnis, das werde ich auch der Polizei erzählen, wenn sie eintrifft. Ich will, dass sie mich lebenslänglich einsperren.«

Emeline sank auf die Knie. »O lieber Gott im Himmel, Maud … was hast du getan?«, brachte sie würgend hervor.

Matthew trat vor seine Mutter und betrachtete sie misstrauisch.

Marjorie gab ein heiseres Glucksen von sich. »O Tochter. Meine liebes, armes Ding.«

Das nun war nicht die Reaktion, die jeder erwartet hatte.

»Ist es nicht so bei Zwillingen? Die eine bekommt den Verstand, die andere das Aussehen. Ich habe dich immer für die Glücklichere gehalten, aber ein paar Gehirnzellen mehr hätten dir nicht geschadet.«

»Mummy?«, erwiderte Maud so erschreckt wie verwirrt.

»Glaubst du wirklich, dein Vater hätte je gewollt, dass du verletzt wirst oder dir das Herz gebrochen wird? Er wollte für dich immer, was du selbst wolltest. Nie hätte er dir wehgetan. Durch seine Untätigkeit wäre aber genau das eingetreten. Du wärst den Wölfen zum Fraß vorgeworfen worden, mein Kind, wenn deine kleine Affäre je ans Licht gekommen wäre. Also habe ich getan, wozu der König nicht imstande war. Ich habe dem Establishment befohlen, dein kleines Spielzeug fortzuschicken. Eric wusste davon gar nichts, bis sie schon fort war, und dann habe ich der Diskussion ein Ende gesetzt, indem ich sie für tot erklären ließ. Arme kleine Maud, dein Gift ist im falschen Kelch gelandet.«

»Was?«, rief Maud. »Dann war Vater …«

Wieder gluckste Marjorie, sagte aber nichts mehr.

David, immer mit seiner Meinung schnell bei der Hand, hatte offenkundig das Gesagte noch gar nicht richtig verarbeitet. Aber als er so weit war, sprang er auf und stürzte auf Maud zu. »Du elendiges Miststück. Mein Bruder!« Er packte sie am Hals, zog sie aus dem Sessel und stieß sie gegen die Wand.

Maud würgte einen Schrei heraus, während sich Davids Fingernägel in ihren Hals bohrten. »Ahh …« Er verstärkte seinen Griff.

»Das ist für meinen Bruder, du Scheusal!«

»Onkel!« Emeline warf sich auf ihn, versuchte ihn wegzuziehen und seine Hände zu lösen. Aber David ließ nicht locker und legte eine überraschende Kraft an den Tag. Matthew und Jon, vor Entsetzen wie versteinert, konnten nur zusehen. Endlich gelang es Emeline, einen von Davids Armen wegzuziehen, doch der alte Mann versetzte ihr einen heftigen Stoß. Emeline krachte mit dem Kopf gegen die Wand – ein dumpfer Aufprall war zu hören – und landete stöhnend auf dem Teppich.

Marjorie rang verzweifelt nach Luft. Mauds Kopf war mittlerweile dunkelrot angelaufen. David war auf dem besten Weg, sie zu töten. Jon sah zu Marjorie – sie ließ es geschehen, obwohl sie es hätte beenden können. Das wusste Jon, er kannte ihr Geheimnis. Er hatte es im Arztbrief gelesen, schwarz auf weiß.

»Prinzessin Marjorie, beenden Sie das«, rief Jon. »Bitte.«

Mit einem Mal war Marjorie vollkommen nüchtern. Aber sie rang mit sich und ihrem Geheimnis, das sie nach so langer Zeit nicht preisgeben wollte.

»Ich will sehen, wie das Leben in deinen Augen erlischt, so wie du es bei meinem Bruder mit angesehen hast«, brüllte David der keuchenden, röchelnden Maud ins Gesicht.

Emeline auf dem Teppich stöhnte. Sie hatte eine lange Platzwunde an der Stirn, Blut lief ihr übers Gesicht.

»Marjorie«, schrie Jon, als Mauds Augen flackerten wie das Licht eines sterbenden Sterns.

Zum ersten Mal an diesem Tag sah Marjorie zu ihm, mit absoluter Klarheit nahm sie wahr, was hier vor sich ging. Da wusste Jon, dass er nicht mehr an ihrer Stelle eingreifen musste.

Jon war über das Geheimnis gestolpert, ohne zu wissen, wonach er überhaupt gesucht hatte. Den Arztbrief des Königs.

»David, hör auf«, sagte Marjorie.

»Nein, Margey, du wirst es mir danken.« Er klang böse, wie vom Teufel besessen.

»Hör auf!«

Jon hatte ihr Geheimnis entdeckt, an einem Ort, wo er es nie vermutet hatte. In den medizinischen Aufzeichnungen unter dem Stichwort »sexuelle Gesundheit«.

Speichel trat auf Mauds Lippen. Jeder im Raum schien zu wissen, dass es ihr letztes Aufbäumen war.

Wer hatte schon gewusst, dass um König Erics sexuelle Gesundheit ein so großes Geheimnis gemacht worden war?

David drückte noch fester zu.

Marjorie erkannte, dass es ihre letzte Chance war. Und das war gut. Endlich würde ihr Geheimnis gelüftet werden.

Der König nämlich war unfruchtbar. Er konnte keine Kinder zeugen.

»Es sind deine Töchter!«, schrie Marjorie.

XLVIII

Eine normale Familie

David stockte, und das genügte. Sein Griff um Mauds Hals lockerte sich, sie bekam wieder Luft. »Was?« Dann ließ er Mauds Hals ganz los, auf dem sich die weißen Abdrücke seiner Hände abzeichneten, dazu ein blutiger Schnitt, wo einer seiner scharfen Fingernägel ihr die Haut aufgeritzt hatte. Röchelnd sackte die Prinzessin zu Boden. Es war nicht klar, ob sie ihre Mutter überhaupt gehört hatte.

Ihre Zwillingsschwester jedoch hatte sie sehr wohl gehört. Emeline sprang auf. »Moment, Mutter, was hast du da gesagt?«

»Ja, das würde ich auch gern wissen«, kam es von David, der so finster in die Runde sah, dass Jon sich fragte, ob ihm eine Kugel durchs Herz nicht lieber gewesen wäre.

Marjorie sah sie ausdruckslos an. Sie hatte sich wieder in ihren Panzer zurückgezogen. »Ich meine genau das, was ich gesagt habe. Meine Töchter: David Windsor ist euer leiblicher Vater.«

»Nein«, sagte Emeline entschieden. »Nein. Das … das kann nicht sein. Das ist nicht wahr. Das … Mein Gott.« Sie musste sich vorbeugen und auf den Knien aufstützen.

Mit weit aufgerissenen Augen lehnte Maud nun an der Wand, sie rang weiter nach Atem. Auch sie hatte es jetzt verstanden.

»Wovon zum Teufel redest du, Margey«, sagte David und ging zu ihr. »Das kann nicht sein. Sie sind nicht meine Töchter. Schau sie dir doch an. Das hätte ich doch gewusst … Ich hätte doch …«

Marjorie lachte nur. »Ich denke, du hast es durchaus gewusst, du verdammter Idiot. Ich denke, jeder hat es gewusst. Insgeheim. Aber keiner wollte es sehen. Komm schon, David, du weißt doch, wie es damals war. Damals, als Eric völlig in seiner Rolle als König aufgegangen ist. Du weißt doch, was wir damals so getrieben haben. Hast du nie zwei und zwei zusammengezählt? Eric konnte keine Kinder haben. Wir haben es so lange versucht, vergebens, dann vergingen die Jahre. Alle hatten Panik – ein König braucht Erben. Die Uhr lief gegen mich – unsere Verbindung kam gerade noch rechtzeitig. David, wie konntest du es nicht sehen? Wolltest du es nicht sehen, obwohl es dir so klar vor Augen stand?«

»Es kann nicht sein.« Prinzessin Emeline stürzte zum Papierkorb in der entfernten Ecke des Zimmers und erbrach sich. Es war ihr unmöglich, ihre Abscheu vor dem Mann, der angeblich ihr Vater war, zu verbergen. »Mutter, das ist widerlich. Selbst für deine Verhältnisse.«

»Ach, halt den Mund, Emeline. Von Eric habe ich keine Liebe bekommen, ich habe keine Zuneigung und keine Kinder bekommen. Was hätte ich denn tun sollen außer fremdgehen? Gott sei Dank habe ich es getan, weil ich dadurch bekommen habe, was ich mir ersehnt habe, was wir uns alle so sehr ersehnt haben. Und Gott sei Dank auch, weil ihr sonst keine Chance gehabt hättet, überhaupt auf die Welt zu kommen.«

»Was redest du da?«, fauchte Emeline.

»Dein Vater war unfruchtbar, Emeline. So unfruchtbar wie die Sahara. Nutzlos für mich. Und, noch wichtiger, nutzlos für das Land.«

»Sei still.«

»Du siehst, es gibt keine andere Möglichkeit. Entweder ist David euer Vater, oder ihr entscheidet euch dafür, dass ihr die Frucht einer unbefleckten Empfängnis seid. Was, alles in allem, eine ziemlich idiotische Vorstellung ist.«

Emeline wurde unsicher. »Ich möchte offizielle Dokumente sehen, bevor ich mir diese Lügen weiter anhöre.«

Marjorie sah zu Jon. »Ermittler, ich gehe davon aus, dass Sie etwas dazu haben.«

Jon trat von einem Bein aufs andere. Emeline starrte ihn drohend an, als wäre er der Schuldige hier. Wortlos zog er den Arztbericht aus der Tasche und reichte ihn der Prinzessin.

Emeline ging die einzelnen Seiten durch, während David auf und ab schritt. Maud lehnte immer noch an der Wand, ihr Atem aber war sehr viel leiser geworden. Es dauerte nicht lange, bis Emeline den entsprechenden Absatz gefunden hatte. Mit einem durchdringenden Schrei fiel sie auf die Knie und warf die Blätter in die Luft. »Nein, nein, nein, nein, nein.«

»Stimmt es?«, fragte David. »Stimmt es wirklich?«

Emeline ging nicht auf ihn ein, sondern trommelte nur mit den Fäusten auf den Teppich. »Wie konnte das geschehen? Wer weiß noch von dieser Farce? Hat Vater es gewusst?«

David konnte nur mit Mühe an sich halten.

»Natürlich hat er es gewusst«, antwortete Marjorie. »Wie jeder hat er es anfangs nicht wahrhaben wollen, er hat sich hinter einer Fassade verschanzt, um sich vor dem Kummer zu schützen. Aber irgendwann bekam die Fassade Risse, und die Wahrheit kam zum Vorschein. Erst stellte er mich zur Rede, aber dann beschloss er, sich untersuchen zu lassen – einen umfassenden medizinischen Check. Danach konnte er sich vor der Wahrheit nicht mehr verstecken. Und er sah ein, dass sein Bruder die einzige Möglichkeit war.«

»Wie konntest du nur, Mutter? Wie konntest du Vater so etwas antun? Er hat dich von ganzem Herzen geliebt! Und jetzt ist er tot. Und uns bleibt nur dieser erbärmliche Mensch, der mir kein Vater ist. Ich will einen DNA-Test. Ich will sicher sein, dass das alles nicht irgendein fürchterlicher Betrug ist.«

Marjorie zuckte nur mit den Schultern.

Somit war Marjories Geheimnis aufgedeckt. Erics Mörderin war vermeintlich enttarnt. Crockleys Mörder hatte gestanden. Es gab nichts mehr zu tun. Fertig.

Moment. Nein. Nein, das war es nicht. In mancher Hinsicht nahm sich das alles als zu glatt aus, in anderer aber als zu unübersichtlich. Noch immer gab es Dinge, die keinen Sinn ergaben. Die Gestalt im roten Anorak. Wer war es? War es wirklich Thomas Crockley gewesen? Und wenn, warum? Warum war der Strom abgestellt worden?

Jon musste an die russischen Puppen denken, die seine Mutter auf dem Fensterbrett hatte. Die russischen Puppen, in denen sie, ganz im Inneren, ihr Heroin versteckt hatte. Dieses Gefühl hatte Jon während der gesamten Ermittlungen begleitet – dass sie immer weiter in eine russische Puppe eintauchen würden. Schicht für Schicht, immer tiefer.

Jetzt aber sah er, dass das gar nicht der Fall gewesen war. Ganz im Gegenteil. Er hatte sich in der kleinsten russischen Puppe befunden und immer nur versucht, nach draußen zu gelangen. Vielleicht gab es noch eine Hülle über ihm. Vielleicht gab es …

Schon seltsam, dass Jon inmitten des ganzen Chaos, inmitten des Geschreis zwischen Emeline und David und Marjorie, durch ein metallisches Klimpern abgelenkt wurde. Er sah in die Richtung, aus der das Geräusch kam. Churchill hatte sich erhoben und kratzte sich mit dem Hinterlauf am Halsband.

Das Klimpern war es, was das Tier störte. Jon beugte sich hinunter und verschob das Halsband.

Jemand hatte dem Tier ein metallenes Familienwappen an das Halsband geklemmt. Warum machte jemand so was? Jon löste es. Dankbar sah Churchill zu ihm auf, bevor er sich wieder vor dem Kamin auf den Rücken legte. Ihm den Bauch zuwandte und zu schnurren begann. Jon richtete sich auf und drehte das Familienwappen zwischen den Fingern hin und her. Seltsam.

Wieder musste er an die Gestalt im roten Anorak denken, dann an Miss Darcy und Tony Speck. Wo waren sie? Es wurde alles immer undurchsichtiger. Er hätte sie wirklich hier gebrauchen können. Erst dann fiel ihm ein, dass er ja sehen konnte, wo sie steckten.

Er warf das Wappen auf den Tisch und zog das Security-Tablet heraus. Rote Pünktchen tauchten auf dem Bildschirm auf – die üblichen. Und …

»O mein Gott«, sagte Jon. So leise, dass es ihn überraschte, dass auch die anderen es gehört hatten und verstummten. Die roten Punkte. Miss Darcy hielt sich immer noch im Turm auf. Tony Speck war im Wachturm. Die Familie und er im Salon. Aber es gab noch einen Punkt.

»Wie ist das möglich?«, entfuhr es Jon, als ihm klar wurde, wo sich der rote Punkt befand.

»Was ist, Jon?« Wer hatte das gesagt? Spielte das eine Rolle?

»Jemand ist in meinem Arbeitszimmer.«

XLIX

Ehrenabzeichen

Jon stürmte aus den Salon hinaus in den Gang, so schnell ihn seine müden Beine trugen. Er ignorierte die Fragen der Familie und warf einen kurzen Blick aufs Tablet: immer noch ein roter Punkt im Arbeitszimmer.

Wie war das möglich? Wie konnte noch jemand hier sein? Er hatte immer wieder auf dem Tablet nachgesehen und niemanden entdeckt. Speck hatte ihm das Tablet beim Festessen gegeben, und eines ließ sich eindeutig sagen: Sonst war niemand hier.

Trotzdem war es jetzt auf dem Display zu sehen. Das Wärmebildsignal einer Person. Der König war tot. Crockley war tot. Miss Darcy und Tony Speck waren Welten entfernt. Wie konnte das sein?

Er kam an der stehen gebliebenen Standuhr vorbei und war dann im Korridor, in dem auch das Arbeitszimmer lag. Jetzt gab es für den, der sich darin aufhielt, kein Entkommen mehr – er konnte die Tür sehen, in wenigen Sekunden würde er dort sein.

Er wappnete sich, ein letzter Blick aufs Tablet. Der Punkt war noch da.

Er stürmte durch die Tür, wobei er sie fast aus den Angeln riss, und blieb stehen. Der Raum war leer. Er starrte aufs Tablet. Nach wie vor ein roter Punkt im Arbeitszimmer. Er fuhr herum – hinter der Tür, unter dem Schreibtisch, überall, wo man sich hätte verstecken können. Nichts.

Wieder ein Blick aufs Tablet. Ein roter Punkt, immer noch. Aber nur einer. Es hätten jetzt doch zwei sein müssen. Und beim weiteren Nachdenken fiel ihm auf, dass er auf dem Weg hierher keinen roten Punkt erzeugt hatte. Wie war das möglich? Die Karte zeigte doch ein Wärmebild an, oder? Er war sich ziemlich sicher, dass er genügend Hitze abstrahlte, um als Wärmequelle registriert zu werden. Was sorgte hier also dafür, dass eine vermeintliche Person angezeigt wurde?

Frustriert hob Jon beide Hände, dann fiel sein Blick auf den Schreibtisch und den Gegenstand, den er vorhin zurückgelassen hatte. Plötzlich verstand er, und mit einem Mal erschlossen sich ihm auch die Anweisungen, die für den Tag ausgegeben worden waren. Er war ja so naiv, so dumm gewesen. Er hatte alles geglaubt, was man ihm gesagt hatte.

Was Jon auf dem Schreibtisch sah, war das Familienwappen, das er in seiner Tasche gefunden hatte. Er hatte gedacht, der König hätte es ihm heimlich zugesteckt, als Geschenk. Aber nein, nichts dergleichen. Hätte er raten müssen, hätte er gesagt, dass Tony Speck es ihm in die Tasche geschoben hatte, höchstwahrscheinlich, als sie vor dem Speisesaal gestanden und er ihm das Security-Tablet gezeigt hatte.

Jon nahm das Familienwappen in die Hand, in der anderen hielt er das Tablet, das er auf dem Fensterbrett absetzte, bevor er das Fenster öffnete. Der Wind riss es auf, es war ihm egal. Mit einer schnellen Bewegung warf er das Wappen hinaus. Der rote Punkt im Arbeitszimmer entfernte sich etwa zehn Meter vom Schloss.

Das Tablet zeigte kein Wärmebild an. Die Familienwappen hatten keine dekorative Funktion. Sie waren Tracker.

Crockley und die Katze – Crockley war nie draußen gewesen, sein Wappen war Churchill ans Halsband gesteckt worden, und Churchill hatte man nach draußen gebracht. Warum hatte Matthew das nicht erwähnt? Weil Matthew von den Trackern nichts gewusst hatte.

Ihm fiel ein, was Matthew erzählt hatte. Matthew hatte seinen Vater getötet, es aber nicht als Selbstmord inszeniert. Das hatte jemand anderes gemacht. Derjenige, der Churchill auch den Tracker anheftet hatte.

Die Gestalt im roten Anorak.

Eine Windböe fuhr durchs offene Fenster, und Jon fiel es wie Schuppen von den Augen. Er packte das Tablet. Er musste sofort zurück in den Salon. Jeder, der kein Wappen hatte, würde nicht auf dem Bildschirm auftauchten. Es konnten sich unzählige Personen im Schloss aufhalten.

Er rannte durch den Korridor und blieb abrupt stehen, als sich vor ihm die Standuhr öffnete. Und noch während sich die Person, die sich darin versteckt hatte, herausschälte, begann das Pendel wieder zu schwingen, und die Uhr tickte wie gewöhnlich vor sich hin. Erst waren nur die Umrisse einer Person zu erkennen, dann tauchte ein bekanntes Gesicht auf. Speck.

Jon war wie erstarrt, als Speck auf ihn losging. »Sie dämlicher Quertreiber«, schnauzte Speck ihn an. »Warum konnten Sie es nicht einfach gut sein lassen?« Speck packte ihn am Hals und hob ihn mühelos hoch, so ähnlich wie David es mit Maud getan hatte. Es fühlte sich an, als wollte Speck ihm die Luftröhre zerquetschen. Jon machte sich darauf gefasst. »Sie haben alles versaut.«

Aber der Tod trat nicht ein. Denn Speck lockerte seinen Griff. Jon schlug die Augen auf und sah gerade noch die verschwommene Gestalt eines Jungen, der aus dem Nichts aufgetaucht war und Speck auf den Rücken sprang. »Lassen Sie ihn los!« Martin krallte sich in Specks Gesicht und hielt dabei etwas in der Hand. Einen Ordner. *Den* Ordner. Martin hatte ihn gefunden.

Speck bekam Martin am Hemdkragen zu fassen und zog ihn sich einfach über die Schulter nach vorn. Martin krachte gegen die Wand und jaulte vor Schmerzen auf. Speck wollte sofort wieder auf Jon losgehen, aber in diesem Moment war ein vernehmliches Räuspern zu hören. Von einer Frau.

Alle drei drehten sich um. Miss Darcy stand vor ihnen, neben der Standuhr. Anders als der leicht zerknitterte Speck sah Miss Darcy aus, als wäre sie gerade von einer beschaulichen Soiree hereingeschlendert. »Jungs, wirklich. Wir wollen doch nicht, dass Blut auf den Teppich spritzt, oder? Sollen wir uns alle in den Salon begeben? Die anderen machen sich bestimmt schon Sorgen.«

Jon rang nach Luft. »Ich gehe mit Ihnen nirgendwohin. Wir gehen mit keinem von Ihnen irgendwohin«, keuchte er.

»Vielleicht wollen Sie noch mal drüber nachdenken, Kumpel«, sagte Speck mit einem Lachen. Er zückte eine kleine silberne Pistole. »Die Kavallerie ist da. Vielleicht gewöhnen Sie sich wieder dran, Befehle zu befolgen, ja?«

L

Wahrheit und Konsequenzen

Im Salon hatte sich kaum etwas verändert. Jon war ja auch nur wenige Minuten weg gewesen. Emeline und David standen sich nach wie vor streitlustig, aber stumm gegenüber, Marjorie beobachtete sie mit glasigem Blick. Maud hatte sich auf die nächste Chaiselongue gehievt und erholte sich von Davids tätlichem Angriff. Matthew stand herum und wusste nicht, was er tun sollte. Die Katzen genossen weiterhin ihren Platz am Kamin.

Sie rührten sich kaum, als er hereinkam. Als Martin erschien, gab nur Maud einen Laut von sich, worauf der junge Prinz zu ihr eilte. Aber dann, als Tony Speck und Miss Darcy eintraten, kam plötzlich Leben in den Raum. Die anfängliche Freude endete abrupt, als sie die Waffe in Specks Hand sahen.

»Speck? Miss Darcy? Wo sind Sie gewesen?«, fragte Marjoric.

Speck und Miss Darcy blieben an der Tür stehen und blockierten den Ausgang. Was die Lage für die Anwesenden nicht besser machte – Jon wusste es, Martin wusste es, dann dämmerte es auch den anderen. Bevor Martin zu seiner Mutter gerannt war, hatte sich Speck den Ordner geschnappt und hielt ihn jetzt wie eine Trophäe hoch.

Miss Darcy beachtete Marjorie gar nicht. Sie stand nur da, die Arme auf dem Rücken verschränkt, im Gesicht ihr gottverdammtes Lächeln. Obwohl sie noch so jung war, gebot sie über die Boshaftigkeit von Jahrtausenden. »Warum sind alle noch auf? Es ist schon weit über die Schlafenszeit hinaus.« Sie klang wie die schreckliche Aufseherin eines Kinderheims.

»Was hat das alles zu bedeuten?«, fragte David und nahm endlich den Blick von Emeline – seiner Tochter. »Sie verstellen den Weg nach draußen, das ist ein wenig bedrohlich.«

»Jon, haben Sie die Person im Arbeitszimmer gefunden?«, fragte Emeline.

Jon sah von ihr zu Specks Waffe. Miss Darcy nickte ihm zu. »Erzählen Sie schon, Ermittler.«

»Wir wurden hinters Licht geführt«, begann Jon bedächtig. Jedes Wort könnte sein letztes sein. Sie spielten mit ihnen – die Löwen waren jetzt die Mäuse, mit denen man seine Spielchen trieb. »Die Familienwappen waren mit einem Tracker versehen. Was ich für Wärmebilder gehalten habe, waren bloß die Funksignale der Wappen.«

Emeline begriff sofort. »Das heißt …«

»Ja«, sagte Jon. »Die beiden waren vermutlich die ganze Zeit im Schloss.«

»Würde es Ihnen was ausmachen, uns auf den neuesten Stand zu bringen?«, sagte Tony Speck. »Hier geht es doch wohl um die grandiosen Enthüllungen unseres tollen Ermittlers, nehme ich an.«

Jon weigerte sich, worauf Emeline zusammenfasste, worüber sie gesprochen hatten. Noch immer schienen sie zu hoffen, dass Miss Darcy und Speck in freundlicher Absicht erschienen waren. Als sie erzählte, dass Matthew Thomas Crockley getötet hatte, nickte Miss Darcy nur, als wäre es ihr bereits bekannt. Als Emeline aber sagte, Maud habe den König umgebracht, brach Tony Speck in höhnisches Gelächter aus.

»Ach ja?«, murmelte er. »So was aber auch.«

»Gut gemacht, Jon«, sagte Miss Darcy. »Ich dachte ja nicht, dass Sie der Sache gewachsen wären. Nun, Maud, Sie werden der Polizei übergeben, sobald der Schneesturm vorüber ist. Und Sie, Matthew, ebenso. Solche Unartigkeiten haben in der Monarchie keinen Platz.«

»Unartigkeiten?«, sagte David. »Unartigkeiten? Soll das ein Witz sein? Warum sagen Sie das? Sie sind Mörder. Wir sollten sie einsperren, sie unter Aufsicht stellen, bis die Polizei hier ist.«

»Sie sind unter Aufsicht«, sagte Tony Speck. »Sie waren seit ihrer Ankunft im Schloss unter Aufsicht.«

Es dauerte etwas, bis das einsickerte. »Was?«, fragte Marjorie.

»Nicht, dass ich ein Geheimnis daraus gemacht hätte«, sagte Speck ganz nüchtern. »Das neue Sicherheitssystem. Ich habe Sie nur nicht korrigiert, als Sie da etwas durcheinandergebracht haben. Sie dachten, es beträfe die äußere Umgebung des Schlosses. Es wurde aber im Schloss installiert. Wir haben Kameras in jedem Raum. Daher wussten wir immer, was wo passiert. Wir wussten, dass Maud Gift in den Whisky gegeben hat, wir wussten, dass Matthew seinen Vater getötet, wir wussten, dass David diesen Ordner aus der Vorratskammer mitgenommen hat.«

»Ich habe ihn in seinem Zimmer gefunden«, sagte Martin wie zur Bestätigung.

Jon warf David einen Blick zu. Der alte Mann zuckte mit den Schultern. »Fast hätten Sie mich dabei erwischt, Butler. Sie dachten, ich hätte mir was in die Tasche gesteckt, worauf ich so tat, als hätte ich etwas zu verbergen. Genau das sollten Sie sehen. So war es für mich einfacher, den Ordner in mein Zimmer zu bringen. Ein einfaches Ablenkungsmanöver. Allerdings hatte ich keine Zeit, ihn mir anzusehen.«

Jon interessierte das nicht. »Wenn Sie das alles mitbekommen haben, warum haben Sie dann nicht eingegriffen?«, sagte er in Richtung Speck, sprach aber eher Miss Darcy an.

Und er erinnerte sich wieder, was Speck ihm im Korridor gesagt hatte – *Sie haben alles versaut.* Da war noch etwas – ein Letztes, das er noch nicht verstand. Warum hatte er gedacht, er würde im Arztbericht des Königs darauf stoßen?

»Dann wollen wir doch mal sehen, was in diesem Ordner steckt. Ihre Geheimnisse, ja? Klingt ja pikant. Sehen wir uns doch mal an, was Sie ruinieren könnte.« Tony Speck öffnete den Ordner und ließ die Blätter zu Boden gleiten. Blatt für Blatt flatterte heraus, die Blicke der Umstehenden folgten ihnen. Aber die Blätter waren alle gleich, nämlich vollkommen leer. »Na, anscheinend hat der König ein falsches Spiel mit Ihnen allen getrieben.«

Alle bestarrten die leeren Blätter. Nun begriffen sie. Der Ordner war leer. Nichts. Sie selbst hatten all ihre Geheimnisse aufgedeckt, niemand sonst.

In ihrer Fassungslosigkeit mussten sie ein sonderbares Bild abgeben, denn Tony Speck begann erneut zu lachen. Als aber das letzte Blatt zu Boden geschwebt war, schien er verwirrt. Er gab ein tiefes Grunzen von sich und drehte den Ordner um. »Hier sollte doch noch was sein.«

Martin lachte und hielt einige Blätter hoch. »Meinen Sie die hier?«

»Dieser kleine Dreckskerl.« Speck stapfte auf Martin zu.

»Das ist die Rede des Königs, richtig? Die Rede, die er uns halten wollte?«, sagte Martin und wich Speck aus. »In der er uns verkünden wollte, wer der nächste König wird?«

Gemurmel von den übrigen Royals. Trotz allem waren sie nach wie vor verdammt daran interessiert, wer als Nächstes die Krone tragen sollte.

Speck trieb Martin in die Ecke, sodass der Junge nicht mehr ausweichen konnte.

»Tony, lassen Sie es gut sein«, befahl Miss Darcy. »Der Schaden ist schon angerichtet. Vielleicht haben die Anwesenden ein Recht darauf, den Inhalt der Rede zu erfahren.«

Die Verwirrung war mit Händen zu greifen. Der muskelbepackte Sicherheitsmann fuhr herum. »Sie meinen wirklich? Das ist gegen die …«

»Sollen sie doch die Rede lesen, Tony. Es ist an der Zeit, dass es alle verstehen. Es geht ja schon viel zu lange so.«

»Wenn Sie meinen, Boss. Marty, lesen Sie also der ganzen Klasse die kleine Rede vor.«

Prinz Martin wollte schon anfangen, bevor Speck ihn unterbrach. »Moment. Wie wäre es, wenn Alleyne sie vorliest? Der arme Koch muss sich sonst doch völlig nutzlos vorkommen. Den ganzen Tag spielt er Detektiv, und alles, was er herausfindet, scheint falsch zu sein.«

Falsch. Falsch. Lag er immer noch falsch? Gab es immer noch eine letzte Puppe, die er durchbrechen musste, um den Himmel zu sehen?

Prinz Martin widersetzte sich Speck nicht, er ging zu Jon und reichte ihm die Blätter, bevor er an seinen Platz zurückkehrte. Jon blätterte durch die Seiten – sie waren mit der Schreibmaschine des Königs verfasst. Der König hatte geglaubt, seinen Reden würde eine besondere Note verliehen, wenn er sie auf der Schreibmaschine tippte. Unwillkürlich begann Jon die Abschnitte zu überfliegen, die ihm ins Auge stachen, und bevor er sich versah, hörte er die Stimme des Königs, der aus dem Jenseits heraus zu ihm sprach.

»Nun?«

Jon atmete tief durch. Alle sahen ihn gespannt an. Nach dem, was er soeben überflogen hatte, ging er davon aus, dass ihnen nicht gefallen würde, was sie zu hören bekämen – auch ihm gefiel die durch die Rede ans Licht gebrachte, schmerzhafte Wahrheit nicht.

Er sah zu Miss Darcy und Tony Speck, die in schönem Einvernehmen gleichzeitig nickten.

Jon räusperte sich und begann zu lesen.

LI

Die Rede des Königs im Familienkreis
(nicht fürs Fernsehen bestimmt)

Die königliche Familie. Was für ein Mysterium, nicht wahr? Wir verbringen so viel Zeit damit, uns Gedanken darüber zu machen, was die Öffentlichkeit von uns denkt, dass wir darüber schlicht vergessen, an uns selbst zu denken. Lasst uns daher für einmal nur auf alles Königliche verzichten. Lasst uns einfach nur eine Familie sein. Können wir uns das erlauben? Wenn wir das können, dann ist es mir eine Ehre, Weihnachten mit dieser meiner Familie zu verbringen. Weihnachten ist eine Zeit der Freude und des Glücks, es ist aber auch eine Zeit, zu vergeben und den Blick in die Zukunft zu richten.

Als Erstes möchte ich euch daher ein frohes Weihnachten wünschen. Wir wollen uns daran erinnern, dass wir uns lieben – egal, welchen Platz wir in diesem Familienverbund einnehmen, egal, wie der Sand der Zeit uns und unsere Werte, unsere Zuneigung füreinander abgeschliffen haben mag. Wir sind die Familie Windsor. Das sind wir immer gewesen, und das werden wir immer sein – ungeachtet dessen, was in der Vergangenheit war oder was die Zukunft bringen mag. So lasst uns an dieser weißen Weihnacht vereint und glücklich sein. Ein Hoch auf euch alle. Ich liebe euch – vergesst das nicht in den nächsten Minuten. Und frohe Weihnachten.

Jetzt zum Geschäft, wie das einige nennen. Ich gehe davon aus, dass die meisten unter euch ahnen, worum es im Folgenden geht. Wenn nicht, dann bitte ich euch, einen Blick auf mich zu werfen, damit ihr eine Vorstellung davon bekommt. Mit fast allen von euch habe ich heute Morgen bei einer Privataudienz über diverse Dinge gesprochen. In mancher Hinsicht waren das meine Abschiedsworte als König. In anderer Hinsicht waren sie das definitiv nicht. Ich habe euch gesagt, was ich jedem von euch unter vier Augen zu sagen hatte, nicht aber, was ich euch als einer Gemeinschaft zu sagen habe. Wenn ich nun dazu komme, dann erinnert euch bitte an den Anfang dieser Rede. Erinnert euch an die Liebe – allerdings werde ich auch ein paar unschöne Dinge sagen.

Wenn ich uns betrachte, dann sind wir zu etwas geworden, was ich niemandem wünsche. Wir haben den Hals nicht voll genug bekommen, sind abhängig geworden, ohne Bezug zu unseren Untertanen. Seht uns an – als Familie. Was ist aus uns geworden? Die Welt außerhalb dieser Gemäuer ist erwachsen geworden, aber wir sind immer noch die Flaschenkinder, die wir immer waren. Wir lassen es zu, dass andere uns den Mund abwischen, wenn wir sabbern, wir lassen uns von der Regierung vorschreiben, neben wem wir beim Essen unseren Hintern platzieren, wir lassen es zu, dass unseretwegen das Gesetz gebeugt wird. Meine Familie, ich möchte euch zeigen, dass der heutige Tag der Beginn eines ganz neuen Kapitels sein kann.

Meine Töchter, ich habe euch einen schlechten Dienst erwiesen. Mir ist, als wäre ich euch nicht Vater genug gewesen – ich bin vielleicht immer da gewesen, aber ich habe euch nicht vor den Wölfen beschützt, die vor der Tür lauern. Manchmal muss ein Vogel seine Jungen aus dem Nest werfen, aber das haben wir nicht getan. Wir konnten es nicht. Und jetzt sehe ich, dass mein Nest überhaupt nicht mein Nest war. Aber ihr solltet wissen, dass, egal was passiert, egal, was passiert ist, ich euer Vater bin.

Thomas und Anton (auch wenn er nicht da ist) – wir haben eine Atmosphäre geschaffen, in der eure Person ständig infrage gestellt wird. Ob ihr ehrlich oder nur auf Geld und Ruhm aus seid, wird in diesen Hallen ständig diskutiert, das gilt selbst für Thomas, der seit Jahren mit Maud verheiratet ist und Kinder mit ihr hat. Ich will mich diesen Diskussionen nicht anschließen, aber ich stelle eines infrage: euren innigen Wunsch, an dieser großen Show teilzuhaben, was meiner Ansicht nach äußerst befremdlich ist. (Und Emeline: Es tut mir leid, dass Anton heute nicht hier ist. Da hatte ich die Hand mit ihm Spiel. Aber ich verspreche, er kann nächstes Jahr nach Balmoral kommen, sich bewähren und Teil der Familie werden.)

Meine Enkel, was haben wir euch angetan? Ihr kennt nichts anderes als ein Leben voller Beschränkungen und Vorschriften. Ihr werdet von Millionen bewundert, aber auch von ebenso vielen gehasst. Daran ist niemand schuld außer wir selbst. Und das Schlimmste ist, ich glaube, in gewisser Weise wollt ihr das auch so. Ob euch damit selbst zu verwirklichen oder um uns zufriedenzustellen – ihr wollt es. Was vermutlich keinen Unterschied macht, da euch anscheinend sowieso keine Wahl bleibt.

Marjorie, meine liebe Marjorie, was ist aus dir geworden? Ich glaube es zu wissen – die Last, die dir auf der Seele liegt. Aber nach dem, was wir vorhin besprochen haben, hat das jetzt ein Ende. Du musst diese Bürde nicht mehr allein tragen, meine Liebe. Aber es ist nicht nur das, nicht wahr? Du hast dich an der Dekadenz berauscht – und jetzt frisst dieses Bedürfnis dich auf. Du bist im Begriff, den Wagen gegen die Wand zu fahren, das weißt du, aber statt langsamer zu werden, drückst du das Gaspedal noch mehr durch. Vielleicht ist dieser Crash für dich in gewisser Weise unvermeidlich, und du willst nur, dass er schneller geschieht – aber warum, meine Liebe? Weil du dich nicht ändern kannst, weil du meinst, der Weg, den du eingeschlagen hast, sei der, den du verdienst hast? Ich kenne deine Gründe nicht, aber ich muss deinen Niedergang mit ansehen. Deshalb bist du keine Königin, meine Liebe, und ich fürchte, du wirst auch nie eine sein.

Und zum Schluss, David, mein kleiner Bruder. Was gibt es noch zu sagen, was wir nicht längst hinlänglich diskutiert haben? Ich heiße dich in meinem Haus wieder willkommen, ich setze die Heiligkeit der Krone aufs Spiel wegen dieser erbärmlichen Sache, die sich Verwandtschaft nennt, und bin gezwungen, mich einem schrecklichen Fehler zu stellen. Du bist dieser Fehler, Bruder. Warum sind wir derart verbunden, dass ich zulassen kann, was du getan hast? Ich sehe dich an und erkenne alles, was die Monarchie nicht sein sollte. Und dann das Wort – meine Vögelchen zwitschern es mir ins Ohr, das, vor dem du so lange weggelaufen bist. Die Wahrheit. Wie muss dich dieses Wort nachts wach halten, lieber Bruder, wie muss es sich anfühlen, in den Spiegel zu blicken – und zu sehen, was aus dir geworden ist? Es ist widerwärtig, und wir können nichts dagegen tun. Ist es gut oder schlecht, wenn du weißt, dass du nie mit Konsequenzen zu rechnen hast – gut, weil du dich nie deinen Vergehen stellen musst, oder schlecht, weil du nie das Gefühl der Buße erfahren wirst? Ein abscheuliches Verbrechen, wie in Bernstein auf immer verschlossen.

Diese Familie ist durch den Druck der Monarchie bis zur Unkenntlichkeit entstellt. Wir alle sind einfach nur schrecklich, erdrückt von der Verheißung, unser ganzes Potenzial entwickeln zu können. Aber außerhalb dieser Gemäuer würden wir kaum überleben. Wir alle hängen am Tropf namens Monarchie. Wir alle werden von diesem System künstlich am Leben erhalten. Und das vernebelt uns den Verstand.

Deshalb wisst ihr nicht, was ich euch jetzt sagen werde, ihr könnt es euch noch nicht mal annähernd vorstellen. Ich will nicht anklagend klingen, obwohl ich sehr wohl weiß, wie meine Worte zweifellos bei euch ankommen werden. An die alte Garde: Seit so langer Zeit kennen wir nichts anderes, sodass wir uns so etwas Drastisches gar nicht vorstellen können. An die Jungen: Ihr könnt gar nicht erfassen, was wir an Verrücktheiten erlebt haben. Und an alle außerhalb dieser Gemäuer, die britische Öffentlichkeit, die genug hat von unseren Exzessen: Sie hat keine Vorstellung vom wahren Preis, den wir dafür zu zahlen haben.

Was ich heute verkünde, verkünde ich nicht für uns oder für die Öffentlichkeit, der wir so aufrichtig dienen, sondern den folgenden Generationen, die nicht mit bestimmten Aspekten dieser Welt belastet werden müssen. Wie ich bereits gesagt habe, die Welt hat sich verändert, ist ohne uns erwachsen geworden, aber wir sind in der Zeit stecken geblieben, trinken unseren Tee, halten unsere kleinen Treffen ab, essen unsere Lunch-Buffets und ignorieren die Tatsache, dass wir alt und müde sind und einfach nicht mehr in diese Welt passen. Wir sind ein altes Puzzleteil in einer Welt, die uns längst für verloren erklärt hat und bereits fünf Puzzles weiter ist.

Doch nun genug der bemühten Metaphern. Vielleicht schreibe ich sie nur auf und trage sie euch vor, um das Unvermeidliche hinauszuzögern. Aber wir wissen alle, wohin uns das führt, wir haben es alle gesehen, gespürt. Wir können es leugnen, bis die königlichen Gänse im Sommer wiederkehren, aber wir wissen es.

Deshalb stehe ich jetzt hier, um euch – nicht nur – meine Abdankung als König zu verkünden. Ich will euch auch sagen, dass ich bei nächster Gelegenheit dem politischen Establishment meine Empfehlung aussprechen werde – die Empfehlung, die britische Monarchie vollständig und ein für alle Mal abzuschaffen. Sie ist an ihr Ende gelangt, so wie es allen Dingen eines Tages widerfährt. Wir mögen Nachkommen von angestaubten, gebrechlichen Königen sein, aber wir sollten nicht selbst zu solchen Königen werden. Das haben wir nicht verdient, das – und das ist die tiefe Wahrheit – hat keiner je verdient. Die Welt hat sich ohne uns weiterbewegt – wenn wir jetzt in Gang kommen, können wir sie vielleicht noch einholen.

Ich hoffe, ihr stimmt mir alle zu. Aber mein Entschluss ist so unerschütterlich wie die Fundamente dieses Schlosses – die königliche Familie gibt es nicht mehr.«

Jon verstummte, am ganzen Leib zitternd, wie ihm bewusst wurde. Er wagte einen Blick in den Raum. In jedem Gesicht standen Entsetzung und Empörung.

»Gezeichnet Eric Windsor.«

LII

Königsmacher

Marjorie erholte sich als Erste von dem Schock, den der verstorbene König ihnen allen versetzt hatte. »Kann er das? Hätte er das tun können? Die königliche Familie einfach auflösen?«

»Nein«, sagte Miss Darcy, »der englische König hätte das nicht gekonnt. Aber er hätte es verdammt noch mal versucht. Und er hätte für Chaos und Unruhe gesorgt und eines Tages auch anderen davon erzählt, was sich immer weiter aufgebauscht hätte, bis es so groß geworden wäre, dass es von niemandem mehr zu kontrollieren ist. Er hätte in der Familie Zweifel gesät. Bis jeder von Ihnen, einer nach dem anderen, sich seine Meinung zu eigen gemacht hätte.«

»Vater hatte recht«, sagte Maud. »Er hatte immer recht.«

»Nie und nimmer hätte ich so einem Schwachsinn meine Zustimmung erteilt«, sagte David.

»Nun, Onkel, du hättest sowieso keine Stimme gehabt«, blaffte Emeline. »Wir sollten die Monarchie auflösen. Der heutige Tag zeigt doch sehr deutlich, wie durch und durch kaputt wir sind.«

»Ach, sei still, Emeline«, sagte Marjorie. »Wir wissen alle, dass du das nicht so meinst.«

»Großvater«, murmelte Matthew, »wollte gar nicht meinen Namen nennen. Das wollte er nie.«

»Das spielt keine Rolle«, sagte Marjorie. »Weil er es gar nicht gekonnt hätte. Er war nur ein dummer alter Mann, der sich einbildete, mehr Macht zu haben, als es tatsächlich der Fall war.«

»Er war der König von England«, sagte Martin.

»König ist nur ein Titel, Kleiner. Die Macht haben die, die dich auf den Thron bringen.«

Das war das Vernünftigste, was Marjorie den ganzen Tag von sich gegeben hatte, und nach diesen Worten sah Jon endlich alles so vor sich, wie es sich abgespielt hatte – er wünschte sich, er könnte wieder zurück, aber das war nicht mehr möglich. Ja, er hatte es im Arztbericht des Königs gelesen, unter dem Absatz *gesundheitliche Beschwerden*.

Keine Allergien.

Großer Gott.

Er redete langsam und deutlich, als wären die Worte, die ihm nun über die Lippen kamen, seine letzten. Vielleicht waren sie das sogar. »Eure Majestäten, Sie sehen nicht das große Bild. Sie sehen nicht das Zentrum des Trickkästchens, in dem wir uns befinden.« Jon wandte sich an Miss Darcy und Tony Speck. Ja, sie benahmen sich sonderbar. Seitdem sie in ihrer ganzen Anmaßung den Raum betreten hatten, hatte er geahnt, dass er die Wahrheit noch aussprechen würde. Tony Speck war ihn angegangen, weil er »alles versaut« hatte. »Prinzessin Maud hat den König nicht umgebracht. Keiner in der Familie hat ihn umgebracht. Der König hatte keine Allergien. Sie haben ihn umgebracht. Die Regierung.«

»Was für eine wilde Unterstellung, Jon«, erwiderte Miss Darcy, so, als machte sie eine Bemerkung zum Wetter.

»Aber ich habe doch den Whisky vergiftet, Jon«, sagte Maud. Sie klang immer noch heiser.

»Nein, haben Sie nicht. Sie haben den Whisky mit Wespengift versetzt, das keinerlei Wirkung hat, wenn man nicht allergisch darauf reagiert. Und das tat es nicht.«

Miss Darcy sagte nichts. Tony Speck aber konnte sich ein stolzes Strahlen nicht verkneifen. »Vielleicht sollten sich jetzt alle mal an den Kamin stellen, ja?«

»Was sagt Jon da?«, fragte Maud, während Speck auf sie zuging. Sie gehorchten ihm und kamen zu Jon an den Kamin.

Nun brach Miss Darcy ihr Schweigen. »Glauben Sie wirklich, eine kleine Wespe konnte dem König den Garaus machen? Die Allergie war vorgetäuscht, das war einer seiner kleinen Tests, zu dem wir in diesem Fall unser Einverständnis gegeben haben. Manchmal benötigt ein König die eine oder andere Schwäche, damit er Gefahren anziehen kann. Gefahren, auf die wir dann reagieren können. Der König selbst hat das Wespengift besorgt. Das wussten wir nicht, wir wollten, dass er eine Zuckerlösung nimmt. Wir wussten auch nicht, dass Matthew und nach ihm Maud zur Tat schreiten würden, bis es zu spät war.«

Maud stand sichtlich kurz vor dem Zusammenbruch.

»Entschuldigung, aber was hat den König dann getötet?«, sagte David, der ganz nach hinten gedrängt worden war. »Wenn er nicht allergisch auf dieses Polybius-Dings reagierte – worauf denn dann? Wir haben doch gesehen, dass er vom Whisky getrunken hat und gestorben ist.«

Tony Speck, der in seinem Gefühlsüberschwang kaum an sich halten konnte, trat einen Schritt vor. »Es war doch gar nicht der Whisky, ihr Idioten. Ihr seid durchs Schloss gejagt, habt nach den falschen Indizien, nach den falschen Informationen und den falschen Leuten Ausschau gehalten. Jonathan Alleyne, Sie haben sich wirklich nicht gerade clever angestellt.«

»Nein«, entgegnete Jon, »das stimmt nicht. Wäre ich nicht gewesen, hätten Sie wahrscheinlich einfach alles unter den Teppich gekehrt. Wenn ich meinen Job tatsächlich so schlecht gemacht habe, warum musste dann Miss Darcy ins Schloss zurück, um Ihr Chaos aufzuräumen?« Er wich mit der Familie noch weiter an die Wand zurück.

Specks Lächeln wackelte. Jon hatte recht. »Gut, Herr Detektiv. Wenn es der Whisky nicht war, was dann?«

Wie durch Zufall stieß er beim Zurückgehen mit dem Fuß gegen etwas auf dem Boden. Das vertraute blecherne »God Save The King« quäkte los. Jon wusste, was es war, bevor Speck es aufhob. Das Trickkästchen – Interregnum. Martin hatte es nach seiner Befragung hier liegen lassen.

Könnte es sein …

»Knoblauch«, sagte Jon.

»Wir machen Fortschritte«, erwiderte Speck.

Ja. Es war ja so einfach. Den ganzen Tag war er dem Falschen hinterhergejagt. Dabei war es die ganze Zeit direkt vor seine Nase gewesen. »Der König hat beim Öffnen des Kästchens Bratkartoffeln und Knoblauch gerochen. Martin hat erzählt, Miss Darcy habe das Trickkästchen für ihn abgeholt, während er in der Schule war, damit er es dem König zu Weihnachten schenken konnte.«

»Das reicht«, sagte Speck. Die ganze Familie stand jetzt dicht an der Wand, neben dem Kamin. Emeline, Maud, Martin, Matthew, Marjorie und David. Jon vor ihnen, unmittelbar vor Speck.

»Sie verstehen«, sagte Miss Darcy, »so eine Gelegenheit bietet sich einem nicht oft. Es war ausdrücklich der Wunsch des Königs, Weihnachten nur mit der Familie zu verbringen. Nach einem schnellen Blick auf die Wettervorhersage schlug ich Balmoral vor. Völlig abgelegen. Wir konnten nicht zulassen, dass der König seine Absichten der Öffentlichkeit präsentiert. Also habe ich mich an die Arbeit gemacht. Ich habe Martin vorgeschlagen, dem König an Weihnachten doch ein Trickkästchen zu schenken – ich habe sogar angeboten, es selbst zu besorgen. Und es hatte etwas ganz Besonderes: War eine Stufe des Rätsels gelöst, gab es einen Geruch von sich. Es war nicht schwierig, die Flüssigkeit durch unsere eigene zu ersetzen. Arsenwasserstoff, ein farbloses Gas. Oder unsere besondere Variante davon. Es ist nicht schön, wenn man es einatmet. Und besitzt die einzigartige Eigenschaft, dass es exakt wie Knoblauch riecht. Ich habe es in einer sehr leichten Dosierung hinzugegeben – er wäre daran nicht sofort gestorben, sondern hätte sich nur unwohl gefühlt, sodass er sich augenblicklich auf sein Zimmer hätte zurückziehen müssen. Er hätte seine Rede nicht gehalten und wäre wenige Stunden später einfach sanft entschlafen. Nach außen hin wäre er einen friedvollen Tod gestorben. Und vor allem eines natürlichen Todes.

Allerdings kam es zu einer unvorhersehbaren Komplikation. Der mit einem völlig harmlosen Gift versetzte Whisky – vermischt sich nämlich dieses Gift mit Arsen, agiert es als Beschleuniger. Der König starb, sobald er einen Schluck vom Whisky getrunken hatte. Speck sah es auf den Kameras im Wachturm und rief mich sofort an, um das Schlamassel zu beseitigen, das Sie alle angerichtet haben.«

»Sie sehen also, auf Umwegen hat sich der alte Knacker selbst auf dem Gewissen«, sagte Speck. »Was für eine Scheiße aber auch.«

»Passen Sie auf, was Sie sagen, Security-Chef«, zischte David.

»Nein«, knurrte Tony Speck, »wir sind an dem Punkt, an dem lieber Sie Ihr Mundwerk im Zaum halten sollten.«

»Aber Thomas Crockley«, sagte Jon, »er zeigte ebenfalls Anzeichen einer Vergiftung.«

»Ein Hautkontakt mit dem König hätte höchstens Kopfschmerzen und ein bisschen Schniefen hervorgerufen«, antwortete Speck. »Sorry, Prinzessin Maud, Ihr Mann war einfach nur ziemlich wehleidig.«

Miss Darcy ging nicht weiter darauf ein. »Wir mussten eine Kurskorrektur vornehmen, um wieder die Kontrolle über die Ereignisse und die Deutungshoheit zu gewinnen. Es funktionierte nicht wie erhofft. Jon war eine schreckliche Nervensäge, ständig lief er überall herum. Irgendwann hatte die Kamera hier im Salon einen Aussetzer, deshalb musste jemand das Geschehen vor Ort beobachten. Aber Martin entdeckte unseren Mann, weshalb wir zur Ablenkung den Strom abstellen mussten. Nachdem dann noch einiges andere nicht nach Plan lief, musste ich meine Deckung verlassen und mich Jon zu erkennen geben. Was aber gar nicht so schlecht war, denn aufgrund des Timings konnte ich nicht für den Tod des Königs verantwortlich gemacht werden, gleichzeitig konnte ich aber versuchen, es so hinzustellen, als wäre er eines natürlichen Todes gestorben.

Allerdings konnte ich unmöglich vorhersehen, dass Matthew so etwas Idiotisches macht und Thomas Crockley tötet. Speck musste ihm hinterherräumen und es so hindrehen, dass es nach Selbstmord aussah. Natürlich rückte damit wieder die Mordthese in den Blickpunkt.

Und so sind wir jetzt also hier. Wer hätte gedacht, dass es so viel Mühe macht, einen König zu töten?«

»Aber warum?«, fragte Matthew. »Großvater hatte doch recht, er hatte absolut recht. Die Welt hat sich ohne uns weitergedreht. Warum soll es so schlecht sein, wenn die Monarchie einfach sang- und klanglos eingeht? Ich verstehe das nicht.«

»Junge«, erwiderte Speck amüsiert, »ist dir klar, wie viel Geld die königliche Familie dem britischen Staat pro Jahr einbringt? Es ist verrückt. Tourismus, Nationalgefühl, Geschichtsbewusstsein. Das alles löst sich in Luft auf, wenn ihr nicht mehr seid und euch nicht mehr in großen Schlössern den Wanst vollschlagt.«

»Nur darum geht es also – ums Geld?«

Darauf antwortete nun Miss Darcy. »Bis zu einem gewissen Grad. Es geht auch um die Einheit des Staates, für die der König steht. Europa hasst uns, in der restlichen Welt ist es nicht viel anders, nachdem wir uns in der Pandemie so dämlich angestellt haben – wenn wir jetzt auch noch gegenseitig auf uns losgehen, bleibt nichts mehr. Aber ja, hauptsächlich geht es ums Geld.«

»Sie sind krank«, stieß Matthew hervor. »Das alles ist krank. Nachdem Ihr Geheimnis jetzt heraus ist, warum glauben Sie, dass wir uns nicht widersetzen und allen erzählen, was der König vorhatte? Sie haben Jon erlaubt, die Rede vorzulesen – fürchten Sie nicht, dass Sie damit die Gerüchteküche anheizen?«

»Ich glaube nicht, dass einer der hier Anwesenden auch nur ein Wort darüber verlieren wird. Wir haben die Videoaufzeichnungen – die bereitliegen, damit wir sie dorthin schicken, wo sie für Sie zum größtmöglichen Schaden sind. Jeder von Ihnen hat sich in irgendeiner Weise selbst belastet. Wir haben genügend Material, um jeden von Ihnen kleinzukriegen. Wenn jemand hier den Mund aufmacht, werden wir die Informationen dazu nutzen, ihn für den Mord an Eric Windsor anzuklagen.«

»Was ist mit dem Tod von Thomas?«, warf Maud ein.

Miss Darcys Antwort kam prompt. »Ich werde Ihnen ein kleines Geheimnis verraten – eines, bei dem ich mir seit

Jahren auf die Zunge beißen muss, Eure Majestät: Keiner schert sich einen Dreck um Thomas Crockley.«

Speck lachte. »Es gibt nur ein Problem. Ja, es gibt ein Problem, und wie immer heißt es Mr Jonathan Alleyne. Was machen wir mit dem kleinen Scheißer? Dem ärgerlichen Quälgeist. Schnappen wir ihn uns.«

Daraufhin verwirrtes Gemurmel. »Was?«, sagte Matthew.

Tony Speck sah zu Miss Darcy, dann wieder zu den anderen, als würden die Royals etwas nicht sehen, was doch auf der Hand lag. »Kann jemand bitte Jon Alleyne festhalten?«

Jon trat vor. »Niemand muss mich festhalten. Ich gehe nirgendwohin.«

Speck kratzte sich den Bart. »Ihre dämliche Loyalität werde ich nie verstehen.« Er packte einen der hohen Lehnstühle und stellte ihn vor den Kamin. »Setzen Sie sich.«

»Warum?«

»Setzen Sie sich, oder ich zwinge Sie dazu.«

»Hören Sie ...« Überraschenderweise kam das von David.

»Martin, was machst du da?«, rief Maud.

Erneut stürzte sich Martin auf Speck, diesmal aber hatte er es nicht auf den Rücken abgesehen, sondern auf dessen ausgestreckte Hand, in der er die Waffe hielt. Speck erfasste es etwas zu spät – er konnte die Waffe noch auf Martin richten, aber nicht mehr abdrücken. Martin krachte gegen ihn und griff nach der Waffe, während beide zu Boden gingen. Gleich darauf war Martin wieder auf den Beinen. Zu Jons großer Erleichterung hatte er die Pistole in der Hand.

Auch Speck stand nun wieder, aber Martin richtete die Waffe auf ihn. »Ich schieße.«

Speck lachte auf. »Okay, Kleiner, ich glaub Ihnen. Wenn es schon sonst keiner tut.«

»Wenn ich Sie erschieße, ist alles vorbei«, sagte Martin mit zitternder Stimme. Er schien nicht überzeugt von dem, was er tat, tat es aber dennoch. »So oder so.«

Speck trat neben Miss Darcy, sodass jetzt Jon und Martin allein in der Mitte standen. Auf der einen Seite die Vertreter des Establishments, auf der anderen Seite die königliche Familie. Martin folgte mit dem Pistolenlauf Speck, was ihm aber mit jedem Zentimeter schwererzufallen schien.

»Das wäre wohl auch eine Lösung«, sagte Miss Darcy leise. »Töten Sie uns ruhig – aber dann bricht das Chaos aus. Oder Sie treffen die richtige Wahl, die durch und durch britische Lösung. Sie können sich fürs Nichtstun entscheiden. Dann leben Sie Ihr gewohntes Leben weiter – ein königliches Leben. Matthew wird, wie von seinem Großvater vorgesehen, die Krone erben. Für alle Übrigen wird gesorgt. Emeline, Sie sind dann die Tante und enge Vertraute des Königs, eine neue Ikone. Anton kann an Ihrer Seite sein, wir werden keinerlei Einwände haben. Maud, alle Gesetzesverstöße werden vergessen sein. Marjorie, Sie bekommen allen Wein und Käse, den Sie wollen. Und David, Sie müssen nicht ins Exil, wir werden dafür sorgen, dass die zahlreichen albernen Anschuldigungen sich einfach von selbst erledigen – jeder Gedanke an Gefängnis oder Neuseeland ist dann nichts weiter als ein übler Traum. Oder Sie gehen mit einer massiven Abfindung nach Neuseeland. Uns ist das egal. Klingt das nicht wie der Himmel?«

»Es klingt wie die Hölle«, erwiderte Matthew. »Ich bin ein Mörder und möchte dafür büßen. Ich möchte ins Gefängnis gesperrt werden.«

»Sie wollten nie König sein, Matthew. Ist die Krone denn nicht Gefängnis genug für Sie?«

Matthew verstummte.

Jon sah, welche Veränderungen in den Royals vor sich

gingen. Zum ersten Mal seit Langem war ihnen ihre Lage wirklich bewusst, vielleicht klarer als jemals einem Mitglied des Königshauses. Sie wussten nicht mehr weiter. Der Einzige, auf den das nur bedingt zutraf, war Martin, der etwas in der Hand hielt, was auf seine Art Macht ausübte.

Jon sah sie alle der Reihe nach an. Emeline wandte den Blick ab – sie unterwarf sich der Macht des Establishments. Maud entschuldigte sich mit glasigem Blick bei ihm – ihr war klar, sie würde ihre Familie nur retten können, wenn sie vor jenen in die Knie ging, die entschieden, wer der neue König würde. Matthew öffnete den Mund und schloss ihn wieder, er hatte nichts zu sagen. David wirkte ziemlich konfus, das Schimmern in seinem Blick aber verriet, dass er die ihm gebotene Gelegenheit sehr wohl zu nutzen gedachte. Marjorie schien so nüchtern wie seit Jahren nicht mehr und starrte zu Miss Darcy. Sie hatte verloren, und ihre jüngere Gegnerin hatte gewonnen. Marjorie hatte, wenngleich vielleicht irregeleitet, die Familie zu schützen versucht. Sie war gescheitert.

Auch Martin betrachtete seine Familie. Auch er sah die Resignation.

»Nein«, sagte Martin. »Nein, wir werden nicht einknicken. Wir sind die königliche Familie.«

»Sie sind die königliche Familie, weil wir sagen, dass Sie es sind, mein Junge«, blaffte Miss Darcy, bevor sie Speck ein Signal gab. »Es ist so weit. Mir reicht es jetzt.«

Speck zögerte kurz, dann begriff er, dass es ihm im Grunde völlig egal war – er schob sich zwei Finger in den Mund und gab einen schrillen Pfiff von sich. Erst geschah nichts, nur David murmelte etwas, worauf jemand antwortete. Dann aber waren im Korridor laute Schritte zu hören, und die Tür zum Salon flog auf. Zwei Sicherheitsleute kamen herein und nahmen neben Speck und Miss Darcy Aufstellung. Beide hatten sie ihre Waffen auf die Familie gerichtet, was allerdings keineswegs das Bemerkenswerteste an ihnen war. Denn einer von ihnen trug Jons roten Anorak, der andere einen Kilt.

»Was zum Teufel ist das denn?«, schrie Marjorie.

Panisch blickte sich Martin um, ließ die Pistole aber nicht sinken – das musste man ihm lassen.

»Meinen Sie allen Ernstes«, sagte Miss Darcy, »dass wir Sie am Weihnachtstag in Balmoral allein lassen? Jon, ich darf Ihnen Ihre Gespenster vorstellen.«

»Danke für den Anorak«, sagte der, der Jon am nächsten stand.

Der andere schien sich für seinen Kilt rechtfertigen zu müssen. »Es war eigentlich mein freier Tag.«

Jons zwei Gespenster.

»Sie sehen, Sie hatten nie eine Wahl. Keiner von Ihnen«, fuhr Tony Speck fort, als wäre nichts geschehen – obwohl er immer noch in den Lauf seiner eigenen Waffe blickte. »Aber wir lassen Ihnen die Wahl, Martin. Sie verstehen, Sie haben auch kein Motiv. Und wir haben gegen Sie nichts in der Hand. Aber wir haben ein Problem. Dieses Problem steht neben Ihnen, Jonathan Alleyne. Bringen Sie *ihn* um.«

Jon konnte es nicht glauben. Sie wollten wirklich, dass Martin ihn tötete? Er zwang sich, dem Jungen in die Augen zu sehen, um eine persönliche Verbindung zu ihm aufzubauen. Insgeheim war er in Panik – er glaubte nicht, dass der Junge es tun würde, aber es wäre nicht das erste Mal, dass er an diesem Tag falschlag.

»Martin wird Jon nicht umbringen«, sagte Maud zu den Regierungsvertretern.

Martin allerdings wirkte verunsichert. Sein Blick wanderte der Reihe nach über seine schweigsamen bewaffneten Gegner – es lag an ihm, sie zu seinen Verbündeten zu machen.

»Erschieß ihn, Martin«, drängte Marjorie. Sie klang bei diesem Vorschlag nicht so vergnügt, wie Jon es erwartet hatte.

»Mummy, nein!«, rief Maud.

»Was denn? Wir sind das Königshaus, wir können in der Welt da draußen nicht überleben, wir können ja kaum hier überleben. Ich bin dafür, ihn umzubringen. Ich bin nicht glücklich damit, aber so ist es nun mal. Wenn ihr wollt, dass ich die Böse bin, gut, ich habe langjährige Erfahrung darin.« Sie schniefte und griff nach einem Weinglas, das nicht da war. Um die ins Leere gehende Geste zu überspielen, sagte sie nur: »Erschieß ihn!«

»Mach es, Junge.« David, natürlich.

»Nein, so tief dürfen wir nicht sinken«, sagte Maud.

»Ich fürchte doch«, sagte Miss Darcy. »Martin, töten Sie den Koch, oder wir töten Ihre Familie. Wir werden mit Ihrer Mutter anfangen, dann kommt Ihr Bruder dran, danach können Sie es sich aussuchen. Wen kümmert es schon? Aber Sie sind der Letzte. Dann fällt die Krone an den erweiterten Familienkreis. An die in der zweiten Reihe. Ich wette, einige von denen sind ganz scharf auf den Thron. Es wird schlimm – das Balmoral-Massaker, jemand ist am Weihnachtstag hier eingedrungen und hat die ganze Familie ausgelöscht –, aber wir werden es überstehen. Vielleicht machen wir auch einen Terroranschlag oder irgendwas anderes daraus.

Aber wenn Sie jetzt Jon töten, geht alles wie gehabt weiter. König Eric ist dann friedlich in seinem Bett gestorben. Thomas Crockleys Leichnam wird entsorgt – den Langweiler wird niemand vermissen. Und Sie führen weiterhin Ihr gewohntes Leben im Luxus. Im Grunde haben Sie keine Wahl. Wir bieten Ihnen entweder den Tod oder ein Leben voller Bewunderung. Sie müssen nur den Koch erschießen.«

Jon wusste, dass sich damit das Blatt gewendet hatte. Aber

er blieb standhaft. Er bettelte nicht um Gnade, er lief nicht davon. Wohin hätte er auch fliehen können? Martin schien überzeugt, Jons Schicksal war besiegelt. Wer würde nicht alles tun, um seine Mutter zu schützen? Es war nicht Martins Schuld, dass er jetzt in dieser Lage war. Jon machte ihm keinen Vorwurf. Er begann zu weinen, aber nicht um sich. Er wandte sich an Miss Darcy. »Sie sollten ihn beschützen. Sie waren mit der Aufgabe betraut, den König zu schützen.« Die Tränen flossen ungehemmt.

»Nein, Jon, das haben Sie nie verstanden. Sie sagen immer: ›Für König und Krone‹, nicht wahr? Sie verstehen nicht, dass es manchmal heißen muss: ›Für König ODER Krone‹.«

Martin richtete die Waffe auf Jon und flüsterte ihm zu: »Es tut mir leid. Ich hoffe, es klappt.« Martins Jackett ging ganz leicht auf, und im Hosenbund kam etwas zum Vorschein. Ein gelbes Büchlein, das Jon zuletzt in der Vorratskammer gesehen hatte. Die kuriosen Fakten.

Martin hatte im Lauf des Tages etwas erzählt, bei dem es ums Erschießen gegangen war, nur wollte Jon das jetzt nicht mehr einfallen. Jon schob den Gedanken zur Seite, dafür war jetzt keine Zeit. Er nahm es dem Jungen nicht übel, sich so zu entscheiden, aber das hieß nicht, dass er ihn dabei ansehen musste. »Ich habe immer gesagt: ›Für König und Krone‹. Damit hab ich falschgelegen, wie wäre es damit: ›Für Eric Windsor.‹«

»Erschieß ihn, Martin.«

»Aber …«

Jon nickte Martin zu – *schon okay.*

»ERSCHIESS IHN!«

Ein Schuss fiel, und alles wurde schwarz.

LIII

Des Rätsels Antwort

Jon war irgendwo anders. An einem unglaublich friedlichen Ort, an dem nichts zu hören war, nur das sanfte Plätschern von Wellen an einem dunkelblauen Sandstrand. Es war dunkel, aber nicht kalt. Eine zarte Brise strich ihm übers Gesicht. War er zu Hause – nicht auf Barbados, nicht in Balmoral, sondern in seinem richtigen Zuhause? Musste er sterben, um es endlich zu sehen? Aber solange er die Augen geschlossen hielt, würde er gar nichts sehen, also öffnete er sie.

Seine Augen klappten auf. Die brennenden Schmerzen im Magen hatten nicht nachgelassen – sie gehörten nicht zum Albtraum.

Plötzlich fiel ihm ein, wo er war. Im Salon von Balmoral. Er lag auf dem Boden vor dem Kamin – das Feuer war erloschen. Im Zimmer war es dunkel.

Erschossen. Erschossen. Ja – er war erschossen worden. In seinem Bauch ein unerträgliches Feuer. Er versuchte den Kopf zu heben, wollte nachsehen, konnte es aber nicht. Die Schmerzen drohten ihn in den Albtraum zurückzustoßen. Er musste es jetzt nicht sehen. Blut, viel Blut. Er spürte, wie es aus ihm heraussickerte. Es war ihm schleierhaft, wie er noch leben konnte. Er hatte an zwei Stellen stechende Schmerzen, einmal im Bauch, einmal im unteren Rücken. Die Kugel musste glatt hindurchgegangen sein. Bemerkenswert, es waren keine lebenswichtigen Organe verletzt.

Jemand schritt in seinem Gesichtsfeld auf und ab. Zwei Stiefel mit Stahlkappen, auf und ab, auf und ab.

»Ist die königliche Familie in Sicherheit?« Eine vertraute Stimme. Tony Speck. Am Walkie-Talkie. »Ja, ich schaffe die Leiche weg.«

Jon rührte sich nicht. Martin hatte ihn erschossen. Martin wusste, wo man hinzielen musste – hatte er das nicht beim Essen gesagt? Martin hatte gewollt, dass er überlebte. Aber wie sollte er Speck entkommen?

»Moment«, sagte Speck und beantwortete damit Jons Frage. »Was soll das heißen, er ist fort? Scheiße …« Speck verstummte. Jon war so leise wie möglich, er hielt den Atem an. »Scheiße, okay. Alleyne wird nirgendwohin gehen. Ich denke, er ist schon tot. Gut, ich bin unterwegs.« Damit stürmte Speck aus dem Zimmer.

Jon verlor keine Zeit. Er hielt sich am Arm der Chaiselongue fest und zog sich hoch, ebenso viel Kraft musste er aber dafür aufwenden, um nicht zu schreien. Als er saß, betrachtete er die Wunde. Sie sah schlimm aus – sie war unter dem scharlachroten Fleck in seinem Hemd kaum zu erkennen, aber er spürte das Loch, das die Kugel hinterlassen hatte.

Warum war er angeschossen worden? Das alles hätte nicht passieren sollen. Um diese Zeit sollte er nach einem glücklichen, aber anstrengenden Weihnachtstag doch im Bett liegen. Noch während er auf seinen Bauch starrte, wurde der rote Fleck größer. Er würde sterben. Aber wenn er sterben musste, dann bitte nicht hier im Salon.

Jon mühte sich auf die Beine. Er hatte immer gedacht, der Tumor würde ihn umbringen, jetzt allerdings hatte er bei jedem Schritt, wenn ihm ein frischer Schmerz über das Rückgrat lief, das Gefühl, als ginge es mit ihm zu Ende. An der Tür blieb er stehen. Von draußen waren laute Schritte zu hören. Er machte sich darauf gefasst, dass jeden Moment jemand ins Zimmer kam. Aber niemand kam, die Schritte verklangen am Ende des Korridors.

In Balmoral war wieder Leben eingekehrt. Aber nicht so, wie sich das irgendjemand gewünscht hätte.

Jon wartete, bis von den Schritten nichts mehr zu hören war, bevor er sich in den Korridor hinauswagte. Wie im Salon war es auch hier ruhig und dunkel – durch die Adern des Gebäudes strömten tatsächlich Menschen, im Moment war aber niemand zu sehen oder zu hören. Das war gut. Jon wollte keinen mehr sehen.

Er schleppte sich durch den Korridor, kam am Porträt des Königs vorbei, ohne auch nur einen Blick darauf zu werfen. Er musste es nicht mehr sehen, es war ihm ins Gedächtnis gebrannt. Der König auf dem Porträt sah nicht liebevoll auf ihn herab. Er fragte sich, wohin die königliche Familie gebracht worden war, bis ihm klar wurde, dass ihn das nicht mehr zu kümmern brauchte. Er lag im Sterben, die Familie hatte ihn getötet. Die Loyalität musste irgendwann ein Ende haben.

Jon schleppte sich voran. Es gibt Geschichten über Sterbende, die vor ihrem Tod noch unglaubliche Leistungen vollbringen. Im Sog eines Adrenalinstoßes. Jons unglaubliche Leistung bestand darin, nach Hause zurückzukehren. Das tat er.

Er hielt sich am Geländer fest und stieg die Treppe zu den Bedienstetenräumlichkeiten hinunter. Er wollte zum Sterben in seine Küche, und nachdem er die Treppe hinter sich hatte und durch den Bogengang war, dachte er sich, der Tod könnte sich ein wenig beeilen.

Die Schmerzen waren so groß, dass er sich an die Wand neben dem Durchgang lehnte und seine wunderbare Küche betrachtete. Vor so vielen Jahren hatte er Barbados verlassen und seinen Platz in der Welt gesucht. Nun war er hier, in dieser Küche. Er fing an zu weinen, und als er wusste, dass es endgültig vorbei war, gaben seine Knie nach, er glitt an der Wand nach unten auf den kalten Boden. Blut sickerte durch sein Hemd – er wusste nicht, ob sich der Blutfluss beschleunigt oder verlangsamt hatte, aber es lief immer noch heraus.

Es spielte keine Rolle.

Jon wischte sich über die Augen und besah sich ohne Tränenschleier die Küche. Er sah zu den Schränken, für deren Einbau er so hatte kämpfen müssen, die Herde, die alle ihre Macken hatten, zum Kühlschrank gleich neben sich, wo …

Etwas ragte heraus, etwas zwischen Kühlschrank und Arbeitsplatte. Ein roter Umschlag. Jon fiel es wieder ein … Die Weihnachtskarte vom König. Er hatte den Umschlag nie geöffnet. Wie seltsam wäre er hier nicht zusammengebrochen, hätte er ihn völlig vergessen.

Jon beugte sich vor, damit er den Umschlag aus dem Spalt ziehen konnte. Den roten Umschlag, den er vor einer gefühlten Ewigkeit zum letzten Mal gesehen hatte. Er öffnete ihn. Mehrere akkurat gefaltete Seiten rutschten heraus und fielen zu Boden. Sie entglitten ihm, blieben aber innerhalb seiner Reichweite.

Zuerst aber nahm Jon die Karte zur Hand. Eine schlichte weiße Karte mit einem lächelnden Cartoon-Löwen im Nikolausgewand. Typisch für den König. Er schlug sie auf, drinnen die vertraute Handschrift des Königs.

An Jon,
Sie kennen die Geschichte, die ich immer erzähle. Diese Geschichte ist meine älteste Erinnerung. Mein Vater saß an meinem Bett und erzählte mir die Geschichte und fragte mich, was auch ich immer frage – was ist das Wichtigste an der Geschichte? Er erzählte mir die Geschichte so lange, bis ich sie verstand. Eines Tages war der Groschen gefallen. Und ich beschloss, sie auch meiner Familie zu erzählen.
Die Löwen im Zoo, die normale Familie, die dicke Glasscheibe zwischen ihnen, die sie voneinander trennt. Immer frage ich meine Familie, was das Wichtigste ist. Sie haben es nie verstanden, immer nannten sie etwas anderes. Die Löwen, die Familie. Sie sahen es nicht. Keiner von ihnen verstand, dass auf drei Dinge Bezug genommen wird. Die Löwen, die Familie und die Glasscheibe zwischen ihnen. Die Glasscheibe zwischen ihnen, Jon.
Vielleicht ist es an der Zeit, die Glasscheibe zu zerbrechen?
Frohe Weihnachten, alter Freund. Und lassen Sie sich von niemandem einreden, dass Sie nicht zu Hause wären.
Eric Windsor

Jon verstand nicht, bis er die zu Boden gefallenen Blätter aufhob. Er schlug sie auf. Eine Kopie der Rede von König Eric, nur diesmal hatte der König sie unterzeichnet. Das war der Beweis, den Jon brauchte, aber war es zu spät? Er war erledigt, am Ende. Und diese Geschichte vielleicht auch.

Nein.

Nicht heute. Nicht für Eric Windsor.

Jon stemmte sich an der Wand entlang auf die Beine, bis er wieder aufrecht stand. Als er einen Schritt machte, bemerkte er die verschmierte Blutspur, die er an der Wand hinterlassen hatte. Es war egal. Er warf einen letzten Blick auf die Küche, dann war er fort, draußen im Korridor. Erfreut bemerkte er, dass sein roter Anorak, der wer weiß wie oft weggenommen worden war, am Haken hing. Nicht ohne Probleme schlüpfte er hinein, jede Bewegung der Arme löste pochende Schmerzen im Bauch aus. Schließlich war er so weit, er stopfte sich die Rede in eine der Taschen.

Er wappnete sich. Und öffnete die Tür nach draußen.

Es hatte aufgehört zu schneien, der Himmel war etwas aufgeklart, als wäre der Schnee nur gekommen, um das Ableben des Königs mit anzusehen, und nachdem alles vorbei war, konnte er sich wieder zurückziehen.

Es war an der Zeit, sich auf den Weg zu machen.

Wohin ging Jon?

Er wusste es nicht. Aber erst würde er einen kleinen Zwischenhalt einlegen, wenn er denn so weit kam. Er musste dem Wachturm einen Besuch abstatten.

Ein Jahr später …

Epilog

Jerusalem

Die Hymne »Jerusalem« lief im Radio in Dauerschleife. Die Kostümschneider umkreisten ihn pausenlos, endlich aber schienen sie fertig zu sein. Matthew Windsor stieg von seinem Hocker, weg von den ihn umgebenden Spiegeln. Sein Anblick gefiel ihm nicht mehr. Der Raum war voller Bediensteter und seiner Familie, die darauf warteten, in die Kathedrale getrieben zu werden. Die Krönung war für 15 Uhr festgelegt. Die Krone war schwerer, als sie aussah. Matthew bemerkte, dass ihn zum ersten Mal seit Langem niemand beobachtete. Schnell nahm er die violette Samthaube mit ihrem Saum aus weißem Hermelinfell ab und stellte die Krone zurück auf das Kissen. Er könnte es jetzt tun, und er würde es tun. An der gegenüberliegenden Wand stand ein Fenster offen, niemand war ihm im Weg. Er könnte das Fenster erreichen, bevor es jemand bemerkte, dann wäre er auch schon draußen – ob er runterklettern oder einfach runterfallen und sterben würde, es war ihm egal. Er machte einen Schritt zum Fenster, spürte aber sofort eine Hand auf der Schulter.

Maud packte ihren Sohn, drückte ihn und schüttelte fast unmerklich den Kopf. So ging das nicht. Matthew fügte sich und ging zurück, die Schneider kamen wieder, seine Chance war dahin. Maud machte sich Sorgen um ihre Jungs. Sie suchte den anderen und fand Martin in der Ecke des geschäftigen

Raums, auf dem Boden sitzend, den Kopf auf den angezogenen Knien. Der Junge war nicht mehr derselbe, seitdem er tun musste, was er getan hatte. Maud konnte sich nicht vorstellen, welche Kraft es erfordert hatte, um die geforderte Tat auszuführen. Sie setzte sich neben ihn an die Wand, ignorierte das Tuscheln des Dienstpersonals, das sich um ihr Kleid sorgte. Sie legte Martin die Hand aufs Knie.

Martin sprang auf und stürmte davon. Er konnte sie noch nicht einmal ansehen. Er konnte keinen von ihnen ansehen, am wenigsten sich selbst. Er drängte sich durch Dutzende gleich aussehende Männer und Frauen, alle mit Knopf im Ohr, die nur da waren, damit sie an Ort und Stelle blieben. Er rannte so schnell, dass er gegen Anton Blake stieß, der Emeline umarmte. Blake sah zu ihm hinunter und lächelte. Martin stapfte davon.

Anton Blake wusste, er hatte den richtigen Ring ausgesucht, als Emelines Augen so strahlten wie vor Weihnachten im zurückliegenden Jahr. Sie war fast wieder die Alte, nur hin und wieder zeigte sich ein Anflug der Trauer, die sie alle empfanden, selbst Blake. Aber er wusste auch, dass Emeline ihm nicht alles erzählte, was sich an jenem Weihnachtstag ereignet hatte.

Emeline musterte Anton, als sie sich voneinander lösten. In seinem Blick lag ein erwartungsvolles Schimmern – das Problem war nur, sie hatte keine Ahnung, was von ihr verlangt wurde. Sie hatte eingewilligt, ihn zu heiraten, oder? Was gab es denn noch? Er war alles gewesen, was sie einmal gewollt hatte. Jetzt war er nur eine weitere Person, der sie nicht ihre Geheimnisse anvertrauen konnte. Anton wollte sie küssen, aber sie zeigte auf den Tisch mit den Getränken und setzte sich auch schon in Bewegung. Es war ja nicht so, dass sie ihn nicht mehr liebte, nur, sie war jetzt eben anders. Sie wünschte sich, sie könnte eine Therapie beginnen, natürlich würde ihr das nie erlaubt werden. Es war ja nicht ihre Schuld, dass sie sich verändert hatte. Es war seine Schuld, dass er sich nicht verändert hatte. Vielleicht alles andere als fair, aber so war es nun mal.

Am Tisch mit den Getränken nahm sich Emeline ein Glas mit Wasser. Marjorie befahl einem Bediensteten, ihr zwei Gläser Wein einzuschenken. Dankbar nahm sie sie entgegen und kippte gleich ein halbes Glas. Dann kehrte sie zu ihrem Platz in der Ecke des Raums zurück, stellte das volle Glas neben sich ab und sah neben sich. Er war nicht da, er würde nie mehr da sein. David hatte beschlossen, die Abfindung anzunehmen, hatte eine Verschwiegenheitsverpflichtung unterzeichnet und sich aus dem Staub gemacht – er war vor seiner Familie zurück nach Neuseeland geflohen. Sie hatte es wieder vergessen. Aber zumindest hatte sie so ein Extraglas Wein und zusätzlichen Platz. Allmählich war sie eine alte Frau, der es erlaubt sein sollte, sich gelegentlich hinzusetzen. Später in der Abbey würde sie verdammt noch mal noch genug stehen. Sie trank den Wein aus, und ihre Beine fühlten sich schon ein bisschen besser an. Sie trank das zweite Glas auf ex, und mit den Beinen wurde es noch besser. Aber jetzt hatte sie keinen Wein mehr – fast wünschte sie sich, sie hätte auch für Eric ein Glas besorgt. Plötzlich, bevor sie laut losglucksen konnte, kam jemand, nahm ihr das Glas aus der Hand und schenkte ihr nach.

Miss Darcy ließ die Flasche bei Marjorie. Es konnte ja nicht schaden – nun, nicht mehr als sowieso schon. Es lief gut an diesem großartigen Tag – fast zu gut. Tony Speck stand an der Tür und sprach in sein Mikro am Ohrhörer. Es schien wichtig zu sein, trotzdem lächelte er ihr zu. Kein Grund zur Sorge. Sie hatten sämtliche Royals im Blick. Miss Darcy betrachtete sie alle. Und sah, fast als Vorahnung, dass der Tag reibungslos verlaufen würde.

»Jerusalem« begann von Neuem.

George Tippin war früh am Morgen ins Büro gekommen, obwohl der gesamten Produktionsfirma befohlen worden war, zu Hause zu bleiben und mit einem Notizblock auf dem Schoß und einem Diktiergerät in der Hand die Krönung zu verfolgen. Aber Tippin schaffte es nicht, dafür genügend Interesse aufzubringen. Früher war er ein Getriebener gewesen, leidenschaftlich, unverfroren. Das hatte ihn an jenem Tag in *The Gentlemen* geführt und ihnen die ergiebigste Informationsquelle über die Royals eingetragen, die das Unternehmen jemals gehabt hatte.

Aber im letzten Jahr, seit dem Tod des Königs, war etwas geschehen. Thomas Crockley war verstummt und mit dem König ebenso verschwunden wie der Leibkoch. Seitdem wurde die königliche Familie von der Öffentlichkeit abgeschottet – es drang weniger nach draußen als aus dem Pentagon, sie war weniger zugänglich als Alcatraz. Die Zuschauerzahlen für *The Monarch* gingen durch die Decke, die fanatischen Anhänger des Königshauses waren auf ihren royalen Kick aus, Informationen aber waren kaum noch zu bekommen. Meistens reiste Tippin durchs Land und jagte allen Informationsfetzen hinterher, an die er rankommen konnte. Und schlug sich mit dem Gefühl herum, dass irgendetwas nicht stimmte – was war letztes Weihnachten in Balmoral passiert?

Laut den offiziellen Verlautbarungen war der König friedlich im Schlaf gestorben, der Bruder des Königs hatte sich zur Rückkehr nach Neuseeland entschieden, nachdem er sich in das Land verliebt hatte, Thomas Crockley hatte sich komplett aus der Öffentlichkeit zurückgezogen, um sich ausschließlich seinen Geschäften widmen zu können. Das wurde allgemein akzeptiert. Der Koch allerdings war der, der Tippin verwirrte. Denn nirgends wurde berichtet, dass auch Jonathan Alleyne, der königliche Chefkoch, ebenfalls am Weihnachtstag 2022 entlassen worden war. Tippin musste schon Alleynes Namen in mehrere Datenbanken eingeben, bis er auf einen sehr seltsamen und verblüffenden Fahndungsaufruf stieß. Weitere Recherchen führten allesamt nur in Sackgassen. Er musste die Dienste eines Freundes in Anspruch nehmen, der bei *Crimewatch* arbeitete. Sein Freund wirkte sehr besorgt, als er sich bei ihm meldete. Alleyne, berichtete er Tippin, werde von der Regierung wie ein Terrorist gejagt. Aber anders als bei Terroristen war dem Fahndungsaufruf ein sogenanntes Protokoll 219 angehängt. Als Tippin sagte, er habe von so einem Protokoll noch nie gehört, lachte sein Freund. Keiner habe davon gehört, weil es das abgesehen von der Fahndung nach Alleyne auch nicht gab. Was war Protokoll 219? Das war relativ leicht herauszufinden – Protokoll 219 lautete: »Schusswaffengebrauch mit Tötungsziel.«

Hatte Alleyne den König ermordet? Und wenn, warum warnte die Regierung dann nicht die Öffentlichkeit vor diesem gefährlichen Individuum? Warum hatte Tippin erst nachbohren müssen, um überhaupt auf Alleynes Namen und seinen Status zu stoßen? Was war am 25. Dezember 2022 wirklich passiert?

Tippin setzte Kaffee auf, schaltete den Fernseher im Büro an und wechselte zur Berichterstattung über die Krönung. Er sollte die Sendung wenigstens im Hintergrund laufen lassen. Die Gäste strömten in die Westminister Abbey, während die Kommentatoren über das allseits mit Spannung erwartete Erscheinen des neuen Königs sprachen. Tippin zog sich das

Fach heran, in dem sein Assistent die Post von drei Monaten gesammelt hatte.

Er ging die Briefe durch, die alle nicht so wichtig aussahen, bis er auf einen dicken wattierten Umschlag stieß, auf dem mit grünem Filzstift eine krakelige Adresse gemalt und der mit verdrecktem Klebeband verschlossen war. Wäre der Umschlag nicht so schmuddelig gewesen, hätte er ihn glatt übersehen, so aber riss er ihn auf und schüttete den Inhalt auf den Schreibtisch.

Fünf unbeschriftete CDs klapperten auf den Tisch, obenauf landete schließlich ein kleiner USB-Stick. Er schüttelte das Päckchen und spähte hinein. Nichts sonst – keine Notiz, keine Erklärung.

Er nahm einen Schluck Kaffee und sah zum Poststapel. Er sollte das alles ignorieren und sich wieder den langweiligen Aufgaben widmen. Sein Blick ging hoch zum Fernseher. Er sollte sich wenigstens die Ankunft der königlichen Familie ansehen. Er sollte buchstäblich alles machen, aber nicht diesen zweifellos virenverseuchten USB-Stick in seinen Computer stecken.

Er steckte den USB-Stick in seinen Computer.

Es war ein 256-GB-Stick, randvoll gefüllt mit Videodateien. Die meisten Dateien waren mit Zeitstempel und Ortsangaben versehen. Alles ging ziemlich durcheinander. Westkorridor Blick von Westen 09:00 bis 10:00. Schlafzimmer 37 13:00 bis 14:00. Östlicher Innenhof Blick von Süden 23:00 bis 00:00. Etc. Etc. So ging es immer weiter. Tippin scrollte nach unten, bis er auf ein Video mit der Beschriftung »zuerst abspielen« stieß.

Er klickte darauf.

Auf seinem Bildschirm erschien die Nahaufnahme eines Gesichts. Heruntergekommen. Abgerissen. Kaputt. Der Mann auf dem Bildschirm war nur noch der Schatten seines früheren Selbst. Hinter seinem dichten Vollbart war er kaum zu erkennen, und so erkannte Tippin ihn auch nicht, bis er seinen Namen nannte.

»Hallo«, erklang die raspelnde Stimme des Mannes. Das Reden schien ihm Schmerzen zu bereiten. »Ich bin Jonathan Alleyne.« Was – wie konnte das sein? Aber so war es. Unter den fettigen Haaren verbarg sich der ehemalige Koch. Das konnte eine große Sache werden. Tippins Blick fiel auf die Bürotür. Er sprang auf und schloss sie, bevor er wieder Platz nahm und näher an den Bildschirm heranrückte. »Sicherlich werden Sie schon wissen, dass nach mir gesucht wird, vielleicht wollen Sie mir deshalb gar nicht zuhören. Ich bin immer Optimist gewesen, aber auch Optimisten sterben irgendwann, und wenn Sie das sehen, werde ich mit hoher Wahrscheinlichkeit schon tot sein. Ich wurde angeschossen, müssen Sie wissen, die Wunde wurde behandelt, hat sich aber entzündet. Von meinem Tumor ganz zu schweigen. Aber das ist nicht wichtig.

Sie werden keinen Grund haben, mir zu glauben, was ich Ihnen erzähle. Aber ich habe Beweise – Beweise für das, was sich wirklich abgespielt hat. Ich schicke Ihnen sämtliche Videodateien aller Überwachungskameras, drinnen und draußen. Ja, drinnen – alle Räume waren mit Kameras versehen.

Alles, was ich sage, kann durch Videoaufzeichnungen belegt werden. Ich erzähle es Ihnen nur aus Zeitgründen, und weil ich dabei war. Also, sind Sie bereit, sich anzuhören, was sich am 25. Dezember im Balmoral Castle ereignet hat?«

»Heilige Scheiße«, flüsterte Tippin.

Alleyne gönnte sich eine Pause, um sich durch einen Hustenanfall zu röcheln. Als er wieder in die Kamera blickte, glaubte Tippin etwas von dem Lebensfunken zu entdecken, den er auch von Alleynes früheren Fotos kannte.

Aber dann machte Alleyne etwas Seltsames. Es war unter dem Bart kaum zu bemerken, aber es spiegelte sich auch im Blick des Kochs.

Alleyne lächelte und sagte:

»Zuerst muss ich aber eine Geschichte erzählen – eine Geschichte über eine ganz normale Familie, die in den Londoner Zoo fährt, um die Löwen zu sehen …«

Danksagung

Dank an meine Agentin Hannah Sheppard und das Team bei der DHH Literary Agency, meine britische Lektorin Francesca Pathak und meinen US-Lektor Mark Tavani und sein Team bei G. P. Putnam. Ein besseres Team hätte ich mir nicht wünschen können; es stand immer hinter mir, glaubte an die Idee und hatte daran mitgewirkt, damit sie zu dem wurde, was sie jetzt ist. Dank euch allen!

An das Northern Crime Syndicate – Trevor Wood, Judith O'Reilly, Fiona Erskine, Rob Scragg, Rob Parker, A. M. Peacock und Dan Stubbings. Es ist einfach toll, dieser fantastischen Autorengruppe anzugehören, an die man sich immer wenden kann, wenn man Rat braucht oder einfach nur jemanden zum Quatschen haben möchte.

An die #SauvLife-Crew – Francesca Dorricott (oder Francesca May, als die ihr sie kennt), Jennifer Lewin und Lizzie Curle. Sie sind immer die Ersten, denen ich von aufregenden Dingen erzähle, und es freut mich jedes Mal, wenn ich aufregende Dinge von ihnen erfahre!

Dank an meine Mum und meine Schwester für ihre anhaltende Unterstützung. Und an meine Partnerin Aimy, die an einem ganz entscheidenden Zeitpunkt »Ein Fall von Majestätsvergiftung« las, als ich ein wenig die Hoffnung daran verloren hatte, und mich darin bestärkte, fortzufahren. Und an meine Katze Toony und meine Hunde Winnie und Roo. Roo hat diesmal kein Exemplar meiner Bücher zerkaut, das ist also gut. Aber dafür ist ja noch genug Zeit.

Zum Schluss Dank an euch, die ihr euch die Zeit genommen habt, dieses Buch (und sogar die Danksagung) zu lesen. Ich bin dankbar, dass ihr mir etwas von eurer Zeit geschenkt habt, und ich hoffe, diese Seiten haben euch Vergnügen bereitet.